APPRENTICE IN DEATH
by J.D.Robb
translation by Haruna Nakatani

狩人の羅針盤
イヴ&ローク 44

J・D・ロブ

中谷ハルナ［訳］

ヴィレッジブックス

春の森からの刺激は
人より多くを教えてくれる
道徳について、悪について、善について、
どんな賢人よりも多くを。
――ウィリアム・ワーズワース

では、神と自然は戦っているのか、
自然はそんな邪悪な夢を与えるのか？
――テニソン

Eve&Roarke
イヴ&ローク
44

狩人の羅針盤

おもな登場人物

● **イヴ・ダラス**
ニューヨーク市警（NYPSD）殺人課の警部補
● **ローク**
イヴの夫。実業家
● **ディリア・ピーボディ**
イヴのパートナー捜査官
● **ライアン・フィーニー**
電子捜査課（EDD）の警部
● **イアン・マクナブ**
電子捜査課（EDD）の捜査官。ピーボディの恋人
● **ミッチェル・ローウェンバーム**
NYPSDのSWAT隊分隊長
● **デイヴッド・バクスター**
NYPSD殺人課の捜査官
● **トロイ・トゥルーハート**
バクスターのパートナー捜査官
● **ジェンキンソン**
NYPSD殺人課の捜査官
● **ライネケ**
ジェンキンソンのパートナー捜査官
● **カーマイケル**
NYPSD殺人課の捜査官
● **サンチャゴ**
カーマイケルのパートナー捜査官
● **シャーロット・マイラ**
NYPSDの精神分析医
● **リー・モリス**
NYPSDの主任検死官
● **ディック・ベレンスキー**
NYPSD鑑識課課長
● **ナディーン・ファースト**
テレビキャスター。イヴの友人

プロローグ

これが最初の殺しになる。

何年も練習しつづけて数えきれない標的を破壊し、トレーニングを重ね、試練に耐えて研究しつづけたのも、すべてこのときのためだと弟子はわかっていた。

二〇六一年一月の寒くて明るい午後が、ほんとうの始まりになる。

澄んだ心と、冷めた血。

このふたつも、技術や風向きや不快指数や速度と同じように不可欠な要素だと、弟子は知っている。冷めた血の下では、徹底的に抑えつけられた熱望が生きつづけている。

指導者はすべてを手配した。手際よく、これも不可欠な要素である細部への配慮を忘れずに。二番街にある清潔な中流ホテルの部屋は西向きで、プライバシースクリーンも窓も開け閉めができる。ホテルは高級住宅街サットン・プレイスの静かなブロックにひっそりと建ち、部屋からセントラルパークが――一キロ近く離れているものの――見える。

指導者の計画はぬかりなく、街路樹のてっぺんよりずっと上の階に部屋を取った。肉眼では、ウォールマン・スケートリンクは強い日差しを受けて輝く白い染みにしか見えない。氷上を滑る人たちはさまざまな色の移動する点々でしかない。

ふたり――弟子と指導者――は、一度ならずそこでスケートをして、標的が氷の上を滑り、世の中のことなどまるで気にかけずにスピンするのを見た。

ほかの場所も偵察した。標的の職場や、自宅、お気に入りの店、レストラン、いつも決まって行く場所はすべて。そして、求めるものをすべて満たすのは大きな公園内のスケートリンクだ、とふたりの考えは一致した。

ふたりは息の合った動きで黙ってよどみなく作業した。指導者は西向きの窓のそばに二脚の台を設置し、弟子は遠距離レーザーライフルを取りつけて固定した。

窓を数センチ引き上げると、冷たい風が吹き込んできた。弟子は呼吸ひとつ乱さずスコープをのぞきこみ、しっかりした手つきで照準を合わせた。

スケートリンクが一気に近づく。スケート靴が氷の表面に描くラインまではっきり見えるくらいに。

スケートをしている人たち、派手な色の帽子、手袋、マフラー。手をつないだカップルが氷の上で一緒によろめき、笑っている。赤いスケートウェアとベストを着た金髪の若い女性がスピンしている。くるくるくるくる回転して、その姿がぼやける。両親にはさまれ、両側から手をつながれている小さな男の子が、うれしそうに笑っている。

年配者、若者、その間くらいの人たち。初心者、目立ちたがり屋、風のようにリンクを滑る者、一歩ずつよろよろと進む者。

誰も知らない。誰ひとりとして。十字線にとらえられ、死と隣り合わせでいるのを知らない。数秒内に生かすか殺すか決められるとは、知らない。

すべてを支配しているという、この感覚。

「標的をとらえたか？」

もう少し時間が必要だった。あまりに多くの顔。多くの体。

やがて、弟子はうなずいた。あれだ。あの顔。あの体。標的だ。あの顔とあの体を、何度スコープでとらえただろう？　数えきれない。でも、今日が最後になる。

「ほかのふたりも選んだか？」

弟子はうなずいた。最初に劣らず淡々と。

「順番はどうでもいい。いつでも始めろ」

弟子は風速を確認して、ほんの少しだけ狙いを調整した。そして、澄んだ心と冷めた血のまま、始めた。

赤いスケートウェアの若い女性が脚を交差させながらバックで弧を描き、アクセルジャンプに備えてスピードを上げていく。体の向きを変えて大きくカーブしながら前方へ進み、両手を上げて、右足の重心を左へと移していく。

破壊的なレーザー光線に背中の真ん中を貫かれたものの、彼女はそのままの勢いで前に進み続けた。すでに死にかけている体が、小さな男の子とその両親に激突する。まるで弾丸のように、すでに死にかけている体が三人をなぎ倒して、倒れこんだ。

あちこちから悲鳴があがりはじめた。

そのあとに続く混乱のなか、リンクの反対側で滑っていた男性がスピードをゆるめ、悲鳴のあがっているほうへ視線を向けた。

そのとき、レーザーが男性の腹の中央に当たった。彼はその場に崩れ落ち、背後から近づいてきたスケート客ふたりがその男性をよけて、追い越していった。

手をつないだカップルはまだよろめきながら滑っていて、なんとかよたよたと手すりにたどり着いた。男性のほうが前方に人が集まっているところを身振りで示した。

「おや。あれは――」

彼の眉間にレーザーが当たった。

静まり返ったホテルの部屋では、弟子がなおもスコープ越しに様子をうかがい、現場の物音や悲鳴を想像していた。四人目、五人目に当てるのも簡単だっただろう。六人でも。簡単で、やりがいがあった。力がこみ上げてくる。

しかし、指導者は双眼鏡を下げた。

「三人とも命中だ。標的を仕留めた」弟子の肩に置かれた手が承認の印だ。「よくやった」

素早く、効率よく、弟子はライフルを分解してケースにしまい、指導者は二脚の台を畳んだ。

言葉は交わさなくても、喜びと、うまくできた満足感と、認められた誇らしさは、はっきりと伝わっていた。それを感じて、指導者はほんの少しだけほほえんだ。

「道具を安全に保管しなければならないが、それが終わったらお祝いだ。おまえは祝われて当然だ。報告はそのあとでいい。次に取りかかるのは明日で充分だ」

ホテルの部屋――始める前も終わったあとも、すべてを丁寧に拭いた――を出るとき、次が待ちきれない、と弟子は思った。

1

面倒な出廷を終えて、イヴ・ダラス警部補は殺人課の大部屋《ブルペン》に大股で入っていった。すぐにコーヒーが飲みたかった。しかし、どうやらジェンキンソン捜査官が彼女を待ちかまえていたらしい。勢いよくデスクから立ち上がり、〝本日の不快なネクタイ〟を揺らして近づいてきた。

「それはカエルなの?」イヴが強い調子で訊いた。「小便色のカエルが——勘弁してよ——ゲロ緑色のスイレンの葉っぱの上で飛び跳ねてるネクタイを締めてる理由は?」

「カエルは幸運を招くらしいんだ。風水とか、なんだかわけのわからないもので、そう言われている。それはそうと、あなたが連れてきた新人女子は、アベニューBでイカレたジャンキーに片目をぶん殴られたらしい。彼女と制服組のカーマイケルがそいつと売人を逮捕した。ふたりともタンクで洗浄中だ。新人女子は休憩室で目を冷やしている。知っておきたいかと思って」

新人女子というのは、異動してきたばかりのシェルビー巡査のことだ。「対応はどうだった？」

「警官らしくやっていたよ。彼女は大丈夫だ、警部補《LT》」

「よかった」

正直に言うと、コーヒー――休憩室のクソまずいのではなく、自分のオフィスのオートシェフにセットしてある本物のコーヒーだ――が飲みたかった。だが、あのシェルビー巡査が勤務初日に、目を殴られたという。

黒革のコートを着たすらりと背の高いイヴは、休憩室へ向かった。

なかに入ると、シェルビーは座ってクソまずいコーヒーを飲みながら、目を細めて手のひらサイズ《パーム》のPCを見ていた。右目に眼帯をしている。立ち上がろうとしたシェルビーを、イヴは身振りで座らせた。

「目はどう、巡査？」

「妹のパンチのほうがきついです、警部補」

イヴの指の動きを見て、シェルビーは眼帯をめくった。

充血した目のまわりに黒と紫色のあざが放射状に広がっているのを見て、イヴはうなずいた。「見事なあざね。眼帯はしばらく付けてなさい」

「はい、警部補」

「よくやったわ」

「ありがとうございます」

オフィスへ向かう途中、制服組のカーマイケルの仕切り部屋《キューブ》に寄った。「どんな様子だったか、ざっと話して」

「カーマイケル捜査官とサンチャゴがアベニューBで容疑者を逮捕しました。われわれは応援に駆けつけて、野次馬の整理だけしていました。そのうち、二メートルも離れていないところで違法ドラッグが売買されているのを目撃しました。見て見ぬふりはできませんが、見物人を放ったらかしにもできないので、そのまま取引をさせました。売人？　そっちはすぐに両手を挙げて、問題なかったです。ジャンキーのほうはちょっとラリってたみたいで、いきなり彼女を殴りつけました。まさに不意打ちです。彼女はすぐにやつを組み伏せました。素早く、ほんとうに目にも留まらぬ速さで。ちょっと乱暴だったと言えないこともないですが、あっちが先に拳《こぶし》で目を殴ったんですから。違法ドラッグの売買に加えて公務執行妨害で、ふたりとも逮捕しました。

彼女はパンチもすごいです」制服組のカーマイケルは言い添えた。「保証します」

「二、三日彼女は外に出さないで、署内でどう過ごすか見てみるわ」

また誰かに話しかけられる前に、イヴはまっすぐオフィスへ向かった。コートを着たまま、ブラックコーヒーをプログラムする。

イヴは縦に細長い窓のそばに立ってコーヒーを飲みながら、警官そのもののウイスキー色の目で、下の通りを流れる車列を見つめ、空を行き交う乗り物を見上げた。

やらなければならない書類仕事があり――いつだって書類仕事はある――それにとりかかるつもりだった。しかし、忌まわしい事件を解決したばかりのイヴは、午前中はずっと、別の忌まわしい事件の裁判で証言をしていた。とくに胸をえぐられるようなものがあるだけで、すべての事件は忌まわしい、とイヴは思う。

だから、いまこのときだけはコーヒーを飲みながら、守って奉仕すると誓った街をながめていたい。

運がよければ、このまま静かな夜を過ごせるかもしれない。ロークとふたりきりの夜だ。ワインを飲みながら、たぶん食事をして、ビデオでも観て、セックスをする。殺人課の警官が、多忙をきわめる億万長者のビジネスマンと自宅で静かな夜を過ごせるなら、箱入りの、光り輝くとびきりの褒美をもらったようなものだ。

うれしいのは、彼もそんな静かな夜を求めていることだ。

たまにはちょっとしたあれこれも楽しむ――それは取り決めの一部、〝結婚生活のルール〟の一部だ。彼はイヴの自宅《ホーム》のオフィスで、一緒にピザを食べながら仕事をすることも多い。警官の心を持つ、更正した元犯罪者？　これ以上使える者はいない。

たぶん、ふたりにとって静かな夜がやってくる。

イヴはデスクにコーヒーを置いてコートを脱ぎ、わざと座り心地が悪いままにしている来客用の椅子にかけた。書類仕事よ、と自分に言い聞かせて、髪をかき上げようとした。照れないでかぶろうと努力している雪の結晶模様の帽子に手が触れる。帽子をコートの上に放ってから、つんつんとあちこち突きだしているショートカットの茶色い髪を指で梳《す》いて、腰かける。

「コンピューター」と命じかけたとたん、デスクのリンクが鳴った。「ダラス」

「現場へ急行せよ、ダラス、警部補イヴ」

残りを聞くまでもなく、光り輝くご褒美はもうしばらく箱から出せないとわかった。

イヴは六番街に車を二重駐車して、パートナーと一緒に歩いていた。

紫とグリーンのジグザグ模様のマフラーを首に巻いたピーボディは、すべてを覆いつくしている雪を不機嫌そうに見ながら、ドシンドシンと進んでいく。

「てっきり裁判所に行くと思っていたし、気温も五度以上になるはずだから、カウガールブーツを履いても問題ないと思っていたのに。雪を踏みしめて歩くとわかっていたら――」

「一月なのよ。それに、殺人事件の裁判にピンクのブーツを履いてく警官がどこにいるの？」

「レオは赤い靴を履いていました」ピーボディは女性検事補《APA》の名前を出して、指摘した。

「考えてみれば、赤って濃いピンク色です」

そうだろうかと考えてから、イヴはなんだって靴の話などしているのだろうと思った。すぐそこに遺体が三体あるというのに。「ごちゃごちゃ言わないで」

最初の規制線まで来ると、イヴは警官バッジをさっと見せてさらに歩きつづけた――立ち入り禁止のテープから身を乗り出して、大声で質問している記者たちは無視した。

誰か分別のある者がいて、マスコミの連中をスケートリンクが見えない位置でとどめたらしい。面倒なことになるのは時間の問題だが、とりあえずいまのところはうまくおさまっている。

十数人の制服警官と、少なくとも五十人の一般市民がスケートリンクを出たり入ったりしていた。怒鳴り声や、ヒステリーを起こしかけた金切り声もわずかだがはっきり聞こえてくる。

「一般人がもっとおおぜいいて、目撃者もたくさんいると思ったけど」

イヴはさらにスケートリンクに目をこらした。「遺体が転がり、人びとは逃げる。最初の警官が駆けつけるまでに、目撃者の半分はいなくなってたはず」そう言って首を振った。「マスコミは現場を撮影できる範囲に近づけなくても平気ね。現場にいた人たちから、いくらでも動画が送られてくるだろうから」

その件は手のほどこしようがないので無視をして、イヴは次のバリケードを抜けていった。

すると、制服警官のグループからひとりが離れ、のしのしと近づいてきた。イヴは、勤続三十数年のベテラン警官の顔に見覚えがあった。経験と、正直でまっとうな働きぶりから、制服を着て教育係をしているのも知っている。

「フェリッケ」

警官はイヴを見てうなずいた。浅黒い肌のブルドッグを思わせる顔で、肩幅の広い体型もブルドッグに似ている。ビターチョコレートのような焦げ茶色の目はすべてを見透かし、いつでも悪事を見分けようとしている。

「ひどい現場だ」

「ざっと話して」

「最初に急行指令が入ったのは、十五時二十分頃。新人に付き添って六番街を徒歩警邏《けいら》しているところだったから、すぐに駆けつけた。新人には野次馬が現場に近づかないように規制させたが、公園をすべて封鎖するなんて、しょせん無理な話だ」

「現場に駆けつけたのは、あなたたちが最初ね」

「そうだ。それから緊急通報が立て続けに入り、警官もぞくぞくとやってきたが、われわれが到着したときにはもう、現場にいた一般人たちは逃げはじめていた。公園の警備係と一緒にできるだけ現場に残らせるようにしたんだが。怪我人もいた。軽傷者は医療員を呼んで手当てさせたが、六歳くらいの子が脚を骨折していた。目撃者の話を――なんとか――まとめると、最初の被害者がその子と両親にぶつかってきて、子どもが転んで脚を折ったということだ。連絡先と病院名を聞いておいた」

「ピーボディ」

「わたしが聞きます、巡査」

フェリッケはノートブックも取り出さず、ピーボディによどみなく情報を伝えた。

「遺留物採取班は事件現場の状態が気に入らないだろう。人があちこち歩きまわり、遺体も動かされた。現場に居合わせた医者と獣医が、被害者や怪我人を手当した。

最初の被害者は背中を撃たれている。あそこの、赤い服の女性だ」フェリッケは後ろを向き、ブルドッグのような顎をそちらに向けてしゃくった。「目撃者の証言ではどっちが二番目かはっきりしないが、男性の被害者がふたりいて、ひとりは腹を、もうひとりは眉間を撃たれている。レーザー銃のようだが、LT、判断するのはあんたたちの仕事だからな。ナイフを見たとか怪しい人物を見たとか、いつもながらのクソ情報を目撃者から聞かされるのも、そっちの仕事だ」

いつもながらのクソ情報を聞き流し、さえぎることをおぼえないで警部補にはなれない。

「わかったわ。医者たちといますぐ話ができる?」

「ああ。ロッカールームで待機させている。ほかに、男性被害者のひとりに最初に駆け寄ったというカップルも一緒だ。それから、もうひとりの男性被害者の妻も。夫が最後に撃たれたと確信していて、俺もそうじゃないかと思っている」

「ピーボディ、彼らと話をして。わたしは遺体を見てくる。セキュリティディスクがほしいわ。いますぐ」

「準備させてある」フェリッケが言った。「シュピーヘルに訊いてくれ。スケートリンクの警備係で、まんざらあほでもない」

「わたしがやります」ピーボディが慎重に雪をよけながら歩きだした。

「そのブーツなら、滑り止めをつけたほうがいいぞ」フェリッケがイヴに言った。「あっちに積んである。有能な殺人課の捜査官がリンクで滑って、顔から氷に激突したんじゃ信用にかかわるからな」

「誰も現場に入れないでよ、フェリッケ」

「それがわれわれの仕事だ」

イヴはリンクの周囲を歩いて入口まで行き、スパイクのついた滑り止めを装着してから捜査キットを開け、両手とブーツにシールド処理をした。

「おい！　ちょっと！　あんたが主任か？　誰がここの指揮をとっている？」

声がしたほうを見ると、四十歳くらいの赤ら顔の男と目が合った。分厚い白いセーターを着て、黒いぴったりしたパンツを穿《は》いている。

「わたしが主任です」

「あんたに私を引き止める権利はない！　約束があるんだ」

「ミスター……」

「グレンジャーだ。ウェイン・グレンジャー。私には権利がある！」

「ミスター・グレンジャー、リンクに横たわっている三人が見えますか？」

「もちろん、見えている」

「彼らの権利はあなたの権利に勝るのよ」

警察のあり方がどうだとか告訴するとか怒鳴っている男に背を向けて、イヴは氷の上を歩いて女性被害者に近づいた。赤いスケートウェアの若い女性――二十歳は越えていないだろう――を見下ろすと、もうさっきの男のことなど頭になかった。

体の下に血がたまり、氷上にさらに赤色が広がっている。女性は横向きに倒れ、ほかのスケート客たちや医師たちが近づいたあとが氷の上に血の筋になってはっきり見える。

被害者の夏を思わせる明るいブルーの目はすでにどんよりとして虚空を見つめ、手のひらを上にした一方の手が、血だまりに浸っている。

イヴはもうグレンジャーのことも彼の約束のことも思い出すことはない。

その場にしゃがみ、捜査キットを開けて仕事を始めた。

ピーボディがやって来ても立ち上がらず、振り向きもしない。

「被害者はエリッサ・ワイマン、十九歳。両親と妹と共に、アッパー・ウェスト在住。死亡時刻《TOD》は十五時十五分。死因《COD》は検死官《ME》が特定するでしょうけど、フェリッケの言うとおりだと思う。レーザー銃で撃たれたように見える」

「医師たちも――ふたりとも――同じ考えです。獣医のほうは軍にいたので、レーザーで撃たれた傷も見たことがあります。ふたりとも、彼女を見ただけで何もしなかったそうです――亡くなっているとすぐにわかったので。ひとりは腹を撃たれた男性を、もうひとりは頭を撃たれた男性を診たそうです――三人とも亡くなっていたわけですが。それで、怪我人の手当に集中したそうです」

イヴは立ち上がり、うなずいた。「セキュリティディスクを」

「これです」

イヴはディスクの一枚を自分のＰＰＣに接続し、十五時十四分まで早戻しして赤いスケートウェアの女性をアップにした。

「彼女、いいですね」ピーボディが言った。「フォームがいい、という意味です。ここでスピードを上げて、次のジャンプに――」

ピーボディは口をつぐんだ。ジャンプした女性が空中で銃撃を受け、フォームを崩しながら若い家族連れに激突する。

イヴはさっきよりさらに一分前まで早戻しをして再生し、ほかのスケート客や傍観者たちに目をこらした。

「みんな、彼女のために場所を空けてるわ」イヴがつぶやいた。「彼女を見てる人もいる。武器は見当たらない」

さらに再生を続けると、二番目の被害者が突き飛ばされたように背後に傾き、目を見開いて膝から崩れ落ちた。

早戻しをして時間をたしかめる。また再生する。

「最初と次の銃撃の間が六秒弱」

スケート客たちが最初の被害者と若い家族連れに近づいていく。警備員がスケートリンクに飛びこんできた。手すりに沿って——よろよろと——滑っていたカップルがさらにスピードをゆるめた。男性のほうが背後を見た。そして、撃たれた。

「それから六秒ちょっとで三人目。約十二秒の間に三発撃って——背中の真ん中、腹部、額に命中させ——三人を殺害している。たまたま運に恵まれたわけじゃない。三発とも、スケートリンクやその周囲から撃たれてはいない。名前と連絡先を聞いたら、証言者はすべて帰していいとフェリッケに伝えて。ただし、医師たちと三番目の被害者の妻は残すように。

三人から詳しく話を聞いて。被害者の奥さんに尋ねて、連絡してほしい人がいればそうしてあげて。女性被害者は袋に収めて札を付け、死体安置所《モルグ》へ運ぶ拒可が出てる。それから、公園のセキュリティディスクがほしい」

「どの区域ですか?」

「すべてよ」

ぽかんと口を開けているピーボディを残して、イヴはリンクを横切って二番目の被害者のところへ向かった。

二体とも確認し終わると、イヴは建物のなかに入った。

ロッカーエリアへ行くと、医師がふたり、ベンチに並んで座り、テイクアウト用のカップでコーヒーを飲んでいた。

イヴは女性の制服警官を見てうなずき、下がらせると、ふたりと向き合ったベンチに腰かけた。「ダラス警部補です。おふたりの供述をうかがったのが、パートナーのピーボディ捜査官です」

ふたりともうなずき、左の医師――きちんとひげを剃《そ》り、贅肉《ぜいにく》ひとつない体型で、三十半ばくらい――が言った。「殺害された三人について、私たちにできることは何もありませんでした。そばに行ったときにはもう、三人とも亡くなっていました」

「ドクター、お名前は？」

「失礼。ドクター・ランシングです。私は、あの若い女性――赤いスケートウェアの彼女――が、ジャンプに失敗してひどい転び方をしたのだと、ほんとうにそう思ったんです。すると、男の子が叫んでいました。私はすぐそばに、彼らのすぐ後ろにいました。だから、まず男の子をなんとかしようとしました。男の子を助けようと、彼女の体を動かそうとしたそのとき、怪我をしているのでも意識を失っているのでもないとわかりました。それから、みんなにスケートリンクから出るように叫んでいるマットの声が聞こえました。ここから離れろと言っていました」

「マットというと？」

「私だ。マット・ブローリンだ。彼らが衝突するところを見ていた。彼女がジャンプに備えてターンをし、勢いよく前方に飛びだして家族にぶつかった。近づいて手を貸そうとしたとき、男性が膝をついて倒れるのが見えた。そのときはまだ、何がなんだかわからなかった。でも、三人目が撃たれたところを見て、わかった。私は衛生兵だったんだ。二十六年前のことだが、忘れもしない。われわれは攻撃を受けていると感じ、スケート客たちは、身を隠せる場所へ逃げるべきだと思った」

「おふたりは知り合いなんですね」

「いま知り合ったばかりだ」ブローリンが言った。「三人目の男性が即死なのはわかった――狙撃手の腕はたいしたものだ――が、もうひとりの男性にはできるだけのことをした。彼はまだ息があったんだ、警部補。彼は私を見た。あの目は忘れられない――忘れられたらありがたいと思えるような目つきだった。持ちこたえられないとわかっていても、できることはやらなければならない」

「彼は自分の体を盾にして、その男性を守ったんです」ランシングが横から言った。「人びとはパニックにおちいり、倒れているその男性にぶつかったり、踏みつけたりしてもおかしくありませんでしたが、マットが彼を守ったんです」

「ジャックは男の子の世話で手一杯で、両親もダメージを受けていた。そうだろう？」

「ふたりとも、すぐには立ち上がれませんでした」ランシングが説明した。「父親は軽い脳《のう》震盪《しんとう》を起こし、母親は手首を捻挫《ねんざ》していました。そのうちよくなるでしょう。男の子も同様ですが、彼がいちばん重傷でした。警備員は救急箱しか持ってなかったので、男の子には軽い痛み止めを与えました。MTたちは二分以内に駆けつけました。賞賛に値します。それから、私はマットを手伝いに行きました。最後に撃たれた男性を診なければならなかったので。しかし、マットが言ったとおり、彼は亡くなっていました。氷上に倒れたときにはもう、命はなかったと思います」

「だから、転んだり、刃で――スケート靴で――切り傷を負ったりした者に簡単な応急手当をするくらいしかやることはなかった」マットは言い添えた。むさくるしいごま塩のひげを片手でごしごしこする。「ここに案内されてはじめて、あれが戻ってきた。働いているとき、あれは捨てていなければだめだ」

「何を捨てるんです？」

「恐怖心だ。いつ後頭部を撃たれるかわからない、という恐怖心。誰が彼らを撃ったんだ？そうとうな腕前だぞ。東からだ。銃撃してきたのは」

「どうしてわかるんですか？」

「三人目が撃たれたところを見たんだ。光線の角度と、男性の体がねじれるのが見えた。東からだ」ブローリンは目を細めてイヴを見た。「すでに知っていたようだな」

「セキュリティディスクを再生して見ました。さらに検討しますが、いまのところ、あなたの言うとおりだと思います」

「彼の奥さんが、きみのパートナーとあっちのオフィスにいる。彼女の両親が駆けつけたところだ」ブローリンはふーっと息をついた。「こういうことがあるから、除隊後、獣医科大学に入学した。犬と猫だろう？　人を扱うより楽だ」

「うまく人に対処していましたよ。おふたりとも。今日、ここであなたがたがしてくださったことに感謝します。連絡先をうかがっているので、また必要になれば話を聞かせていただきます。なにか気づいたことがあれば、わたしはデカ本署《コップ・セントラル》にいるので連絡してください。ダラス警部補です」

「もう行ってかまいませんか？」ランシングが訊いた。

「はい」

「ビールでもどうです？」

ブローリンはなんとか弱々しくほほえんだ。「軽くやるとするか？」

「最初の一杯はおごらせてください」ランシングが立ち上がった。「みんな、公園で楽しんだり、子どもたちにちょっとした冒険を体験させにやってきたというのに。あるいは、あの若い女性のように、ただ楽しむためにやってきた。見ているこちらも楽しかった。それがいまは……」

ランシングは言葉を切り、首を振った。「そう、一杯目は私が」

ふたりが去ると、セキュリティバッジをストラップで首から下げた男女が近づいてきた。

「ダラス警部補。スケートリンク警備係《セキュリティ》のカーリー・ディーンです。こちらはポール・シュピーヘル。なにかわたしたちにできることがありますか？　なんでもおっしゃってください」

「セキュリティの責任者は誰ですか？」

「わたしです」身長百六十センチ足らずで、四十五キロはなさそうなカーリーが胸を張った。「たいていはポールだと思われるんですけどね。彼はボディガードなの」冗談を言い、ばつが悪そうにほほえんだ。

「オーケイ。追って連絡するまで、このスケートリンクは閉鎖してもらうことになるわ」

「それはもう手配済みです。マスコミが押し寄せようとしていますが、すでに発表しました――〝スケートリンクは閉鎖中です〟と。マスコミ関係者のひとりが、どういう手を使ったのかわたしの個人番号《コード》を手に入れたのですが、ブロックしました」

「そのままにしておいて。ふたりともスケートリンクには近づかないように。すべてが終了するまで、ほかのスタッフもみんな同じよ。間もなく鑑識が到着するわ。被害者に見覚えはある?」

「エリッサ。エリッサ・ワイマンです。シーズン中はほとんど毎日来ていました。ここのスケーティングチームのオーディションを受けるはずだったの」カーリーは両手を広げ、すぐに下ろした。「いい子だったわ。人なつっこくて。たまに妹も連れてきていたわね」

「ミスター・マイケルソンのことは知っています、少しですが」ポールが言った。

二番目の被害者だ、とイヴは思った。ブレント・マイケルソン——医者だ——六十三歳、離婚して独身、子どもがひとり。

「彼を知ったのは、ここで?」

「あの人はスケートが好きで、滑りに来るのは午後でした。隔週の火曜日に。エリッサのような派手な滑りはしなかったけれど、定期的に来ていましたよ。たまに孫たちを連れてくることもありました——夜とか、土曜日に。午後はいつもひとりで滑っていましたね。もうひとりの男性は見おぼえがありません」

ポールはオフィスのほうをちらりと見た。

「奥さんがセキュリティのオフィスにいるわ」カーリーが横から言った。「あなたのパートナーが一緒にいる。とても親切にしているわね。ほかに何かできることがあるかしら、警部補？」

「あなたがたのオフィスをもうしばらく使わせて」

「必要なだけどうぞ」

「すでにわたしのパートナーから訊かれたでしょうけど、わたしからも訊かせてもらうわ。エリッサやマイケルソンにとくに興味を持っている何者かが、スケートをしに来たり、見に来たりしているのに気づかなかった？」

「そういうことはなかったわ。エリッサが滑りはじめると、おおぜいの人が足を止めて見ている、ということはあったわね。男の子が二、三人、たまに声をかけていたり。でも、それ以上のことはなかったわ。わたしたちも見張っているし」カーリーは続けた。「トラブルはそんなにないの。ほとんどが衝突に関わることで、押したとか突いたとか、そんな感じよ」

「夜のほうがトラブルが多いですが、それでもたいしたことはありません」ポールが肩をすくめた。「クソ野郎が喧嘩《けんか》を始めたりします。汚い言葉を使ってすみません」

「クソ野郎は、普通に使う言葉よ」イヴが言った。「スケートリンクに入れるようになったら連絡するわ。事件に関して声明を出すでしょうけど、ここのお偉方には、警察のメディア担当者と調整するように勧めるわ。タイミングや内容について」

「あの人たちは——お偉方ですけど——訴訟問題が関わると混乱しまくるから」

「お偉方ってそういうものよ」イヴは言い、オフィスに向かった。

なかに入ると、三十代はじめの女性が、男性と女性にはさまれて折りたたみ椅子に座っていた。両側の男女とも女性の体に腕をまわし、ピーボディが彼女の前にしゃがんで穏やかに話しかけていた。

イヴが入っていくと、ピーボディは女性の手を取った。「ジェニー、こちらはダラス警部補よ」

ジェニーが絶望を宿した目を上げてイヴを見た。「ふたりであなたの映画を観たわ。アランはすごく気に入っていた。映画と同じようにやるのね。女優が演じていたのと同じように、という意味だけど。わたし、どうしていいのかわからなくて」

「ご愁傷様です、ミセス・マーカム。すでにピーボディ捜査官に話をしていただいたのは承知しています。あともう少し、お話を聞かせてください」

「スケートをしていたんです。ふたりとも、すごくへたなんですけど。ふたりでげらげら笑っていました。今日はずっと一緒にいて、夜も一緒に過ごすはずでした。記念日なんです。結婚五年目の」

ジェニーは隣の男性の肩に顔を押しつけた。

「ふたりがはじめてデートをしたのが、ここなんだそうです」男性は咳払いをしてから言い、かすかなアイルランド風のアクセントに気づいたイヴは、ロークを思った。「私はリアム・オデル。ジェニーの父親です。こちらはケイト・ホリス。彼女の母親です」

「スケートに行く、というのはわたしが思いついたの。はじめてのデートとすべて同じことをしよう、って。ふたりとも休みを取って、最初のデートと同じように、このあとピザを食べに行くはずだった。そこで、最初のときとは違ってワインを飲まない理由を話すつもりだったの。妊娠したって、話すつもりだったの」

「ああ。ああ、ベイビー」母親は娘を引き寄せて抱きしめ、一緒に身を震わせた。「ああ、ベイビー」

「彼に話してから、ママとパパに、それからアランのママとパパに話すつもりだった。でも、今日はずっとふたりきりでいるはずだったの」

ピーボディがやっていたようにイヴもその場にしゃがんで、まっすぐジェニーを見つめた。「ジェニー、あなたたちが今日、ここにいるのをほかに知っている人がいる?」

「わたしの友だちのシェリーと、たぶん、彼女の彼も――チャーリーも知っていると思うわ。ふたりともわたしたちの友だちよ。ママにも話したわ。スケートに行くことは、ほんの二、三日前に決めたの。検査して陽性だとわかって、絶対に行こうと思ったの」

「アランには敵対していた人物や、何かで揉めていた相手がいましたか?」

「いいえ。いませんでした。ピーボディ捜査官にも訊かれましたが、答えはとにかくノーです。アランみたいな人に敵なんているはずがないわ。彼は教師です。わたしたちはふたりとも教師で、彼はサッカーのコーチや、ホームレスの受け入れ施設でボランティア活動もしているの。みんな、アランが大好きよ。誰がどんな理由で彼を傷つけたりする? どうしてなの?」

「できることはすべてやって、その理由を突き止めます。わたしでもピーボディ捜査官でも、いつでも連絡していただいてかまいません」

「何をしたらいいのかわからないわ」

「ママと一緒に行きなさい」リアムが身を乗り出し、ジェニーの頭にキスをした。「ママと一緒に帰りなさい」

「パパ――」

「私も行くから。あとで行く」リアムはジェニーの頭越しにケイトを見て、涙を浮かべてうなずいた。「ママと行くんだ、ダーリン。私もあとで行くから」

「ピーボディ」

「一緒に来てください。巡査にご自宅まで送らせます」

リアムはその場に座ったまま、ピーボディがふたりと出ていくのを見ていた。

「あの、私たちは離婚して、ケイトは再婚しました。八年前のことです。いや、九年だったか？」そう言って、首を振る。「そんなことはどうでもいい。そうでしょう？」リアムは立ち上がり、また咳払いをした。「いい男でした、アランは。誠実で、頼りがいのある男で、私たちの娘を心から愛してくれた。あの子から、私たちの娘から、あの子のお腹の赤ん坊から、彼を奪った犯人を必ず見つけてください」

「できることはなんでもやります」

「あなたの映画も観たし、本も読みました。アイコーヴのあれです。誠実な若者の命を奪った者を、あなたたなら必ず見つけてくれるでしょう」

涙で目をうるませ、リアムは急いで部屋を出ていった。

イヴは椅子に座り、あたりにどんよりと漂う悲しみの霧を振り払った。そして、リンクを引っ張り出した。

「ローウェンバーム」ＳＷＡＴチームの——イヴが知るかぎり最高の——指揮官だ。「意見を聞かせてほしいの」

「セントラルパークで事件だと、あちこちから耳に入ってくる」

「いまそれを確認してるところ。専門家の意見が必要なの」

「もうすぐ勤務時間が終わる。スケート場まで行くとすると、だいたい――」

「スケート場じゃないわ。そっちはまだ。セキュリティディスクを手に入れたから、いいスクリーンで見たいの。うちはここから遠くないわ。うちへ来られる？」

「ダラス宮殿へ？」

「ふざけないで」

ローウェンバームは声をあげて笑い、リンク越しにイヴににっこりした。「ああ、行けるよ」笑みが消える。「被害者の人数について情報が錯綜《さくそう》している」

「三人よ。もっと被害者が増えていた可能性もある、という気がするけど」

「可能性があるなら、大抵はそうなるな」

「だから、意見が聞きたいの。被害者が増える気がするから。わたしは、これから被害者の家族に報告しなければならない。一時間後に来られる？」

「行ける」

「感謝するわ」

リンクを切ると、ピーボディが戻ってきた。

「病院へ行って――というか、足を骨折した子どもと両親はまだ病院にいるかどうか、確認して。とにかく、彼らがいるところへ行って、彼らが何を見たか尋ねて、報告書を書いて。

わたしは被害者の家族に報告する」

「まだセキュリティディスクを回収中です。広い公園ですから」

「ディスクのコピーを自宅とオフィスのコンピューターに送って。スケートリンクの東側のディスクから始めるわ。あなたたちにも見てほしい――マクナブにも見てもらって。物でも人でも不審なものがないかどうか注意して見て。もし、公園内から狙撃されたなら、バッグかケースを持った人物を捜さなければ」

「もし？」

イヴはオフィスから出て、誰もいないロッカールームを見わたした。「わたしは公園の外から狙われたのはまず間違いないと思ってる。西向きの窓がある建物も調べるわよ。六番街から東に向かって、ローウェンバームがやめろと言うまで」

「ローウェンバーム？」

「助言をしにうちに来てくれるわ。リンクのセキュリティディスクをうちのスクリーンで見たいの。わたしに逆らわない機器っていうこと」

「ローウェンバーム。彼、かわいいですよね」イヴにじろりとにらまれ、ピーボディは肩をすくめた。「わたしはただひたすらマクナブだけを思っていますけど、かわいいものは目に入ってくるし、そうなると〝かわいい測定器〟は反応します。彼はかなりの高得点だって、あなたも思っているはずです」

「かわいいって、子どもや子犬に言うことでしょう——子どもや子犬が好きなら、っていう話だけど。わたしに言わせれば、彼はなかなかクールよ」

「間違いありません。セキュリティディスクを早く集めて、男の子と両親から何か新しい情報が得られるかどうかたしかめます」そう言いながら、ピーボディは長いマフラーを巻きなおした。「おおぜいの目撃者の供述書をひたすら読みつづけることになりますね」

「最初の十人はまかせるわ。わたしはその残りから始める。三人の被害者について、スケートリンクを訪れたこと以外に共通点がないかどうか調べないと。あればいいんだけど。完全な無差別殺人なら、問題はすでにそうとう厄介よ」

外に出たイヴは、犯行現場で忙《せわ》しげに作業している遺留物採取班のほうを見てから、東に視線を移した。

そして、ふたたび思った。かなり厄介なことになりそうだ。

2

被害者の死を、家族に直接伝えるのと、リンクで伝えるのではどちらが大変か、なかなかひと言では言えない。ようやく自宅に向かいながら、イヴはそんなことを思っていた。いずれにしても、直接顔を合わせてエリッサ・ワイマンの両親の心を真っ二つに切り裂き、フィラデルフィアに出張中のブレント・マイケルソンの娘にも、リンクを通じて同じことをしてきたところだ。

彼らの人生はもう元通りにはならない。死がすべてを変えてしまうだろう。殺人によって、その変化にはべったり血がついている。

それでも、イヴは悲しみ——焦点をぼやかす——を切り抜けなければならない。

敵はいない。脅しも受けていない。トラブルも抱えていない。恨みを抱えている元恋人もいなければ、人にうらやまれるような大金も持っていない。いまのところ、三人の被害者は法を守るまじめな一般人のようだ。

しかし、なぜあの三人――ふたりはリンクの常連客だ――なのか？　客はおおぜいいたのに、なぜあの三人だったのだろう？

いつでも理由はある、とイヴは自分に言い聞かせた。とんでもなく常軌を逸した理由だとしても。

あれこれ理由を考えながらハンドルを切って門を抜け、邸《やしき》に続く曲がりくねった私道を進んでいく。

ふとローウェンバームの言葉が思い出され、思考が中断した。

ダラス宮殿？　冗談でしょう？　そう思っている警官がいるの？

冬の空にまたたきはじめた星明かりを受けている壮大な石壁は、城（宮殿と同じものだろうか？）のように見えるかもしれない。大小の塔もある。凍った枝を輝かせる木々に囲まれ、一面の白い雪の上に建つ様子は、別の時代のものにも見えるだろう。

別世界の建物。

しかし、あれはロークのものだ。彼が建てた――街の中心に位置する彼の要塞《ようさい》だ。最初は、いや、そのあともしばらく、イヴはこの邸に心の底から感服し、圧倒されていた。けれども、いまは？

わが家だ。

暖炉に火が燃えている場所。愛する男性に、見つめられると同時に大切に思われているとわかる場所。おかえりと、猫が足にまとわりついてくる場所。

正面玄関の前に車を停めながら、さらに思う。悪鬼のようなサマーセットがホワイエにぬっと現れる場所でもある。

塵《ちり》ひとつ落ちていない床に泥と血の足跡をつける気だろうと言わんばかりに。まあね、そんなふうに汚したのは一度きりじゃない。でも、今日は違う。

念のため、車から降りながらブーツを確認する。

今日は、嫌みを言う暇も言われる暇もない。

玄関に入ると、彼がいた。がりがりの体を黒いスーツに包み、まったくの無表情で、足元に丸々と太った猫をしたがえている。

「黙って」サマーセットがこのときのために考えた侮辱の言葉を発する前に、イヴは言った。「警官がひとり来ることになってるわ。ローウェンバームよ。まっすぐ階上《うえ》に通して」

「お食事はお客様もご一緒にされるのでしょうか?」

ことさら甘ったるい口調で言われ、侮辱されているのはわかった――しかし、イヴは質問そのものにうろたえた。「ええと……」

いま何時なの？　腕時計《リスト・ユニット》を確認しそうになるのをぐっとこらえる。サマーセットを満足させるわけにはいかない。

「お客じゃなくて警官。仕事よ」

少しは仕返しがしたくて、足にまとわりついてくる猫をよけながら肩をすくめるようにしてコートを脱ぎ、階段の支柱に引っかけた。

「もちろんです」

イヴはそれ以上何も言わずに階段を上りはじめ、猫があとを追ってきた。

まっすぐ自分のホームオフィスへ行くと、ロークが背中でデスクに寄りかかっていて、イヴははっとして立ち止まった。

この男性はわたしの心臓を一瞬止めて、すぐに高鳴らせることができる。その姿を一目見ただけで。わたしたちは結婚して二年以上たつ。少しは慣れるべきじゃない？　それも結婚生活のルールのひとつ？

でも、ロークのような姿の男はどんなルールも破る。

その顔はかぎりなく美しく、野性的なブルーの目はアイルランドの神を思わせ、完璧な形の口はいまにも詩を詠《えい》じそうだ。さっきのサマーセットの口調よりなめらかな黒髪は、仕事用に後ろで束ねられている。長身で引きしまった体を包んでいる服はすべて黒だ——ネクタイとスーツの上着は身につけず、シャツの袖を肘までまくっている。

つまり、しばらく前に帰宅して、仕事をしていたということだ。

そう、彼の姿はルールを破り、心臓を止める。しかし、驚くべきブルーの目と目が合った瞬間、イヴの心臓は高鳴りはじめる。

その目には愛が宿っている。ただそれだけのことであり、それが特別なのだ。

「ちょうど間に合ったね」ロークが言った。アイルランド風の抑揚だ。

「ええと——何に間に合ったの？」

ロークは片手を差しだした。

イヴが近づいていくと、まず彼女を引き寄せて、巧みに背中を撫《な》で上げながら、唇にかすめるようなキスをした。

わが家だ、とイヴはふたたび思い、この数時間の重みを感じながら彼に抱きつき、もたれかかった。ここでは、ありのままの自分でいながら、こうして寄りかかれる。

「呼び出しがかかったんだね」ロークがささやいた。「ウォールマン・スケートリンクの事件だろう？　速報を聞いて、すぐにきみを思い浮かべた」

「そうよ。いま、最初の犠牲者の両親と、十四歳の妹の心を粉々に打ち砕いてきたところ」

「過酷な仕事のもっとも過酷な部分だ。大変だったね」

「大変だったわ」

ロークはイヴの顔を少し後ろに傾けさせ、唇で額をかすめた。「話を聞かせてくれ。まずは、ワインを一杯飲むといい——あとでコーヒーをたっぷり飲むだろうが、とりあえず、いまはひと息つくことだ」

「やめておく。ローウェンバームがここへ向かっているの。彼にもセキュリティディスクを見てほしくて。助言が必要だから。彼はSWATチームの指揮官で」と、イヴは説明を始めた。

「ああ、彼ならよくおぼえている。去年の〈赤い馬〉事件の捜査で会った。どうして彼に?」

「三人ともレーザー銃で撃たれたの。それぞれ撃たれたのは一発で、全員その一発が致命傷だった。わたしは、セントラルパークの外から撃たれたと思っている」

「外？　なるほど」

彼は理解する。理解できるから、イヴは長々と説明をしないですむ。

「たぶん、狙われたのはひとりだけで、残りのふたりはカムフラージュね。三人のつながりも探すつもり。でも……」イヴは首を振った。「事件ボードをセットして、整理しはじめないと」

「それなら僕も手伝える」

「そうね、ありがとう。じゃ、あなたは――」振り向いたイヴの心臓がふたたび止まった。いい意味ではなく。

壁のスクリーンにピンクと紫の悪夢が繰り広げられていた。

ピンク色の地に紫のくねった線が一面に描かれた壁が、さらにひどいものを取り囲んでいる。部屋の真ん中にはS字形のソファのようなものがあり、こちらは紫の地にピンク色のくねった線が一面に描かれていて、そこにありとあらゆる色の目のくらむような模様のクッションが山積みにされている。すべてフリンジ付きだ。

そのソファと向き合って置かれた椅子――これもピンク地にグリーンの大きな水玉模様――についているのは、羽だろうか？　鮮やかな虹色の扇のように、椅子の背から羽が広がっている。

窓――さらに多くの羽で囲まれている――の下には、ピンクの椅子二脚にはさまれて、つややかな明るいグリーンのテーブルがある。その上にとてつもなく大きな紫の花瓶があって、風変わりな花がたっぷり活けられていた。

不規則ながらもまた心臓が打ちはじめ、イヴはキャンディピンクと紫のボーダー柄の、U字型ワークステーションを見つめた。

「ありえない」

「チャーメインが冗談で作ったんだ」ロークは体の向きを変えて、両手でイヴの顔をはさんだ。「きみの頭に殺人事件のことがなければ、ふたりでもっと楽しめたはずだが」

「冗談って」

「ここを改装するにあたって、きみが求め、必要とするものの正反対をデザインしたんだ」

「正反対」

「まるで逆をね。送られてきたのはこれと、実際のデザインが三パターンだ。これを見せてショックを与え、ほかの三パターンを受け入れやすくさせるんだと、彼女は言っていた」ロークは笑顔になり、人差し指でイヴのあごのくぼみをたどった。「ちょっとでいいから。実際のデザインを見て、彼女の言うとおりかどうかたしかめてみよう。ちらっと見るだけだ。そうすれば、やりたくもないことを僕に無理強いさせられたのではないとわかり、きみも安心できるだろう」

「フルレベルにした麻痺銃《スタナー》を使っても、無理強いなんかさせられないわ。でも、ひょっとすると——」

「コンピューター、デザイン1をスクリーンに。きみのスペースをアップデートしようと話し合ったときにも言ったが、きみが望まないことはやらない」

イヴは反論しかけたのをやめて、画像を見た。地味な色づかいで、無駄な曲線はまったくなく、大きくてクールなコマンドセンター――そもそも、イヴの気持ちが変わったきっかけだ――がある。

「ピンクのピの字もない――羽も房飾りもない」ロークが言った。「デザイン2をスクリーンに」

さっきより色合いは強いが、明るいというより深みがある。曲線もいくらかあって、ソファの張り布もやや派手だが、あきれるほどではない。

「そして、デザイン3をスクリーンに」

いまのふたつの中間だ、とイヴは思った。2より色調は抑え目で、調度もすっきりしている。

「前よりいいかな?」

「あれと比べたらなんでも」

「あとで、あれこれ考えなくて済むようになったら、また見ればいい」

「オーケイ。画像を消してくれる? 誰か来たみたい。ローウェンバームよ、きっと」

インテリアデザインを検討しているのをほかの警官に知られるのは、僕のおまわりさんにとって屈辱だろう、とわかっていた。イヴがローウェンバームを迎えに行くと、ロークはスクリーンの画像を消すようにコンピューターに命じた。

「ローウェンバーム分隊長がお見えです」サマーセットが言い、一歩下がった。

ローウェンバームはにこにこしながら部屋に入ってきた。やはり彼はクールだ、とイヴは思ったが、ピーボディの〝かわいい測定器〟が働くのも理解できた。

「ワオって言うしかないね、すっごい家だ」ローウェンバームはあたりを見回し、穏やかなグレーの目で細かなところまで素早く観察した。「迷わない？」

「たまに」

「だろうね。どうも、ローク」

「ローウェンバームだね」

「わたしもいま戻ったところよ」イヴが言った。「まだ準備できてないの」

「急がなくていいよ。これは誰かな？」ローウェンバームはしゃがみ、誰がやってきたのかチェックしに静かにやってきた猫を指で掻《か》いた。

「ギャラハッド」

「ああ、そうか、そうか、話は聞いてるよ。ろくでなし野郎の気をそらして、きみの窮地を救った猫だ。やるじゃないか」

「その話、知ってるの？」

「現職の上院議員が逮捕されれば、ダラス、誰の耳にも入ってくるぞ。左右の目の色が違う。超クールだな」

「すごくいい猫よ」イヴが言い、ギャラハッドはローウェンバームに撫でられながら毛づくろいを始めた。

「俺はどちらかといえば犬派だけど、そう、こいつはすごくいい猫だ」ローウェンバームは立ち上がった。「さてと」

「ビールかワインを一杯どうかな?」

そう誘ったロークをイヴはじろりとにらんだ。「仕事中よ」

「ビールで思考が鈍るかい、ローウェンバーム?」

えくぼを見せてにっこり笑う。「ぜんぜん。一杯飲みたいね」

「たまたまだが、とっておきのビールがあってね、いま届いたところなんだ。バナー保安官補の自家製ビールだよ」ロークはイヴに言った。「約束どおりにね」

「アーカンソーの警官よ」イヴは説明した。「殺人カップルを逮捕したとき、力になってくれた」

「その話も聞いている。さあ、自家製ビールの味見をしながら、そっちの資料を見せてもらおう」

「ちょっと待って」イヴは自分のデスクへ行き、ロークは続き部屋のキッチンへ向かった。

「スケート場のセキュリティディスクよ。ピーボディは公園内のほかのディスクをかき集めてるけど、これには三人が撃たれたところがすべて映ってるの」

イヴはディスクを挿入して、壁のスクリーンを身振りで示した。「キューのところからスクリーンに再生。赤いのを着た若い女性がいるでしょ？」

「つい目が引き寄せられる。美しいし、動きに無駄がない」

「美しかったし、無駄がなかった」

ローウェンバームはスクリーンに向かってうなずき、エリッサが人生最後のジャンプをした。次の被害者が倒れ、ローウェンバームの目から生気が失せた。そして、三人目。

「もう一度再生してくれ。もっとゆっくり」

ロークが戻ってきた。片手にビールを二本ぶら下げ、反対の手にもう一本持っている。立ち止まって、スクリーンを観た。

「オーケイ、三発目のところの画質を高めて、二、三秒前から再生して。もっとスローで」

イヴは画質の向上を命じ、さらにスピードを遅くした。かすかな閃光《せんこう》が見えたような気がして、目を細める。

「狙撃犯がいたのは、スケートリンクの東側だ。狙いはとてつもなく正確だろう？　よほど厳しい訓練を積んだはずだ。たまたまうまくいったわけじゃない。リンクの東側、高い位置からだ」

「高い位置」

「検死官《ME》に立証されるだろう。俺が最低の読み違いをしていれば話は別だが。ありがとう」

ローウェンバームはロークに礼を言い、ビールを受け取った。「公園の警備係は何も見つけられないだろう。たとえニューヨークでも、誰かが武器を持って木に登っていれば、誰かが気づく。いずれにしても、もっと高い位置だと思うが。早戻しして、もう一度観よう」

「閃光が見えた気がする。赤いのが……かすかに」

「光線だ。失礼」ロークが横から言った。

「いや、そのとおり」ローウェンバームはスクリーンに目をこらしたままうなずいた。「レーザーが投射されると、光線が生じる。一瞬のことだから、見るのはむずかしい。鑑識にまかせれば、画質をもっと鮮明にして、よく見えるようにできるだろう。いまだ」

イヴは映像を一時停止させた。「ええ、見えるわ。それから、そう、角度もわかる。東の上のほうからね」

「クソ狙撃犯が公園のいちばん高い木の上から撃ったとしても、武器は戦闘用のレーザーライフル、というのが俺の考えだ」

「そういった武器の射程距離はどのくらい？」

「武器の種類にもよるし、もちろん、狙撃する者の腕にもよるだろう。でも、腕のいい者が正しい装置を取りつけて撃てば？　二キロか三キロか。それ以上かもしれない」

「そんな武器なの？　それなら警察関係か軍関係の可能性が高いわね。地元の二十四時間営業の店で買えるものじゃない。おそらくブラックマーケットか、武器の密売人から入手したんだろうけど、決して安い買い物じゃないわ」

「軽く二万は超える」ローウェンバームがきっぱり言った。「認定を受けた収集家でもめったに手に入れられないだろう――合法的なやり方では」

「いろいろ面倒だが」ロークが言った。「可能だ」

イヴがロークのほうに顔を向けた。「持ってるのね」

「じつは三挺《ちょう》。ステルス - LZRと――」

「LZRを持ってるって？」ローウェンバームの目がクリスマスの朝のように輝いた。「はじめての携帯型レーザーライフル――パルスアクションだ。二〇二一年から二三年にかけて製造された。重くてかさばるが、訓練を受けた者なら一・五キロ先の硬貨でも撃ち抜ける」

「当時にくらべればレーザーライフルもかなり進化した。きみのチームが使うようなタクティカル - XTと、ほかに、ペレグリン - XLRも持っている」

「嘘だろ」ローウェンバームはロークを指さした。「ペレグリンを持ってるって？」

「そうだ」

「あれなら八キロ先の的でも命中させられる。名手の手にかかればもっとだ。去年、軍事用にリリースされたばかりだぞ。どうやって……」ローウェンバームは言葉を切り、ビールをひと口飲んだ。「言わないから訊くな、か？」

「すべて合法だ」ロークは請け合った。「かなり小細工はしたが、必要な事務手続きはすべてやってある」

「マジか。見たいなあ」

「もちろんだ」

「ほんとうに？」

「狙撃犯がその手の武器を使った可能性は？」イヴは質問を始めた。

「使っていたら、クイーンズから撃った可能性も出てくる。本気で見せてくれないか」

「おもちゃで遊びたいだけだろうけど、いいわ」

「エレベーターで行こう」ロークが身振りで示した。

「きみも自分の目で見たほうがいい」ローウェンバームがイヴに言った。「きっと役に立つ」

「あなたの武器を見たことがあるわ。レーザーライフルだって一、二度使ったことがあるし」

「犯人が戦闘用の――あるいはそれに近い――レーザーライフルを使っている可能性はかなり高い」ローウェンバームはふたりと一緒にエレベーターに乗った。「わずかな間に、あんなふうに三発命中させているわけだろう？　遠距離レーザーライフルを所有し、その扱い方を練習した者だな」

「警察関係者、軍関係者――あるいは元関係者。それに加えて、武器収集家のリストも手に入れないと」

イヴが両手をポケットに突っこむと同時にエレベーターのドアが開いて、目の前にロークの武器ルームのがっしりした大きな扉が現れた。

ロークが掌紋照合装置《パーム・プレート》に手を置いた。

扉が開くと、ローウェンバームは男が裸の女を見たときと同じ声をあげた。

無理もない、とイヴは思った。ロークのコレクションは武器の歴史そのものだ。刀剣、スタナー、銀の細剣《フオイル》、マスケット銃、回転式連発拳銃《リボルバー》、棍棒《こんぼう》、ブラスター、マシンガン、コンバットナイフ。

ガラスの展示用ケースには、何世紀にもわたる殺人の道具が並んでいる。

ローウェンバームがぽかんと口を開けてうろつくのを、イヴは一分だけ許した。

「撃ったり、刺したり、気絶させたり、ぶっ飛ばしたりするおもちゃでロークと遊ぶのはあとにして、いまは……」

そう言って、レーザー系の武器が展示されているほうに手のひらを向ける。

ロークはイヴの思いを受け取り、ロックを解除してガラス戸を開け、ペレグリンを出した。

イヴはペレグリンも、似たような銃も、見たことがなかった。ためしに撃ってみたい、という思いがこみ上げる。しかし、何も言わず、ロークがケースから銃を取り出してローウェンバームに渡すのを見ていた。

「充電済みか？」

「いや、していない。それをやると……規則違反だ」ロークはほほえんだ。

ローウェンバームは小さく笑い声をあげ、銃――死のように黒く、ヘビのようにつややかだ――を肩にのせた。「軽いな。俺たちが作戦で使う銃は二・五キロだ。最高倍率の望遠照準器を付けるとプラス二百二十グラム。予備バッテリーでさらに八十五グラム。これは、そうだな、一・三キロちょっとか？」

「一・四五だ。ＰＰＣとシンクロさせたり、赤外線も使える」ロークはまたガラス戸を開けて、手のひらサイズの銃を取り出した。「最長で二十五キロメートル先まで狙える。完全利用で、バッテリーは七十二時間持つが、休ませずに使いつづけると四十八時間で熱を帯びはじめると忠告された。二分以下で再充電できる」

ローウェンバームは銃を下げて、両手で裏返した。「試してみたのか？」

「ああ。かなり反動があるが、改良中だと聞いている」

「なにか撃ったのか？」

「シミュレーションだけだ。二・五キロ先の的に当たった」

いかにも名残惜しそうに、ローウェンバームはロークに銃を返した。「たいした代物だな。でも、今回使われたのはこの手のものだろう」陳列されていたさらにかさばる銃のほうへ手を向けた。「軍、あるいは警察の戦術用だ。この五、六年、仕様に大きな変化はない。俺が思うに、犯人は高い確率で自分の武器を持っている。こういった武器は、支給される小銃のように勤務後に家に持ち帰りはしない。事件ごとに厳しくチェックされるんだ。さっきも言ったとおり、あのわずかな間に連続して三発命中させた犯人は、二脚の台か三脚を使ったと思われる。標的はどれも動いていた。とりわけ最初の標的は？　彼女はかなりのスピードで滑っていた。そんな標的を離れた場所——たとえば一・五キロメートル？——から狙って、命中させた。標的に到達するまで二秒半。風速も考慮しなければならないが、それだけじゃない」

「すべて計算して撃たないといけない。距離、風速、角度——標的が移動するスピード」イヴはうなずいた。つまり、犯人はしばらく標的を見ながら、氷上の三人の相対的なスピードの見当をつけていたはずだ。

「わたしは三脚を使ったことがないわ——というか、訓練後は使ったことがない。どのくらいの大きさで、重さはどのくらい？」

「約一キロで、縮めれば三十センチ以下になる」

「ライフルも分解できるでしょ？」

「もちろん」ローウェンバームはロークを見た。「やって見せられるよ」

ロークは陳列されていた銃を下ろして、ローウェンバームに渡した。

ローウェンバームはバッテリー残量がゼロになっているのと、さらに停止スイッチが下りているのを指で確認した。「安全第一だ」そう言うと、小さなレバーをまわして銃身と充電装置と望遠照準器をはずして、十秒ほどで手頃な大きさの四つのパーツに分けた。

「ばらばらにすると、標準的なブリーフケースにおさまる」イヴが考えながら言った。

「そのとおりだが、武器を大切にするなら、分解したそれぞれのパーツをはめこんで収められるケースを使うはずだ」

「政府関連のビルや、美術館のような公共の建物のセキュリティを通過するのは無理ね」

「まず無理だ」ローウェンバームが言った。

「オーケイ、じゃ、アパートメント・ビルや、ホテル、店舗、レンタルスペースの可能性が高いわね」

イヴが考えながらうろうろ歩いている間に、ローウェンバームは銃を完全に元どおりに組み立てた。

「鑑識で、この手の犯行の再構成がいちばん得意なのは誰?」イヴは尋ねた。

「ディックヘッドということになるだろう」ローウェンバームが言った。

「待ってよ、そうなっちゃうの?」鑑識課長がぐずと呼ばれるのは、理由があってのことだ。

「そうなる。きみが彼をせっついてくれたら、時間を見つけて彼に協力する」

「そう言われると、断れないわ。ありがとう」

「礼は必要ない。俺の読みが正しければ、ダラス、LDSKを取っ捕まえるのはきみだから」

「LDSK?」

イヴはロークに顔を向けた。「遠距離連続殺人犯《ロング・ディスタンス・シリアル・キラー》でLDSK」

「警官ってやつは」ロークはつぶやいた。「すぐに頭字語《イニシャリズム》にしたがる」

「人間がこれほどイカレてなければ、そうする必要もなくなるわ。こんなふうに三発命中させられる人物を知ってる?」

　ローウェンバームはふーっと息を吐き出した。「俺。あと、うちのチームにふたり。そう、やつらを調べなければならないのはわかるが、ありえないぞ。ほかにも二、三人心当たりがあるから、リストを作ってやろう。俺に言えるのは、あんなふうに命中させられるやつは知っているが、そんなことをするやつは知らない、ってことだ」

「いずれにしても、名前をあげてもらうと助かる」

「プロのしわざかもしれないな、ダラス。そっち方面なら、きみのほうがリストを作りやすいだろう」

「作るわ。でも、誰がプロを雇う? 相手は、大学で勉強をしながらバリスタのバイトをやってる一般人――女性被害者――よ。それと、産婦人科医――第二の被害者。三人目は高校の歴史教師」

「人間はイカレているんだ」ローウェンバームがイヴに思い出させた。

「ええ、そうね」

「きみは殺人課の警官だ。だから、殺人課でやることをやり、俺は戦術や作戦の分野でできることをやる。三発連続で命中だろう?」首の振り方から賞賛と不安が伝わってくる。「いまごろ狙撃犯はたまらなくいい気分だろう」

「たまらなくいい気分だから、またたまらなくいい気分になりたがるわ」

ローウェンバームが帰ったあと、イヴは事件ボードを設置して椅子に座り、メモと情報をまとめはじめた。

「食べなさい」ロークが言った——強く。

「ええ、なんでも食べるわ」

「きみの好きなシチューだ」ロークはイヴを引っ張ってデスクチェアから立たせ、食事問題を解決した。「食べながら考えられるし、きみが知っていることや考えていることも話せる」

たしかに、そうすると何かしら進展があるのだ——しかも、シチューとやらはとてもいい匂いがした。

「ねえ、この事件の知らせが入る前、オフィスで考えていたの。家で静かな夜を過ごしたいなあ、って。少しワインでも飲みながら食事をして、たぶん、ビデオを観て、軽くセックスして、とか」

これから数時間でイヴがどれだけコーヒーを飲むかわかっているロークは、彼女のほうへ水用のグラスを動かした。「できるものだってあるだろう?」

「彼女、エリッサ・ワイマン。はじめからいやな予感はあったけど、セキュリティディスクを見てすぐにわかったわ。あの吹き飛ばされ方。相当な衝撃じゃないとああはならないけど、リンク上でもその周囲でも何か見たという人はいない。三発もレーザー銃を撃って誰にも何も見られないというのはありえない。警官が最大限の注意を払ってディスクを見直しても何も見つけられないし。わたしが犯人が銃を撃った場所を特定できる可能性は？　わたしなら、わたしには賭けないわ」

ロークは腕を伸ばして、イヴの手に手を重ねた。「僕は賭ける」

「そうだろうけど、あなたはお金持ちだし、わたしに甘いから。ローウェンバームの力を借りて範囲を狭められたらいいけど、それにしたって……」

イヴは首を振り、スプーンを口に運んだ。シチューは匂いに劣らず味もよかった。「あの彼女だけど。十九歳で、実家暮らし。しっかりした中流家庭よ。現在、恋人はなし。元恋人はいま、フロリダの大学に通ってる。たがいに悪い感情はないわ。実際、一年間、遠距離恋愛が続いたあと、関係は自然消滅。その後も友だちだった。たまにデートをする相手もいたけど、真剣な交際ではなかった。とにかくスケートが好きで――八歳頃から始めて、夢中になった――スケーティングチームに参加するのが夢だった。あのスケートリンクの常連だったから、彼女が狙われた可能性はある」

「目立っていたね」ロークが言った。「その姿も、優雅さも」

「ええ、そう。次に撃たれた男性はそういう感じじゃなかった。ブレント・マイケルソン。平凡な男性で、とくに目を引くようなところはない。でも、彼も常連客だった。ワイマンほど頻繁ではないものの、定期的に通ってた。離婚してるけど、何年も前よ。元妻とは友好的な関係だった。娘とは仲がよく、誕生日やクリスマスには元妻の家に集まったりしてた――ドラマみたいな厄介な問題はなし。たまに孫たちを連れてスケートをしに来てた。スケート歴は長く、とくに派手な動きはせず淡々と滑ってた。体型維持とストレス解消にいいと言ってたそうよ」

「最後の男性は？」ロークが訊いた。「妻と手をつないでいるところを殺された」

「そう。よく観察してるわね。今日は、ふたりの結婚記念日だった。五年目よ。それで、はじめてのデートを再現してた。本人たち以外に、ふたりがスケート場に行くのを知ってた人は多くはなかったみたい――とても個人的なことだし。何時にスケート場へ行くかも決まってなかった」

「彼はたまたま撃たれたと、きみは思っている。三人とも無作為に撃たれたのかもしれないが、彼についてはよりその可能性が高いと考えている。三人のうち誰かひとりが狙われたなら、あとのふたりは隠れ蓑《みの》にすぎない。そうやって三人とも無差別に撃たれたと見せかけるためだ」

「無作為で撃たれたのは三人全員か、三人のうちふたりだと思ってるわ。そして、後者であるように願わずにはいられない。だったら、それで終わりだから。というか、おそらく終わりだから。ローウェンバームが言ったように、いま、犯人はすごくいい気分でいるはずよ。それに、標的がひとりだったなら、誰がどうして狙ったのか、わたしは間違いなく捜せる。でも、三人とも無差別に撃たれたなら……」

「三人ともそうだったとして、どうしてあのスケート場だったんだろう？」

まるで警官のように考えている、とイヴは思ったが、ロークと話をするのはとても有益なので、そう口にして怒らせるのはやめた。「よく知られてる場所だから、衝撃は大きい。マスコミは大騒ぎする。LDSKにとっては魅力的な要因よ。スケート場そのものに問題があったのかもしれない。妻か、ガールフレンドか、ボーイフレンドか、相手は誰だか知らないけど、とにかく、スケート場でふられたとか。スケートをしてたけど怪我をしてしまったから、他のスケート客たちを恨んでるとか」

イヴはあれこれ考えた――次々とかもしれないが浮かんでくる。「彼女は妊娠してるの。三番目の被害者の妻よ。わかったばかりで、夫にさえまだ知らせてなかった。はじめてのデートの再現ランチのとき、告げるつもりだったのよ」

ロークは深々とため息をついた。「波紋がかぎりなく広がっていくね？　きみがそばに立って見下ろしたただの被害者とか、たんなる死、というのはありえない。彼らに残された人たちの問題でもある」

「彼女の父親はアイルランド人——あなたより少しアクセントがきつかった。とはいえ、ほんのちょっとよ。彼と、亡くなった義理の息子はそれなりの付き合いはしてたけど、祝日に一緒に食事をするほどではなかったみたい。でも、娘を通じてつながってた。彼——父親よ——は、わたしと一緒にしばらく残ってて、義理の息子の話をしてくれたわ。彼を愛してたのがよくわかった。

重い話よね」イヴは言い、水のグラスに手を延ばした。「彼はいちばん可能性が低い、ということになると思うから。三人のうち、誰かひとりが狙われたとして、彼である可能性はもっとも低い。追加分よ」

「きみにとってはそうじゃないね、イヴ」

「彼女が最初だった。赤い服の女性。ローウェンバームが言っていたように、目を引いていた。犯人はまず標的を倒して、仕事をきっちり終わらせるんじゃない？　わたしのなかにも、そう思っている部分はある。でも、このろくでなし野郎はうぬぼれてると思わない？　こんなことができて、実際にやってしまうやつって、とてつもなくうぬぼれてるような気がする」

「だから、標的を――前と後で――はさんだ」

「かもしれないがまた増えた」

「僕は何をすればいい？」

イヴはロークの顔を見た。「わたしが帰ってきたとき、あなたは仕事中だった」

「いや、そうじゃないんだ。ちょうど用事を終えたとき、例の模様替えのデザイン画像が届いてね。その画像を見直していたら、きみが帰ってきた。いまのところ、やらなければならないことは何もないよ」

ロークはまたイヴの手を握った。「被害者の奥さんも、両親も、ほかに影響を受けた人たちもみんな、気の毒だと思う。でも、あの女性。赤い服の彼女のことはしばらく忘れられないだろう。ほんとうにうれしそうな顔をして、じつに伸びやかに滑っていた。それを犯人が止めたんだ。止めたやつを見つけるきみの力になりたい」

わが家だ、とイヴはふたたび思った。彼が。自分が誰で何者なのかを見失わないまま、頼ることができる。

「収集家のリストを作って。ローウェンバームによると、おそらく戦術兵器が使われたから、そういうのを集めている人たち。でも、公園の外からあんなふうに撃てる武器ならなんでもいい」

「簡単すぎるな。もっとやりがいのあることをやらせてほしいね」

「オーケイ。建物を調べて。公園の東側の、そうね、五十七丁目と六十一丁目の間にある建物。後ろは川っぷちまでずっと。入居者の審査が厳しいところは除く。それでもリストはかなり長くなるはず。上から狙撃してるとローウェンバームが言ってたから、五階以上の建物。正確な角度が割り出されたら、階数はそれより高くなるかもしれないし、低くなるかもしれない」

イヴはさらにシチューを口に運び、首をかしげた。「そのうちの何軒があなたのものだと思う?」

ロークはワイングラスをつまみ上げ、ほほえんだ。「それを突き止めるのも面白いだろうね」


ロークが続き部屋のオフィスへ行き、イヴは実際のところ、決して退屈《ルーティン》ではないいつもの手順《ルーティン》に取りかかった。被害者と目撃者、スタッフの経歴を調べて、確率を求めた。包括的な報告書を書いて読み返し、さらに内容を追加した。

そして、椅子にふんぞり返って座り、淹《い》れたてのコーヒーのマグを手に、ブーツを履いた両足をデスクにのせて、事件ボードに目をこらした。

どうして三人だけなのだろう？　それが心に引っかかっていた。標的をあれほど素早く、正確に撃ち抜ける犯人なら、数分内に十数人、いやもっと狙えただろう。たいていのＬＤＳＫがそうであるように、パニックと恐怖を引き起こすことが目的なら、どうして三人だけなのか？

そして、なぜあの三人なのか？

赤い服の彼女はよく目立って狙いやすい。赤い色、若さ、技術、スピード、気品。とにかく目を引くのはたしかだが、なぜあのタイミングだったのかが気になる。

三人目の被害者、カップルの片割れは常連客ではない。今日、あの時間にスケート場へ行くのを知っていたのは、ごく内輪の者だけだ。

そうなると、やはりタイミングが気になった。

しかし、ふたり目の被害者。産科医は常連客だった。あのスケートリンクで、同じ曜日、同じ時刻に滑っていた。

もし、特定の人物が狙われたなら、イヴが個人的にはじき出す確率指数が高いのはブレント・マイケルソンだ。

しかし、それもあくまでももしもという話だ。

三人とも無作為に撃たれていたら？

イヴはコーヒーを手にしたまま立ち上がり、ボードをぐるりと一周しながら遺体の位置を確認した。

そして、なぜ三人だけなのか？

「コンピューター、現場のセキュリティビデオをキューポイントの一分前から再生して」

了解しました……

デスクに腰をのせて寄りかかり、スクリーン上のスケート客たちをながめ、氷上を動いている被害者たちに目をこらす。そのうち、ひとり目、ふたり目、三人目が撃たれた。それからも数秒間、滑りつづける者がいて、彼らが撃たれていても不思議はなかった。パニック状態の客たちはよろめき、つまずきながら出口に押し寄せた。リンクを囲む壁を乗り越える者さえいる。これも狙われておかしくない。善意の医師ふたりがスクリーンに現れたが、彼らも格好の標的になっただろう。三人の被害者より狙撃するのは簡単に違いない。

しかし、三人だけだ。あの三人だけ。

当然、大騒ぎになるだろう。マスコミは事件に飛びつき、少なくとも数日は報道やニュースのトップで扱われるはずだ。しかし、十人以上――死傷者合わせて――なら数週間はトップニュースだ。

世界中に伝わる。

死者三名なら、事件のあったスケートリンクへの客足は途絶える。ということは、犯人の動機はスケート場そのものへの反感かもしれない。わたしがレーザーライフルを持っていて、あの場所を恨んでいたら、とイヴは思った。赤い服の彼女を狙ったかもしれないが、ほかに警備係と、少なくとも医師のひとりも撃っていただろう。

「三人を殺害」まだスクリーンを見つめながらイヴはつぶやいた。「整然と実行、腕がいい、あらかじめ計画していたに違いない。つまり、三人でおしまい。それ以上でもそれ以下でもない」

スクリーンを消してデスクに戻り、被害者たちの経歴をまた読みはじめた。

事件に使われた可能性のある登録済みの武器を所有している収集家――ニューヨーク市を中心にした広域都市圏在住者――のリストがロークから送られてくると、その二十八人全員の経歴を調べ、被害者三人、あるいはスケート場そのものとのつながりを探った。

さらにコーヒーを淹れて、リストの半分まで調べたところで、ロークが部屋に入ってきた。

「収集家が所有する――あらゆる構造、型、製造年の――レーザーライフルの登録件数は二万三千件よ」

「そうだね」

「調べたかぎりでは、登録してるのはほとんど裕福な男性。同類の武器を所有していて登録を免除された者が、いまのところふたり。審査はかなり厳しいけど、だからといって暴力的な犯罪者がすべて排除されるとはかぎらない」

「そういうわけで、どこにいようと命の危険は絶えない」ロークはコーヒーをやめて、ウイスキーのダブルを選んだ。「きみの注文どおりの建物を見つけたよ」

「もう？」

「いちばん時間がかかるのは、適切なプログラムを作るプロセスだ。それができてしまえば？」ロークは肩をすくめ、ウイスキーを飲んだ。

「プログラムを作ったの？」わたしなんて、腹を立てずにプログラムを扱えることが半分あればいいほうなのに、とイヴは思った。

「作った。興味深い経験だった」

「電子オタクって使えるわね。じゃ、犯人がいた可能性のある建物のリストができたの？」

「そう、僕は使えるし、リストもできている。でも、きみは目に見えるのが気に入ると思った。きみのオフィスの模様替えが済んだらホログラムでできるが、いまのところは……」ロークはウイスキーのグラスを置いて、イヴに立つように身振りで示した。彼女の椅子に座り、いくつかキーを打つ。

スクリーンにマンハッタンの一部が現れた。

「きみに言われた範囲だよ。事件現場から川までで、南北の範囲はここからここ。それで、こうすると……」またいくつかキーを打つと、建物が消えはじめた。

「オーケイ、オーケイ、わかった。セキュリティの厳しい建物が消えたのね。すばらしい」

「あと、四階以下のもね」

「そうね。じゃ、残った建物に犯人がいた可能性があるということ。あとは――」

「まだある」早く続きを見せたいロークは、スクリーンを食い入るように見つめているイヴをつかんで、文句を言われる前に自分の膝に座らせた。

「仕事中よ、超一流《エース》さん」

「僕も仕事中だ。きみが見ているのは、視界をほぼさえぎられることなく標的たちを見下ろせる建物だ。しかし――」一方の腕をイヴのウエストにまわしたまま、またいくつかキーを打つ。さらに数棟の建物が消えた。「消したのは、セキュリティが中程度から高レベルの建物だ。セキュリティには必ず抜け道があるから、このレベルのところを調べる必要も出てくるかもしれないが、とりあえず、ゼロから低レベルの建物だけ残した。アパートメント、スタンダードグレードのホテル、民泊《SRO》、安宿、ダンスや絵画教室に使われるスタジオ、あとはオフィススペースとか」

「セキュリティのゆるいところが使えるなら、わざわざ厳しいところは試さないわ。でも、そうね、何も出てこなければ、すぐにそっちも調べられるほうがいいかもしれない。それから――」

「まだあるんだ」

ロークがまたキーを打つと、青と赤の細い線が現れた。

「青い線は可能性のあるところ――建物の窓や屋根だ。さらに可能性の高いのが赤い線で示してある。きみとローウェンバームの推理にしたがい、東側にあって、セキュリティのゆるい建物の窓と屋根だ」

イヴはもっとよく見ようと立ち上がりかけたが、ロークに引き戻された。少し考えて、またゆったり座りなおす。

「プログラムにあるアルゴリズムに事件現場の映像を使用して、風速と気温、考えうる速度と角度を計算した結果も組み込んで、それから……さらに数学的処理と計算もしているが、きみは聞きたくないだろう」

「変化するものとわかってることから確率を出して、それを視覚化するプログラムを作ったのね」

「簡単に言えば、そんなところだ」

「あなたは便利なだけじゃない。これって天才レベルよ」

「僕は否定するほど謙虚な人間じゃないよ。実際、なかなか面白い作業だったし」

建物の多さはかなりのものだ――ほんとうに多すぎる、とイヴは思った。しかし、二、三時間前に考えていたよりははるかに少ない。

だから、一方の腕をロークの首に巻きつけて体の向きを変え、じっと見つめた。「無償《ただ》じゃないでしょうね」

「ダーリン、報酬はきみの感謝だけで充分だ」

「セックスも」

「それも込みだと思っていた」ロークはほほえみ、イヴにキスをした。

「それだと感謝セックスになると思うけど」そう言いながらも、ひとまず前に向きなおり、スクリーンに目をこらす。「可能性の高い建物で、プライバシースクリーン――標準的なものよ――が設置されているところは？」

「なるほど、賢い子だ。通行人やカメラを持ってうろついている観光客に、窓辺で武器をかまえているところを見られたい者はいない」

「それから、開閉できる窓も。ガラス越しに撃つわけないでしょ？　ガラスを切るはずもない——ＬＤＳＫが自分のオフィスや自宅の窓から撃ったなら、話は別だけど。ガラスを割れば、手がかりを残すことになる」

「ちょっと待て。動かないで。きみとくっついていると仕事がとてもはかどるんだ」イヴがまた立ち上がろうとすると、ロークは言った。「きみの新しいコマンドセンターができれば、もっとやりやすくなるけどね」

イヴには何がなんだかわからなかったが、ロークは手動で素早く条件を加え、スクリーンに新たな結果を映すように命じた。

「いまので五棟消えた——じゃなくて、たぶん六棟ね。そのうち、何棟の——」

「ちょっと待って。コンピューター、スクリーンを二分して、該当するデータを現在の表示と並べて示せ」

了解しました。処理中……

「じゃ、わたしもこれをホログラムでできるようになるの？」

「できる、というか、きみができるようになるまで僕がやってあげるよ」

「ホログラムのやり方は知ってるわ」ある程度は。「このセットアップでもできる」

「きみがここでできたり、言わせてもらえば、セントラルでできるのよりもっと高度なことが、ここで簡単にできるようになる。さあ、これだ」

建物の住所と様式が表示された。それぞれの住所に、条件に合う階が記されている。全部で二十三棟あった。

「二十三棟なら調べられる。このなかに犯行の拠点があったら、飛び切りの感謝セックスを期待していいわよ」

「コスチュームと小道具を使うのもありかな？」

イヴはくるりと目玉をまわした。「建物に目星をつけただけで、まだなんの手がかりも得られてないわ」

「少しだけ前渡しとか？」そう言って、イヴのうなじに軽く歯を立てる。

「頭のなかからセックスを追い出して」

「僕のプログラミング能力では無理だな。でも、きみは僕に報酬を与える前に、二十三棟の建物と、ライセンス保持者や被害者のつながりを調べたいはずだ」

「まさにそのとおり。調べる前に質問させて。あなたがＬＤＳＫだとするわね――きちんとしてて、銃の扱いがうまく、冷静なやつよ」

「冷静なやつだと思う？」

「被害者は三人だけ。実際、何十人も死傷者を出せたかもしれないのに――もっと大きな衝撃やスリルを得られたわ。衝撃やスリルが動機ならね。だから、そう、犯人は冷静だと思う。この三人、あるいは三人のうちの誰かが特定の標的だったとしても、そうじゃないとしても。質問だけど、あなたがＬＤＳＫだとして、自宅――アパートメントやオフィスでもいい――を犯行拠点にする？」

「面白い質問だ」ロークはウイスキーのグラスを手にして、じっと考えた。「そうするとしたら、強みは時間だな。標的の現れるエリアを、そこからいつでも好きなだけ観察できる。プライバシーも完全に守られるし、実際に狙撃する場所から、形だけの試し打ちが何度でもできる」

「へえ。最後のはまだ考えていなかったけど、言えてるわね。狙撃予定の場所から繰り返し練習できる。それは大きいわ。不利な点は？」

「僕のおまわりさんのように有能な警官は、あらゆる可能性を考えてまめに捜査する。そういう有能な警官にしっぽをつかまれる危険はあるね。オフィスというのはどうだろう？　たんなる見せかけじゃなければ、たいていほかに一緒に働く者が誰かいるだろう。少なくとも、アシスタントとかビルの清掃員とか、ほかにもいろいろ。住居だったら？　ひとり住まいだろうか？　同居人がいたとして、殺人に協力してくれるだろうか？

僕なら偽名でスペースを借りるな——少し手間はかかるけどね」ロークはさらに言った。「でも、そうするだけの価値はある。オフィス用のレンタルスペース、ワンルームのアパートメント、ホテルの部屋。それで、用事が済んだらさっさと明けわたす」

「わたしも」同じように考えていたイヴはうなずいた。「それ以外を除外するわけにはいかないけど、わたしもそうすると思う。自宅から狙撃する便利さよりも、より危険が少ないという点で、一時的にスペースを借りるほうを選ぶ。ホテルの部屋か、この半年以内に借りたアパートメントかオフィスよ。犯人は冷静だけど、それより長くレンタルスペースを利用するとは思えない。オーケイ」

ロークはひと呼吸分、イヴを膝の上にとどめてから、解放した。「きみは横断検索をして、建物とライセンス保持者と被害者の関連を調べるといい。僕はほかとの関連を探す」

イヴは立ち上がり、ロークも立ち上がるのを待って振り向いた。「オフィスの模様替えの件だけど、あなたがそうしたいなら、こういう作業はこっちでできるようにしていいのよ。あなたのオフィスで捜査関係の調べものをする必要はないわ」

「僕のオフィスで捜査関係の作業をするのはかまわないよ」

「知ってる。それも感謝セックスに反映させないとね。この事件が解決したら、またデザインを見て、選ぶわ」

「気に入るのがあったらね」

「ええ、あったらね」

イヴはまたひとりでデスクに向かい、横断検索を始めた。結果を待つ間、ロークが二時間もかけずに作成して実行した複雑なプログラムを、なんとかピーボディに送る方法を見つけた。

ロークと同じ電子オタクのマクナブは歓喜のダンスをするだろう、と想像する。

最新情報を加えてからキッチンへ行き、さらにコーヒーをプログラムしながら、ここも模様替えしようと自分に言い聞かせる。

古いものにしがみつく必要はない。実際、以前イヴが住んでいたアパートメントはメイヴィスとレオナルドが住むようになって変わった。

イヴが住んでいた頃は、いかにも警官の住まいらしく簡素だったのががらりと変わり、いまは色彩にあふれて、散らかり、子どももいる。

子ども。

ベラの顔が頭に浮かび、パーティのことを思い出した。あの子の誕生パーティには行かなくては。ほかの子どもたちもやってくるに違いない。そして床を這《は》い、酔っぱらいみたいによろよろ歩き、不気味な声をあげるのだ。

そして、人形みたいな目で見つめてくる。

どうしてあんなふうなのだろう?

そんな思いを振り払い、コーヒーを手にして殺人事件の捜査に戻った。

ロークからのメールの着信音がした直後、ローク本人がオフィスに戻ってきた。

「SROを含めたホテルと、六か月以内に借りられたレンタルスペースに印をつけた。子どものいる家族に貸したり、多目的オフィススペースがある場所、三人以上のスタッフがいるところもわかるようにした」

「賃借人を調べたの?」

「次に調べるのはそれだろう?」

「そうね。わたしのほうは、いくつかつながりを見つけたけど、ぴんとこないわね。レーザーライフルの登録者で、該当する建物に伯母が住んでいる男がいる——でも、伯母が住んでいるのは三階より下。それに、軍や警察で訓練を受けた経験はなく、それどころか、武器を扱うトレーニングを受けた形跡もまったくない。確認はするけれど、わたしたちが探してる男じゃないわね」

イヴは椅子の背に体をあずけてコーヒーのマグを手に取った。ブーツを履いた両足をデスクにのせて熟考モードに入る。

「ほかに、パーク街の豪邸に住んでいて、デザイナーのヘッドハンティングみたいなことをしてる者がいる。これも見込みは低いわ――経歴をチェックしたかぎりでは銃の扱いが得意そうでもないけど、控え目に申告してるかもしれない。でも、三人目の妻と暮らしていて、彼女との間の子どものために住み込みのシッターを雇い、ふたり目の妻との間の十代の息子も一日の半分はうちにいるわ。フルタイム勤務の――ドロイドじゃない――家政婦もいる。それでも、豪邸には男がひとりになれるスペースがあるはずだから、チェックはするつもり」

イヴはデスクから両足を下ろして、前方へ投げだした。「ふたりとも、とりたてて言うほどの犯罪歴はない。スケート場や被害者とのつながりも、わたしが探したかぎりでは見つからなかった」

立ち上がって、事件ボードに近づく。「これが、これだけが犯人の目的じゃなければ、また誰かを撃つわ。それも、すぐに。三発で、三人を仕留めた。こんな成功をおさめたら、またやらないわけがない。狙うのはスケート場じゃない。あそこはもう済んだのよ――目的がスケート場じゃないかぎりは」

「きみの考えに賛成だ。目的があのスケート場なら、きみの事件ボードにはもっとおおぜいの写真が表示されていただろう」

「そうね、わたしもそう思う。別の公共の場で、また何人か撃つ。犯人がそう計画してるなら、すでに標的を選んで、調べ、犯行の拠点を確保してるはず。誰を狙い、どこで、いつなのか。いまのところ、犯人がすべて支配してるわ」

「きみだって手がかりをいくつも持っている」

「でも、今夜はもうこれ以上手がかりは得られない。ここで増やすのは無理。明日、モリスやベレンスキーが増やしてくれるかもしれない。ピーボディとマクナブも担当分を調べてくれてるわ。マイラからプロファイルも聞いて、さらに犯人像を絞り込めるかどうかたしかめないと。プロのしわざじゃないわね」

いかにも警官らしい目を細くして、また事件ボードを見つめる。「プロが無関係の標的を殺すことはなく、三人につながりはない。別人を撃ってしまって撃ちなおす、ということもプロはやらない。常軌を逸したプロのしわざかもしれないけれど、今回のは委託殺人じゃない——というか、そうは考えられない。ふたりを隠れ蓑にして三人を撃つよう依頼者が指示したのかも。その可能性だって捨てられないわ」

「警部補、堂々めぐりをしているよ」

「そうね、そうよ、そう」イヴは最後にもう一度、赤い服の女性を長々と見つめた。ロークの言うとおり、頭がうまく働かなくなっていた。「オーケイ。もう一度、模様替えのデザインを見てみましょ」

「今夜やる必要はないよ」

「決めるまで気になってしょうがないわ。選ぶだけだから簡単でしょう？」

「きみは希有《けう》な女性だよ、ダーリン、本気で簡単だと信じているだけじゃなくて、実際、簡単にさせてしまう」

ロークはデザイン1をスクリーンに呼びだした。

「これはあまり好きじゃない。色がなんだかガーリーだし、マシンがちょっと……なんていうか、大げさで……おしゃれすぎる。端的に言えば、派手。よくわからないけど、そんな感じ。つまり、セットアップは――彼女の配置の仕方で――いいけど、他人のオフィスにいるような気持ちになると思う」

「じゃ、次に行こう。デザイン2だ」

イヴは両足を動かしながらじっと見た。勝手なことばかり言っているお調子者になったような気分だ。「このマシンの雰囲気はいいわ。最先端の新製品ですごいのよ、ってひけらかしてる感じがないし。散らかしたりなにかこぼしたりしたら、サマーセットなんとかっていう人に冷ややかな目で見られそう、とか思わないで働ける感じ」

「でも？」

「ええと、色が強烈すぎる。力のある色っていいと思うけど、これはちょっと鼻につくっていうか。落ち着かないと思う」

「これはどうだろう？」ロークは三つ目の選択肢を呼びだした。

イヴはデザイナーの間で使われている斬新《ざんしん》な色の名前がよくわからなかった。満足げな子鹿色、瞑想《めいそう》の庵《いおり》色、チョコレートの雫《しずく》色、といったインチキくさい名前だ。

イヴが見たところ、デザイン画像で使われているのは、さまざまな色合いの茶色とグリーンと、落ち着いた白だ。

「そうね、ええ、色はいいわね。うるさくないし、少女趣味でもない。さあ、わたしを見て、っていう感じじゃない。前からこの色だったみたい。あと、コマンドセンターは、そう、堂々としてるわ。浮ついた感じじゃない。でも、ほかのマシンとうまく溶け合ってないような気がする」

「これはどうかな」ロークはコンピューターに近づき、コードを打ちこんだ。画面にデザイン2が現れた――色調はデザイン3のままだ。

「へえ。そういうことができるの……オーケイ、いいわ、これなら……」

「これだ、と思えなかったり、気がのらなかったりするなら、僕たちは待つ。きみの意見を彼女に伝えて、きみの好きなところを採用して、気に入らないところは省いてもらうから」

「なんて言うのか……気に入っちゃったの。ほんとうに気に入ってて、まさかこんな気持ちになるとは思わなかった。この色合いだと、よくわからないけど、マシンもさっきの挑戦的な色調のときみたいなこけおどし感がないわ。もっと……存在感があるというか。いい感じよ。なんとかなじめるようなのがあればそれにすればいい、ぐらいに思ってたの。それならまあオーケイかなって。でも、気に入ったのよ。使いやすそうで、けばけばしかったり風変わりだったりしないし」イヴはキツネにつままれたような思いでロークに体を向けた。「気に入ったわ。ああ、感謝セックスがものすごいことになりそう」

「僕が何より望んでいることだ」ロークは腰と腰を密着させてイヴに寄りかかり、彼女が選んだデザインをじっくりと見た。そして、自分もとても気に入っていることに気づいてうれしくなった。

「なにか思いついたら変更できるように、二、三日、よく考えてみるかい?」

「いいえ。ほんとうに、必要ないわ。そんなことをしたら、頭が変になっちゃう。もう話を進めて。でも、すぐに工事を始めたり、わたしが捜査の調べものをしてるときに知らない人がうろついたりするのはだめよ」

「それは僕にまかせて」ロークはイヴのほうを向いて両肩に手を置き、額にキスをした。

「ふたりにとっていい部屋になりそうだ」

「そうね、それはわたしにもわかる。ここが変わっても、寂しさは感じない。はじめてあなたにここへ連れてこられて、わたしのために作られたオフィスを見たときの気持ちをおぼえてる。あの気持ちは変わらないわ」

「きみのためにオフィスを作った理由も変わらないよ」ロークは肩にまわしていた腕を滑り下ろしてイヴの腰を抱き、引き寄せた。「はじめて寝室へ連れていかれたときの気持ちもおぼえていてくれるとうれしいが」

「心に刻みこまれてるわ」

「それはよかった。一両日中に、僕たちの寝室のデザインも送られてくることになっているんだ」

「本気だったの?」

「もちろん」

「でも、寝室は――」

「ふたりのものだが、もともと僕のために設計された。だから、こんどはふたりのために、それぞれの必要や、欲求や、好みを取り入れる」

「でも、好みはそれぞれ違うわ。わたしは自分に好みがあるのかどうかさえわからない」

「自分が何を好きで、何を好きじゃないか、わかるだろう。そういうすべてが混ざり合ったのを見るのは、面白そうじゃないか？　きみのオフィスのように、寝室もきみにぴったりこなければならない。僕にもぴったりこなければならない。だから、きみがオフィスのデザインを選んだ二分より、もうちょっと時間をかけて調整する必要があるかもしれない」

二分もかからないだろう。そう、ロークがしっかり考えてくれるから、そんなにかかるはずがない。「たとえば、生地をどれにするかで喧嘩をするかしら？」

「まずしないと思うが、したとしても、ふたりで選んだベッドの上で仲直りするのは間違いない」

イヴは眉をひそめて寝室に入り、一段高い場所にある並はずれて大きなベッドを見た。真上には天窓がある。あれ以上に自分に合うベッドは想像できない。

「このベッドは好きよ」

「結局、あれと同じデザインになるかも。そうじゃなければ、きみのデスクにやったように、お別れをしなければ。前もって」

「あなたの様子だと、ベッドがなくなる前にここで五、六十回はセックスするでしょうね」

「これは服を脱ぐリハーサルだと思って」ロークは言い、イヴを抱き上げた。

笑いながら抗議するのはむずかしかったのでイヴはなすがままになった。ベッドに横たえられたとたん、ブーツを履いたままの足をロークの体に絡める。

「ふたりとも、まだ服を着てるわ」

「まかせてくれ。一分で対処する」ロークは言い、イヴの唇を奪った。

さあ、長くて厄介だった一日がこれで報われる。ロークの体がのしかかってきて、魔法の口が熱をかきたて、スリルを振りまく。必死でガラス戸を開けようとする血まみれの手のように、頭に入りこもうとしていた暗い思いは消え去った。ようやく奪い、味わえるのだ。愛を。

カチリと音がして、ロークの指先が——口に劣らず魔法が使える——武器のハーネスの留め金をはずした。イヴは体を少しねじって、ロークがそれを取って脇に押しやれるようにする。

「丸腰だね、警部補」

「武器はそれだけじゃないわ」

「そうだね。でも、僕にも武器はある」

ロークの歯で首筋を軽くこすられながら、イヴは思った。そうね、あなたは武器を持ってる。そして、返事代わりに、彼の中心を押さえた。

「しかも、いつもどおり、もう元気いっぱい」

ロークはイヴの首筋に押しつけていた唇をカーブさせた。「誰かさんはまだズボンを穿いているのに」

「脱いで裸になろうとしてるところよ」

イヴはなんとか手を使わず、両足をこすり合わせてブーツを脱いだ。その間の腰を上下させる動きがふたりを刺激する。ロークはイヴのセーターを脱がせるのではなく、なかに両手を差し入れて、下に着ているタンクトップをそっと撫でまわした。硬くなった乳首が薄い生地を押し上げると、両手を滑り下ろしていって彼女のベルトをはずし、また胸に戻ってこねるように愛撫した。

ふたたび下がっていってズボンのボタンをはずし、ゆっくり、ゆっくり時間をかけてジッパーを下ろす。

両手が使えるなら、ロークは何年でもイヴの上で過ごせる。張りのある胸、シンプルな薄いタンクトップの下の胴はすらりとして、腹は引き締まり、腰はきゅっとくびれている。三センチだけズボンを下げて、パンティ――タンクトップに劣らずシンプルだ――のウエストバンドの下を人差し指でたどった。ロークのおまわりさんはフリルやレースとは無縁だ。けれども、ロークはそんな飾り気のないシンプルな下着に間違いなくそそられる。

その下に何が息づいているか知っているからだ。

緊張がゆるんだとロークが気づいたとたん、彼女はすべてを——血も、死も——そっちのけにして集中する。彼に。ふたりに。だから、寒さにも暗さにも脅かされないいま、ロークは持てるもののすべてを彼女に与える。

イヴのセーターをタンクトップと一緒に脱がせる。両手で胸を包みこむと、イヴがロークの顔を両手ではさんだ。そして、ほほえむ。

「すてき」

「すてきだろう?」

「ええ」イヴは両手を下げて、ロークのシャツのボタンをはずしはじめた。「すてき」

「すてきよりいいことができるよ」

「知ってる」イヴが言うとロークは声をあげて笑い、唇をかすめるようなキスをした。

イヴもすてきよりいいことができるが、急ぐつもりはない。まだいまのところは。いつのまにか心地よくなっている、というのもいい。このシャツの下にある鍛えられた強靭《きょうじん》な体はわたしのもので、好きなだけ触れるし、味わえる——とても温かい肌も、引きしまった筋肉もすべて。

好きなだけ味わえるわたしのもの。ロークのキスが深まるのを感じながら、ふたたびそう思う。すると、肌の下に火がついた。また両脚で彼をはさんで体をねじり、体の位置を入れ替える。彼にまたがって前のめりになり、唇や舌を歯ではさんで揺らし、震わせる。

荒々しくベルトをはずそうとしていると、ロークにまた体の上下を入れ替えられた。ロークはイヴのズボンを引っ張って脱がせ、足首の上に固定された銃に軽く触れた。一瞬の危ういスリルにぞくりとする。手を離して、今度は口と両手を使ってイヴを骨抜きにする。

舌でなぞられ、侵入されるたびにイヴは大声をあげ、上半身を跳ね上げた。容赦なく高みに押し上げられ、シーツを握りしめていた指先はやがてロークの背中に食いこんだ。

オーガズムの波が押し寄せ、イヴはつかのまの途方もない快感に打ちのめされた。そして、その余韻に身を震わせる。なおも身を震わせていると、ロークにまた体を引き上げられた。

息をはずませ、自分でも何をしているかわからないまま、イヴはふたたびロークと体勢を入れ替えようとして、青い湖のようなベッドの上を一緒に転がり、必死の思いで彼がまだ身につけているものを引き剝がした。

やがて、ロークが体に分け入ってきて、世界が揺らいだ。

ロークの口で――ああ、この口が大好きだ――口をふさがれ、がつがつとむさぼられる。ロークはイヴを高みに追い立てる。固く手を握り合い、ひとつになったふたりはたがいを絶頂へと押し上げていく。増すいっぽうの快感で破裂しそうになりながら、ぎりぎりの瀬戸際に到達する。

ふたたび解き放たれたイヴは、吸いこまれるように青いロークの目を見つめることしかできなかった。

ひどい事故の生還者のように、ふたりともぐったりと横たわっていたが、しばらくして、ロークは首を伸ばしてイヴの喉元を唇でついばんだ。

「すてきだっただろう?」

「よかったわ。感謝の気持ちは?」

「きっちり伝わった」

「ふうん。コスチュームも小道具も使わなかったのに」

「きみはまだ武器をつけてる」

イヴは目を見開き、まばたきをした。「なんですって?」

「よかったよ」小さくうめきながら体を回転させ、イヴの体から下りて、上半身を起こす。裸で大の字になっているイヴの体をじっと見る。身につけているのは、首から下げた大きなダイヤモンドと、足首のスタナーだけだ。「次もきっといい」

「男ってほんと、どうかしてるわ」

ロークはただほほえみ、立ち上がって水のボトルを持ってきた。飲んでから、イヴに差し出す。「水分補給だ」

イヴは一方の肘をベッドについて体を半分起こし、水を飲んだ。スタナーをはずそうとしたが、伸ばしかけた手をつかまれた。

「まだそのまま」

「銃をつけたままは寝ないわよ」

「寝ないよ」ロークは腕を伸ばして、イヴの武器ハーネスをつかんだ。それを装着しようとするロークをイヴは両手で突いた。

「何するのよ？」

「好奇心をみたす」たくみな手つきで素早く、ロークはイヴにハーネスを装着した。またベッドから降りて彼女の全身をながめる。

両肘をついて体を起こし、とまどいを絵に描いたような表情を浮かべ、セックスした直後でまだ目をうるませている姿がロークの胸をかき乱す。

両肘をついて体を起こし、銃を足首に固定し、肩から提げたハーネスにもう一丁を差しこんだ裸の女戦士の細い体は、ロークの胸ではないどこかをたまらなく刺激した。

「そう、想像していたんだ」

「上半身裸で銃を携帯してるわたしを？　それとも、下半身裸？」

「僕の並はずれた想像力さえおよばなかったとわかった。さてと、警部補」

ロークに体をまたがれ、イヴのとまどいはショックに変わった。「ふざけてるんだわ」

「ぜんぜん」またイヴの両手をつかんで、マットに押しつける。

「そんなの無理……」イヴは視線を下げ、ロークは可能だと気づいた。「どうしてそんなことができるの？」

「どうかしてる、っていうことと関係しているんだと思う」

ロークがなかなかに突き進んでくると、イヴは声をあげ、すぐにオーガズムに達した。「信じられない」

「きみを見たいんだ、完全武装した僕のおまわりさん」ロークはさらに奥へ、奥へと進んだ。「こうしてつながったまま、きみを見ていたい。ふたりとも空っぽになるまできみを奪いつづけたい」

ロークはイヴをゆっくり闇へと下ろしていって、さまざまな快感と喜びに満たし、夢中にさせた。もうどうなろうとかまわないと思わせ、われを忘れさせた。吸い込まれそうな漆黒の闇に滑りこんだイヴはへとへとだったが、体はもっと、もっとと求めていた。

闇のなかで、ロークは空っぽになるまでイヴを奪いつづけた。そして、ようやく自分を解放して、彼女のなかにすべてを放った。

3

ドラッグで酩酊《めいてい》した者のように、イヴはのろのろと目を覚ました。脳が目覚めて目が働きだすと、まぶたを開けた。すでにコーヒーの香りを感じられる程度——第一段階——には、頭は動いている。

ロークがシッティングエリアのソファに座り、タブレットを片手にコーヒーを飲んでいた。壁のスクリーンには朝の株式市況が流れている。

ビジネス界の支配者としての服装はすでに整えられていた。今日はダークグレーのスーツで、それより少し明るめのグレーのシャツを合わせ、完璧に結ばれたネクタイは同じグレーの細い縞《しま》模様で、地はネイビーブルーだ。

ハーフブーツがスーツとまったく同じグレーなので、どちらかに合わせてオーダーメイドしたのだろう、とイヴは想像した。おそらく靴下も同じ色だろう。

そして、まだ〇六〇〇時ちょっと前だが、ロークはもうビジネスで敏腕をふるったり、外国や地球外のプロジェクトに次々と決定を下したり指示を与えたりしたに違いない、賭けてもいい、と思った。

一方、イヴは自分に命じてなんとか起き上がり、ようやくうめき声をあげずにベッドから出た。

「おはよう、ダーリン」

イヴはうーっとうなり――できる範囲で最良の返事だ――生命の源のコーヒーを求めてよろめきながらオートシェフに近づいた。ごくりごくりとコーヒーを飲み、またよろよろとバスルームのシャワーへ向かう。

「最強のジェット水流、三十八度」さらにコーヒーを飲みながら、貴重なカフェインと熱い湯のほとばしりの効果で、まだ眠っている部分が目覚めるのを待った。

世界秩序が守られていれば、かつての代用コーヒーとちょろちょろシャワーの日々に戻れるかもしれない、とふと思う。

たぶん。

しかも、ニューヨークの殺人を担当するだけで、世界秩序に責任がないのはとてつもなくいいことなのかもしれない。

さらに、こんなとりとめのないことを考えているのはまだ目が覚めていないからに違いないと思う。

十分後、生き返ったような気分になり、ローブをはおってバスルームから出ると、ロークがすでにドームカバーで覆ったふたり分の料理と、コーヒーのポットをテーブルに用意していた。さまざまな数えきれない方法で数えきれないほど証明してきたとおり、この男は仕事が速い。

ロークがタブレットのカバーを閉じる様子を見て、イヴの警官としての直感が刺激された。ほんの少しだけ。

「なにを見てたの?」そう尋ねて、テーブルに向かっているロークに近づいた。

「タブレットで? いろいろだよ」

イヴは人差し指で小さく円を描き、カバーを開けるように指示してから、マグにコーヒーを注ぎ足した。「一緒に見ましょ、相棒」

「僕の愛人、アンジェリクが送ってきた猥褻《わいせつ》画像かも」

「あら、そう。わたしの双子の愛人、フリオとラウルの猥褻画像でフレーム加工するのはどう。それはそうと」

ロークはすかさず皿を覆っていたドームカバーをはずして、一瞬、イヴの関心をそらした。

オートミールか。やられた、とイヴは思った。ベーコンとしっとりしたスクランブルエッグがたっぷり添えられているのが救いだ。それぞれベリー類とブラウンシュガー——本物だ——が盛られた小さなボウルもある。

それにしても、だ。

「これでふたりとも元気に一日をスタートできる」

「あなたの一日はもう二、三時間前に始まっているでしょ、遅くとも」

「きみと一緒の一日はこれからだよ」

「なるほどね」イヴがベーコンから食べはじめると、ギャラハッドがひげをぴくつかせ、さりげなく——ちょっと体を動かそうかな、と言いたげに——テーブルのほうへ歩いてきた。

「タブレット」

ロークがちらりと見ると、ギャラハッドはその場に座って熱心に顔を洗いはじめた。「チャーメインが寝室のデザインの下絵を送ってきた。ゆうべ、遅い時間だったようだ。そうじゃなければ、僕たちは何かで忙しくしていたのかも。彼女は、方向性が間違っていないかどうかだけ訊きたいらしい。きみは朝早くからこういうのを見たり考えたりしたくないだろうと思って」

イヴは何も言わずにまた人差し指をくるりとまわし、ブラウンシュガーとベリー類をたっぷりオートミールにのせた。

「壁面スクリーンに映そう」

ロークはタブレットをスワイプした。見慣れないスクロールポインターがデザイン画に吸い込まれる。

イヴはオートミールを食べ、スクリーンを見て眉をひそめた。

「まず、このカーテンだけど、ごてごてし過ぎてるわ。よくわからないけど、エレガント過ぎるとか、そういう感じ」

「同感だ」

「このレイアウトはだいたい気に入ったわ。ソファもゆったりしてる。でも、ええと――」

「ゴージャスすぎる。じつは、サザビーズのカタログで見て、気に入ったのがあるんだ。画像を彼女ときみに送るから、見てほしい。あと、肝心のベッドはどうだろう?」

これもゴージャスという表現があてはまるだろう――しかも、四隅の柱はがっしりとして長く、高いヘッドボードも長いフットボードもケルト族のシンボルを刻んだフレームで縁取られ、見るからに重厚だ。使われている木材はすべて黒っぽくて、豊かで、光沢があり、いかにも古めかしくて……高価そうだ。

それでも。

「ええと……」

「気に入らないなら——」

「そうじゃなくて。気に入ってるのよ、すごく。理由はわからない。ひと言で言えるようなことじゃなくて、それをひと言で言ってみようと思ったの。でも——普段、こういうものには関心がないから。それでも、ええと、これはすごいベッドよ。彼女はどこで見つけたの?」

「僕が見つけたんだ、何か月も前にね。それで、保管してる。衝動買いしたが、あとになって、きみはもっとシンプルなのにしたがるだろうと気づいたから」イヴがなおもスクリーンに見入っているので、ロークはコーヒーを手にした。「このベッドにまつわる話があるんだけれど、きみが聞きたければ話すよ」

「聞きたいわ」

「では。裕福で地位もあるアイルランド人が、結婚にそなえてこのベッドを作らせたんだが、まだ花嫁が見つかっていなかった」

「楽天家ね」

「そうとも言える。やがてベッドが完成して邸宅に運びこまれたが、まだ独身だった男はベッドを置いた部屋の扉を閉ざして誰もなかに入れなかった。時は流れ、男はもう若くはなくなった。そのベッドで一緒に眠り、共に人生を歩み、家族を作ってくれる女性が必ず見つかるという、男の信念も揺らぎはじめた」

「縁起の悪いベッドみたいだけど」

「まあまあ、最後まで聞いて。ある日、彼がいつものように領地の森を歩いていると、見知らぬ女性が小川の土手に座っていた。かつて思い描いていた花嫁のような若い美人ではないものの、きりっとした顔立ちの女性に彼は興味を持った。彼女は、男の邸宅からさほど遠くないこぢんまりしたコテージに住んでいた」

イヴは考えこみながら、ベリー類やブラウンシュガーをたっぷり混ぜたオートミールをスプーンですくった。「彼がそれまでに彼女に出会う可能性はあったはず。つまり、そのあたりには何人くらい人が住んでて、それで――」

「ええと、それまでに彼は彼女に出くわさなかった。いいね？」

「もっと外出して、もっと自分の土地を歩きまわっていれば、花嫁を見つけられたのに」

ロークは首を振り、スクランブルエッグを少しだけ食べた。「そのとき、その場所で出会う運命だったんだろう。とにかく」イヴにまた理屈でさえぎられる前に、続けた。「ふたりは出会い、話をした。その春から夏にかけて、たまにふたりで散歩をするようになった。やがて彼は、まだ若かった彼女が結婚してわずか一か月で夫を亡くし、そのままひとり身をとおしたと知った。ふたりは彼女の庭の話や、彼の仕事の話をし、噂話《うわさ》をしたり、当時の政治について語り合ったりもした」

「そして、愛し合うようになり、いつまでも幸せに暮らしましたとさ」

ロークはたまに猫をじろりと見るのと同じ目でイヴを見た。「ふたりが築いたのは友情であり、たしかな強い絆《きずな》で、その年、彼は愛がどうのこうのとは考えもしなかった。もうそんな年齢ではないと思い込んでいたんだ。それでも、彼女を高く評価していた。彼女の性格や、考え方、礼儀、ユーモアの感覚をすばらしいと思っていた。だから彼女にそう伝え、結婚して残りの人生のパートナーになってくれないかと尋ねた。彼女にそうしたいと言われて満足したものの、あの部屋の扉を開けたり、作らせたベッドを使おうとは思いもよらなかった。

ところが、ふたりが結婚した夜、彼女が彼を導いたのがその部屋だった。月明りを受けてベッドは輝き、新たな春の息吹が窓から流れこんできた。リネン類は洗い立てで白く、彼女が庭で摘んできた花が花瓶に盛られ、ロウソクに火が灯されていた。彼女は彼がかつて想像した花嫁そのものだった。若い美人ではないが、落ち着きがあり、貞淑で、ウィットに富んだ、やさしい女性だ。そして、迎えた初夜に、揺るぎない本物の友情は揺るぎない本物の愛になった。このベッドを分かち合う者は同じようになるだろうと言われている」

すてきな話だ。間違いなく作り話だが、すてきだ。イヴはうなずいた。「絶対にこのベッドは手放せないわね」そして、いつのまにか嫌いなオートミールを食べ終わっているのに気づいた。「何色なの？　ベッドカバーは」

「ブロンズ色だ、やや赤みが強めの」

イヴはまたうなずき、ベーコンを平らげた。「わたしのウェディングドレスと色も素材も同じみたい」

「同じにした」

「バカね」

「一筋縄ではいかない馬鹿野郎だ。思い出させてあげるよ」

「色もベッドも気に入ったから、進めてもらって」

「ふたりとも気に入ったということで、チャーメインに作業を進めるように伝えるよ」

「いいわ」イヴは立ち上がり、クローゼットに向かった。

「今日はこれから寒くなるよ」ロークは注意した。「午後にはみぞれになるらしい」

「なんてすてき《ピーチ》」イヴがクローゼットから顔だけ突き出して言った。「どうしてアップリーとかメロニーとか、たんにフルーティーじゃないの？」

ロークはじっとイヴを見た。皮肉屋で、しばしば比喩に文句を言う妻を。そして、ただ肩をすくめた。「考えたこともないから、なんとも言えないね」

「でしょうね」そう言ってまたクローゼットに消えた。「まず、死体安置所《モルグ》に寄ってから鑑識へ行くわ——ディックヘッドを使わないといけないのよ。レーザー銃の第一人者らしいから」イヴは深緑色のセーターと、暖かそうな茶色のズボンをつかんだ。ジャケットに手を伸ばして、ふと思った。わたしが選択を間違えたら、ロークは立ち上がって正しいのを選びにやってくるだろう。だから、一分、さらにもう一分、どれを選ぶべきか考えた。

どうしてこんなにたくさん持ってるんだろう？　ここに入ってくるたびに、また選択肢が増えたように思えるのはなぜ？

誰よりも本人が驚いたことに、イヴはズボンより少し暗い茶色で微妙にダークグリーンの混じったジャケットを選んだ。

さらにブーツとベルトをさっとつかみ、これで終了だ。

「今日はほとんどミッドタウンにいる予定だ」イヴがクローゼットから出てくると、ロークが言った。「午後は〈ア・ジーザン〉で視察もある」

ロークが建てようとしている若者のためのシェルターだ、とイヴは思い出した。「工事はどんな様子？」

「それをたしかめるための視察だが、とても順調らしい。四月には人を迎えられるだろう」

「いいわね」イヴは武器用のハーネスを身につけ、肩をすくめるようにしてジャケットを着ると、座ってブーツを履きはじめた。ふとロークの視線に気づく。「何？　どこか変？」

「どこもおかしくない。完璧なファッションで、どこから見ても警官だ」

「わたしはあらゆる点で警官よ」

「そのとおり。あらゆる点で僕のおまわりさんだ。だから、気をつけて」

ロークが座り、残ったコーヒーを飲んでいると、その足元に猫がごろりと横になった。ロークはいつものようにイヴにほほえみかけた。イヴはそれに近づき、両手で彼の顔を挟んでキスをした。

「じゃ、また今夜」

「悪いやつを捕まえてくれ、警部補、でも、安全にね」

「そのつもりよ」

階段の親柱にかけてあったコートと、妙に気に入ってしまった雪の結晶模様のスキー帽と、ピーボディが編んでくれたマフラーと、新しい手袋を身につける。

ヒーターで暖まったイヴの車が玄関の外にまわしてあった。

暖かくて居心地のいいわが家をもう一度、バックミラーで見てから、モルグと死者へ向かって車を発進させた。

午後を待たずにみぞれが降りはじめ、車の列を縫うようにしてダウンタウンへ向かう頃には、氷の粒が混じってパラパラと音をたてはじめた。

そんな天気でも、あいかわらず広告用飛行船はやかましく、船旅用のファッションセールや、シーツやタオルを特売するホワイトセール、在庫一掃セールの宣伝をがなりたてている。よたよたと動きが不安定になった大型《マキシ》バスは速度を落とし、やがてのろのろ運転になった。このまま雪になって積もるかもしれないと考えるだけで、ドライバーたちにかろうじて備わっている運転能力は失われ、イヴは目的地へ向かう間、ひたすらタクシーや通勤バスを避けたり、飛び越えたり、罵《ののし》ったりしつづけた。

死者たちに続く白く長いトンネルまで来るとほっとして、開いている扉の前を通りかかったときに誰かのはじけるような笑い声がしても平気だった。

死者の家では大声で笑うべきじゃない、というのがイヴの考えだ。たまにくすっと笑うくらいならかまわない。しかし、はじけるような笑い声は不気味でしかない。

いくつもの扉を押し開けながら進んで解剖室に入っていくと、なかはひんやりとしてクラシック音楽が静かに流れていた。

三人の被害者はそれぞれ解剖台に横たわり、ほぼ平行に並んでいた。

モリスは青みがかったグレーのスーツの上に保護用のケープをまとっていた。ジャケットのごく細いストライプと同じ紺青色のシャツを着て、同じ色の紐《ひも》を黒っぽい髪に複雑に編み込んでいる。

ゴーグル型顕微鏡をかけているので大きく見える目を、エリッサ・ワイマンの遺体から上げた。

「一日の始まりとしては、寒くて憂鬱な朝だ」

「もっとひどい空模様になるみたい」

「めずらしいことじゃない。しかし、われわれの客人にとって最悪のときは終わった。彼女を見ていたらモーツァルトを思い出した」モリスは音楽のボリュームを最小まで下げるように命じ、ゴーグルを押し上げた。「若すぎる」

すでに開腹作業を終えていたモリスは、シールド加工した血だらけの手をスクリーンのほうへ向けた。

「健康で、筋肉は並外れて整った状態だった。違法ドラッグやアルコールを乱用した形跡はない。死亡する一時間ほど前に、ホットチョコレート——大豆《ソイ》ミルクとチョコレートの代用品——と、ソフトプレッツェルを食べている」

「スケートリンクに出る前の軽食ね。そういうのを売ってる屋台が公園のすぐ外に並んでる。撃たれたのは、滑りはじめて二十五分たつかたたないかという頃」

「レーザー銃で背中の中央を撃たれ、胸椎《きょうつい》の六番と七番の間がほぼ切断されている」

「そう、背中だった。切断？」

「皮一枚でつながっているというか。かなり強力な武器で撃たれている。命が助かったとしても、長期にわたって高額の――しかも最高の技術による――治療を受けなければ両下肢は麻痺していただろう。しかし、被弾時にこれだけの衝撃を受ければ、数秒以内に絶命したはずだ」

「典型的な〝何があったかわからないうちに〟という感じね」

「そのとおりだ。幸いだったと言うべきだな。内部器官は確認しはじめたばかりだが、かなり損傷している」

イヴは内臓を見るのが好きではないが、検死中に吐き気を催したのはもうずいぶん前のことだ。モリスが差し出したゴーグルを受け取り、拡大して見た。

「皮下出血がひどいわね」

「そう。脾臓《ひぞう》が破裂している――肝臓もだ」モリスが示した量りの上に肝臓がのっていた。

「レーザー銃で撃たれた場合、こういったダメージを受けるのは普通のこと？」

「以前、見たことがある。しかし、この手の損傷は戦闘中に受けるほうがはるかに多いだろう。戦場で重要なのは、できるだけ早く、できるだけ多く敵を抹殺することだ」

「光線は標的に当たると脈動——振動というか——するんでしょう?」イヴは体をまっすぐにしてゴーグル型顕微鏡をはずした。「聞いたことがあるわ。警察が武器として使うことも、収集することも禁じられてるって」

「そう、そのはずだ。これはベレンスキーの領域だな」

「ええ、そう聞いたわ。次は彼に会いに行くつもりよ」

ゴーグルを脇に置くと、イヴはワイマンの遺体をざっと見てから体の向きを変え、モリスに検死されるのを待っているふたりのほうを見た。

「つまり、誰かが軍の武器を手に入れたか、一般的な武器を戦術兵器レベルまで改造した、と。この三人を確実に殺害したかったのね」

「こんな若い娘《こ》の人生を終わらせたがる理由がわからないね。もちろん、ごまんと敵がいる筋金入りの性悪女だったのかもしれないが」

「そうは思えない。ちゃんとした家族とまだ同居していて、仕事と大学の勉強を両立させながら、大好きなアイススケートに打ち込んでたのよ」

そう話しながら、イヴは遺体——自分が何に撃たれたのかもわからなかった、ほっそりした若い女性——のまわりをぐるりと歩いた。「別れた恋人ともいい関係を続けてたわ。昨日、両親に知らせに行ったとき、彼女の部屋を見せてもらったの。女の子らしい部屋だったけれど、極端な少女趣味ではなかった。ドラッグは隠されてなかったし、電子機器にも怪しいところはなかった——その方面は電子捜査課《EDD》が詳しく探ってくれるけど」

「まだ大人になりきれず、将来どうするかもまだはっきりは決めていないが、それを探す時間はいくらでもあると思っていた、ごく普通の若い女性だ」

「わたしもそんな感じだと思ってる」イヴは同意した。「いずれにしても、いまのところはね。彼女との対面について家族から連絡があるはずよ」

「ゆうべ、話をした。午前のなかばに来るそうだ。私が相手をしよう」

「そうしてくれると思ってた」

イヴはワイマンに背中を向け、残りの被害者ふたりをじっくりと見た。「特定のターゲットがいたとしたら、二番目の被害者だと思ってる」

「マイケルソン」

「そうよ。でも、たんなる仮説というか、直感にすぎない。ちゃんとした根拠があるわけじゃないの」

「きみの直感《ガット》はたいてい当たるし、マイケルソンよりきみの内臓《ガット》のほうがはるかに形がいいから、それは頭に置いて彼の体を調べることにしよう」

「彼は撃たれたとわかってた。彼を助けようとした目撃者によると、意識があって、少なくとも一、二分は生きてたそうよ」

「苦しい一、二分だっただろう」モリスは言い、うなずいた。「それもあって、彼が狙われたと感じるんだね」

「あくまでも理由の一部だけど」

「ローウェンバームに相談中だと、きみの報告書に書いてあった。検死の結果はすべて彼にも送ろう」

「いいわね。これまでに何人のLDSKの捜査に関わった?」

「これで三人目――検死官《ME》の主任としてははじめてだ」モリスはかけていたゴーグルを下げ、切れ長の黒っぽい目で親しげにイヴを見た。「きみと仕事をするようになって、ええと、十年くらいだろうか?」

「わからない。そうなの?」

モリスはイヴにほほえみかけた。とりわけ警官として、イヴが同僚の個人的な問題や個人情報に首を突っ込まないように細心の注意を払っているのは知っていた。

「だいたい十年になる。というわけで、ふたりとも少々若すぎて、武器や戦闘がいくらでもあった都市戦争《アーバン・ウォーズ》を実際に体験して知っているとは言えない。この三人に使用された武器を作ったテクノロジーは、われわれが殺人の科学と呼ぶものを発展させる。反対に、こういった武器を制限すれば手に入れられる機会は減り、殺人に使われることも減る」

「でも、遅かれ早かれ使われて、人は殺される」

「そう、時間の問題だ。私はこういった武器について詳しくないが、学ぶつもりだ」モリスはふたたびエリッサを見下ろした。「彼女にとって、そして残りのふたりにとって最善が尽くせるように」

「ローウェンバームが言ってたとおり、ディックヘッドがレーザー銃について知ってるかどうかたしかめに行くわ」

「幸運を祈るよ。そうだ、きみと飲みに行くとガーネットが言っていた」

「何？　誰？」

「ドゥインター」

「ああ、ドゥインター」ドクター・ドゥインターね、とイヴは思った。法人類学者だ。賢くて、ちょっとイラつく人。

「私たちは友人だ、ダラス――それ以上のことは何もない」

ばつが悪くなり、イヴは両手をポケットに突っ込んだ。「わたしには関係ないわ」

「私がアマリリスを失ったとき、きみはそばにいてくれたし、人生でもっとも暗い日々にも変わらず寄り添って力になってくれた。だから、きみに関係がなくても気にかけてくれていると私はわかっている。おたがい、一緒にいるのが好きなんだ。とくに〝セックスするんだろうか？〟と緊張しないでいられるのがいい。実際、ゆうべは彼女とチャレと私で食事をした」

「神父と、死者のドクターと、骨の博士ね」

モリスが笑い声をあげ、イヴは気持ちが楽になった。「そんなふうに考えると、なかなかの三人組だ。ともかく、きみを誘って飲みに行くことになったと彼女が言っていた」

「たぶんね。そのうち」モリスが両方の眉を上げたので、イヴはシューッと息を吐いた。「わかってる、オーケー、彼女には何度も面倒な手続きを省略してもらった恩があるわ。その件でわたしに探りを入れるように、彼女に頼まれたの？」

モリスはただほほえんだ。「きみはベラのパーティで彼女に会うだろう？」

「会うって――彼女、どうやってメイヴィスの子のイベントに参加することに？」

「探りを入れることにかけて、メイヴィスは魅力的な達人だ。私が引きこもっていないかどうか確認するためだけに、二、三週ごとに連絡をくれるんだ。二週間ほど前には、私たち四人で〈青いリス《ブルー・スクイレル》〉へ行った」

「あなたが〈青いリス《ブルー・スクイレル》〉へ……承知のうえで？」

「何事も経験だ。とにかく、彼女とレオナルドがガーネットと彼女の娘をパーティに招待したそうだ。間違いなく楽しいイベントになるだろう」

「まるでいいことみたいに言うのね。あなたが心配よ、モリス」

心からそう告げると、イヴは死者たちとモリスを残してその場を離れた。出口から出ようとしたとき、寒さで頬を赤くしたピーボディに出くわした。爪先に飾りのあるピンク色の冬用ブーツを履いている。

「わたしが遅刻したんじゃなくて、あなたが早いんです」

「何も言うつもりじゃなかったけど」

イヴがかまわず建物を出ると、ピーボディは素早く回れ右をしてあとに続いた。「モリスは何か見つけましたか？」

「最初の被害者を視てるところだった。ベレンスキーに確認しないといけないけど、軍で使うような武器らしいわ」

「マクナブはゆうべからそういうのを調べはじめています」ピーボディは足早に車に近づき、シートに落ち着くと「ああ」と声をあげた。「彼、すっかり夢中でした。男の人ってなんだってあんなに武器が好きなんでしょう？」

「わたしは男じゃないわ。でも武器は好きよ」

「そうですね。それはそれとして。彼は武器について、というか、使われた可能性のある武器について調べて、そのうち計算を始めました。計算と言っても、電子オタクの彼がやってることだからよくわからないんですが、しばらくして、ロークの作ったプログラムがあなたから送られてきました。彼にとっては、クリスマスと、熱烈なセックスと、チョコレートプディングがいっぺんにやってきたみたいでした。クリスマスにチョコレートプディングまみれになって熱烈なセックスをしてる感じです。うーん」

「言わなくていいわ」

「もう言っちゃいましたけど、残りはあとにとっておきます。それで、彼が楽しんでいる間、わたしはリストの人たちを調べました。報告書に書いたとおり、足を骨折したかわいそうな男の子も、彼の両親も、リンクに入るまでにとくに変わったものは見ていません。スケートをしているときも、もっぱら自分の子とあの女性ばかり見ていた、と。あっという間の出来事だったそうです。リンクを出ようとしたときに事件は起こり、両親がよそを向いていたときに、バンッ！　と音がしたらしいです」

「リストの全員を調べるけど、ただ、スケートリンクで滑ってた目撃者は除外するわ。犯人はかなり遠くから狙いをつけて発砲してる。被害者三人の間につながりはまだ見つかってないし、つながりはないとわたしは思ってる」

「これが完全な無差別なら……」ピーボディは視線を動かして、通りを行き交う人たちや、周囲のビルや、上方にどこまでも続く窓を見た。

「無差別だと確信したとは言ってないわ。モリスの検死結果をすべて知る必要があるし、ロークが建物のリストを作ってて、それもチェックしはじめないと。最初の被害者は、エコーを用いた高性能な武器で背中の中央を撃たれてた」

「どういうことかわかります！　ゆうべ、マクナブから教えてもらいました。エコーって、レーザーがターゲットに当たると放散する仕組みのことですよね」

「いずれにしても、命が助かる可能性はなかった――あったとしても低かった。背骨がほとんど切断されてるそうよ。だから、たんなる攻撃ではなく、絶対に殺さなければならなかったということ。おそらく、そういうわけで三人でやめたんだと思う。スケートリンクではパニックが起きはじめ、人びとは身を隠そうと駆けだしたり、一か所に集まったり、しゃがみこんだりしてた。さらに人を撃つのは可能でも、きっちり殺せるかどうかは確信がなかった。だから、三人を確実に仕留めて終わりにした」

「危ないことをして確率を下げるな、と」ピーボディはふーっと息を吐きだし、イヴは鑑識に向かって角を曲がった。「短いリストと言っていましたが、建物は何軒くらいあるんですか？」

「至急を要する捜査をしてない者は誰でもつかまえて、手伝わせようと思ってるくらい」

迷宮のような鑑識の部屋に入ると、イヴはまっすぐディックヘッドの席に向かった。

ほとんどの技術者は白衣姿だが、卵型の頭にぺったりした黒っぽい髪で、長い作業用カウンターの前で背中を丸めている姿はすぐ目についた。

イヴは、あのクモみたいな指がキーボードを打ったり、スクリーンをタップしたりする様子を思い浮かべた。気味が悪くていらつく男だが、技術者としての腕はたしかだった。その腕が必要なのだ。

近づいていくと、ベレンスキーが顔を上げ、イヴはもう少しで立ち止まりそうになった。ひげとは名ばかりのものを伸ばそうとしているらしいが、鼻の下にはしぼんだ毛虫、顎にはずたずたのクモの巣がくっついているようにしか見えない。

女性にもてようとして——それが彼の最大の望みだ——イメージチェンジしたなら、その結果には立ち直れないほどがっかりすることだろう。

「LDSK」うれしそうにも聞こえる声でベレンスキーが言った。

「そのとおりよ」

「毎日あることじゃない。遠距離レーザーライフル——様式はローウェンバームの言うとおりだろう」

「戦闘用の武器らしいわ。モリスによると、最初の被害者は——午前中に見たかぎりでは

――内部器官に損傷があるって」

「そう、そう、エコーだ。そうだと思っていた」ベレンスキーはスツールに座ったままカウンターの先まで勢いよく移動し、スクリーンをタップした。

「見えるか？　戦闘仕様のタクティカル‐XT発射時のシミュレーションCGだ。赤いのがレーザー光線で、射程距離はおよそ九百メートルになっている。引き金を引いてから命中するまで？　一・三秒だ。赤い光線が体に命中し、当たるのはピンポイントだが、そのあと拡散しているだろう？　これがエコーだ。ほら、当たって、そのあと広がる」ベレンスキーは顔の前で両手をつぼみのように合わせ、一気にぱっと開いた。「一巻の終わりだ」

「一巻の終わりになった人が三人、モルグにいるわ」

「きみは殺人の担当。私は武器の担当だ。戦闘仕様でエコーを使っているとMEは言い、それは私も同感で、セキュリティディスクを見た結果も同じだ。ローウェンバームとも話をして、たがいに同じ考えだと確認した」

「異論はないわ」

ベレンスキーはそれには答えず、イヴを追い払うように手を振った。「戦闘仕様のタクティカル‐XTの射程距離は――記録で確認できるかぎりで――五・七キロメートルだ」

「わかったわ、ベレンスキー、わたしが知りたいのは――」

「犯人の腕がよければ、今回の三発はなんとイーストリバー上の船から放たれた可能性もある。見つけなければな。しかし、あんなふうに撃てたろくでなし野郎に会ってみたいものだ。ニューヨークだぞ。視界はさえぎられ、風向きも変わりやすいし、気温も低い。しかも、ターゲットは動いていたんだ」

「ろくでなし野郎を逮捕したら、紹介してあげる」

「そうしてくれ。しかし、マンハッタン全体を探すわけじゃないだろう？　いま、範囲を狭めているところだ。プログラムを使って、角度や速度や、ほかにもいろいろ条件をつけて絞っている」

「もう絞りこんだわ。プログラムがあるの」

「われわれが使ったのは——」

「新しいプログラムがあるのよ」

ベレンスキーは拒むように手を振るのをやめて、イヴを見て顔をしかめた。「なんのプログラムだ？」

「ピーボディ」

「わたしのこのPPCに入っています。では、こうして」ピーボディはそう言っていくつかキーを打ち込んだ。「あなたのコンピューターに送りました」

ベレンスキーは背中を丸め、身を乗り出してざっと目を通した。もう一度、目を通す。

「これをどこで手に入れた？　国家安全保障局《NSA》か？」

「ロークから」

「え？　部下たちをどのくらい働かせて作ったって？」

「ロークひとりで、ゆうべ」

ベレンスキーはスツールごとくるっと振り向いた。「かついでいるんだろ？」

「なんのために？　バカ言わないで、三人も死んでるのよ」

「これはものすごい才能だぞ」ふたたび内容を確認して、ベレンスキーは自分のうなじをもんだ。「ちょっとばかり手直しが必要かもしれないが」

「変なことしないでよ」

「私が手を入れるんじゃなくて、彼でも彼の部下でも、とにかくちょっと手直しして、それを売ったらかなりの……彼がそんなことをする必要はないな」

「必要とか不必要とか、そういうことじゃなくて」イヴは小声で言った。

「これをローウェンバームに見せるんだろう？」

「ゆうべ送ったけど、遅い時間だったから。まだ見てないかもしれない」

「見たら、私と同じことを言うだろう。ほぼ正確な結果が出ていると、今後、捜査が進めばわかるはずだ。これを見ろ。銃撃当時の風向変化、気温、湿度、弾道の角度、発射から命中までの時間、発射地点の高度、視界まで計算してある。すべて網羅されている。この建物すべてを調べるのに何週間も骨を折ることになるだろうが、方向性ははっきりしているわけだから」

「中程度から高度なセキュリティレベルの建物はのぞく」イヴはまたピーボディを見た。

「やりましょうか?」ピーボディは返事も待たずカウンターに身を乗り出し、プログラムを次の段階に進めた。

「いいねえ。そう、そうだ、あの手の武器がセキュリティをすり抜けるのはむずかしい」

「とりあえず、スタッフが複数いるオフィスと、家族で暮らしてる部屋は排除して」

ベレンスキーはうなずき、さらに何棟か建物が消えた。「オーケイ、犯人が消音装置を使っていなければ、三発の甲高い発射音を聞いた者がいるはずだ。レーザーライフルの発射音を聞いたことは?」

「一度、撃ったことがあるわ」

「だったら、音はわかるだろう。消音装置を使えば射程距離は少し短くなるが、誰にも発射音は聞かれない。使うかどうかは、犯人がどっちを優先するかによる。きみは百も承知だろうが、自分のやっていることを心得ている者のしわざだ。腕だよ、ダラス。尋常じゃない技量の持ち主だ。最後の一発を見ただろう？　あれでわかるのは腕前だけじゃない。うぬぼれてやがるんだ、やつは」

ディックヘッドに同意するのは少々むかついたが、イヴも同じように考えていた。「うぬぼれてれば仕事はいい加減になる」

「おそらくな」

「そのプログラムで作業してみて、さらに省けるエリアがあれば教えて」

ベレンスキーはすでにプログラムに没頭していたので、イヴは黙ってその場を離れた。

「脅したり賄賂を使ったりするまでもなかったですね」

「オタク用ポルノを与えたら、予想以上に楽しんでくれちゃったから」それでも、賄賂ダンスがなつかしい気もする、とイヴはひそかに認めざるを得なかった。

4

車に戻ると、まっすぐコップ・セントラルへ向かった。事件ボードを設置して、可能なら誰でもつかまえて建物の捜査を始めなければならない——その合間に、少しマイラに相談もしたい。

そうなるとマイラの無慈悲な業務管理役と闘わなければならないが、ニューヨーク市警察《NYP》治安本部《SD》のプロファイラーで、精神分析医の頂点にいる彼女への相談以上に有益なものはない。

大部屋《ブルペン》に足を踏み入れるなり、なかを隈なく見わたした。バクスターとトゥルーハートの姿が見えないということは、現場で捜査中なのだろう。カーマイケルがサンチャゴのデスクの端に腰かけているのは、噂話ではなく相談をもちかけているからに違いない。

ジェンキンソンはコンピューターをにらみつけて仕事中だ——ライネケがコーヒーのマグ

カップを手に休憩室からのんびり出てきた。

「急ぎの仕事はないの?」イヴはジェンキンソンに訊いた。

「書類仕事中。頭が爆発しそうだ」

「五時にわたしのオフィス。ピーボディ、ふたりに状況を説明して」

自分のオフィスに入ると、ロークのプログラムを開いて事件ボードを設置し、中央に被害者三人の写真を留めた。マイラのドラゴンのような業務管理役を避けるため、本人に直接、短いメールを送った。メッセージは先に業務管理役に届いてしまう心配がある。

本物のコーヒーを手にして立ち、スクリーンを見ているところにジェンキンソンとライネケがやってきた。

ジェンキンソンのネクタイのけばけばしさで部屋の光の具合が変わったのは間違いない。彼の感覚では、どぎつい赤の地にゴールドとグリーンの水玉模様は飽きがこないし、繊細なデザインでさえあるらしい。

「あなたたちはこの範囲から始めて、マディソン街から東へ進んでいって。このプログラムに選ばれた対象となる建物をピーボディが伝えるから。賭けみたいなものよ」

「狙撃者タイプ」ライネケが言った。「単独犯だと見ているんですね」

「たぶんね。これからマイラに相談するつもりだけど、見込みと確率からいくと、軍隊か警察で訓練を受けた男が単独でおこなった、ということになるわ。一匹狼《おおかみ》。あれだけの銃撃は訓練や実戦を積まないとできないから、それを頭に置いて話を聞いて。ホテルや安宿では、ふだんあまり姿を見せない者がいないかどうか探して。武器を運ぶキャリーケースを持ってるだろうけど、そういうのを引きずってうろうろすることはまずないと思う。それから、部屋には開け閉めできる窓が必要——じゃないと、狙撃するときにガラスを割らなければならない。プライバシースクリーンもあったほうがいい。消音装置を使わないと、こういう武器は甲高いヒューンという音がするわ——三度発射してるから、甲高い音が三回、短い間に続けざまに聞こえたはず」

「その音を誰かが聞いた可能性は——」

「ゼロに近い」イヴは言い、ジェンキンソンを見てうなずいた。「安宿とか安いアパートメントとか、防音装置のないところなら聞こえるかも」

「そして、警官の質問に進んで答えてくれる者が見つかる可能性も」

「ほとんどゼロ」イヴは言った。

「自宅から撃ったかもしれない」ライネケが推測した。「めちゃくちゃな理由からスケート場に関わる妄想に取り憑かれて、カモ猟でもやってやろうじゃないかと思いついたとか」

「とにかく犯人を見つけるわよ。ピーボディとわたしは、いちばん東寄りの一角から始めて、あなたたちの担当地区に近づいていく。そっちよりたぶん、一時間遅れで始めるわ。二番目の被害者のオフィスに寄らなければならなくて、それで――」

メールの着信音が鳴ったのでイヴは言葉を切り、デスクのほうを見た。「オーケイ、ドクター・マイラがもうすぐセントラルに来て、ここに寄るそうよ。何か捜査に使えそうな情報が得られたら、連絡する。さあ、出かけて。

ピーボディ、リストの住所を地図上に表示してから、マイケルソンのオフィスに連絡して、話を聞きに行くと伝えて」イヴはリスト・ユニットを確認した。「出かける前に、ちょっとフィーニーと話がしたいの。こっちから行くわ」

「伝えます」

ひとりになったイヴは窓辺に寄り、外を見た。自分は射撃の名手でレーザーライフルを持ってる、と考える。銃のほうが都合がいいだろう。ずっといい。しかし、長いライフルでも悪くはない。

そして、オフィスの細長い窓から、一分足らずで十数人を殺したり、重軽傷を負わせたりできると想像する。

そんなふうに狙われた人たちをどうやって守れる？

マイラがやってきた音がしたので、振り向いた。急ぎ気味のコツコツという足音は、上等のヒールが床を打つ音に違いない。

上等のヒールがついているのは上等の赤いブーティーで、その型押模様と同じものが――どういうわけか――ウィンターホワイトと呼ばれる白いスーツの、無意味なほど細いベルトにも押されている。

マイラのやわらかな黒髪は、今日は毛先がきれいにカーブしたボブスタイルで、小さなイヤリングの赤い石から下がっているベビーパールがよく見える。

朝早く、どうやって頭をしっかり働かせて、こんなふうに――ファッションドロイドのようではなく、親しみの持てる人間らしく――コーディネートできるのだろう？

「立ち寄っていただいて、ありがとうございます」イヴは言った。

「見返りはそのコーヒーかしら。お茶をいただくつもりだったけれど、あなたのコーヒーの香りをかいでしまったから」

マイラはコートとハンドバッグ――白くて、中央にびっくりするくらい大胆な赤いラインが入っている――を脇に置いて、イヴの事件ボードに近づいた。

「メディアレポートを見て、あなたの報告書も読んだわ。同じスケート場にいたこと以外、被害者たちにたしかなつながりは、まだ見つからない？」

「まだ何も。それから、三人目の被害者がスケート場に行くことを知っていたのはわずか数人で、何時頃に行くか知っている者はいませんでした」

「このタイプの殺人犯は、誰彼かまわず殺すことが多い。相手が誰かは関係ないの。大事なのは殺すことそのものであり、引き起こされるパニックよ。公共の場を遠くから狙う――ありがとう」イヴからコーヒーを受け取る。「三人はそれぞれ違っているわ。ふたりは男性で、ひとりは若い女性。男性ふたりは親子以上に年が離れている。ひとりは単独で、もうひとりはカップルだった。カップルの一方がターゲットである場合は少ないから、やはり無差別かもしれない」

「ひとり目と三人目は即死か、それに近かったようです。ひとり目は背骨を撃たれ、ほぼ切断状態だった。三人目は頭を打たれています。でも、ふたり目は腹部を撃たれ、少なくとも一、二分は意識があって、失血死した。最初と三番目は何があったかもわからなかった。ふたり目はわかっていた」

「そうだったの。だから、ふたり目が特定のターゲットではないかと思うのね」

「それと、犯人はあらかじめ準備をしなければならず――三人目の被害者がそのスケート場に行くかどうかははっきり決まっていなかった――という事実からです。最初の被害者ですが……彼女を特定のターゲットと考えるのには無理があります。やはり、無作為ということになるでしょう。赤い服も、スケート技術も目立っていたはずですから」

「なるほど」マイラはイヴのデスクに腰で寄りかかった。「もうわかっているのね。犯人はきちんとしていて、技術があり、計画的で、つまり、少なくとも現場では落ち着いていた、と。それにたいして、純粋に無差別に命を奪うＬＤＳＫは、社会や政治問題に恨みを持っていたり、ある種の場所――軍事基地や、学校、教会――に怒りを抱えていたりするわ。できるだけ多くの人を殺したり傷つけたりして、パニックや不安を引き起こすのが目的で、自分を駆り立てた主張のために自らの命を絶つことも多い」

「できるだけ多くの人。今回、銃撃した者はかなりの技量の持ち主なのに、被害者は三人だけ？　それが気になってしょうがないんです」イヴは言った。「三人でやめているから、場所にたいする怒りや恨みである可能性は低いと思います。およそ十二秒――その間にすべて終えているんです。そう、被害を与えてから自ら進んで警官に射殺されたり、自殺したりという例もあります。でも、今回の犯人は違う、少なくともいまのところは」

「計画の途中だったり、まだ恨みを晴らせていなかったりするのかもしれないわ」

「ええ」イヴはふーっと息を吐きだした。「ええ、それも気になって仕方ありません」

「わたしもあなたと同じで、被害者が少ないのはもっと明確なターゲットがあるせいかもしれないと思っているわ」イヴがやったように亡くなった三人の写真をじっと見ながら、マイラはコーヒーを飲んだ。「二番目の被害者がほかのふたりと違って即死じゃなかった件だけど、犯人がふたり目を苦しめようとして撃ったなら、重要性が増すわね」

「たまたま結果がそうなっただけ、ということもあります。遠くから撃っているし、標的は動いているし。でも、わたしは気になるんです」

「彼がターゲットなら、犯人は公共の場を舞台に選び、誰を狙ったかばれないようにほかのふたりも殺し、しかも、困難な殺害法を選んでいる。知ってのとおり、命を奪うにはもっとはるかに直接的で簡単なやり方があるけれど、やり方も目的の一部であって、そこに精神病理が表れている。犯人は腕がいいだけじゃなくて、技量は彼の自尊心、エゴでもあるのよ」

「なるほど」イヴはつぶやき、頭のなかに描くべき全体像にそのひと言を加えた。

「パニックを引き起こし、メディアの怒りを煽るのはもちろん動機の一部だと言えるわ。そして、距離――技量とは関係なく、実際の距離――があれば冷静になれる。人間ではなく標的として見られる。軍の狙撃兵やプロの殺し屋がそう考えなければならないようにね」

「わたしはまだプロの線は消していませんが、可能性は低いと思います。プロだとして、誰がなんのために犯人を雇ったんでしょう？　そうなるとまた振り出しに戻って、どうしてあの三人が？　ということになる。わたしに言わせれば、どうしてマイケルソンが、ということです」

「彼は医者だったのね？」

「ええ、ええと、婦人科の。検診をしたり、赤ん坊を取り上げたり、そんな感じです」

「そうね。患者の死亡例を確認したらどうかしら。治療中に命を落としたとか、お産が原因で亡くなった母親とか、お産中に亡くなった赤ん坊もね。めったにないことだけれど、とくに緊急時には起こりうるわ。患者が医者の忠告にしたがわなかった場合もそう」

「亡くなった女性と近い人——配偶者や、恋人、兄弟、父親——とも何かつながりがないか、調べてみます」イヴはうなずき、頭のなかにメモを残した。「それから、可能性は低くてもあり得ないことではないので、犯人が女性という線でも追ってみます。患者とのつながりなら、それもあり得ると思います。ふたたび殺す理由——それは……」

「とてもうまくいったからでは?」

イヴは振り向いて事件ボードを見た。「ええ、とてもいい日だったでしょう。これからマイケルソンのオフィスへ行ってきます。きっと何かわかるはずです。そうじゃなければ」

「またどこかで銃撃があると思っているのね」

「何か計画があるなら、犯人はすでに次の場所を選び、活動拠点を探しています。ほしいのはパニックとメディアの大騒ぎ? だったら、また銃撃するでしょう、しかもすぐに。勢いが衰えないうちに」

「同意せざるをえないわ」

「三人で終わりなら、三人は犯人にとってなんらかの意味があるということになります。さもなければ、次はさらに多くの命を奪うはず。エゴですよね?」

「ええ、エゴは動機の一部よ」

「エゴを満たそうと躍起になれば、失敗につながる。おそらくもう失敗してるはずです。それを見つけなければ。さあ、もう始めます。お時間をいただき、ありがとうございます」

「こちらこそ、コーヒーをごちそうさま」マイラは空になったカップをイヴにわたして、ほほえんだ。「そのジャケット、好きだわ」

「これ?」何を着ているのかもう忘れていたイヴは、ジャケットを見下ろした。

「土とか、自然を思わせる色合いは大好きなの。わたしには似合わないけれど、あなたにはぴったり。引き止めてはいけないわね」マイラは言い、持ち物をまとめた。「この件でわたしに訊きたいことがあればいつでも連絡してちょうだい——あともうひとつ、夫婦でベラのパーティを楽しみにしているのよ。デニスにはとてもいい影響があると思うの。そういうにぎやかな場で楽しむのは」

イヴは実際のパーティのことは考えないようにして言った。「どうされていますか?」

「愛する従兄弟を失った悲しみはこれからも続くでしょうね。彼が殺されるずっと前には別人になってしまっていたとしても。でも、デニスは元気よ。旅行でもしてふたりで遠くへ行こうと誘ってみようと思ったけれど、いまのところ彼に必要なのはわが家と、いつもと変わらない日常だと気づいたの。それとパーティね。一歳の誕生日パーティより幸せなものがあるかしら？」

「リストができるくらいあります」

マイラは笑い声をあげ、首を振った。「今日の捜査がうまくいくといいわね」

イヴはピーボディと一緒に車でミッドタウンへ向かい、五番街の東六十四丁目から少し入ったところにあるマイケルソンのクリニックを目指した。

スケート場まで歩けばいい運動になり、ほんの二、三ブロック先の六十一丁目の自宅までは歩いてすぐだ。

駐車場所はなかなか見つからず、ようやく見つけた通り沿いの二階のスペースは幅がせまく、いったん垂直に上昇してから停めた。ガチャンと車が納まってようやく、ピーボディは止めていた息を吐きだした。

そして、咳ばらいをした。「事務局長はマータ・ベック。ほかに、受付係と、会計係、医師の助手《PA》、助産師、看護師がふたり、交代で勤務するパートタイムの看護助手がふたりいます」

「医者はひとりなのに大所帯ね」

「二十二年前にここで開業し、地元の無料クリニックでも月に二度、診察しています」

ふたりでガンガンと足音を響かせながら金属製の階段を降りていく。通りに出る間もみぞれは降りつづき、どこもかしこも滑りやすくなっていた。

「略歴を見るかぎり、医者としての評判はよく、個人的な問題も見当たりません」

こぎれいなタウンハウスの正面扉にシンプルなプレートがかけられ、ドクター・ブレント・マイケルソンと、その下にフェイス・オライリーと記されていた。

「オライリーは助産師です」ピーボディが言い、イヴは静かで驚くほどくつろいだ雰囲気の待合室に入っていった。

妊婦が三人いた――ひとりはよちよち歩きをするくらいの幼児をかろうじて残っている膝のスペースに座らせ、もうひとりは二十代半ばに見える痩《や》せた女性で、退屈そうにPPCをスクロールしていた。もうひとりはカップルの片方で、ふたりでしっかり手を握り、身を寄せ合っている。

イヴはまっすぐ受付カウンターへ行き、あたりの雰囲気を読んで小声で言った。

「ダラス警部補とピーボディ巡査です。マータ・ベックにお会いしたいのですが」

溶けた黄金色の肌をした美しい受付係は、唇を噛《か》みしめた。みるみる目に涙があふれる。

「右手の扉からお入りください」椅子に座ったままくるりと回転して、青いドクターコート姿の男性に言った。「ジョージ、マータに……お約束の方が見えたと伝えてもらえる?」

男性の目は着ているドクターコートと同じブルーだった。唇は嚙みしめなかったが口元をきゅっと引きしめて目に涙を浮かべ、静かに部屋から出ていった。

扉を開けると、廊下に沿って診察室——こういう部屋を見るとかならず、イヴの胃の筋肉は収縮する——が並んでいた。受付係は先に廊下に出た。

「ご案内します。わたしたち——みんなにとって……つらい日です」

「クリニックは休まなかったのですね」

「はい、ドクター・マイケルソンの患者さんはドクター・スピッカーが引き継ぎ、ミズ・オライリーがもともとの患者さんと、それ以外の患者さんも診ています。予約されている患者さんはすべて診察するつもりでいます。ドクター・マイケルソンとドクター・スピッカーは、ドクター・スピッカーもそろそろ診察を始めてはどうかという話をしていて、それでマータが……」

椅子が二脚と、クリップボードとチューブとカップが置かれたカウンターがいくつかあって、別のドクターコート——一面に花が描かれている——の人物が妊婦の体重を量っている部屋の前を通り過ぎた。

「ドクター・マイケルソンはドクター・スピッカーと知り合ってどのくらいですか?」

「ええと、ドクター・スピッカーが子どもの頃から知っています。家族ぐるみの付き合いで、ドクター・スピッカーは実習を終えたばかりです。マータ――ミズ・ベックのオフィスは……」

長身で肩幅が広く、黒いスーツ姿の女性が出入り口から現れ、受付係の声はだんだん小さくなって消えた。

「ありがとう、ホリー」女性はイヴに片手を差し出した。「マータ・ベックです」

「ダラス警部補です」イヴは短く握手をした。「こちらはピーボディ捜査官」

「どうぞ、入ってください。お茶はいかがですか？　コーヒーはお出しできないんです。どのオフィスにも置いていないので」

「おかまいなく」

マータは静かに扉を閉めた。「どうぞおかけください」

イヴは、恐ろしいほど整理整頓された部屋の、背のまっすぐな椅子のひとつに座った。冷ややかな感じではない、と思った。よく茂った観葉植物の鉢があり、高級そうなティーカップが並べられ、小さなソファには派手なクッションが積んである。

だが、何よりビジネスが第一、という雰囲気はあった。

マータはデスクの向こうにまわって座り、両手を組み合わせた。「容疑者は見つかったんでしょうか？」

「いま、捜査中です。ドクター・マイケルソンは、スタッフや患者や、あなたが知っている誰かと、何かトラブルがありましたか？」

「ブレントは誰からも好かれていました。面倒見のいい優秀なドクターで、患者さんにも愛されていました。ブルックリンやニュージャージーやロングアイランドに引っ越された患者さんもいらっしゃいます。それでもなお当院に通って来てくださるのは、彼が築いた絆があったからです。大切なのは患者さんたちです、警部補。当院の休憩室の壁は、彼が手伝ってこの世に迎えられた赤ちゃんの写真で埋め尽くされています。その後、成長した姿の写真も。彼はすばらしいドクターで、やさしい人でした」

マータはひと息ついた。「メディアの報道を見ましたが、無差別殺人ということになるのでしょうね。常軌を逸した何者かによる」

「あらゆる可能性から、捜査しているところです」

「誰も思いつきません。ブレントの死を望んだ者など、ほんとうに誰も思いつかないわ。心当たりがあればお伝えしています。彼は雇い主であるだけではなく、友人でした。とてもいい友人でした」

「今後、ここの業務はどうなりますか？」

マータはため息をついた。「アンディ——ドクター・スピッカー——が引き継ぐでしょう、彼が望むならば。その件についてブレントとわたしは、アンディが研修中から話し合っていました。アンディの両親はブレントとは古くからの友人です——でした。ブレントはアンディの名付け親で、よき指導者でした。家族全員ととても親しかったんです。アンディが診療業務に加わるようになれば、ブレントは仕事の量を減らして、のちのちはアンディに病院をまかせようと考えていました。引退を決めたら、というか、たんにもっと旅行がしたくなったら、彼とフェイス——うちの助産師です——に引き継ぐつもりでした」

「どんなに優秀な医者でも、二、三十年も診療していれば患者が亡くなったこともあるでしょう」

「もちろんです」

「愛する者を失って、やみくもな行動に走る者もいます」

「もちろんです」と、マータは繰り返した。「数年前、ブレントが診ていた患者が赤ちゃんを失いました。パートナーにひどく殴られ、七か月で流産したのです。気を失って床に倒れた彼女を置いて男は去り、その後、彼女は意識を取り戻してなんとか救急車を呼びましたが、手遅れでした。男は訴えられ、裁判所で証言したブレントを脅しました。でも、その男は二年前、刑務所で自殺しました。あなたがおっしゃったのは、こういうことだと思いますが」

「そうです。流産した女性はどうなりました？」

「あんなことがあった直後にとても誠実な若者と結婚してまた子どもを授かり、二年前にまたブレントのもとにやってきました。とてもかわいい娘さんが生まれました。その子の写真も壁に貼ってありますし、彼女はいまも通院してきてくれています。ほかにもいざこざは二、三あって、診療所はどこもそうですが、当院も医療事故の裁判をいくつか抱えています。でも、実際に脅されたりしたのは、わたしの知っているかぎりではその件だけです」

「最近、スタッフを解雇したり、スタッフと問題があったりしませんでしたか？」

「ありません。ブレントは一般的な婦人科医より診察に時間をかけるほうでしたから、運営するのは骨の折れるクリニックかもしれません。予約の時間をもっとあけたほうがいいと気づいて何年もたちます。医師助手《PA》を雇うようになって――もう八年前になります――待ち時間はある程度、短縮されました。アンディが診療に加われば、もっと時間に余裕ができたでしょう。いまとなってはそれもできなくなりましたが」

マータは一瞬、そっぽを向いた。「わたしがいま、しっかりしなければならないんです。ばらばらになってはならない。こんな経験をするのははじめてです。喪失、そう、誰だって誰かを失うものですが、こんなのははじめて。頭がうまく働かないわ。あなたがたが返事を必要としているのはわかっていますが、まったく思いつかないの。ぜんぜん思い浮かばない。ブレントにこんなことをしたがっていた者が誰なのか、まったくわかりません」

事務局長の意見は意見として受け入れ、イヴはスタッフ全員から丁寧に話を聞いた。やがて、知るべきことは知りつくしたと感じて、みぞれの降る外に出て歩きはじめた。

「たぶん、わたしの勘違いよ」イヴはピーボディに言った。「考え違いで、マイケルソンもほかのふたりと同じで、無作為に選ばれた相手だった。たまたま悪い時間に悪い場所に居合わせたということ」

「あなたが無差別殺人ではないと思うのは理解できます」

「でも？」イヴは先をうながし、ふたりで駐車場の階段を上りはじめた。

「ええと、三番目の被害者はほぼ無作為に選ばれたんだと思います。でも、わたしが残りのどちらかを選ぶとしたら、最初の彼女です」

「どうして？」

「嫉妬《しっと》絡みです。彼女は若くて、とてもかわいくて、才能に恵まれている。しかも、悪い意味ではなく派手で目立ちます。彼女に相手にされなかったり、ふられたりしたどこかのバカ野郎のしわざかもしれない。しかも、彼女は最初に撃たれました。わたしが同じことをするなら、第一の標的を確実に倒したいです」

「理にかなっているわね。彼女をやってみて」

「彼女をやる？」

「徹底的に洗うのよ」イヴは言った。「職場、家族、学校関係、友人。行動パターンを探って。どこで食べ、買い物をしてるのか、いつもどんなルートで行き来しているのか。使うのは地下鉄？　バス？　歩き？　もう一度、家族と話をしてみて。それから、職場、大学、近所の友人とも。あなたが彼女を、わたしはマイケルソンを洗う。それから、ふたりで建物を洗う。大学で降ろすから、そこから調べはじめて。わたしはマイケルソンの家に入って調べてみる。大学のあと、あなたはヨーク街と五番街の建物を。わたしは二番街と三番街の建物を洗う。ライネケとジェンキンソンはマディソン街から東へ向かうから、マディソン、パーク、レキシントン《レックス》をカバーすることになる。あなたはできるだけ東へ、川へ落ちる寸前まで行って、そこから始めて」

「やってみます」

「近くにいるとわかったら、拾いに行く。そうじゃなければ、その地区の捜査を終え次第セントラルへ戻って。ジェンキンソンとライネケと情報交換するわ。誰かが何かつかんだ時点で、全員で調べにかかる」

「了解です」ピーボディは小さくため息をついて暗い空を見上げた。「ここから地下鉄で行きます。警部補に車で送ってもらうより速いと思うので」

「いいわね」

ピーボディが通りに降りていくと、イヴは車に戻り、停めたときと同じ要領で車を浮かせ、六十一丁目に向かった。


ドクター・ブレント・マイケルソンはいい暮らしをしていた。そう思いながらイヴはマスターを使い、どっしりとした白いレンガ造りの建物に入っていった。厳重なセキュリティ装置が目立たないように配されている。三階までエレベーターではなく歩いて上っていくと、塵ひとつない清潔な階段にもセキュリティ装置が設置されていた。

すでにEDDに指示して、電子機器を持ち出して調べさせていたが、イヴは被害者が暮らしていた空間に身を置いてみたかった。

廊下は静まり返っていた——同じフロアには彼の住まいのほかにもう一軒しかない。厳重なセキュリティ装置はアパートメントにも設置されていて、マスターを使ってそれを解除する。

広々としたリビングエリアは、こぢんまりしたキッチンとダイニングエリアにつながっていて、テーブルにはずんぐりしたスタンドに一度も火をつけたことのないロウソクが立ててあった。

男っぽくてシンプルな調度類は、変に凝ったところがなくて居心地がよさそうだった。長いテーブルにはこぼれ落ちそうなほどフォトフレームが並んでいた。娘――さまざまな年齢のときに撮ったもの――や、娘の家族の写真。アンディ・スピッカーと、イヴの推測では彼の両親の写真。スタッフや、赤ん坊を抱いたスタッフの写真もたくさんある。なごやかで幸せそうな写真ばかりだ。

キッチンに入って、オートシェフと冷蔵庫と戸棚をチェックした。食べ物ほど住人の暮らしぶりを伝えるものはない、というのがイヴの考えだ。

マイケルソンはアイスクリーム――本物だ――に目がなかったらしい。赤ワインを好んだが、それ以外は健康的な食生活だった。

ホームオフィスも生活空間と同じようにほとんど飾りらしいものはなく、すっきりと整っていた。職場同様、壁一面に写真が留めてある。マイケルソンがデスクに向かい、どんなものかはわからないがドクターがやるような事務仕事をしながら、生命力にあふれた壁を眺めている姿を想像する。

赤ん坊――生まれたて――の多くはイヴには気味が悪いとしか思えなかった。魚か、本気で怒っているエイリアンのどちらかにしか見えない。しかし、マイケルソンは彼らをこの世に迎える手助けをしたのがたまらなく誇らしいのだ、と想像はできる。

　ホームオフィスにも小型のオートシェフとミニサイズの冷蔵庫があり、冷蔵庫にはソーダ水と果汁百パーセントのジュースとハーブティーが並び、オートシェフにはフルーツと野菜の軽食が準備されていた。

　チョコバーも、コーヒーも、袋入りのチップスもない。

　どうやって生きていたのだろう？

「いまのところ、問題なし」イヴはつぶやき、寝室を調べに向かった。

　ベッドのヘッドボードは詰め物入りで背が高く、シンプルな白い羽毛掛け布団の上に、ダークネイビーのカバーをかけた枕がいくつも積まれていた。

　本がある、とイヴは気づいた。これも本物だ。造りつけの棚に並んでいるのも、ベッド脇のテーブルに積まれているのも小説で、軽く百冊はありそうだ。

　性具はない。ベッド脇のテーブルの抽斗《ひきだし》にはない。クローゼットを見たが女性の気配はなく、一夜を過ごして、また来るときのためにガウンや着替えを置いていった形跡もない。そういう男性もいないらしく、ざっと見るかぎり、衣類はすべてマイケルソンのもののようだ。

　スーツ、ドクターコートや手術着、普段着、ジム用スポーツウェア。そして、スケート靴。人生最後の日に履いていたもの以外に、スケート靴は二足あった。

バスルームでは男性用精力増強ピルとコンドームを見つけた――つまり、彼はセックスをしていたか、少なくともそのときのために備えていたとわかった。違法なものも、異常なものはいっさいない。

最後に、設備の整ったゲストルームと、ぴかぴかに磨きあげられた化粧室を見て、調査を終えた。

建物を出るときにイヴが思い浮かべたマイケルソンは、赤ん坊と子どもと女性たちを心から愛する、まじめで献身的な医師だった。健康に気を配って静かに暮らし、スケートと読書を楽しみ、友人とのつながりを大切にしていたドクター。

そんなマイケルソン像に殺人の動機がつながるものはひとつもない。

車に戻ったイヴは東へ向かい、ピーボディの話を思い出した。

エリッサ・ワイマン。若くて、魅力にあふれ、気品があって、幸せそうで、精神的にも安定して見える。男性や恋愛にとくに興味があるわけでもない――少なくとも表面的には。でも、そう、誰かが彼女に興味を持ったのかもしれない。そして、肘鉄《ひじてつ》を食らわされたか、気づかれもしなかったか。

もっと詳しく調べれば、彼女の家族も友人も知らない恋愛関係や生き方が見つかるかもしれない。

もっと考えなければならない。マイケルソンのことも、さらに考えるべきだ。最悪のケースも考えなければ。正真正銘の無差別殺人。誰でもよかった。次も誰だろうとかまわない。

通りを長々と歩くには最悪の日だったが、イヴは腹立たしいほど料金の高い駐車場に車を停めて、リストの最初の建物まで歩いていった。建物の通り沿いにはフレンチレストランと、メンズブティックと、装飾過多のガラクタ商品を売っているきらびやかな店が並び、その上の三フロア分はアパートメントで、その上にダンススタジオとヨガスタジオがあり、さらにその上は住人とスタジオの利用者が出られる屋上がある。

ロークのプログラムによると、もっとも可能性が高いのは屋上で、次がヨガスタジオだ。そこで、屋上から始めることにした。

風が痛いほど強く、みぞれの冷たさが身にしみた。しかし、ポケットから双眼鏡を引っ張り出して目に当てると、スケート場全体がはっきりと見えた。とんでもなく遠いが、倍率の大きい照準望遠鏡を使えば？　イヴにはその様子がはっきりと見えた。

昨日はみぞれもあられも降っていなかった、と思い出す。風もさほど強くはなかった。それもあって、あのタイミングだったのだろう。

屋上に立ったイヴは犯人の気持ちになりきった。しばらく待たなければならなかったかもしれない。シートが格納式の、軽いスツールのようなものを持ってきただろうか。少し高くなった縁に、こんなふうに武器をのせたかもしれない。そして、ぴたりと動きを止める。その場にしゃがんでスツールに座るふりをして、想像上の武器をかまえ、照準望遠鏡をのぞきこむ。この位置からだと近くの建物がよく見える、と気づいた。

身を隠すものは何もなく、まわりは窓だらけだ。誰かが外を見る危険はあまりに大きい。正気を失った者でもそうではなくても、どうしてそんな危険を冒すだろう？

それでも、イヴはゴーグル型顕微鏡を取り出して装着し、屋上のコンクリートの縁に跡が残っていないかどうか、丹念に見た。結局何も見つからず、建物のなかに戻ってヨガスタジオを調べに向かった。

スタジオではグループレッスンがおこなわれていて、色とりどりのスキンスーツ姿の人たち——ほとんど女性だ——がさまざまな色のマットの上で体をねじって、奇妙なポーズを取っていた。全員が向き合っているのは、完璧な肉体でありえないくらい完璧なポーズを取っている驚くべきスリムな女性と、壁一面の鏡だ。

こうしてここに通っているだけで脱帽ものね、とイヴは思った。

鈴を転がすようなインストラクターの声のバックに、鈴を振っているような静かな音楽が流れている。このレッスンが終わるまでに、あの女性の両脚を首に巻きつけて、両方の足首を結びたくなりそうだ、とイヴは思った。

しかし、そんなふうに思うのは彼女だけだ。

イヴは後ずさりをして、続き部屋になっているダンススタジオで話を聞くことにした。こちらも壁一面が鏡で、小さなボリュームで音楽が鳴っていた。しかし、隣よりはビートの強い激しい曲で、それに合わせてひとりの女性がフロアーいっぱいを使って――爪先を振り上げ、脚を広げ、腰を揺すって――踊っていた。

くるくると三回スピンをして、跳ね上がってから宙返りをする。そして、フィニッシュ。ビートに合わせて両腕を突き上げ、頭をそらして天井を仰いだ。

女性は肩で息をしながら声を張り上げた。「クソッ！」

「いい感じに見えたけど」

黒い肌を汗で濡らした女性がタオルをつかみ、まじまじとイヴを見ながら顔をぬぐった。

「二度、カウントを間違えたし、ヘッドロールも忘れたわ、ああもう。ごめん、ダンスのクラスを探してるの？」

「いいえ」イヴは警察バッジを示した。

さっきと違う口調で女性は言った。「そういうことね」

「二、三質問させてもらうだけよ。まずは、あなたの名前は？」

「ドニー・シャデリー。ここはあたしのスタジオよ――っていうか、借りてるんだけど」

「昨日はクラスがあったの？」

「毎日やってるわ。週に七日」

「予備調査によると、昨日の午後三時から五時まではクラスがなかった」

「そうよ。まず、午前中のクラス。七時から八時、八時半から九時半。十時から十一時、十一時から十二時――十二時から一時までが休憩。一時から一時半がフリースタイルって感じで、午後のクラスが一時半から二時半。そのあと、毎週金曜日をのぞいて、あたしは五時まで休憩」

「あなたはインストラクター？」

「あたしともうひとり。昨日は、あたしが午前中と午後、パートナーのセンサが夜のクラスを教えてたわ。なんで？」

ここは違う、とイヴは思った。スケジュールが立て込み過ぎている。それでも。

「午後三時から四時の間に、ここか、隣のスタジオに誰かいたかどうか知りたいの」

「あたしがここにいたわ。前に受けたオーディションのつながりで、今日、別のオーディションを――新しいミュージカルなんだけど――受けるから。チャンスがあるたびに必ずトライすることにしてるのよ。昨日は朝の六時半から午後五時まで、ずっとここにいたわ」

「ヨガスタジオにも誰かいた？」

「センサが七時前からいたのは知ってるわ。三時頃なら、午後の瞑想をしていたはず——実際に見たわけじゃないけど、毎日やってるのはたしか。彼女には仲間のインストラクターがふたりいて、そのうちのひとり——ポーラよ——は午後のクラスのあと、三時頃やってきた。彼女もダンサーだから、こっちに来て、あたしが練習してるのをしばらく見てたわ」

「じゃ、基本的に、午後はずっと誰かしらここにいたのね」

「そうよ」

「いま言った時間帯に、ほかに誰か来た？」

「誰も来なかったわ。あたしが見たかぎりでは。というか、そんな物音はしなかった。何か心配するようなことがあったの？」

「なかったみたいね」イヴは窓に近づいていった。「週に七日ね」と繰り返す。「で、午後は、たいてい誰かがここに——このフロアーに——いる」

「そうよ。ここを離れるときは錠《ロック》をかけるわ。ちゃんと正式に決めているの——センサとあたしでここの賃貸料は折半して、オフィスは共同で使ってそれぞれの荷物を置いているから。ほかに予備のマットとか衣装も置いてるわ——彼女と一緒に週に二度、こっちのスタジオでベリーダンスクラスをやってたりするのよ。金目のものはないけれど、ロックはかけてる。押し込み強盗でもあったの?」

　イヴはふたたびスタジオを見渡した。とにかくここじゃない。「いいえ、そういうことじゃなくて。もうひとつだけ質問させて。どうして〝脚を折れ《ブレイク・ア・レッグ》(がんばれ、という意味)って言うの? 脚を折ったら、踊れないでしょう?」

「それって、ええと——ああ、あの言い回しね。芝居の世界では昔からそう言うのよ。〝がんばって〟って言うのは縁起が悪いの。だから、〝がんばって〟と言う代わりに〝脚を折れ〟って言うのよ」

「ぜんぜん意味が通じない」

「そう」ドニーはミネラルウォーターのボトルからごくごくと水を飲んだ。「でも、ショービジネスってそういうものよ」

5

そのあと、オフィスビルと住居用のビルを調べてまわった。住居用ビルのアパートメントの一軒は、再訪するべきだと感じた。その必要がある住人がひとりいた。三十代半ばの独身男性で、五年間の入隊経験があるのだ。

次の建物まで歩いていく間にざっと調べたところでは、陸軍時代、男は補給将校——最低限の武器訓練しかしない——だったが、住居でも職場でも訪ねていって話を聞くべきだと心のなかにメモを残した。

絶え間なく降りつづける腹立たしいみぞれが、ほんの少しだが小降りになりかけた頃、イヴは三番街から二番街を目指して東へ歩きだした。

安宿と、世に認められようと躍起になっているアートスタジオと、さらにいくつかオフィスをまわった。

しかし、これといった事実は何も得られなかった。

次に調べる二番街のホテルは、古びているものの手入れは行き届いていた。ランクで言えば中の下。宣伝によると〝わが家にいるような居心地のよさ〟で、簡易キッチン付きの部屋もあるという。

静かでこぢんまりしたロビーには細長いカフェと、クローゼットサイズのギフトショップがあり、フロント係がひとり、デスクに向かっていた。その顔いっぱいに笑みが広がった。

「おはようございます。出歩くには憂鬱な日ですね。お部屋をお探しでしょうか?」

なんとも感じのいい顔のフロント係だった。ほがらかな丸顔で、声も気持ちがよく、イヴは警察バッジを差し出すのが少し申し訳なくなった。バッジを見て、フロント係は何度かまばたきをした。

「なんと、何かあったんですか、巡査——ではなくて、失礼、警部補ですね。警部補!」イヴに何か言う隙を与えず、フロント係は繰り返した。「もちろん、警部補ですよね。ダラス。『ジ・アイコーヴ・アジェンダ』は大好きでした。本も映画も。街でいちばん献身的な警官のお役に立てればいいのですが」

「わたしもそれを期待してるわ。昨日、ここに泊まった人物を探しているの。おそらく、九階か十階の西に面した部屋よ」

「昨日のチェックインですね。ええと――」

「昨日チェックインしたとはかぎらないわ。その前から泊まっていて、昨日も部屋にいた者も含めて。まずは宿泊客だけど、スタッフということもあるかもしれない。客のいない部屋に入れた者よ」

「なるほど、なるほど。いいえ、もちろん、スタッフに問題のある者はいないはずですが、まず、部屋を調べてみます」

「おそらく男性のひとり客。でも、女性客や連れのいる者も含めて教えてほしい」

「九階で、西……。ミスター・アーネスト・ハブルと、ミセス・ハブル。宿泊されて今日で四日目で、明日、チェックアウトされます」

「ふたりの自宅の住所がわかる?」

「えーと、はい、デモインです。お得意様で、今回が三度目のご宿泊です。バーゲンセールのお買い物とショーをご覧になるのが目的とか」

「今朝か、昨日の夜遅く、チェックアウトした客の名前を教えて」

「かしこまりました。なんだかドキドキしますね」その言葉どおり、フロント係のほがらかな顔がかすかに赤らんだ。「ミスター・リード・ベネット。ご自宅はコロラド州ボルダーです。セールスマンをされていて、こちらへは会議でいらしているはずです。二日前にチェックインして、今朝、チェックアウトされました。いまから三十分ほど前になります」

「部屋の清掃をさせないで。あとで部屋を見せてほしいから。ほかは？」

「ミズ・エミリー・アッツと、ミズ・フライ。おふたりともかなりご年配の女性で、ピッツバーグからおみえです。こちらで大学の小さな同窓会があるとか。二〇一九年のご卒業だそうです」

「たぶん違う。ほかには？」

「あと一組です。イーストワシントンからおみえのミスター・フィリップ・カーソンと、ティーンエージャーの息子さんか娘さんです——どちらかよくわかりません。この年頃のお子さんは男女の区別がつきにくいですよね？　よくあるフードをかぶって、いろいろ重ねて着こんでいるとなおさらです。記録によると、このお部屋を指定されたようです」

頭のなかで鐘が鳴った。「部屋を指定。ふたりは、以前にもここに泊まったことがあるとか？」

「データベースにお名前はありませんが、ミスター・カーソンのお顔には見覚えがあるような気がしました」

「ふたりの荷物をおぼえている？」

「ええと……」フロント係は目を閉じ、さらに強くつぶってからぱっと開けた。「おぼえています！　お手伝いするようにと、ジーノを呼びかけた記憶がありますから。でも、ベルボーイの手伝いは必要ないとミスター・カーソンはおっしゃいました。おふたりはそれぞれキャスター付きのバッグを引いて、お子さんはバックパックを背負っていました。ミスター・カーソンはケースを——大きな金属製のブリーフケースを——お持ちでした」

「チェックアウトしたのはいつ？」

「昨日です。もう一泊される予定を変更されて。チェックインは、前日の夕方五時頃です——もうすぐシフトが終わるというときだったのでおぼえています。昨日の三時半頃にチェックアウトされるまで、おふたりの姿は見なかったような気がします。ご家族に緊急の用事ができたのだと、ミスター・カーソンはおっしゃっていました」

「その部屋を見せて」

「ええと。はい、そうですね、しかし、残念ながらもう清掃作業を終えています」

「見る必要があるのよ」

「フロントをジーノに代わってもらったら、そちらまで私がご案内します。少々お待ちください」

　フロント係はあたふたした。ベルボーイのダークネイビーの制服を着た男性が脇の部屋から姿を現すまで動き回っている彼を見て、イヴの頭に浮かんだのはそのひと言だった。

「名前を訊いていなかったわ」

「ああ、ヘンリーです。ヘンリー・ホイップルといいます」

まさにヘンリー・ホイップルという感じだ。そう思いながら、イヴは彼と一緒にエレベーターに乗った。かなり旧式で、ヘンリーは十階のボタンを押さなければならなかった。

「こういった昔ながらのやり方を楽しまれるお客様もいらっしゃるんですよ」ヘンリーが説明した。

昔ながら、とイヴは思った。「窓は開くの？　客室の窓だけど」

「開きますが、全開にはできません。いまはプライバシースクリーンを設置しています――お客様が求められるので。でも、気持ちのいい天気の日は、窓を少し開けて楽しまれるお客様もいらっしゃいます。ニューヨークの音を聞きたい、とおっしゃって」

「防音装置は？」

「ある程度は、はい、しかし、もっと新しくて高級なホテルに備えているようなものではありません。私どもは五世代にわたって家族で経営してきたホテルで、お客様、とくに家族連れのお客様に、わが家から離れたわが家を提供しつづけようと努力してきました」

「わかったわ」

十階でエレベーターを降りると、誰かが観ているエンターテインメント・スクリーンの音声がかすかに聞こえてきた。不快なほどではなく、部屋の扉の向こうからぼそぼそと聞こえる程度だ。それでも、部屋のセキュリティはそれなりにきちんとしていて、廊下も建物のほかの部分に劣らずきれいだった。

イヴはマスターに手を伸ばしかけたが、ホイップルが自分のマスターキーを取り出したので、ロックは彼に開けさせた。

「私はここで待っていたほうがいいでしょうか?」

「入ってすぐのところにいて、ドアを閉めて」

スイッチを入れて――これも昔ながらのやり方だ――照明をつけた。きちんと整えられたふたつのベッドには、白い羽毛布団がかけられ、枕カバーには皺ひとつない。ドレッサーは大きめで、バスルームは清潔でぴかぴかに磨き上げられ、クレンザーのレモンの香りさえした。狭いけれど機能的なキッチンエリアにはガラス戸のキャビネットがあって、さまざまな飲料が並び、別の棚にはスナックフードが備えてある。

しかし、イヴはすぐに部屋を横切って窓に近づいた。ロックをはずして引き上げる。おそらく十三センチくらい開いた。

これだけ開けば十分だろう。

二脚ある椅子の一脚を引き寄せて座り、双眼鏡を取り出した。

「大当たり。そうだと思った」

カーペットを見下ろす——すり減って薄くなっているが、清潔だ。ゴーグル型顕微鏡を装着して窓の下枠を観察し、首を振った。

「この部屋を清掃した人に会わせて」

「ターシャです。失礼ですが警部補、いまセントラルパークのほうを見ていらっしゃいましたね？　双眼鏡で。メディアレポートで流れていた……これは昨日起こったあの事件なのですね。あのかわいそうな人たち。スケート場で」

「あなただけの胸にしまっておいてね、ヘンリー」

「はい、ええ、もちろんです。しかし、ちょっと座らせてください。脚が」真っ青になり、ふたつ目の椅子に座りこむ。

「ここで気絶しないでよ」イヴはＰＰＣを取り出し、イーストワシントンのフィリップ・カーソンを調べた。

「いえいえ、少しこうしていれば大丈夫です。私は二十三年間、ホテルで働いています。ご想像どおり、ありとあらゆるものを見て、聞いて、そして対処してきました。しかし、あんな……ことをした人間の接客をしたかもしれないと思うと……。それにしても、子どもも一緒だったんですよ！」

「そうらしいわね。この男だった？」

ヘンリーは手のひらでそっと胸をさすりながらモニターの画像を見つめた。「いいえ、違います、もっと若かったです」

「この男はどう？」

「いいえ、こんなに若くありません。残念ながら」

「消去できればいいのよ」これでイーストワシントン在住の二十歳以上八十歳以下のフィリップ・カーソンふたりが消去された。「清掃係を、ヘンリー」

ヘンリーは長々と息を吐きだしてからリンクを引き出し、コードを打ち込んだ。「ターシャ、一〇〇四号室へ来てくれ。すぐに」

「この部屋が犯行に使われたならほんとうにラッキーよ。運のいいことって起こるものだけど、間違いということもあり得る。昨日のセキュリティカメラの映像はある？」

「うちは――すみません――カメラはまったく設置していないんです」

それもここを選んだ理由のひとつかもしれない。「その男と子どもの特徴が言える？」

「ええ、それは」少し顔色が戻ってきた。「それは間違いなくできます。喜んで説明します」

「オーケイ、とりあえず、いま、基本的な特徴を聞かせてもらってから警察の似顔絵作成係と作業をしてほしいんだけど。セントラルに来られる？」

「ええと――誰かにシフトを代わってもらえさえすれば」

「似顔絵作成係をここに来させるのはどう?」

「ありがとうございます。助かります」

「助かるのはこっちよ、ヘンリー。わたしが出るわ」誰かがノックする音がすると、イヴは言った。扉を開けると、金髪でとても大きいブルーの目の、小柄な女性が立っていた。

「ターシャ、こちらはダラス警部補だ。この部屋の宿泊客について話を聞かれたいそうだ」

「それと、宿泊客が出ていってからの部屋の様子も」

「わかりました、でも、お客様の顔は見ていないんです。プライバシーライトを点けていらしたので見えませんでした」

「チェックアウト後の部屋は、どんな様子だった?」

「とてもきちんとした人たちでした。キッチンを使われたようですけど、その後片付けがきれいにされていました。たいていの人はやりません。でも、わたしもすべてちゃんと清掃したんです、ミスター・ヘンリー。あと、簡易冷蔵庫の飲み物が減っていたので、ぜんぶ補充しました」

「窓のそばのカーペットだけど。何か気がついた?」

「あら、それを訊かれるのは不思議な感じです。お客様が椅子をふたつとも移動させて、窓の近くに座ったのがわかったんです。ほら、見えますか、カーペットにへこんでるところがあるんですよ。ほかにもいくつか。小さい望遠鏡みたいなのを持ってきて、そこに座って街を見ていたみたいに。けっこうそうする人がいるんです」

「おお、なんと」ヘンリーは小声で言った。「なんてことだ」

「部屋の隅から隅まで丁寧に掃除機をかけました、ミスター・ヘンリー」

「そうだろうとわかっているとも。きみが担当するときはいつもそうだが、塵ひとつ落ちていない」

「ゴミはどうしたの？　ゴミが捨ててあったはず」

「ええと、ゴミはすぐにリサイクラーに捨てることになっているので」

「シーツとタオルは？」

「すぐに洗濯室へ」

「バスルームはどこもかしこも磨き上げたんでしょうね」

「はい、そうです、マム。衛生には気を使っていますから」

「マムじゃなくて警部補よ」イヴは気のない声で訂正した。「ドレッサーもカウンターもベッド脇のテーブルも、隅々まで拭いた」

「ええ、もちろん。清潔で居心地がいいこと。それがホテルの方針です」

「照明のスイッチは?」

「拭きました」

「ヘンリー、遺留物採取班――犯罪現場チーム――を呼んで、この部屋に何か残っていないか徹底的に調べてもらうわね。万が一のためよ。ありがとう」ターシャに礼を言ってドアを開け、外に出す。「オーケイ、ヘンリー」イヴは椅子を引き寄せて、彼と向き合って座った。「ふたりの外見はどんなだった? 着ていたものも含めて、おぼえていることをすべて細かく話して」


可能なかぎりのものを絞り出せたと満足したイヴは、ヘンリーを帰宅させてリンクを取り出した。

「どうも」ピーボディの顔――頬がピンク色だ――が画面いっぱいに現れた。「大学での調べは終わりました。報告書を書きますが、いまのところ何も得られていません。いま、一番街の最初のビルへ向かっているところです。ヨーク街でも何も見つけられませんでした」

「それはわたしが二番街で見つけたわ。マンハッタンイーストホテルの一〇〇四号室。ジェンキンソンとライネケにも伝えて」

「犯行現場を見つけたんですか? たしかですか?」

「そうじゃなければ、あなたを呼び寄せたりしないでしょう？　ここで待ってるから、二番街へ向かって。質問は合流してから」ピーボディが次の質問をする前に言った。リンクを切り、遺留物採取班に指示を与え、似顔絵作成係のヤンシー捜査官に連絡したあと、ローウェンバームを呼び出した。

「すごい運に恵まれたな、ダラス。競馬をやってみるべきだ」

「ここを見たら驚くわよ、ローウェンバーム。狙撃犯がここから撃ったかもしれないっていうわたしの言葉が嘘じゃないってたしかめて」

「すぐに行く」

「使われたと思うレーザーライフルと二脚の台を持ってきてね」

「もう準備してある」

リンクをポケットにしまうと、イヴは部屋のなかをうろうろしはじめた。

確実ではないが充分にありうる、と思った。

あらかじめ一度は、部屋を偵察したに違いない。おそらくひとりで。パートナーはなし、きっとうまくいく、やるのはここだ、と確信したはずだ。

静かなホテル。セキュリティカメラはないが、客室のドアにはたしかな防犯装置がある。思いがけなく、誰かがふらりと入ってくることもない。男とそのティーンエイジャーがニューヨーク観光に来ているだけだ――誰が注意を払うだろう?

ヘンリー・ホイップルだ、とイヴは思った――対応したのが彼でほんとうに運がよかった。

あらかじめ部屋は予約している――偽造したIDを使って。しかし、ホテルの宿泊手続きでスキャンされても問題がなかったのだから、良質な偽造IDだ。自分たちでキャスター付きのバッグを引いて上階へ向かい、ドアにロックをかけて、プライバシーライトを点け、それから――

なおも状況を思い浮かべながら、ノックの音がしたので歩いていってドアを開け、少し息を切らしたピーボディを迎えた。

「どうやって――」

「注意深いフロント係のおかげ。ヘンリー――フロント係よ――によると、容疑者は本人の子どもらしい連れ――ティーンエージャーくらい――と一緒に旅行中だった。その子の性別はわからない。IDは偽造らしいけど、とりあえず照会してみたわ。イーストワシントンのフィリップ・カーソン。この部屋を指定して予約したそうよ」

イヴは双眼鏡を取り出した。「見て」

ピーボディは窓辺に寄って外を見た。「わあ、すごく遠いですけど、ほんとだ、スケート場がよく見えます」

「清掃係は部屋のすみずみまできれいに掃除してしまったけれど、窓のそばのカーペットに小さなへこみがあるのに気づいてたの。椅子と二脚の台を置いたらできるようなへこみよ」

「もしそれがそうなら、ふたりは前にもこの部屋に来たことがあって、ここから撃てるとわかっていたに違いないですね」

「ヘンリーは、男のほうには見覚えがあるそうよ。細かく説明してもらったわ――ヤンシーが彼と作業をしにこっちへ向かってる。白人男性で、四十代後半から五十代前半、約百八十センチ、痩せ形で七十キロ台前半くらい、がっしりした顎、明るくも濃くもない茶色の短髪。目の色ははっきりしないけど、ヘンリーの印象では明るい色じゃないかと――ブルーとか、グリーンとか、グレーとか。風邪をひいていたか、病み上がりみたいな感じだったらしい。やつれた顔だった、と。疲れた目をしてたそうよ。黒いパーカーに、黒いスキーキャップ、ジーンズ。大きな金属製のブリーフケースを持ち、キャスター付きの中くらいの大きさのバッグを引いていた」

「詳しいですね。ヘンリーの目がたしかなら、すごい手がかりです」

「まだあるわ。若いほうの容疑者の肌は中間色――ヘンリーはきれいな肌だと言ってたわ――グリーンの目、黒くて短いドレッドヘア、身長は百六十五センチくらいで、約五十五キロ。深緑の膝丈コートを着て、緑と黒のストライプのキャップをかぶってた。せいぜい十六歳くらいで、背格好から容疑者の男の子どもじゃないか、と」

「もしそうだったら」ピーボディは双眼鏡をイヴに返した。「うーん、ひどい話です」

「まだ断定できないわ。ふたりはこの部屋を予約して、夕方にチェックインし、自分たちで荷物を部屋まで運んで、ドアのロックをかけ、プライバシーライトを使った。飲み物とスナックを食べていた。どちらか片方が食料を買いに出かけたかもしれないし――ホテルにセキュリティカメラはない――食料ははじめから持ち込んでたかもしれない。清掃係によると、ふたりはきちんとしてた――使ったものを片付け、きれいにしてた」

「隅から隅まで拭いたのは間違いないですね」

「間違いないわ」イヴは同意した。「いずれにしても有能な清掃係がすでにきれいにしてたわ。万が一と思って遺留物採取班を呼んだけど、まず何も見つからないと思う。狙撃から十分後、その晩も宿泊予定だったのにチェックアウトした。家族に緊急の用事ができた、と言ってたそうよ」

「ターゲットが見当たらず、午後遅くまでかかる場合に備えたんですね」

「部屋は一週間前に予約してた。ということは、三番目の被害者が特定のターゲットだった可能性はなくなったわ。あともう一点。ふたりは部屋に入り、準備をした。スケート場は開業中だったのに、待った。夜を過ごし、翌朝も何もせず、そのあとに狙撃した」

「ええ、そうですね、どうして撃たなかったんでしょう？　スケート場は夜も人気のスポットで、照明も明るいです。人は夜のほうがパニックに陥りやすいですよね？　パニックを起こすのだけが目的なら、夜に狙撃するはずです。それなのに、ふたりは何時間もただこの部屋で過ごした。そうなると、被害者のひとりが特定のターゲットだった可能性がさらに高くなります」

「スナックを食べ、たぶんスクリーンを見てたと思う。ここに座って望遠鏡をのぞき、高い場所から、その気になれば殺せる人たちのことを考えてた。歩いて家路を急ぐ人たち、食事に出かける人たち、タクシーの後部座席に座ってる人たち。彼らの命は自分の手にかかってる、と。ものすごく強くなった気がしたはず」

イヴはふたたび窓辺に寄り、両手をポケットに突っ込んで外を見た。「彼らが生きてるのは自分がそれを許してるから。みんな、アリ塚のアリみたいに愚かなやつらだ。自分が踏みつけるだけでおしまいになるとは知らない。夜、ここに座って長々とそんなことを考えてたんでしょうね。想像してた。待ってたのよ」

「どっちがですか？」

「若いほう。考えてなかったとしても、そのうち考えるわ」

「どうしてですか?」

「もう一方であるわけがないでしょう? ヘンリーはしっかりしてるし、観察眼も鋭い。二番目の容疑者は二十代かもしれないけどそれ以上じゃない、というのは信じられるわ。彼がそんなに大きく見誤ることはないはず――一緒に作業をするヤンシーはどんなふうに思うかしら? それで、どうして若い子を連れてきたか、ということ。たんなる連れじゃない。何か目的があるはず。こうするんだよ、きみ。次はきみがやってみろ。あるいは、さあ、おまえの番だ。好きに撃ってみろ、とか」

わたしとフィーニーがそうだったじゃない? こうやるんだ、おちびさん。さあ、やってみろ。

「ヘンリーは父親と子どものような関係だと感じたのよ。たぶん、ふたりがそう見せようとしてたからね。でも、訓練者《トレーナー》と訓練生《トレーニー》の関係もそんなふうに見えることが多いわ。とくにそのくらいの年齢差があれば」

「そうなると、またプロの可能性も出てきますね」ピーボディが言った。「つながりのあるなしにかかわらず、年長のトレーナーが若いほうのトレーニングをしている、と」

「ええ、そうかもしれない。でも、被害者を見たらなかなかそうは思えないわ。殺してもあまり得にはならなそうだから。マイケルソンはそこそこ稼いでいたけれど、それほどじゃない。クリニックは名付け子に引き継がれることになってる——その名付け子はもう仕事をするようになっていた。いまのところ、彼の死を望みそうな患者は見つかってないわ。再婚した元妻とも円満な関係が続いてるように見える。娘——金銭的に得をするけれど、大きな借金もないし、お金に困ってる様子もまったくない。動機はお金じゃないような気がする」

「セックスはいつだって動機になりえます」

「マイケルソンが真剣な付き合いをしていたパートナーがいた形跡はなかった。そういう方面は、わかってるかぎりではワイマンに可能性があると思う。だから、調べを続けなければ」

「そうですね、わたしもワイマンについて同じように感じています。それでも、彼女を殺す利点が何もないんです。彼女を嫌っていた人はいないし、嫌っている人を知っている者もいない。問題になりそうなほどしつこく言い寄っていた者もいません」

「彼女かマイケルソンの弱みを握ってた者がいたかもしれないわ」

ノックの音がすると、イヴはふたたび扉に近づいていってローウェンバームを迎えた。

黒いコートをみぞれに濡らしたローウェンバームが入ってきて、スキーキャップを脱いだ。

「競馬の件は本気で言ったんだ」じっと考えるような顔つきでガムを嚙みながら、部屋のなかをじろじろと見る。鍵のかかった大きなケースを引いている。「これを見て、フロントの男の顔色が紙みたいに白くなった」ローウェンバームはベッドの一方にケースを置いて、ポンと叩いた。「警察バッジを見せたら、この部屋に泊まった男はこれとそっくりなケースを持っていたと教えてくれた」

やはり大当たりだ、とイヴはまた思った。「競馬はわからないけど、今夜のニックスのゲームに少し賭けるかもしれない」

「旦那はセルティックスを買収したんだろう?」

「そうよ」

「すげえな」さらにまわりを見渡しながら、ローウェンバームはケースの鍵を開けた。「まともなホテルのまともな部屋だ。もっとずっと安い宿でも仕事はできただろう。俺たちが居所を突き止めるのにも、もっと時間がかかったはずだ」

「ひとりじゃなかったのよ」

ローウェンバームは顔を上げた。「そうなのか?」

「若い子と一緒だった――性別は不明。フロント係はティーンエイジャーだと思ってるけど、まだそこまで絞りこめない」

「それによっていろいろ変わってくるからな」

イヴが近づくと、ローウェンバームはケースを開け、素早く慣れた手つきで武器を組み立てはじめた。

「重さはどのくらい？　ケースも含めて」

「予備のバッテリーも入れて、たっぷり七キロはある」二脚の台を取り出してボタンを押すと、さっと脚が伸びた。

「ベッドの右側の最初の窓よ」イヴはローウェンバームに言った。「二脚の台と椅子が置かれたようにカーペットがへこんでるのを清掃係が見つけてたの」

「嘘だろう」

「ほんとうよ。マンハッタンイーストホテルの人たちは観察力が鋭いの。窓は開くわ。下枠から上に十三センチくらい開く」

「ちょうどいい」ローウェンバームは窓の前に二脚の台を設置し、ライフルを取り付けた。

「ありがとう」椅子を持ってきたピーボディに礼を言う。

椅子に座って照準望遠鏡をのぞきこみ、少し調節をしてから、わずかに椅子を引いて座りなおした。「何人でもいけるぞ」と、つぶやく。

「ここからあんなふうに撃てる？」

「ああ、命中させられる。うちのチームに、できそうなやつがあとふたりいるし、怪我止まりだろうが、少なくとも当てられる者は三人いる」

「ターゲットは動いてるのよ」イヴは念を押した。

「俺はできるし、チームのふたりもできる。この距離から動いているターゲットを狙うなら、さっきの三人は五分五分というところだな。見てみろ」ローウェンバームが立ち上がり、イヴは代わって椅子に座った。

照準望遠鏡で見ると、自分の望遠鏡がおもちゃのように思えた。誰もいないスケートリンクとバリケードを観察してから、手探りで調節をして視域を広げ、スケートリンクの写真を撮っている野次馬を見つめた。

さらに、青いポンポンのついた帽子とマフラーの女性を十字線に重ねてみる。

強くなった気がする、とまた思った。

「命中させられそうな気になるけど、風向きとか気温とか、そういういろんな要素を計算に入れなければ無理よね。若いほうはここでそんな計算ができたのかしら?」

「これだけの武器があって、技術もあって、自分の好きにできる。ほとんど体の一部みたいなものだ。なんて言うのか……親密な感じだな。俺と武器のことだ。俺とターゲットとの間はそんな感じじゃない」

イヴはうなずき、立ち上がった。「撃ったのはここからだと確認できる?」

「できるが、ここを突き止めたおもちゃを使えばいいじゃないか」

ローウェンバームはふたたび座り、自分のＰＰＣを取り出した。「これに位置――武器の正確な位置と、ターゲットの正確な位置――を入力して逆算する」

「できるの？」

「いまはできる。こっちへ来る途中、この新しいプログラムを使って逆算する方法についてロークと話をしたからな。プログラムを――俺たちが使っていたのより進化している――作った男に訊いてやってみればいいじゃないか、と気づいたんだ」

「わたしも気づくべきだったわ」

「気づいていたら、俺は必要なかったな。ちょっと待て」

イヴは待っている間に扉のほうを親指で差し、ピーボディに応じるように伝えた。「遺留物採取班だったら、すぐに作業してもらえるからと伝えて。待たせておいて」

「もうしばらく待って」ローウェンバームがイヴに言った。「これは俺にはかなり厄介だぞ。きみの天才旦那はミーティングに向かっているところだった――たぶん、こんどはメッツを買収するんだろう。そうじゃなければ、また彼に連絡して遠隔操作できるかどうか訊けるんだが。いや、できそうだぞ……オーケイ、オーケイ、これでいい。で、ここから撃たれた可能性は、九十五・六パーセントだ」

ローウェンバームは結果が見えるようにＰＰＣをイヴに手渡した。

「その最低野郎たちを逮捕したら、これは法廷で役に立つな」返されたＰＰＣを受け取って、しまう。「俺がここでできる仕事はこれでおしまいだ。その野郎たちを見てみたいな。セキュリティカメラの映像を送ってくれるか？」

「ここはカメラを設置していないの」

「幸運続きはここでおしまいか」

「でも、外見をしっかりおぼえている人がいたから、似顔絵を描くためにヤンシーがこちらへ向かってるところよ」

「また運が向いてきたな。だいたいのところを教えてくれ」ローウェンバームは言い、組み立てたときと変わらず慣れた手つきで武器をばらしはじめた。

「白人男性で」と、イヴは始め、ローウェンバームが武器と二脚の台をしまう間に情報を伝えた。

「似顔絵ができたら、じっくり見せてもらおう。今回のような狙撃ができる者をまだ何人か知っているし。顔を知っている者や、評判だけで知っている者、個人的な知り合いもいる。似顔絵はそのうち発表されるんだろう――そうじゃなければ、ろくでなしでも馬鹿野郎でも異常者でもないと信じられるやつらに、俺から見せてもいい」

「完成したら送るわ。ありがとう、ローウェンバーム」

「よくあることだ、と言いたいところだが……今回は違う。また顔を見せるよ。のんびりやれよ、ピーボディ」

「いつもそうしてます」ピーボディはローウェンバームを扉の外に出し、遺留物採取班をなかに入れた。

基本情報を伝えると、イヴとピーボディは採取班を残してその場を離れた。

「わたしはエリッサ・ワイマンを探りつづけます。さらに情報を得て、特定のターゲットが狙われた可能性が高まれば、容疑者にもますます近づけます」

「犯人はこれでおしまいにすると思ってるの？」イヴが不満そうに訊いた。

「ターゲットを仕留めたなら――」

「どうしてパートナーを連れてるんだと思う、ピーボディ？　どうして若者を連れてるの？　パートナーというか、少なくとも二十歳は年の離れた、そう、弟子みたいなもの？　なんのための訓練？　容疑者たちは被害者の誰かと必ずつながりがあるはずよ。でも、人のつながりはひとつだけじゃないし、たとえば、恨みを抱えた人はどう？　恨みも決してひとつじゃない」

イヴはエレベーターに乗り込み、ロビーのボタンを押した。

「やつらはまだ終えてないわ」

6

イヴは車のなかからマイラにボイスメールを送った。「容疑者にパートナーあり。若者、おそらくティーンエイジャーで、性別は不明。追って詳しいレポートを送りますが、考えておいてください」

続けてフィーニーにも連絡した。「ピーボディ、部長のオフィスに連絡を。十分だけ――十五分、面会させてほしいと伝えて。できるだけ早く。フィーニー」バセットハウンド似の顔が画面に現れると、イヴは続けた。「いまセントラルに向かってるの、会いたいんだけど」

「ＬＤＳＫの件か？」

「銃撃拠点を見つけて、人相や服装もわかったの。それで、いろいろ意見交換をさせてほしい」

「交換したいね。調整して会えるようにしておく」

「ありがたいわ。じゃ、あとで」

「部長はリンク会議中ですが、急を要すると強く伝えました。約四十分後に面会可能です」

「ちょうどいいわ。あなたはブルペンに戻って、ジェンキンソンとライネケに最新情報を伝えて。また彼らを引っ張り出すかもしれないから。ホテルでの聴取の記録をあなたに送るわ。報告書を書きはじめて。わたしが戻らなかったら、容疑者が使ったIDについて詳しく調べて。あの名前を使った理由があるのかもしれない。クレジットカードも調べて」

「了解です。フィーニーにはなぜ？」

「彼は都市戦争《アーバンズ》の経験者で、以前、LDSKの事件に関わったから」そして、わたしを仕込んだ、と心のなかで続けた。

やがて、車がぴくりとも動かなくなり――滑りやすくなった道で車をスリップさせた運転手が、ぶつけてしまったタクシーの運転手と激しく言い争っている――イヴは、こんちくしょう、と思った。手のひらを叩きつけるようにしてサイレンを鳴らして、先を急ぐ。

「事故の通報をして。流血騒ぎになりそう」

「もう連絡しました」

セントラルに向かってハンドルを切りながら、イヴはちらりと横を見た。わたしはピーボディを仕込んだ。これも考えるべきことかもしれない。

タイヤを鳴らしながら、セントラルの屋内駐車場の自分のスペースに車を突っ込み、足早にエレベーターまで歩いていく。

「あなたはまた銃撃があると思っている」ピーボディが言った。「だから急いでいるんですね」

「またあると思ってるわ。それが間違いなら、犯人たちはもう銃撃しないと一日かけて証明したというだけのことよ。とにかく捕まえないと」

エレベーターは警官でいっぱいだったので、イヴはピーボディと一緒に乗り場から離れてグライドに乗り、そのままEDDまで上っていった。

色彩と動きに満ちた風変わりな警官たちの世界に入っていくと、マクナブの姿が目に入った――けばけばしいグリーンのバギーパンツに蛍光色の赤と黄色のシャツをはためかせながら立ち上がり、自分だけの奇妙なビートに合わせて骨ばった腰を左右に揺らしている。彼のスクリーン上ではさまざまな色と不思議な記号が爆発中だ。

ほとんどスキップのような足取りで部屋を横切ろうとしている女性を避け、イヴはさらに進んでいった。彼女が着ているぼやけたピンク色のセーターの胸では、プードルが実際に動いてバク転をしていた。

イヴがまっすぐ目指したのは、比較的健全なフィーニーのオフィスだ。

フィーニーは大きなマルチタッチスクリーンの前に立ち、両手で操作していた。腰は――ありがたいことに――揺れていないし、汚らしい茶色のスーツはもう皺だらけで、よれよれのベージュのシャツに汚らしい焦茶色のネクタイを締めている。

やさしげでくたびれた顔。銀色の筋の入った赤毛はワイヤーブラシでこすったみたいにごわごわと逆立っている。オフィスのなかはフィーニーのシュガコートのアーモンドとコーヒーの香りがした。

フィーニーがイヴの顔を見てうなり声をあげると同時に、イヴはオフィスに入った。

「ドアを閉めていい？　色彩の洪水で頭がくらくらするの」

好きにしろ、というようにフィーニーは身振りで示し、ドアが閉まると、親指でオートシェフを指して振った。「コーヒーは、ケールとニンジンのスムージーと登録してある」

「いい選択ね」イヴが二杯分プログラムして待っていると、スクリーンを見ていたフィーニーがうなずいて、一歩後退した。

「何がわかったんだ、おちびさん？」

「銃撃拠点と容疑者の人相。二番街からの狙撃だったのよ、フィーニー」

フィーニーは両方の眉を上げた。ヒューッと口笛のような音を出しながらデスクの向こうにまわって、どすんと椅子に座る。「たいしたもんだな」

「パートナーがいるんだけど……。その第二の容疑者は若者で、性別は不明。おそらくティーンエイジャー。ヤンシーが目撃者と一緒に似顔絵を描き上げたら、もっといろいろわかるはず。年長の容疑者のほうはおそらく五十代はじめ」

「パートナーという感じじゃないな」

「そうなの。若いほうは訓練生《トレーニー》のような感じかも。目撃者が見誤ることもあるけど、かなり信頼できる目撃者よ。彼が十六歳ぐらいだと言ってるから、まだほんの子どもじゃないかと思う。あんな状況で連れてるんだから、その子を仕込もうとしてるとしか考えられない」

フィーニーはじっと考えこみ、いびつな形のボウルからアーモンドをふたつつまんだ。

「子どもが人質とは考えられないか?」

「そんな感じじゃないわね。目撃者? その子が無理やり連れてこられてたら気づく人よ。ふたりはホテルにチェックインして、あらかじめ指定した部屋に入った。一泊して、次の日の午前中は部屋にこもってた。計画的で、忍耐強い行動。待ち構えてたのよ。それで、わたしは自問した。どうしてこの子なの? あなたはわたしを選んだわ」

フィーニーはコーヒーを飲みながらうなずいた。「きみには見どころがあった」

「未熟だったわ」

「それほど未熟と思ったことはないぞ。きみには、可能性と肝っ玉と回転のいい頭——警官の頭だ――があった。ずっと昔の僕にちょっと似ていたかもしれない。しかも、きみは殺人課に入りたがっていた。きみだってピーボディを採用したじゃないか」フィーニーはイヴに思い出させた。

「ええ、それを考えてるの。ピーボディがわたしに似てるとは思わなかったけれど、可能性と回転のいい警官の頭を持っているのは感じた。それで、殺人課で――彼女が望んでたの――やらせてみて、わたしの助手として使ってみようと思った。そうしたら、うまくいったのよ。それだけ。相性がいいのよ」

「ピーボディはきみに似ている。考え方はきみより明るいし、根本にフリー・エイジャーの思想があるが、彼女は決してあきらめない。それは仕事上、大事なだけじゃない。被害者にとっても大事なことだ。きみはそれを感じたんだ。そうじゃなければ、殺人課で事務仕事をさせていたかもしれない。彼女を仕込もうとは思わなかったはずだ」

「ええ。そうだと思う。そうね。だったら、たぶんその子にはどこか年長の男に似たところがあるのね。殺人の潜在能力とか。あなたはわたしを選び、わたしはピーボディを選んだ――それから、バクスターにトゥルーハートを託した――けれど、三人のトレーニーは潜在能力があっただけじゃなくて、みんなすでに警官だったわ」

フィーニーはうなずき、ごくりとコーヒーを飲んだ。「その子がすでに人を殺しているかもしれないと思っているんだな」

「誰だってなんの根拠もなくトレーニーを選びはしない。そばにいたからという理由で引き受けるわけでもない。彼らはどこで知り合ったの？　年長の男のほうは警察か軍で訓練を受けた経験があるはずで、職業としてたのはほぼ間違いないわ。つまり、子どもを街の通りやどこかの交戦地帯で拾ったとか？」

「ほかにも可能性はあるだろう」

「わかってるわ。もともと関係があるとか。父親と息子、叔父、兄、めちゃくちゃ遠い親戚。詳しい人相がわかったら失踪人課で調べて、ティーンエイジャーを探してる人物がいないかどうか捜してみる。ふたりが親類関係だとして、どうして殺人の訓練をさせるの？　今回のはプロの仕業とは考えられないわ――被害者は三人とも、人を雇ってでも殺す価値のあるものは持ってないから。まさかの暗殺者学校の授業だとしても、もっとずっと人目につかない訓練法があるはず。つまり、これは個人的な殺人よ」

「個人的な理由で殺すなら、もっとはるかに簡単な方法がある」

「そのとおり」

「仕事でやっているなら話は別だ」フィーニーは穏やかな表情を浮かべ、ぐらぐらするボウルをイヴのほうへ押しだした。「雇われた暗殺者ではなく狙撃者――警察か軍関係だろう。

いずれにしても、きみもそっちのほうだと思っているんだろう」

イヴは深々とため息をつきながらうなずいた。こうして頼れる人がいるのは助かるし、実際に頼って助けを得られた。「ええ、捜査すべきはそっちね。トレーニーを引き受けるのは自分がやってることを共有したいから。そして、たぶん、何かを与えたいから。相手のなかに自分と同じものを見出したいから。年齢差は……」

「きみと僕に近いな」フィーニーはうなずいた。「パートナーやトレーニーがいるLDSK事件の捜査をしたことはないが、トレーニーは仕事に――なんというかな――向いていなければだめだし、ある程度の技術と、冷酷さを備えていなければならない。冷酷さは教えられるものではないぞ、ダラス。備わっているものだ」

また助けられた、とイヴは思った。心のなかでなんとなく思っていたことをフィーニーが口にするのを聞けてよかった。

「アーバンズの間は、どうやって人を選んで狙撃兵として訓練したの?」

「いまと同じだろう。狙撃兵は技術と自制心を備えていなければならない。人間を的として見られなければだめだ。ゴーサインが出るまで的は撃たず、ゴーサインが出たらためらってはならない」

「三人を撃ったやつはためらわなかった」イヴは言った。「ゴーサインが出たら、今度もためらわないわ」

口頭で報告する内容を頭のなかで確認しながら、イヴはホイットニー部長のオフィスへ向かった。ホイットニーの業務管理役はイヴを見てうなずき、人差し指を立てて、少し待つようにと伝えた。そして、イヤリンクをタップした。

「部長、ダラス警部補がいらっしゃいました。はい。どうぞお入りください、警部補」

ホイットニーはデスクの向こうに座っていた。広い肩に統率の責任を背負っている大男だ。大きな黒い顔を重々しく引きしめ、部屋に入ってくるイヴを見つめた。

「今朝の記者会見にきみを同席させなかったのは、現場にいるとわかっていたからだ。何かわかったんだろうな」

「犯行拠点を突き止め、容疑者ふたりの特徴を聞き、現在、ヤンシー捜査官が目撃者とともに作業中です」

ホイットニーは椅子の背に体をあずけた。「何か以上だな。詳しく」

イヴはすべてを伝えた。素早く、かいつまんで、立ったまま。

「十代の訓練生《トレーニー》か」ホイットニーはつぶやいた。「はじめてではないぞ。DC狙撃者《スナイパーズ》。これは二十一世紀のはじめだな。オザークス・スナイパーズが活動したのは二〇三〇年から三一年だ。兄弟で、当初、弟は十三歳になったばかりだった」

両事件について調べること、とイヴは頭のなかにメモをした。

「人相書ができたら配布する。今回はきみも記者会見に同席するように。キョンに連絡するから、そこで待機していてくれ。今回の件は綿密に準備したい」

イヴは仕事に戻りたかった。事件ボードを見直してじっくり考えたかったが、命じられたとおりそばに立ち、待っていた。


イヴが待っている間、弟子も待っていた。冷血の体に熱い期待感が駆けめぐる。今回は前とは違う、と思った。どんな感じかわかっているから。指先から標的へ一気にパワーが通じて、すべてが色づくと知っているから。

安宿は小便とゴキブリの臭いがした。でも、かまわない。ブロードウェイからまっすぐタイムズスクエアまでなんの障害物もなく見とおせる。小降りになったみぞれも、たまに上空を横切っていく空中トラムさえ気にならない。

「標的を確認」

指導者はうなずき、双眼鏡越しに標的を追った。「ゴーだ。焦るな。命中させろ」

「こんどは四人以上やりたい。六人でもできる。六人やりたい」

「忘れるな、大事なのはスピードと正確さだ。三人で充分だ」

「それだとパターン化するし、六人やれるから」

一瞬の間を置いて、指導者は双眼鏡を下げた。「四人だ。文句を言うな。仕事をしろ。つべこべ言うなら、取りやめだ」

弟子は満足し、タイムズスクエアに流れこむ人びとを見つめた。ぽかんと口を開けてうろついたり、写真を撮ったり、ビデオを撮ったり、役に立たない土産物の詰まった紙袋を持ちかえたりしている。

そして、仕事に取りかかった。

ケヴィン・ラッソ巡査は、友人で同僚のシェリダン・ジェイコブス巡査と巡回中《パトロール》だった。休憩時間にふたりで屋台に寄って、具だくさんのドッグを急いで食べたところで、腹は温かく満たされている。

パトロール区域は気に入っていた――いつも何かが起こり、いつでも見るべきものがある。タイムズスクエアのパトロールを担当してまだ四か月なので当然だが、まだしばらくは見飽きそうにない。

「強欲ラリーがいるぞ」年寄りの引ったくりが観光客を物色しているのを見て、ラッソはジェイコブスに言った。「追っ払うべきだな」

「四六時中うろついてるんだから」ジェイコブスは首を振った。「年を取った引ったくり専門の老人ホームを作るべきよ。あの人、もう百歳を過ぎてるはず」

「二、三年前に超えたと思う。まったく、俺たちが近づいているのさえ気づかない」

ふたりは急がなかった。強欲ラリーは全盛期のすばしっこさを失い、先週も、目をつけたカモにハンドバッグ——引ったくろうと狙っていた——でこてんぱんに打ちのめされていた。

その様子を思い浮かべ、ラッソの顔に笑みが広がりかけたとき、今日のカモ——鮮やかな赤いハンドバッグを腕に下げた七十歳くらいの女性——が石像のようにばったりと倒れた。

「あ、クソッ、医療員《MT》を呼んでくれ、シェリー」ラッソが全速力で駆けだすと、数人でエアボードを楽しんでいた少年たちのひとりが吹き飛ばされ、歩行者三人をボウリングのピンのようになぎ倒した。

少年の明るいブルーのジャケットの背中に血がにじんで広がるのが見えた。

「しゃがんで！　伏せろ！　隠れて」

ラッソが武器を抜いたときはまだ、どこからも悲鳴はあがらず、まわりにいた誰ひとりとして何も気づいていなかった。少年がまた撃たれないように覆いかぶさろうと、ラッソは前方に身を投げだした。ところが、三発目はラッソの額の真ん中に命中した。制帽の縁からほんの三センチ足らず下だ。

数ブロック先で混乱が始まり、あたりを切り裂くような悲鳴が響いて、車のタイヤがキーッと軋《きし》む。弟子は椅子の背に体をあずけ、笑顔で指導者を見上げた。

「妥協して五人」

指導者は双眼鏡を下げ、容赦なく弟子をにらみつけようとした。ところが、どうしても誇らしい思いが表情ににじんでしまう。「荷物をまとめろ。ここはもうおしまいだ」


ホイットニーのオフィスで、ダラスのコミュニケーターがブーッと鳴るのとほぼ同時に、ホイットニーのリンクに割り込みのシグナルが入った。「こちらからかけ直す」ホイットニーはメディア担当者に伝えた。そして、イヴと視線を合わせ、ふたりは同時に通信を受けた。

「ダラス」

「現場へ急行せよ、ダラス、警部補イヴ。ブロードウェイ、四十四丁目で巡査一名、死亡。被害者は複数。四名の死亡を確認。負傷者数は未確認」

「了解。すぐに向かう。部長」

「警官が死んでいる。私も一緒に行こう。さあ、すぐに」

イヴは歩きながらピーボディに連絡をした。「駐車場へ。いますぐ。また銃撃よ、場所はタイムズスクエア。警官が射殺された」

イヴは無意識のまま角を曲がり、グライドへ向かった。「こっちのほうが速いですから」部長がイヴに遅れないように足早に歩いたり、グライドに乗っている人たちの間を縫うようにして進んだりするのを奇妙だと思ったとしても、分別のある警官たちは横目で見るだけで我慢した——そして、素早く脇によけた。

半分ほど進んだところでホイットニーはイヴの腕をつかんだ。「エレベーターだ。ここから迂回《うかい》する」

ホイットニーが混み合ったエレベーターに強引に割り込むと、警官たちはあからさまに気をつけの姿勢をとった。さらに、ホイットニーがＩＤカードをかざして駐車場の階を指定しても、誰も文句を言わなかった。

「何階だ？」ホイットニーが噛みつくようにイヴに訊いた。

「一階です」

一階を指定すると、ホイットニーはイヴを見た。「きみの肩書の駐車場はもっと上の階だろう」

「一階が好きなので」

「掃除用具入れサイズのオフィスを好むのと同じだな」

「はい、そうだと思います。部長、現場は混乱状態です」

ホイットニーはオフィスを飛び出したときに急いで着たコートのポケットから黒いマフラーを引っ張り出した。「私も混乱状態に対処してきた」

イヴは差し出がましい真似はやめ、何も言わなかった。

エレベーターを降りて、物音が反響する屋内駐車場に入った。ピーボディがまだ来ていないのはすぐにわかり、待っている間、ホイットニーはイヴの車をしげしげと見ていた。

「これはどういう車で、そもそもどうしてもっといいのに乗らないんだ？」

「わたしが個人で所有していて、見た目よりいい車です」イヴは素早くロックを解除し、ががたとエレベーターが停まる音がしたので振り返った。「助手席に乗ってください」

ホイットニーが車に乗り込み、イヴは警告するような目でピーボディを見た。「後部座席へ。部長も一緒よ」

イヴは運転席についた。「スピードが何より重要です。とにかく飛ばします」

エンジンをかけて、タイヤを鳴らして車を後退させると、ピーボディが身を乗り出してホイットニーの耳元でささやいた。「安全装置を装着してください。必ず」

サイレンを響かせながら車は屋内駐車場から飛び出し、一旦停止もろくにしないまま車列に合流して、無理な追い越しを繰り返したあげく、垂直に浮き上がって北へ方向転換した。

「いったいこれはなんだ?」ホイットニーが強い調子で訊いた。

「ダラス警部補イヴ《DLE》専用車です、部長」ピーボディは答え、安全装置をつけて両手でシートをつかんだ。「まだ売られてさえいません」

「売られるようになったら、私も手に入れたい」

そう言いながらホイットニーはリンクを引っ張り出して、この事件ではじめてティブル本部長に連絡を入れた。

イヴはホイットニーのことは考えないようにして、渋滞した車列の間を右へ左へと移動し、車を飛び越え、無理やり割り込みながら進んでいった。

街でもっともにぎやかな一角、永遠に続くパーティ会場ともいえるタイムズスクエアで複数の銃撃があったという。

警官が一名死亡。

混乱状態、と呼ぶのは軽すぎるだろう。

イヴは現場を保存して、目撃したと思われる者を隔離して話を聞かなければならない。死者を保護して、いるのであれば負傷者を危険のないところへ移動させる必要もある。

再度銃撃があると予想はしていたが、最初の銃撃から二十四時間以内とは……。そういうパターンなのか、計画なのか。おそらく任務とやらだろう。

任務をおびた殺人者はそれを遂行するまでやめない。

「ピーボディ、ヤンシーに連絡して思いきり急《せ》かして。早く似顔絵が必要なの。そこ、どきなさい！　サイレンが聞こえてるでしょうが！」

車を浮き上がらせて、八番街で脅し合っているラピッド・タクシー二台の上をかすめ、猛スピードで飛んでいく。

懸念していたが、七番街を飛び越えてブロードウェイの車を押し分けて進んでいくと、あたりはまさに混乱状態だった。
五、六人の制服警官が、数百人の統制を取ろうと必死になっていた。パニック状態の歩行者、方向感覚を失った車、もっと現場に近づいてカメラやリンクで撮影しようと、強引に人垣をかき分ける人たち、商店主、ウェイター、引ったくり——隙を見て、ひと儲《もう》けしようと企んでいる——もいる。
あたりは驚くべき騒音で満ちていた。

イヴは車を停めた。興奮して浮足立った制服警官の指示でレッカー車に持っていかれないように、「捜査中」のライトを点灯する。

「部長……。失礼します」

ホイットニーをピーボディにまかせ、イヴは混乱の真っ只中に分け入り、不運な制服警官からメガホンを引ったくった。それに向かって大声を張り上げる。

「ここにいる野次馬を下がらせて。いますぐ！　バリケードを張るわよ。遺体一体に制服が三人ついて、早く！　あなた」別の制服警官のコートの袖をつかむ。「この一角は、警察関係と救急車両以外は進入禁止にして」

「でも、警部補――」

「でもとか言ってるんじゃないわよ。やりなさい。それから、あなた――」イヴはスクリーンをつかみ、別の制服警官に押しつけた。「遺体にプライバシースクリーンをかけなさい。どうしてまだ遺体がむき出しなのよ？　この野次馬連中を下がらせて、さっさと仕事をしなさい。早く。ピーボディ！」

「はい！」

「制服を五十人、できるだけ早く寄こして。この人混みをなんとかしないと、何もできやしない。モリスに連絡して。現場に来るように伝えて」

イヴは、引ったくりが着ていたぶかぶかのオーバーの襟をつかんで振り回した。財布やハンドバッグがばらばらと地面に落ちる。「この最低野郎。良心のかけらもないの？　さっさといなくならないと、二十年間、檻《おり》に閉じ込めて腐らせてやる」

おそらくパニックのせいか、ひと儲けするつもりだったのを阻まれて腹が立ったのだろう。引ったくりはイヴに殴りかかった。そんな意外な動きに驚いた――まったく、あたりは警官だらけなのに――イヴのあごの横を、引ったくりのこぶしが軽くかすめた。

痛みよりは怒りから、イヴは男の股間に思いきり膝蹴りを食らわせて地面に転がし、さらに蹴とばしたいのを――なんとか――こらえた。「手錠をかけて、さっさと連行して。いますぐよ、こんちくしょう、早く！　あなたは警官なの、それともカスなの？　可能なかぎり警官をこっちにまわして、ここの警備をさせて」

イヴは人混みをかき分け、ケヴィン・ラッソ巡査の遺体と、そのまわりを取り囲んでいる制服警官たちに近づいていった。

「そこ、どいて。下がって。彼の名前を」

「ケヴィン・ラッソ巡査です」ジェイコブスが涙をこらえて言った。「彼と一緒にいました。パートナーだったので。それで――」

「ちょっと待って。ほかの皆は、ここの野次馬を立ち去らせて。現場を保存するのよ。応援がこっちに向かってるわ。巡査？」

「ジェイコブスです。シェリダン・ジェイコブス。ふたりでランチ休憩を取って戻ったばかりでした。わたしたちが……」大きく息を吸い込んで、気持ちを静めようとする。「見慣れた引ったくりに向かって歩きだすと、女性が倒れました――引ったくりが狙っていた女性が倒れたんです。勢いよくばったりと。わたしは、失神したのか、何か健康上の問題かと思いました。すると……今度は少年でした。エアボードに乗っていた子です。ケヴィンはその子に向かって突進しながら、まわりの人たちに、隠れろ、伏せろ、と叫んでいました。そして、倒れたんです。撃たれた瞬間を見ていました、頭でした。わたしは――わたしも助けに向かいましたが、すべてがめちゃくちゃになって。すみません、大騒ぎになって何がなんだかわからなくなって、わたしは――わたしたちには――コントロールできませんでした。その場を収めるには人手が足りませんでした」

「彼はどっちを向いていた?」

「は?」

「しっかりしなさい、ジェイコブス。銃撃されたとき、あなたのパートナーはどっちを向いていたの?」

「南、だと思います、南です。あっという間のことだったので、警部補、ほんとうに、何もかも一瞬で。人が倒れたり、走ったり、叫んだり、ぶつかって倒れたり、倒れた人を踏んずけたり、遺体を踏んだり。応援を求めたんですが、もうあたりはひどい状態で」

「オーケイ。待ってて」イヴが捜査キットを持ってくるように言いかけたちょうどそのとき、ピーボディがキットを手に押しつけてきた。

「ダラス」ピーボディが言い、まわりを見るように身振りで示した。

イヴが顔を上げてあたりを見回すと、すべてのジャンボスクリーンに自分が映っていた。コートを風にはためかせて、いかめしい顔をしている。ワン・タイムズスクエア・ビルのスクリーンには、実物より大きな自分と、足元に横たわっている警官の遺体が映しだされ、その下に映像の説明が一行で記されていた。


タイムズスクエア無差別殺人事件の現場に立つイヴ・ダラス警部補。


「ふざけるな、消しなさい。消して！」

「いま対処している」ホイットニーがリンクを耳に当て、スクリーンを見つめながら言った。「きみは必要なことをやりなさい。こっちは私が対処する」

「死亡した警官はパートナーによって身元が判明」イヴはピーボディに言った。「死因《COD》は言うまでもないわ。死亡時刻《TOD》を出して。彼をプライバシースクリーンで覆うのを忘れないで」

イヴは捜査キットを手に、ケヴィン・ラッソ巡査が身を挺《てい》して守ろうとした少年の横にしゃがんだ。

一目見て、少年はせいぜい十七歳で、十八歳になることはないとわかった。

「被害者はナサニエル・フォスター・ジャーヴィッツ、十七歳と判明。今日は、クソッ、誕生日だった。TODは十三時二十一分。CODは検死官《ME》が確定するが、現場の検分では、レーザー銃による背中の中央への銃撃と思われる。エリッサ・ワイマンとほぼ同じ銃創」イヴはひと呼吸おいて言った。「ピーボディ、両親に連絡して」

「ダラス、ラッソ巡査のTODも十三時二十一分です」

イヴは顔を上げた。スクリーンすべてにまだ自分の顔が映っているのが見えて頭に血が上る。引ったくりに負けない恥知らずだ。イヴは立ち上がり、次の遺体へと向かった。

もう二度とスクリーンは見上げず、検分結果を記録するのにまだ声を張り上げなければならないと毒づきもしなかった。ちらっと見ると、応援の制服警官たちがどっと現場に入ってきてバリケードを築き、何度言われても後退するのを拒んだり、ぞっとするような状況を記録するのをやめようとしない者たちを——大声をあげながら——逮捕しはじめた。

ジェイコブスが最初の被害者と報告した女性の遺体に近づいて見ていると、隣にホイットニーがしゃがんだ。

「映像は消させたが、メディアの動きは止められない」

「かまいません」

「現場から部外者は排除された。この被害者と一緒だった友人はショック状態で、いまは治療を受けているが話は聞ける。あちらの未成年者は友人五人とエアボードをしていた。五人とも聴取は可能だ。もうひとりの被害者はひとりでいるところを撃たれた。それから、生存者がいる」

イヴはさっと顔を上げた。「生存者？」

「女性だ。ダウンタウンに職場がある会社員で、ふだんこのあたりには足を運ばないそうだ。胴体の左側を撃たれている。医療員《MT》によって移送され、手術を受ける予定だそうだ。助かる見込みはよくて五分五分らしい」

「ほかの四人よりずっといい確率です。五人撃って五人全員は仕留められず、犯人は不満でしょう。腹も立てる。彼女の身は二十四時間態勢で守って――」

「すでにそうさせているよ、警部補。私も警官で、カスじゃない」

「すみません、部長」

「謝る必要はない。きみは誰にもできないくらい素早く、現場をまとめた」ホイットニーは振り向いて、シートをかけられた警官の遺体を見た。「彼のパートナーに記憶違いはないだろう。ラッソ巡査は命をかけて市民を守り、尽くした」

「彼がターゲットだったのかもしれません」ホイットニーの目が険しくなってもかまわず、

イヴは続けた。「あるいは、四人目の被害者で、ランチミーティングへ向かう途中だった広告会社の役員かもしれません。少年は違うでしょう——少なくとも、いまは当てはまらない。最初の被害者は観光客でした。しかし、ラッソ巡査は？　ここのパトロール担当だったので、あの時間にあの場所にいると予想されたかもしれない。会社役員はこのエリアで仕事をしていますから、可能性はあります。ほかはみんな、この場所にいるとは予想されません、部長。無作為に撃たれたと思われます。わたしとしては、狙われたのは警官ではないかと思っています。警官になんらかの関連がある、と。なぜ、どんなふうにつながっているのかを見つけます。われわれの仲間である警官を殺して、逃げ切れると思ったら大間違いです。罪のない少年の命を、あろうことか誕生日に奪い、罪を逃れさせるわけにはいきません」

イヴは立ち上がった。「ホイットニー部長、ラッソ巡査についてわかることはなんでも——個人的なことも仕事関係も——知りたいです。何もかも。あなたなら力になっていただけます。後押ししていただけませんか」

「必ずそうしよう」ホイットニーは石のように固い表情でプライバシースクリーンをかけられた遺体に視線を移した。そのまわりを儀仗兵《ぎじょうへい》のように制服警官たちが囲んでいる。「そうだ、こんなふうにわれわれの仲間の命を奪ったやつを逃がすわけにはいかない」ホイットニーも立ち上がった。「人出でも残業時間でも、必要なものはなんでも使いなさい」

「早速ですが、記者会見に参加する時間がありません」

「きみの分は私がカバーしよう」

「必要なときは、すぐにドクター・マイラと話がしたいです」

「そうさせよう」

「それから、ナディーン・ファーストを利用させてください――メディアの情報操作と調査のために」

ホイットニーは一瞬だけ言いよどんだ。「慎重にことを運ぶべきだが、やらなければならないと思ったことはやりなさい。キョンとは連携するのが賢明だ」

イヴはうなずき、そして、思った。キョンはバカ野郎じゃない。「ロークも。彼の都合がよければ」

「もちろんだ。こちらとしてもありがたく思っている」

「部長、わたしの予想どおりで、ラッソ巡査か、ほかの被害者の誰かがマイケルソン――とにかく、どういうわけかはまだはっきりしませんが、マイケルソンに違いないんです――とつながりがあっても、これで終わりではありません。ふたりだけ、ということはありえません。これはある種の任務で、彼らのつながりはほかの誰かにもつながります。その誰かなら、狙撃犯のどちらかを知っているはずです。顔を見ればわかるはずなんです。ヤンシーの似顔絵はどこでも目につくようにしてください。その点も、あらゆる方面に働きかけていただければと思います」

「了解した。似顔絵が完成したら」ホイットニーがふたたび見上げたジャンボスクリーンはどれも真っ暗で、これはいままでにないことだった。「どこでも見られるようにしよう」

「そうなったら、犯人たちは穴に逃げ込むかもしれません。でも、隠れられるほど深い穴じゃない」イヴは、野次馬の目に触れないようにスクリーンで覆われた四人の遺体を見わたした。「どんなに深くても、間違いなく見つけ出してやります。失礼します、部長、モリスが来ました。話をしなければなりません」

イヴが立ち去ると、ホイットニーは殉職した巡査に近づいて、襟につけていたNYPSDのピンをはずし、シートで覆われた遺体の上に——うやうやしく——置いた。

7

最初の被害者の遺体の横に立っているモリスのコートが、風を受けてはためいている。モリスは捜査キットから〈シール・イット〉の缶を取り出し、素手をコーティングしながら、視線を上げてイヴを見た。

「撃たれた順番に見ていこう。彼女はここでこうして倒れ、そのまま触れられていないだろうか？」

「遺体も現場も損われてるわ」イヴは立ち止まり、首を振った。「損われたどころじゃない。手の施しようがないほどめちゃくちゃ。現場を復元できるように、警備要員をできるかぎり寄こすように要求したわ。人びとはパニックにおちいり、倒れこんで踏みつけられた人もいたし、そこに少なくとも遺体がいくつか含まれてる」

「このにぎやかな場所が銃撃を受けたんだろう？」モリスは捜査キットから計器類を取り出

した。「もっとひどいことになっていたかもしれない。運がよかったんだ」

いまはまだ、これより悪い状況は考えたくないとイヴは思った。「こちらはファーン・アディソンと判明したわ。八十六歳。彼女が最初で、次が少年――ナサニエル・ジャーヴィッツ、十七歳。それから、ラッソ巡査、そのあとがデヴィッド・チャン、三十九歳。もうひとり撃たれたけれど、命は取りとめ、いま手術を受けてるところ」

「では、五人のうち四人ということか」モリスはつぶやき、遺体のそばに膝をついた。「現場で検分をしたんだろう?」

「ええ、四人すべて。死亡時刻《TOD》も全員のを出したわ。確認してもらうけど」

「今回は私が確認する。徹底的にやるのがいちばんだ」モリスは計測器を準備し、レコーダーをオンにして始めた。「胴体の中央に、致命的な衝撃。ＴＯＤは十三時二十一分。うちへ運んだらもっと詳しいことがわかる。いまざっと調べてわかるのは、地面に倒れこむ前に亡くなっていただろう、ということだ」

モリスは検死チームに合図を送った。「バッグに収容してタグをつけ、われわれが戻るときに一緒に移送する」

モリスは立ち上がり、二番目の被害者に近づいた。「十七歳と言ったね」

「そう、十七歳よ。今日で」

「ああ、なんと、人生とは残酷なものだ。両親は?」

「いるわ、あときょうだいがひとり。友だちとエアボードを楽しんでるときに背中を撃たれて、それで——エリッサ・ワイマンと似ていて——その衝撃に本人の勢いが加わって前方に飛び出し、通行人のグループにぶつかった。通行人のほうは軽傷で、病院やその場で手当てを受けたわ」

「撃たれたのは背中の中央で、いま見るかぎりではエリッサ・ワイマンと似ている」

　モリスはTODを確認した。

「パートナーによると、ラッソ巡査はこの少年をかばおうとしていて、周囲の人たちに隠れろと叫んでたそうよ。その数秒後に撃たれ——少なくともわたしが調べたTODによると、少年の数秒後に亡くなってるわ」

　モリスはふたたび顔を上げ、あたりを見た。「きみはこの場の混乱をすばやく収めた」

「でも、遅かったわ」イヴはモリスの隣にしゃがんだ。公式記録などどうでもいいと思った。「わたしと被害者たちの姿があのクソジャンボスクリーンに流れたのよ。この子の母親や父親が観たらどうなる? わたしたちが知らせる前にメディアに流れるのを観てしまうかもしれない。知らせるのはピーボディにまかせるしかなかった」

　モリスは共感をこめてイヴの手にそっと触れ、立ち上がって警官の遺体に近づいた。

「彼も若い」

「二十三歳よ」

「頭部を撃たれている。額の真ん中だ。スケート場の三人目の被害者と同じように、犯人は腕前を誇示しているのだと思うかい？」

「ラッソ巡査が決まりでボディアーマーを着用してることを、狙撃犯は知ってると思う。体を狙って撃てば怪我はさせられても命は奪えなかったかもしれない。ラッソの命を奪うのが目的だったのよ。あとで見ればわかるでしょうけど、四人目の被害者も体を撃たれてて、情報によると、生存者も胴体の左寄りを撃たれてるらしい。少しでも右にそれてたら、彼女もほかの四人と一緒にここに横たわってたはず。あなたのところへ運ばれる可能性はまだ残ってるけど」

「うちではどの被害者も対等だが……」モリスはＴＯＤを確認した。

「警官を殺せば状況はがらりと変わる」イヴはあとを引き継いで言った。「銃撃犯はそれを思い知るべきね。犯人は彼を選び、計画的にやっている。警官を狙ったのよ――ラッソという特定の警官を狙ったのかもしれない」

「でも、それで終わりにせず、もうひとり殺し、さらに、五人目には手術を受けるような怪我を負わせた」

「思うんだけど――」ヒステリックな叫び声がして、イヴは口をつぐんだ。女性がバリケードのそばにいた制服警官ふたりと揉み合い、泣きながら腕を振り回して、何度も同じ名前を叫んでいる。

ネイト。ナサニエル・ジャーヴィッツ――ふたり目の被害者だ。

「母親だな」モリスが言った。「私が行って――」

「いいえ、わたしが行く。ここの検分を終えて、できるだけ早く被害者たちを移送して」

イヴは立ち上がり、足早に歩きだした。

コートも着ていない、とイヴは気づいた。どこにいたのかわからないが、母親は普段着のまま飛び出してきたのだろう。

「ミセス・ジャーヴィッツ。ミセス・ジャーヴィッツ！　わたしを見て、ここです。ダラス警部補です」

「ネイト。ネイト。わたしのベイビーはどこ？」

「ミセス・ジャーヴィッツ、一緒に来てください」こんな混乱のなか、どこへ連れていく気なのよ、わたしは。イヴは最善策を探しながらコートを脱ぎかけたが、それより一瞬早く、ホイットニーが動いた。

「ミセス・ジャーヴィッツ」ホイットニーは声をかけ、自分のコートで彼女を包んだ。「部長のホイットニーです。さあ、一緒に来てください。コーヒーショップです」ホイットニーはイヴに身振りで示した。「客はすべて出させた。ミセス・ジャーヴィッツをお連れする」

「どうか、息子がどこにいるのか教えて。怪我をしたの？　息子に会わせて。ナサニエル・フォスター・ジャーヴィッツ。ネイトよ」

　ホイットニーが彼女の肩を抱いてコーヒーショップへ向かうのと入れ替えに、ピーボディが駆け足でやってきた。

「彼女には連絡が取れなかったんです。速報を見たのは間違いないですね。父親には連絡できましたが、彼女はつかまらなくて。ここから二、三ブロックのところが職場だそうです」

「それで走ってきたのね」イヴは言った。「あのひどい映像を見て、それで走ってきたのよ。いいわ」イヴはひと息ついて、気持ちを落ち着けた。「目撃者たちをコーヒーショップに集める。隔離するのよ。ジェンキンソンとライネケは？」

「こちらへ向かっています。渋滞がひどいそうです。到着予定時刻《ETA》は十分後です」

「生存者について何か聞いてる？」

「新しい情報は何も」

「じゃ、やるべき仕事に戻るわよ」イヴは、ラッソの遺体を収めた袋がキャスター付きの担架にのせられるのを見つめた。少なくとも十数人の制服警官が立ち止まって気をつけの姿勢を取った。敬礼をする。

イヴも同じことをした。「ホイットニーがラッソの件で後押ししてくれてるわ。彼に関するあらゆるデータがすぐに手に入るはず。彼の捜査を優先させるわよ――仲間だから、という理由だけじゃなくて」

警官たちの顔を見ていると、彼らを迂回してこちらへやってくるロークが見えて、イヴは目を細めた。バリケードを超えてきたらしい。

ロークなら、わたしの部下の捜査官たちより早く現場にやってくるだろうと、予想するべきだった。

「来たよ。僕にできることがあればなんでもやらせてもらおう。仲間を失って、気の毒だったね」

そのひと言以上にイヴの胸を詰まらせる言葉はなかっただろう。ロークはわかっているのだ。イヴはラッソを知らなかったが、彼は警官として市民を守り、奉仕するためにできる限りのことをした。

少年を守ろうとして命を落としたのだ。

ロークは体の向きを少しだけ変えて、肌を切るような風からイヴを守った。ほんとうはそうしたくても、肩を抱きはしなかった。

「報告書によると、四人亡くなって、負傷者の数は不明だと」

「そのとおりよ。犯人は五人を狙撃し、ひとりは命が助かった――いまのところは。ほかはパニック状態の混乱で負傷した人たち」

「必要なことがあったらなんでも言ってくれ」ロークはふたたび言った。

「できれば……」みぞれは物悲しい小雪に変わっていた。そんな雪に降られながら、イヴはまたひと息ついて気持ちを落ち着けた。「できれば、今回もあなたのプログラムを使って探してほしい。フィーニーかマクナブと調整してみて。ふたり一緒でもいい。あのプログラムから得られるどんなデータでも役に立つはずよ。あなたが導きだした結果を頼りに、今朝、最初の犯行現場を突き止めたから」

「すぐに取りかかろう」

イヴがどきりとしたことに、ロークは彼女のコートのポケットに手を入れた。そして、イヴが突っ込んだのを忘れていた手袋を引っ張り出した。

「これをはめて。手が冷たい。何をすべきかわかったところで」と、ロークはさらに続けた。「僕はどこで作業をしたらいいだろう?」

ロークに指摘されてはじめて、イヴは自分の手が冷たいことに気づいた。手袋をはめながら深々とついたため息が薄い雲になり、吹きつけてきた風に飛ばされた。「わたしのオフィスでいいなら、どうぞ使って。もっと広いほうがいいなら、ピーボディに言って会議室を借りてもらう」

「きみのオフィスがいい。さもなければ、EDDのラボを使わせてもらおう。そのあたりの勝手はよくわかっている」

「ええ、そうよね。またあなたに借りができたわ」

「そんなことはない」ロークはイヴの手を取り、ぎゅっと握った。「手袋をなくしたら、予備のが車のグローブボックスに入っているから。僕のおまわりさんをよろしく頼むよ」


事件現場を片付けて、目撃者に聴取をして連絡先を尋ねるには、二時間以上かかった。イヴは残った作業をジェンキンソンとライネケにまかせて、その場を離れた。ホイットニーはすでに現場を離れ、殉職した巡査の近親者に、直接報告をしに向かっていた。

イヴは自分の車の運転席に座り、しばらくじっとして頭のなかを整理していた。それから、渋滞や、マキシバスや、それ以外のすべてもうんざりだと思い、サイレンのスイッチを入れた。

「あなたはEDDへ行きなさい」イヴはピーボディに言った。「それで、なんでもいいから手伝えることをやって。それから、該当する建物、つまり確率が七十五パーセント以上の建物が見つかったらすぐに、一軒ずつ捜査官に訪ねさせて。これより優先する捜査に関わってる場合を除いて、全員が現場に出かけて捜査するように。この調整をやってもらえる?」

「はい。できます」

「わたしはヤンシーのお尻を叩きに行く。どうしてもスケッチが必要なのよ。それから、ナディーンに話をして、必要な方面を刺激してもらいたいと思ってる。あと、モリスからも話が聞きたいけど、彼からも遺体からも、新たな情報はまだ得られないと思う。マイラからも同じよ。また連絡はするけど」

イヴの運転は荒っぽく、通行人がさっさと車の前を横切らなければ、サイレンに加えてけたたましくクラクションを鳴り響かせた。

「答えて、ピーボディ。尊敬されている産婦人科医と、未熟な警官の共通点は何? 死んでしまったこと以外に」

「どうして警官なんですか、ダラス?」

「楽しむために殺すなら、どんな身のほど知らずでも警官は避けるから。これは楽しみや気晴らしじゃない。やり遂げるべき任務よ。なぜなら、彼だけが頭を撃たれてるから。マイケルソンとラッソのつながりを探さなければならないわ。それもすぐに」

イヴは車をセントラルの屋内駐車場に入れて、ハンドルを切って自分のスペースにおさめ、強くブレーキを踏んだ。「ラッソはランチ休憩を終えて戻ったところだった。五分前でも、五分後でも、あの場所にはいなかった。偶然じゃないわよ。だって――」

「偶然なんてたわ言です」ピーボディがあとを引き継いで言った。「心に書き留めてあります」

「そのとおりだし、彼のパートナーによれば、ふたりはいつもあの時間に休憩を取って、あの時間に休憩から戻ってた。決まった動きよ、ピーボディ、マイケルソンと同じ。ほかの被害者たちは、決まった動きをしてなかった。撃たれた八人のうちふたりだけが決まった行動をして、どこにいるか予想された――あの時刻にあそこにいる、と」

「ワイマンは」と、ピーボディが言った。

「彼女はスケートリンクの常連だったけど、マイケルソンのように決まった曜日の決まった時刻に通ってたわけじゃない。行動パターンに幅があったのよ」

イヴはエレベーターに向かって歩きだした。「犯人たちは無差別殺人に見せかけようとしているけど、無理ね。だって、そうじゃないから。必ずつながりを見つけるわ。見つけてやる。そして、取っ捕まえる」

「この件には個人的な感情がわいてきますね。そんなことはないって言わないでください」ピーボディは言い張った。「いつだって少しは感情的になりますけど、今回は――」

エレベーターのドアが開いて、ピーボディは口をつぐんだ。制服警官がふたりと、捜査官がふたり、降りてきた。四人とも腕に喪章をつけている。

制服警官の年長のほうがふたりを見て会釈をした。「警部補、捜査官。必要なときはいつでも言ってください」

イヴも会釈を返したが、何も言わずにエレベーターに乗りこみ、行き先階を指示した。

ピーボディの言うとおりだった。もう他人の事件とは思えない。

イヴはピーボディと分かれ、まっすぐヤンシーのいる仕切り部屋へ向かった。喪章をつけている者があちこちにいる――噂はすぐに広まるものだ。ヤンシーのデスクで彼と並んで立っている金髪美人を見て、思わず足を止めそうになった。ローレル・エスティだ、と思い出す。最近の捜査に大きく貢献した目撃者だ。彼女のおかげでヤンシーはいい仕事ができた。

「ダラス警部補、事件のことを考えると、ほんと、胸が痛みます。あたし、ちょっと寄っただけで……あの、いま帰るところなの」

「オーケイ」

「あの、さよなら、ヴィンス」

「じゃ、また」ローレルがデスクの間を縫うようにして去っていき、ヤンシーはイヴを見た。彼はトゥルーハートのように赤面するたちではないが、もしそうなら、ハンサムな顔はモップのような巻き毛の生え際まで真っ赤になっていただろう。

「あの、彼女はただ……」

「帰ってったわ」

「そうです。一緒に飲みに行くつもりだったんですが……」

「飲みに？」

「ええ、僕たち、付き合っているみたいになってて」

「わたしには関係ないわ」

「まあ、そうですね、でも……。それはそうと」

「わたしはどちらかというとあなたのスケッチのほうに興味があるわ。仕事の進み具合にも」

「ええ、飲みに行くのを取りやめにしたのは、そのせいです。予想より時間がかかってしまって、それから、ヘンリーはとてつもなく有能な目撃者です――それも取りやめになった理由の一部なんですけど。とても細かいところまでおぼえているんです――とにかくすごいので、僕がドクター・マイラに作業に加わりませんかと誘ったんです。彼女は認識記憶とかそういうことを研究していて、彼はいい研究対象になるんじゃないかと思いました」

ヤンシーはあたりをさっと見回し、誰も使っていないデスクの椅子を引っ張ってきた。

「二時間ほど置いてから、再度見て、手直しするつもりだったんですが、とにかく、これがあなたに依頼されたスケッチです」

イヴは椅子に座り、二分割されたモニターに似顔絵が呼び出されるのを待った。

イヴの警官魂が小躍りした。「すごいわ、ヤンシー、ほとんど写真に見える」

「ヘンリーをほめてください。ほんとうに」

ヘンリーをほめるのはあとにして、いまはアーティストとコンピューターが作り上げた作品をじっと見つめた。白人男性、五十代はじめ、角張った顎、きつい目をしている。やつれていると言うほどではないが、どこか悪いのか、食欲がないのか、とにかく顔は痩せて細い。軍人ほどは短くないが、ごくありふれた茶色の髪は短く、オールバックだ。

ひげはきれいに剃られ、きっと結ばれた口は、上唇がややふっくらしている。眉は濃く、ほぼまっすぐだ。

イヴはもう一枚の似顔絵に視線を移した。

せいぜい十六歳くらいだろうか。まだどことなく無邪気さがにじみ、頬もふっくらと丸く、顎の線も柔らかい。濃い色の目や、落ち着いた茶色の肌、髪質——黒髪をドレッドヘアにしてスキーキャップをかぶっている——から、さまざまな民族の特徴を受け継いでいるとわかる。

　しかし、眉と顎の形――かすかにふくらんだ上唇――は……。

「女性のような気がするんです」ヤンシーが言った。「たんなる印象ですが。少年かもしれません――共同作業が終わった時点で、ヘンリーは少年だろうというほうに傾いていました。この年頃の少年はまだどこかふんわりしていますからね。男性ならせいぜい十四歳。女性ならおそらく十六歳まででしょう」

「ふたりには血のつながりがある」

「そうだと思います。父と子か、男は叔父ということもあるかもしれないですが、血縁による相似が認められます。顎や眉や口の形。もっとあります――体形に関してですが」

「顔認識はやってみた？」

「まだです。微調整をしたかったので」

「いまやってみて。微調整はあと。男のほうは軍隊か警察の訓練を受けた者に絞って。何が出てくるか、見てみたい」

「待ってください」ヤンシーはくるりと体の向きを変えて別のスクリーンに向かい、プログラムを立ち上げて検索フィルターを追加した。「全身像をぜひ見てください。これは配布しませんが、姿形や雰囲気がよくわかるはずです。両者ともあります」

ヤンシーが次の画像を呼び出すと、成人男性の全身像が現れた——肩幅が広く、脚が長い。最近になって体重が落ちたようだ、とイヴはふたたび思った。ある程度、筋肉はついている。虚弱なのではなく、病気かストレスで痩せてしまったのだろう。目もややくぼんでいる。

未成年の容疑者はずっと華奢《きやしや》な体つきだが、ひょろひょろしているのではなく、よく引きしまっている。強靭《きょうじん》で……。

「子どものほうはよく鍛えてるわ——バネのような弾力を感じる」

「弾力」ヤンシーは繰り返した。「ええ、そうだ、まさにぴったりです。僕としては——わあ、もうヒットしました。こんなに早く結果が出るとは思っても……」

ＩＤ写真がスクリーンに現れ、ヤンシーは声を途切れさせた。そして、深々とため息をついてから、言った。「まじで、信じられない、ダラス」

ＩＤ写真を見つめたまま、イヴはヤンシーの腕をつかんだ。思いきり。「落ち着いて」小声で言った。

「警官なんですね」ヤンシーが声をひそめて言った。「警官なんだ、こんちくしょう」

「だった、のよ」イヴが訂正した。

レジナルド・マッキー、五十四歳、ＮＹＰＳＤに二十年勤務して、最後の十一年は特殊部隊に所属した。警官になる前は陸軍にいた——武器の特技兵《スペシャリスト》だ。

ローウェンバームのチームの一員だった。

「結果をすべてわたしに送って、すぐに。わたしが確認するまで、この件はいっさい——誰にも——口外しないで、ヤンシー」

部屋から全速力で飛び出したかったが、そうしなかった。仲間の警官たちが見ている。捜査主任がセントラル内を走り抜ければ、すぐに知られてしまうだろう。主任捜査官が有力な手がかりを得た、と。

それでも、イヴは素早く行動に移り、廊下に出ながらリンクを引っ張り出した。「ローウェンバーム、わたしのオフィスへ来て、できるだけ早く」

「じつは、やることが——」

「中止して。なんだろうと中止して、こっちへ来て」

同意の言葉も待たずにリンクを切り、続けてホイットニーに連絡した。「サー、会議室を借りて、あなたとドクター・マイラにできるだけ早く来ていただきたいのですが」

「いま、被害者の家族に報告をしてセントラルに戻っているところだ」イヴの顔を見つめたホイットニーの表情が変わり、イヴは理解されたとわかった。「二十分後だ。部屋の手配とドクター・マイラへの連絡は私がする」

思いきってグライドを駆け上り——グライドを全速力で駆け上ったり駆け下りたりするのははじめてではなかった——次はフィーニーに連絡した。

「あなたと、ロークと、貸してもらえるならマクナブが必要なの」

フィーニーにかぎって説明する必要はなかった。フィーニーはただうなずいた。「十分くれ」

「十分以内に来られるなら、うちのブルペンに。もっとあとになるようなら——どの部屋かはログを調べて——会議室へ来て」

リンクを切り、ブルペンに入っていく。「何をやってても、ちょっと中断して。十年間捜査しつづけていた事件がいままさに解決しそうな者は除いて、全員、概況説明と作戦会議に備えて」

「ヤンシーがヒットさせたんですね」ピーボディが勢いよく立ち上がった。「確率は高そうですか?」

「百パーセントだと思ってるわ。ローウェンバームがこっちに向かってて、部長は会議室を押さえてくれてる。準備が整い次第、そちらへ移動するわ。とりあえず、本件については口外しないように」

「ちくしょうめ」バクスターが険しい表情で両手を握りしめた。「警官なんだな」

「すぐにまたデータが入る予定よ。進行中の捜査はすべていったん中断して――それができないなら、五分以内にわたしのオフィスに来て説明して。ピーボディ、一緒に来て」

裾で弧を描くようにしてコートを脱ぎ、イヴはオフィスへ向かった。「コンピューター、特殊部隊員のレジナルド・マッキーの経歴データを、すべてスクリーンに呼び出して」

了解しました。処理中……

「ドアを閉めて」イヴはピーボディに命じ、データを読み上げた。

「二〇二九年、陸軍に入隊し、二〇三九年、三等軍曹として除隊。六か月後、訓練を受けた狙撃手、教官として警察勤務につき、四九年に特殊部隊に異動。去年の春に退職。最後の分隊長は――ローウェンバーム」

イヴはデータを読みながら部屋をうろつきはじめた。ピーボディは何も訊かずにコーヒーをプログラムし、マグに注いでイヴに渡した。

「二〇四五年にゾー・ヤンガーと結婚し、一人娘に恵まれた。娘、ウィローは現在十五歳。コンピューター、ウィロー・マッキーのＩＤの顔写真とデータを」

スクリーンに現れた写真とデータを見つめるイヴの目は冷静で、なんの感情もうかがえない。髪が似顔絵より少し長いが、写真に映っているのは、レジナルドと同様、捜している人物に間違いなかった。

「彼と一緒にいたのはこの子ね」イヴは言った。「間違いない。レジナルド・マッキーは二〇五二年に離婚。元妻について調べて、ピーボディ。彼女の現在の身分と、住所が知りたい。子どもの親権はどちらが?」

「いま調べています」

「二〇五九年にスーザン・プリンツと再婚。二〇五九年に——そうよ、思ったとおり——妻を失う。二〇五九年十一月。三月に再婚して十一月に妻を失った。コンピューター、スーザン・プリンツが亡くなったときの状況は?」


処理中です……死亡時、三十二歳だったプリンツ、スーザンは、五番街とマディソン街の間の東六十四丁目で通りを横断中、車に撥《は》ねられて死亡。事故報告書と目撃者によると、プリンツは駐車していた車と車の間から飛び出し、そこに通りかかった車に撥ねられた。ブレーキはかけられたが間に合わなかった。運転手、ブライアン・T・ファイン、六十二歳は不起訴に。事故の報告書全文と追跡データが必要ですか?

「そうね、保存しておいて。あと、現場に駆けつけた巡査の名前が知りたい」

最初に到着し、報告書に名前があるのは、ケヴィン・ラッソ巡査。バッジ番号は――

「そこまで。それで充分。プリンツは妊娠してた？」

死亡時、プリンツは妊娠十六週でした。

「主治医は？　主治医――なんだっけ――産科医の？」

しばらくお待ちください……処理中です……担当の産科医はドクター・ブレント・マイケルソン。

「一旦停止」ノックの音がしたのでそう命じ、ドアを開けに行った。「ローウェンバーム。レジナルド・マッキーについて知っていることをすべて聞かせて」

「なんだって？」ショックと、ありえないという表情が一瞬浮かんだ。「嘘だろう。勘弁してくれ、ダラス」

イヴはローウェンバームの背後のドアをゆっくり閉めた。「知ってのとおり、彼は退職してるわ――あなたは何か見てるかもしれない。思い出して」

「なんてことだ」ひと呼吸おいて、両手で顔をこする。「いいか、マックはカッとするたちだが、そんなやつは特殊部隊にはいくらでもいる。まじめで頼りになる警官だった。彼とは十二年共に働いた。奥さんを亡くして――事故だった。結婚して一年もたっていなかったうえに、彼女は妊娠していて、それで彼は……」

イヴはローウェンバームが先を言うのを待った。早く言って。「ああ、クソッ、クソッ。スーザンのせいだ。スーザンのことに違いない。ほかに子どもがいたんだ、女の子で、十四歳くらい、十五か」

「ウィロー、十五歳、二人目の容疑者と確認されたわ。詳しく話すから、あなたも話して。そして、チームのなかから最高のメンバー――口の堅い警官がいいわ――を選んで、突撃に備えて」

「うちのベストメンバーにはマックと働いていた者がおおぜいいる。スーザンの従兄弟もメンバーだし、俺の友人でもあるんだ。そんなつながりがあって、彼らは出会った」

二十年のキャリアを積んだ元警官なら、警官の友人やコネもたくさんあるだろう。

「慎重に選んでよ。彼は七人の命を奪い、そのうちのひとりは警官だということを忘れないで。二十三歳の制服警官は、別の被害者を守ろうとしたのが最後の仕事になってしまった。身元を特定されたと察知したら、マッキーはさっさと逃げるか、最後の抵抗を試みるか、どちらかね」

「彼は逃げない」ローウェンバームは青ざめた顔をまたこすり、指先で両目をきつく押さえた。「事態をよく呑み込んで頭のなかを整理する時間がほしい。俺はほかの誰より彼のことを知っていると思っている」

「子どもは？　子どもは知ってるの？」

「ああ、そう、ウィルのことは知っている。まあ少しだけだが。父親を崇拝していた。あちこちで――学校がらみだよ、くだらない――問題を起こしていたようだ。母親が再婚して子どもができたと聞いている。ウィルの親権は両親が共同で持っていた。とにかく、頭のなかを整理させてくれ。彼を止めなければならないし、止めたあとも彼には生きていてほしい。考えさせてくれ」

「ここで考えて。ピーボディ、どこの会議室を使うか調べて」

「A会議室です」

「さあ、これまでにわかったことを整理して、会議室へ持ってくわよ。十分後には来てほしいわ、ローウェンバーム、落ち着いても、落ち着けなくても」

「十分あれば大丈夫だ」

五分後、イヴは事件ボードを設置して、考えをまとめ、今後の捜査方法のあらましを確認した。

部下の捜査官と制服警官が列をなして集まってくると、イヴは制服組のカーマイケルのほうを振り返った。

「制服カーマイケル、いまから言う人たちを連れてきて保護拘置して。ブライアン・T・ファイン、ゾー・ヤンガー、リンカーン・スチューベン、七歳のザック・ヤンガー・スチューベン、マータ・ベック。自宅と勤務先の住所はピーボディから聞いて。協力的じゃない者は公務執行妨害で逮捕しなさい。必要なら何人でも応援を送るから、できるだけ早くいま言った人たちをセントラルへ連れてきて。これから始まる概況説明もしっかり頭に叩き込むのよ。ピーボディ、彼に住所を——自宅と職場の——伝えて。無駄口はなしよ、カーマイケル。いっさいだめ」

「無駄口はききません、警部補《LT》。いっさい」

イヴが事件ボードに向きなおると、フィーニーがロークとマクナブと一緒にやってきた。あとにローウェンバームが——もう青ざめていない——続いた。

「椅子と、必要ならコーヒーも確保して。部長とマイラがみえたら始めるわ」

ロークがイヴに近づいて、小声で言った。「きみたちの仲間なのか？」イヴがうなずくと、ロークはただ目をのぞきこんだだけで、彼女に触れたい気持ちを抑えた。「残念だ」

「ええ、わたしも」

マイラのヒールの音が聞こえた――コツ、コツ、コツ。「ここのオートシェフに、マイラが飲む変な花のお茶があるかどうか見てもらえる？　しばらくかかりそうだから。大量の食べ物を注文してないでしょうね？」

「していない」

「よかった。しないでよ。お腹がすいているほうが聞きやすい話だから」

マッキーのID写真は――ヤンシーの似顔絵とともに――すでにボードに留めてある。ウィロー・マッキーの写真と似顔絵も並んでいる。会議室に集まった警官たちは全員、そのまわりに集まり、ぼそぼそとささやき合っていた。

やがてホイットニーが――ティブル本部長と共に――入ってきて、会議室は静まり返った。

「警部補」ティブルは声をかけ、椅子に近づいた。「きみの好きにやりなさい」

「はい、本部長。みんな、席について、よく聞いて」

8

イヴはボードのほうへ体を向けた。

「事件の容疑者はレジナルド・マッキー、五十四歳、元NYPSD特殊部隊員」ざわめきが起こるのはわかっていたが、かまわずに続けた。「そして、その娘、ウィロー・マッキー、十五歳。目撃者の証言にもとづいてヤンシー捜査官が手がけたスケッチから、このふたりを特定。肉体的特徴が一致するのに加え、マッキーはプロファイリングによる犯人像にも合致した。軍の入隊経験があり、武器を扱う特技兵《スペシャリスト》として教官も務め、この十二年間はうちの特殊部隊の一員でもあった」

いったん言葉を切り、かわいらしい少女の写真を見つめる。「ウィロー・マッキーは彼と最初の妻との間の子どもだが、数年前に離婚が成立して以来、未成年である彼女の親権は両親が共同で持っていた。ゾー・ヤンガーはその後再婚し、ふたり目の子どもが生まれた。彼女の夫のヤンガーと、その子どもは保護拘置する予定よ。今回の銃撃のきっかけは、マッキーの二番目の妻、スーザン・プリンツ・マッキー——ここに写真があるけれど——と、お腹にいた赤ん坊の死とつながりがあるとわたしは信じているわ。母親と胎児は二〇五九年十一月に、交通事故で死亡している。事故の報告書全文があるけれど、要約するとこうなるわ。ミセス・マッキーは通りに飛び出し、通りかかった車に撥ねられて死亡。目撃者八人の証言だけでなく事故の再現によっても、運転していたブライアン・T・ファインに落ち度はなかったと確認された。ミスター・ファインも保護拘置する予定よ。

ミセス・マッキーの主治医——クリニックは事故現場からおよそ一ブロックのところにある——であるブレント・マイケルソンは、昨日、セントラルパーク内のウォールマン・スケートリンクで銃撃された被害者のひとりだった。スーザン・プリンツ・マッキーの事故現場に最初に駆けつけ、事故を担当したケヴィン・ラッソ巡査は、今日の午後、タイムズスクエアで職務中に銃撃された」

イヴは説明を中断して、マイラを見た。「ドクター・マイラ、レジナルド・マッキーはいろいろな点で妻の死につながっている人物を標的にしていると思われますか？」

「できるかぎり早く、すべてのデータを把握し、検討するつもりでいるけれど、そうね、そう思うわ。証拠がはっきり示しているように、妻の死とつながっている人物を狙っているわね。ほかの被害者たちはある種の隠れ蓑よ。犯人は、彼らの命をどうでもいいものと思うところまでいってしまっている。十代の娘を巻き込んでもいるわ……これはたんなる復讐ではなく正義だと信じているのでしょうね。

娘に直接、正義の定義を見せているのよ」

「たんに娘を巻き込んだり、見せたりしているだけではないと思います。どちらの銃撃でも、被害者のひとりはティーンエイジャーだった。連続殺人犯には必ずと言っていいほど狙う相手のタイプがあるわ。エリッサ・ワイマンとナサニエル・ジャーヴィッツはウィロー・マッキーのタイプだと確信している。彼女にとってはたんなる隠れ蓑ではない。父親のマッキーが子どもや、自分の娘に近い年齢の者を狙うとは思えない」

「きみはこの十代の少女が殺人犯だと？」ホイットニーが強い調子で訊いた。

「部長、離婚したせいでマッキーが最初の子どもと過ごす時間は半減しました」

「次の子どもを持つ可能性もなくなったんです。彼が若者を狙うとは思えません」イヴは指摘した。「心理学的に筋は通っているように思えるが」ホイットニーがちらりとマイラを見た。

「はい。考えられます」

「しかし、これだけのことをやるには、並はずれた技術が必要だろう？」

「はい、部長。ローウェンバーム分隊長、マッキーは武器の操作法を娘に仕込んだり、教えたりしてた？」

「ああ。実際、彼女が射撃場で競争相手に負けるところを見た」

「競争相手？」

「射撃と、戦闘シミュレーションの競技会だ。非致死性兵器《ノンリーサル》を使用する。マックは定期的に娘を射撃場へ連れていき、競技会にも参加させていた。娘の腕がいいことを誇りに思っていた」

「ウィロー・マッキーは射撃の訓練を受け、技術があったと？」イヴがすかさず訊いた。

「こんな……ことができるほどだったとは言えないが……。ウィローには二年ほど会っていないし、会ったのも射撃場にマックといたときに二、三度と、競技会の一度きりだ。たしかにうまかった」ローウェンバームはそう認めて、ふーっと息をついた。「かなりの腕前で、マックは娘の能力と関心を誇りに思っていた。

しかし、今回のような狙撃はどうだろう？　かなりの技術が必要だ」

二年間訓練を積めば、技術に磨きがかかる、とイヴは思った。「ふたりの関係はどうだった？」

「いつも変わらずとても仲がよかった。実際、二年ほど前だったたか、彼女はずっと父親と暮らしたいとずいぶん熱心に求めていた。マックも、とくにスーザンと再婚してからは、そうしようかと考えていたが、あの事故があってからは、ひとりで十代の娘を育てられるような状態ではなかった」

「どんな精神状態だったの?」

「話は少しさかのぼるが、マックとは古くからの付き合いだ。この四年間は、分隊長と部下でもあった。彼はいつも冷静で——だった、と言うべきか。元妻の夫のことは嫌っていたが、まあ普通に腹を立てる程度のことでおさまっていた。ウィローとはできるだけ一緒に過ごしていて——仕事で思いどおりにならないことはあっても、娘のことを第一に考えていた。そのうち、ウィローは学校で問題を起こすようになり、元妻は娘をセラピストに会わせることを望んでいた。ウィローは行きたがらず、マックも娘の肩を持った」

「ドクター・マイラ、ウィロー・マッキーがセラピストにかかったかどうか、確認していただけますか?」

事故のあと、あなたは彼が変わったと思ったのね」イヴはローウェンバームに言った。

「ああ、それはもう間違いなく。打ちひしがれてぼろぼろだった。落ち着くまで慰安休暇を取るように命じたのは、精神的に不安定だったからだ。不安定じゃないほうがおかしいだろう? 彼が弁護士に会ったり、その運転手に付きまとったりしていると耳にしたことはあったが、私とはろくに話をしてくれなかった」

「あなたに腹を立てていた？」

「ああ、たぶん。ある程度は。うちのチームのヴィンス・パトローニにも話を聞くべきだと思う。彼といちばん仲がよかったから。復帰してからのマックは人が変わったようだった。すっかり痩せて、ぼんやりしていることも多かった。それでいて怒りっぽかった。酔って職場に来ることは一度もなかったが、非番の日に大酒を飲んでいるのは知っていた。しかし、そのうち酒は飲まなくなった。それでもまだ、落ち着いたわけではなかった。おどおどしていたかと思うと急に怒りだしたり。それで、まもなく勤続二十年を迎える彼と話をして、退職するか配置転換するか、どちらかにしてはどうかと打診した」

「強い調子で迫った？」

「その必要はなかった。二十年を区切りに退職するともう決めている、と彼は言った。もっと娘と一緒に過ごして、旅行にでも行けたらいい、と。その後、何度か彼に連絡して、ビールでも飲まないか、食事をしないかと誘ったが、そのたびに断られた。それが続き、こっちから連絡するのはやめてしまった」

「パトローニを連れてきて」

「呼んでこよう」

「マッキーと仲がいいなら、彼に手を貸そうとするかもしれないわ」

「呼んでくる」ローウェンバームは繰り返した。「絶対にマックには連絡を取らせない」

イヴはうなずいた。「彼がNYPSD内のほかの誰かとつながっていたり、連絡を取り合ったりする可能性はとても高い。いま知ったことはこの部屋から一歩外に出たら、絶対に口にしないように。われわれがすでに容疑者を特定したとか、マッキーを追っているとか、少しでも漏れたら、彼は身を隠してしまうかもしれない。あるいは、対決を余儀なくさせてしまうかもしれない。容疑者は警官をひとり殺した、あるいは娘に殺させた。次も躊躇《ちゅうちょ》なくやるはずよ。たとえその結果、命を失うとわかっていても」

「それが彼の最終目標である可能性はとても高いわね」マイラが指摘した。「この任務が終わっても頓挫しても、彼は生きる目的を失ってしまう。娘を守るつもりなら、自分が死ぬのが最善の道なのよ。殺人はすべて彼ひとりの責任となって、未成年の彼女は強要されたとか、情緒不安定だったとか主張できるわ」

「だからこそ、われわれは素早く、澱《よど》みなく、いますぐに、ふたりを逮捕しなければならない。容疑者のアパートメントは、東二十四丁目にある住居用ビルの六階。フィーニー警部、容疑者が二名ともそのアパートメントにいるかどうか、EDDのチームに確認をお願い。経験豊富な元警官なら、これから何がどうなるかわかってるはずよ」

「そのへんはうまく裏をかいてやる。たまたまそのビルのオーナーだ、ということはないだろうな?」フィーニーはロークに訊いた。

「それはない」すでに自分のPPCでたしかめていたロークが答えた。「でも、通りの向かいにうちの物件があるから、これは役に立つかもしれない」

「ローウェンバーム、あなたのチームが必要よ。さっきも言ったとおり、彼は何を警戒すべきかわかっているわ」

「どうやってその裏をかくか、われわれもわかっている」

「ライネケ、ジェンキンソン、サンチャゴ、カーマイケル、あなたたちは突入担当。バクスター、トゥルーハート、ふたりはデータ集収と聞き取り。トゥルーハートには母親の心を開いてもらうわ」バクスターに異議を唱える隙を与えず、イヴは続けた。「彼女の協力が必要になるの。バクスター、パトローニには強気を通して、必要ならちょっとくらい脅してもいい。レジナルド・マッキーを助けようという気持ちを少しでも感じたら、徹底的につぶすのよ。それから、私服警官を三名、未成年容疑者の学校へやって確認させたい」

「もう授業は終わっていますよ、警部補」ピーボディが言った。

「まだ職員が残っていて、放課後のつまらない作業をやってるかもしれない。彼女にはほかに居場所があるとわかる可能性もある。彼女をアパートメントから連れ出せるなら、そうする。われわれはたんに連続殺人犯を逮捕するのではなく、ベテランの元警察官とその十代の娘を逮捕するのよ。下手なことはできないわ。

母親の自宅のほうの、子ども部屋に入る令状が必要なんですが」

「さっそく請求しよう」ホイットニーはイヴに言った。

「そちらの捜索はピーボディとわたしでやりますが、タイミングによって突入の前になるか後になるかは未定です。母親の家は一番街です。さあ、突入する者以外はすぐに仕事にかかって」

「ちょっといいだろうか」ティブル本部長が立ち上がった。すらりと背が高く、落ち着き払っている、とイヴは思った。そして、激怒している。「ダラス警部補の話に付け加えておきたい。レジナルド・マッキーは二十年にわたって市と市民に奉仕してきた。しかし、誓いを破り、信頼を裏切って、義務を怠った。そして、仲間であるはずの警官一名と六人の市民の命を奪った。そのうちひとりは未成年者だ。これを自らの目的だけのためにやり、見下げ果てたことに、実の子を良くても共犯者に、最悪の場合、殺人犯にした。やつを打ち倒して引きずり出し、ここへ連れてくるんだ。この作戦が終わったとき、やつがまだ息をしているほうが好ましいが、今日、善き警官があとひとりでも殺されることは望まない。市民だけではなく仲間とも尽くし合い、守り合うように。ダラス警部補、よくやった。部長、危険な場所に向かうこの者たちを支えるために、われわれのやるべき仕事をやらなければ」

ティブルがホイットニーと共に出ていくと、イヴはふーっと息をついた。「本部長、怒ってたわね」

「俺もだ」ローウェンバームが立ち上がった。「まるで気づいていなかった。俺の知っている者でこんなふうに撃てる者は誰か、ときみは訊いた。そのとき、マッキーのことは頭によぎりもしなかった」

「あらためて訊かせて。彼はあんなふうに撃てた？」

「おそらく。撃てる者と言われて真っ先に思い浮かべはしないが、可能性はある。問題は、一年近くやつと音信不通だったことだ。どうしているかと、こちらから尋ねることもなかった。連絡していれば、やつが何を考えているか少しは気づけたかもしれない」

「彼を誘ったと言ってたわ」

「さほど熱心だったわけじゃなかった」

「あなたたちは友人同士だったの？」

「いや、そうは言えない。しかし、仲間だった。やつが打ちのめされたとき、俺は監督すべき上司だった」

「あなたは彼のためにできることはやったわ。あまり深く考えないで、ローウェンバーム。考えるとしても、もっとあとにして。さあ、ＳＷＡＴチームを集めて。知恵のある容疑者を生かしたまま確保して、決して逃がさないチームを」

ローウェンバームは短くうなずき、会議室を出ていった。

「フィーニー」

「ちょっと待て、きみの旦那がなにか作業中だ」

「見つけたんだ」ロークが言った。「これも役に立つかもしれない。そこのスクリーンを使っていいかな?」返事を待たずに立ち上がって歩きだし、PPCと会議室のコンピューターをつないだ。

「犯人が住んでいる建物だ」画像が現れ、ロークが説明を始めた。「このなかの、ここが彼のアパートメント。データによると六一二号室だ」

「オーケイ」

「そして、僕が所有する建物は、そのちょうどはす向かいにある。空室があるんだ――全部で三室あるが、拠点にするのは位置的に見て七階のこの部屋がいいだろう。ここから熱感知器で探れるし、むこうの遮蔽効果にもよるが、少なくとも盗聴器は使えるかもしれない」

「やってみて」イヴは言った。

「それと、こういうのはどうだ?」フィーニーは顎をかいた。「建物には人が出入りする。だから、われわれは小型の引っ越し用トラックを使う。マクナブともうひとり、若いのを乗せて、段ボール箱か家具を運ぶと見せかけ、人目を引かずに必要な装置を運び入れる」

「どのくらいで準備できる？」

「十五分、まあ二十分だな」

「取りかかって。バクスター、トゥルーハート、データを集めて制服カーマイケルと打ち合わせをして。保護拘置する人たちが到着次第、話を聞きはじめるのよ。それから、マッキーが関わった弁護士の名前を調べて。彼も保護しなければ。ターゲットかもしれないから」

「弁護士を守るって」バクスターは首を振った。「最悪だな。さあ行こう、相棒、始めるぞ」

突入チームだけが残されると、イヴはスクリーンのほうを向いた。「オーケイ、今後の予定を伝えるわ」

データが次々と集まりはじめ、それから三十分しないうちに、イヴは突入チームのメンバーに防護服を着せ、さらにヘルメットも装着させて警察のバンに乗せた。そうなると、イヴも同じような装備をしなければならない。防護服の役目はコートが果たしてくれるが、ヘルメットは邪魔でしょうがなかった。

しかし、体より頭を撃たれるほうが大事《おおごと》だ。

イヴはバンのなかでスクリーンに目をこらし、フィーニーから送られてくる映像を見ていた。新居に引っ越す幸せなカップルにしか見えないマクナブとカレンダーが段ボール箱をロークの建物に運びこんでいる。

「容疑者のアパートメントに熱源はない」フィーニーがイヴに言った。「いまのところ、熱感知器はバンのなかから操作している。ふたりともあそこにはいないようだ」

「準備ができたら、マクナブとカレンダーに室内から操作させて、あなたたちはそこから離れて」

「一ブロックほど先にきみの旦那の駐車場がある。そこへ移動して、待機する。ローウェンバームのチームは配置についているところだ。ひとりがアパートメントを担当し、ふたりが屋上、さらにふたりがロークの建物の空き部屋へ向かった。容疑者のアパートメントの窓が見えるか?」

「ええ、見える。プライバシースクリーンが下りてるわ。わたしはこれから母親の家の様子を見てくる。ジェンキンソン、わたしが戻るまではあなたがここの責任者よ——落ち着いてしっかりやって。ピーボディ、状況を常に伝えて。ローク、あなたは一緒に来て。徒歩でまず東へ向かって、それから南へ向かう。五分でここまで戻れるから、容疑者のどちらでも姿が見えたらすぐに伝えて」

イヴはバンから降りて、足早に歩きだした。容疑者はいますぐ戻ってくるかもしれない——あるいは数時間戻らないかもしれない。いまは一刻も早く、次の標的が特定できる情報を手に入れなければならない。いまも、ふたりはどこかのホテルの部屋か、安宿か、使われていないがらんとしたレンタルスペースで、また銃撃する準備をしているかもしれない。

すでにみぞれは止み、天気に恵まれなかった暗い一日はまたいちだんと寒い夜を迎えていた。街灯が震えながら灯り、冷ややかな白い明かりが暗闇を裂いて路上に広がる。イヴは歩きながら人びとの顔を観察した。家路を急ぐ者、飲み会の待ち合わせ場所を目指す者、さらに買い物を続ける者。ソイドッグと、どうしようもなくひどいコーヒーの匂いがする屋台に群がっている人たちもいる。

彼らもここを歩いた可能性がある、とイヴは思った。父親と娘でアパートメントに戻ったり、ピザを食べに出かけたり。ここを通って、母親のタウンハウスから父親のアパートメントへ向かったかもしれない。

歩きながら計画を練っただろうか？　いつ、誰を殺すか？

ゾー・ヤンガーのタウンハウスまであと一ブロック半、というところでロークはイヴと並んだ。「警部補」

「まず、子ども部屋を調べたいわ。ホイットニーは家じゅうどこでも捜索できる令状を取ったけれど、娘の部屋に集中するつもり。ほかの家族が関わっているとは思えないし、彼女が居間やキッチンに有力な手がかりを置き忘れてるとも思えない」

「わかった」

ロークが手をつなぐと、イヴは指と指とをしっかり組み合わせた。そう、仕事中だが、まわりに警官はいないから見られる心配はない。

「電子機器があれば、すべてパスワードを探るわ――そして、EDDに知らせる」

「それは得意だからまかせてほしいが、十代の女の子の部屋を引っかきまわすのには、あまり自信がない」

人の波に紛れて横断歩道を渡りながら、イヴは眉をひそめてロークを見上げた。「あなただって前は十代の男の子だったはず――その年頃なら、男も女もたいして違いはないわ」

「いや、まるで違うと思うよ」ロークはイヴと一緒に体の向きを変えて、ステップを五段上がり、しゃれたメゾネットタイプのアパートメントの正面右寄りの扉に近づいた。しゃべりながら道具を取り出す――わたしのマスターより早いはず、とイヴは思い、セキュリティ装置をじっと見つめた。

「きみも十代の女の子だった」

「あまりそんな感じじゃなかったわ、というか、ちょっとそんな感じだったくらいよ」

「僕もあまりそんな感じじゃないというか、ちょっとだけそんな感じの十代の少年だったから、僕たちはぴったりだね。ここのセキュリティはすばらしいな」ロークは言い、温まったバターをナイフで切るように、するりと道具を滑りこませた。

「まず、誰もいないのを確認するわよ」イヴは武器を抜いた。「万が一のために」

ロークがうなずき、ふたりはドアの間から同時になかに入った。

「NYPSD」イヴは声を張り上げ、武器をかまえて左を向いた。「正当な令状を得て、入室した」

「誰もいないな――人気《ひとけ》がないのは、きみも感じるだろう」ロークが言った。「ああ、誰もいない家のロックをこじ開けて侵入するのが、何より好きな時期があったなあ」

「いまでは合法的にできるようになったわね」

「まるで別物だよ」

誰もいないと同意したものの、イヴは一階――リビングエリア、キッチン、ダイニング、ホームオフィス、家族のエンターテインメントエリア――をすべて確認してまわった。

家のなかは、ダイニングルームのテーブルに飾られている錆色《さびいろ》とカボチャ色の花の、香辛料のような香りがした。キッチンの壁のボードには子どもの工作――棒で作った奇妙な人形や、葉っぱらしき緑の塊がついた木――が留めてある。テーブルを片付ける、テーブルをセットする、ベッドを整えるなど、やらなければならないこと――雑用だ、とイヴは思った――が記されたリストのようなものも貼ってある。

リストの隣に、クリスマスの写真がピンで留められていた。クリスマスツリーとその下に並んだプレゼントの前に、ゾー・ヤンガー、リンカーン・スチューベン、ザック・スチューベン、ウィロー・マッキーが集まっている。

みんなはほほえんでいるのに、ウィローだけが険しいグリーンの目でカメラのレンズをにらみ、かすかに薄ら笑いを浮かべている。

「腕組みをしてる」イヴが指で写真をトントンと叩いた。「反抗心の表れよ。男の子は？バク転を二、三時間続けられそうなくらい楽しそう。両親も満足げで、幸せそう。彼女は？くたばれ、っていう目つきね」

「たしかに。そして、マイラはこう言い添えると思う。彼女はほかのみんなから自分を切り離そうとしていて、腕組みや、ほかの三人はどこかしら触れ合っているのに、彼女だけが少し離れていることにそれが現れている、と。でも、十五歳だろう？　親を敵だと思う年頃じゃないか？」

「わたしたちはちょっとあてはまらないわね。わたしたちの親は、本物の敵だったから。でも、いずれにしても表面上は、この夫婦は子どもたちに幸せと安定を与えようとしてるように見える。家のなかは清潔だけど、無菌状態でもなければ完璧でもない。子ども用シリアルの箱がキッチンのカウンターに出しっぱなしで、汚れた皿が二、三枚、シンクにあるわ。リビングエリアの椅子の下には男の子のスキッドシューズが転がってるし、あそこの椅子の背もたれには誰かのセーターがかけたままになってる」

ロークはそちらを見た――まるで気づいていなかった。「きみってすごいな」

「わたしは警官なの」と、訂正する。「やるべきことのリストがあるわ――家族ひとりひとりが自分の分担することをやってる、それってたぶんいいことなのよ。そして、子どもの不気味な作品が飾ってあってクリスマスに家族で撮った写真もある」

イヴはもう一度周囲を見まわした。「普通に見えるけど、そうじゃない。ひと皮むくと、そうじゃない」

ふたりは二階に上がり、異常がないことをたしかめた。主寝室、続き部屋のホームオフィス、男の子の部屋――おもちゃとテレビゲームと服が散乱して、ちょっと大変なことになっている。きちんと片付いて、清潔で、使われていない感じから、来客用寝室と思われる部屋、そして、ウィローの部屋だ。

三階は、家族で映画を見たり、集まったりする――ゲームが散乱していて、そういうふうに遊んでいたのだとわかる――エンターテインメントエリアで、小さなキッチンと小さなバスルームもある。

イヴはまっすぐウィローの部屋に戻った。

いい加減に整えられたベッドには、イヴがこれまで十代の女の子の部屋で見てきたような、かわいらしい枕も、奇妙なぬいぐるみも置いてない。窓のそばに机とコンピューターがあって、ロッキングチェアが置かれ、棚もある。

壁にはポスターが貼ってある。黒ずくめでタトゥーだらけの男たちが、歯をむきだしているバンドのが一枚。ほかはすべて武器や武器を手にした人物のポスターだ。持っているのはナイフ、使用禁止になった拳銃、ブラスター。

「何に興味があるか、一目瞭然ね」イヴは言い、クローゼットに近づいた。

ガーリーなワンピースが何着か——まだ値札がついているものも——ある。ほとんどの服は黒か、黒っぽい色で、デザインも男性的だ。

「きちんと整頓されてる」イヴは認めた。「何をどこにしまうか決まってて、それをきちんと守ってる。母親や弟が引っかきまわしたら、わかるはずよ」

ロークはすでにコンピューターを調べはじめていた。「パスワードでロックをかけている。さらにフェイルセーフ保護も。彼女の年齢でよくこんな複雑な処置ができるな」デスクチェアを引き寄せて、座って作業を始める。

イヴはチェストを確認しはじめた。地味な下着類、冬用ソックス、セーター、スウェットの上下。やりすぎとは思えない程度にすべてがきちんとしまわれている。

わざとだ、とイヴは思った。そう、母親が抽斗の靴下の位置を移したらわかるように。

「そのまま調べを続けて。でも、母親に見られたくないものはいっさい、ここには置いていないはずよ」

「たしかかい？」

「彼女はドアの内側にスライドロックをつけた――そして、両親に取りはずされた」イヴはドアと、ロックが取り外された跡のほうへあごをしゃくった。「ここにあるものはすべて、ある種の秩序にしたがって配置されてるわ。わたしもいつもそうしてた――里親の家でも、州の施設でも。自分のものがどこにあるか、ちゃんとわかってたいの。必要なとき、いちばん大事なものやいちばん必要なものをつかんで、逃げられるからよ。あと、探られたときに気づくため。彼女の母親が定期的に持ち物を探ってるのは間違いない。ポスターはなんとか我慢して受け入れてるのよ」イヴはなおも手がかりを探しながら続けた。「ポスターをはずさせても興味が薄れるわけじゃなくて、内側にこもって募るだけ。だから甘んじて受け入れてる。でも、部屋の壁はこんな淡くてかわいらしいブルーに塗らせて、彼女が着ることはなくても――強制すれば別だけど――女の子らしいワンピースを買い与えてもいる。母親はこの部屋に入って、なんでもいいから娘が何を考えているのか見抜けるものはないかと探すのよ。あるいは――加えて、が正しいわね――非合法ドラッグや、武器や、恐ろしい思いを書き綴《つづ》った日記《ダイアリー》を見つけてしまうんじゃないかと、恐れてるんだわ」

「きみも書いていたのかい？　日記を」

「いいえ、物騒な思いは自分の胸だけにとどめておいたわ。だって、いつも――弟の部屋よ！」

イヴが部屋を出ていき、ロークは眉を上げた。そして、フェイルセーフ保護を回避し終えると立ち上がり、彼のおまわりさんが何を思いついたか見に行った。

イヴは男の子の遊び道具が散乱するなかで、弟のコンピューターに向かっていた。

「わたしは、自分の思いを――物騒なものも、そうじゃないものも――いつも胸にしまっていたわけじゃない。これは学習行動というか、経験ね。ただ学校の宿題で作文を書いただけなのに、コンピューターを探られて、自転車やエアボードに乗るのが好きだと書いたという理由で叱《しか》られたりしたの。だから、作文はたいてい学校で書くようになったわ。退屈で気分が沈んでるとき、くだらない〝ほしいものリスト〟を書いて、それが見つかってお尻を蹴っ飛ばされたこともある」

ロークはイヴの頭のてっぺんに軽くキスをしただけで、何も言わなかった――それがすべてを語っていた。

「わたしのことじゃなくて、言いたいのはそれじゃなくて……。何度か、書かずにはいられないことがあって――とにかく、思いを形のあるものにしたくて――それで、別のコンピューターに入れてしまえば、見つかることはないんじゃないかと思いついたの。つまり、家の人間があえて探ろうとはしないコンピューターよ。家にはほんとうの子ども――里親の実の子ども――がいて、親は目に入れても痛くないほどかわいがってるから、それを利用すればいい、って。問題は、彼女がその手段を使ったとしたら、わたしなんか足元にもおよばないくらいうまくやっているだろう、ということ」

「代わって」

イヴが立ち上がると、ロークは肩を抱いて目をのぞきこんだ。「何を書かずにいられなかったんだい？」

「スケジュールを作って――ほぼいつも、どこにいても――出ていくまでの時間をつけてたの。出ていって、戻らないという意味よ。出ていくまでに、あと何年、何か月、何週間、何日、ときには何時間かを書いてたわ。ほかに、どうやって自由になってニューヨークへ行くか、とか。すごく広くて人がいっぱいというイメージだったから、かなり早くからニューヨークへ行くことしか考えてなかった。そして、警察学校へ。警官は自分たちだけじゃなく、ほかの人びとの面倒をみるから、警官になろうと決めてたの。とにかくいい警官になろう、と。いい警官になったら、いつ、何を食べろとか、何を着ろとか、そういうことは言われないし――」

「いまは僕が言っている」

イヴは首を振った。「それは違うわ。ぜんぜん違う。わたしは誰にも愛されてなかった。それは、世の中の仕組みのせいだけじゃなくて、成長するにつれて、わたし自身にも原因になるようなことがあったんだと思うけれど、誰もわたしを愛してなかった。愛してるから、自分にとって大事な人だから、食べなさい、と言ってくれる人はいなかった。警察バッジを手に入れるまで、わたしはどうでもいいもうひとりの誰かでしかなかった。あなたを得るまで、わたしはただのバッジ、ほぼただの警察バッジだった」

イヴはひと呼吸置いた。「わたしもこの少女だったかもしれない」

「違う」

「いいえ、少なくとも彼女に似た何かになってた。フィーニーが違うタイプの警官で、違うタイプの男性だったらね。マッキーのような、打ちひしがれてねじれてしまった男性だったら、ということ。フィーニーはわたしを見つけてくれた。見つけて、ほかの人たちから引き離して、目をかけ、時間をかけ、彼の一部を与えてくれた。彼のように与えてくれた人はひとりもいなかった。彼のようにわたしを見てくれた人もいなかった、ひとりとして。だから、わたしは彼が誇れる人になりたかった。彼が誇りに思えるような警官になりたかった。

それがわたしの原動力だった。

それって、彼女が父親の望むようになりたがってるのと似てない？　それが彼女の原動力の一部、というか、大きな部分を占めてるのよ」

「そうだとしたら、彼女はそれ以外の自分が持っているものすべてに背を向けているということになる。母親や弟。この様子から見て、恵まれた家庭からも」

「たぶんね。でも、見た目がいつも正しいとはかぎらないわ。それもたしかめる必要がある。でも、考え方としては正しいでしょう？　少なくとも、彼女は誰も自分を見てくれないと思っている。気にかけてくれないし、大事に思ってもくれない――父親のようには。彼女は父親のために殺してるの。それは彼女の権利であり、少なくとも答えだと、父親に仕込まれ、教えられたからよ」

イヴは首を振った。振り払わずにはいられなかった。「でも、いまは理由なんかどうでもいい。それで、彼らを阻めるのなら意味があるけれど、そうじゃない。だから、そうよ、調べてみて。弟の年齢からして、コンピューターに規制がかけられてるかもしれないけど、彼女が自分のファイルを隠してる可能性はあるわ」

「お安い御用だ」

「だったら、見つかるわね。わたしは彼女の部屋に戻る」

イヴはピーボディに連絡を入れてから——何も動きはなかった——ウィロー・マッキーの寝室の真ん中に立った。広さは充分ある。同じ年齢の頃、イヴが寝室とみなしていたもののたっぷり三倍の広さだ。家具類もセンスがよく、居心地よさそうだ。衣類はどれも上等だった。

本人や、家族、友だちの写真は一枚も飾られていない。父親のさえない。コンピューターに入っている可能性もあるからあとで見てみよう、とイヴは思った。

机の抽斗三つを見ると、文房具がいくつか転がっていた。がらくたはない。十代の女の子が——これに関しては男の子も——集めるような奇妙ながらくたはひとつもない。

データや音楽のディスクもない。PCもタブレットもない。

今週はこっち、来週はあっち、と移動しているから、常に持ち歩いているのだろうか？

イヴはポスターをぼんやり見た。武器、暴力。ティーンエイジャーが、隔週だとしても武器だけに集中して暮らし、ほかのものにまったく触れないということがあるだろうか？

ふたたびクローゼットに近づく。そんな狭いスペースも、きちんと整頓されている。奥には装飾の多い衣類——あきらかに母親の好みだ——が並んでいる。箱に入ったままのパンプスやブーツもある——イヴが見ても、ワンピースやおしゃれなパンツに合わせるものだとわかる。

靴底を見ると、あきらかにどちらも履いた形跡はない。

履き古したブーツの爪先に、小さく折りたたんだ紙幣が隠してあった。ほんの二、三百ドルで、母親が見つけるようにウィローがわざと入れたようだ。

パーカーのポケットにノートブックが入っていて、なかのデータを再生すると、少女の声で——あまりの幼さにイヴはショックを受けた——弟や、母親や、義理の父親の文句を言っていた。自分をまったく理解してくれない、と。ほかにも長々と。

これも母親が見つけるようにわざと入れているのだ。イヴはそう思い、ノートブックを証拠品として袋に入れた。中身はすべて愚痴と文句だが、少なくとも最後の音声データは、クローゼットを探して見つけた母親が罪悪感に苛《さいな》まれるように作られているのは間違いない。

ということは、クローゼットに大事なものは隠されていない、とイヴは確信した。

ありきたりの場所を見ても何も見つからないと思ったが、いちおう、確認はした。

クローゼットの床や、壁、天井さえ調べ、ベッドの下、マットレスの間、デスクチェアやロッキングチェアのクッション、デスクの下や向こう側も確認した。

チェストは重いので、移動させると床に傷をつけてしまうと思ったが、結局移動させて裏や下を見て、抽斗もすべて抜き、なかも裏も調べた。

いちばん下の抽斗を元通りに差し込もうとしたイヴは、その下の装飾に目を留めた。脚で支えられた土台に、幅五センチほどの編み模様のような彫刻がぐるりとほどこされている。抽斗を押しこんで、引き出すと、やや抵抗があってカチリとかすかに音がした。

気にするようなことではないと思ったが……。

いちばん下の抽斗をふたたび抜く。丁寧に作られた家具だ。どっしりしていて、代替木材にほどこした彫刻も出来がいい。

いちばん下の抽斗は、その代替木材の厚板の上に納まる造りになっていた。

好奇心にかられ、土台にぐるりと彫られた編み模様に触れ、押したりほじくったりしてみた。すると、編み模様のひとつがわずかにへこんだ。

引っ張る。動かない。

ほかの編み模様も順番に試していくと、もうひとつ、わずかにへこむ部分があった。そして、三つ目。

引き出す必要はなかった。薄い隠し抽斗がすっと飛び出してきた。

空《から》だ。空だが、ナイフ二丁と、銃二挺がぴったりおさまるように加工されたウレタンが残されていた。銃はブラスターのようだ。ほかに長方形のくぼみがあり、ＩＤ数枚なら軽く入りそうだ。あと、現金《キャッシュ》も。

「ここに戻る気はないのね」イヴはつぶやいた。

「同感だ」出入口からロークが言った。「見てもらいたいものがある。弟のコンピューターを使っているかも、というきみの読みは正しかった。ファイルは巧みに隠してあったよ。彼女はあくまでも慎重だった」弟の部屋に向かいながら、ロークは続けた。「無分別で衝動的な少女のやることではない」

「そのとおりね」イヴはスクリーン上の最初の文書を見た。「暗殺者リスト。フルネームじゃなくてイニシャルだけ。でも、BM、KR——ブレント・マイケルソンと、ケヴィン・ラッソ——あと、MB——マータ・ベック、マイケルソンの事務局長に違いないわ。BFはブライアン・ファイン、二番目の妻を撥ねた運転手。この——AE、JR、MJ——うちのひとりは、まだ特定できてない弁護士よ、たぶん。あとふたりはわからない。ふたり殺して、残りは五人」

「二ページ目もある」ロークは二ページ目を呼び出した。

「ザック・スチューベン——弟よ。リンカーン・スチューベンは義理の父親。驚いた、母親の名前もある。ルネ・ハッチンス、トーマス・グリーンバーグ、リンダ・トラック——誰なのか調べないと。そして、これはイニシャルだけ。HCHS」

「彼女が通っている高校だ——この文書も見つけたから、間違いない」ロークはヒラリー・クリントン・ハイスクールの見取り図を呼び出した。「ハイライト表示され、太線で囲まれ

なり離れてはいる」

「すでに銃撃拠点も選んでいる。現場までの距離はこれまでの二件より近いが、それでもかなり離れてはいる」

「驚いた、ありえない。自分の学校の銃撃計画なんて」

た教室とエリアがいくつかある」

イヴは次の画像を見た。「父親のアパートメント・ビルの屋上ね。これをここに隠したのは父親の計画じゃないからよ。彼女の計画。父親のを終えたら、自分のに取りかかるつもりでいる。この文書や画像を見つけるのは、かなり大変だった?」

「そこそこね。でも、はっきり言って、特定の文書を探すのではなく、漫然と探していたら見つからなかっただろう。怪しさがまるで感じられない〝ジョージ・ワシントンの成績表〟という文書に隠されていた」

イヴは部屋のなかをうろうろ歩きはじめた。「オーケイ、話を戻すわ。まず、マッキーのアパートメントに侵入しなければ。彼のことだから、自分の住まいはもちろん、アパートメントの建物そのものにも防犯カメラを設置して、人の出入りをモニターしてると思う」

「それは僕が対処できる」

「頼りにしてるわ。部屋に入って、次は誰なのか探らなければ。いつ、どこなのかも。ふたりはもう次の拠点に移ってるかもしれないし、彼の計画の標的に三人、身元のわからない人もいる。彼女のリストに並んでいる名前も、誰なのか突きとめないと」

「彼女にはまだあるんだ。仕留めた獲物をリストにしている。動物だ」すかさず言い添えた。「種類、場所、距離、武器、日付、時刻。父親は娘を狩猟《ハンティング》──多くが非合法だ──に連れていったようだ。リストを見ると、場所は、モンタナ、ワイオミング、アラスカ、両ダコタ、メキシコやカナダまで。リストを見ると、この七か月に三十頭近く仕留めている」

「ファイルのコピーをわたしのコンピューターに送って。これと拠点にあるコンピューターをEDDに押収させるわ。クソッ、全部よ、いますぐ。彼女のは父親のところだと思う。とにかく、あそこに入らないと。彼女は父親の計画に関してはあまり慎重じゃないから、名前はすぐにわかると思う」

イヴは片手で髪をかき上げた。「自分がどんな化け物を作ってしまったか、マッキーは知ってるの？　知ったら、気にかける？」

9

イヴはピーボディに連絡して、ウィローのリストにあった名前を伝えた。「この人物たちはおそらく、容疑者の少女のほうとつながりがある。誰なのか特定して、連絡先を手に入れて」

リンクを切って、ロークのほうを向く。「マッキーがアパートメントのセキュリティカメラから離れたところでモニターしてても、電波を妨害すれば見えなくなるわ」

並んで歩いていたロークは、イヴの肩を撫でてからフィーニーに連絡をした。ふたりのオタクトークが始まるとイヴは頭がガンガンしたが、かろうじて意味はわかった。

「あなたが——フィーニーかもしれないけど——カメラを乗っ取って、エンドレスの映像を流すのね」

「そのとおりだ。マッキーが注意深くモニタリングしていれば、そう長い間だましつづけるのは無理だから、うまくタイミングを合わせなければならない」

「彼はドアに細工をしてるかもしれないわよね？　警官だったから、細かいところまでよく考えるはず。誰かが侵入したら通知が入るようにドアに細工をしてたら――」

「ダーリン・イヴ、僕は家宅侵入の初心者じゃない。それどころか、今日はこれで二回も経験できてうれしくてしょうがないんだ。少しは信用してくれ」

　風の冷たさが増して身を切られるようだ。屋台のソイドッグと焼き栗の香りが鼻をくすぐる――さっと吹きつける煙は冬の匂いだ。誰かの車の警報装置がビーッ、ビーッ、とけたたましく鳴りだし、十代の女の子がふたり、正気を失ったようにけたけた笑いながら走り去っていく。

　ロークがフィーニーにゆったりと声をかけた。

「十秒後に上書きする」フィーニーが告げた。

「了解。入口をお願いね」イヴはロークに言った。「わたしのマスターを使っても彼には探知できないはずなのに、どうしてわざわざ危険なやり方をするの？」

「ゴーだ」フィーニーが言った。

　建物の入口に近づき、ロークの器用な指のおかげで難なくなかに入っていった。六秒もかからなかった。

「ロビーに防犯カメラは見当たらないが、エレベーター内に標準的なのがある」

「階段で行くわ」イヴは階段を上りはじめた。

なかなかきちんとしたところだ、と思った。元妻のタウンハウスとは比べものにならないが、ちゃんとしている。それでも防音設備は完全ではないらしく、階段を上るにつれてあちこちの部屋からとぎれとぎれに物音が聞こえてくる。

しかし、マッキーのアパートメントがあるフロアーは静まり返っていた。

「セキュリティを強化したのね」

ロークはうなずいた。彼のアパートメントのドアに設置された防犯カメラに映らない位置にふたりは立っていた。「これはやったことがある」

ロークはポケットから装置を取り出し、何か入力してから結果に目をこらし、さらにコードを打ち込んだ。「映像をループさせた。さあ、ほかにどんな技で迎えてくれるか、見てみよう」

ドアに近づくとロークはさっきと同じ装置を使い、スワイプカード式のキーをスキャンした。「賢いな」と、つぶやく。「モニタリングシステムを読み取っているが、ここで慎重になるべきだと言ったきみは正しかった。爆発するタイプじゃなかったのはラッキーじゃないか？　これはこうするだけで……そう、これでいい。それぞれに、このタイミングだ。そう、なかなか賢い。しかし……。これでよし。これを持っていてくれないか？」

ロークはかすかにブーンと音がする装置をイヴの手にのせて、また道具を取り出した。

そして、警察が奨励している三本組のドアロックをただのボルトのように次々と外した。

イヴは装置をロークに返して、武器を抜いた。「爆発しないのはうれしいわね。でも、何週間か前に一緒に見た古い映画をおぼえてる？　男が自分の家に罠をしかけてたわ。ドアを開けたら、ばかでかいショットガンが発射されたでしょ？」

「クラシック映画だ」と、ロークは訂正した。「しかし、もちろん、おぼえているよ。だから、僕たちも……」

ふたりはドアの右と左に分かれて立った。イヴがドアノブを回してしゃがみ、そのままゆっくりドアを開けた。

罠はない。仕掛け線も、室内防犯カメラもない。

ほとんど何もない。

イヴが足を踏み入れたリビングエリアにあったのは、古びて形のくずれたソファだけだった。

「見えてる、フィーニー？」イヴはぐるりと一回転して、室内の三百六十度の映像を、襟に止めたレコーダーで見せた。

「ああ、クソッ」

「とにかく、異常がないか確認するわ」

マッキーはむき出しのマットレスとベッドを残していた。ふたつ目の埃だらけの寝室にあったのは、何もかかっていない数本のハンガーだけだ。

「何週間も前に出てったのね。ローウェンバーム、撤退して。ふたりともここへは戻ってこないわ。ピーボディ、遺留物採取班に連絡して。すぐに作業してもらってかまわない、形式的なものだけど」

こみ上げる満たされない思いをなんとかしたくて、イヴはソファを蹴とばした。

「了解しました」ピーボディが言った。「さっきの名前の人たちの身元がわかりましたが」

「言って」

「ルネ・ハッチンスは、未成年容疑者が通う高校のスクールカウンセラーです。トーマス・グリーンバーグは同じ高校の校長。リンダ・トラックはゾー・ヤンガーの同僚です――そして、リンカーン・スチューベンの妹です」

「全員に連絡して、話を聞いて。それぞれに警備の担当者をつけて」

「了解です」

「彼らは、目前に危険が迫った緊急事態ではないだろう」ロークが言った。

「そうね。計画はひとつずつこなしてくはずだから」イヴはシューッと息を吐いた。「彼女の暗殺者リストに記されてるのは、学校関係者がふたりと、義理の父親の妹――母親の友人でもあるらしい――の名前よ」

イヴは気持ちを切り替え、とりあえず二枚目の暗殺者リストは脇に置いて、もっと急を要する人たち――最初のリストの誰だかわからない三人――の対応をすることにした。

「ここを突き止められるのは時間の問題だと、彼は思ってた。そして、それに備えた。大きくて古い家具は邪魔になるだけだから置いてった。カーマイケル、サンチャゴ、この建物の住人を訪ねて話を聞いて。彼がいつ荷物を運び出したか、知ってる人を見つけるのよ」

ふたたびソファを蹴りたくなったが、イヴはなんとかこらえた。「オーケイ、わかった。もうこそこそするのはやめにする。フィーニー、部長に連絡して状況を伝えてもらえる？ リストに記されてる人物の名前はすべて公開するわよ。一時間後に記者会見が可能だと伝えて」

「記者会見は僕よりきみのほうがいいぞ、おちびさん」

「ローウェンバーム、あなたも記者会見に出るのよ」イヴはリンクを引っ張り出し、次の仕事にかかった。「ナディーン」

「ダラス。一日じゅう、あなたをつかまえようとしていたのよ。なにもかも、あまりに

「――」

「いまどこ？」

「なに？　帰ってきたところだけど――」

「いまから行くわ。どの家？」

「最近、引っ越したところ。家はもうここだけよ。それで――」

「カメラはなしよ。すぐに行くわ」

ロークはイヴの冷ややかな怒りにみちた目をじっと見た。「ボトルのコルク栓を抜くんだね？」

「そのとおり」

「僕に何をしてほしい？」

「いま？　車があったらうれしいけど」

すぐに警察車両を手配できたかもしれないが、イヴが乗りこんだのはいかにも頑丈そうな全地形対応車《AT》だった。ピーボディが助手席にどさりと座る。

「大きくて、暖かいですね」

「とりあえずね。ナディーンの住所を入力して。どこなのか知らないのよ」

「わあ、うれしい。まだ内装が途中だけど、すでにすばらしいって聞いてるし、それから

――」

「どんな家だろうとかまわないわ」

「そうですね」コンピューターが進む方向を示し、ピーボディはシートに深く座った。「あなたがマスコミに話をする前に、ナディーンに事件を公表させたいんですね」

「とことん大騒ぎしてほしい。そうすれば、わたしが記者会見に出て声明を発表したり、バカげた質問に答えたりする時間が減るから。もっといいのは、彼女が事件を掘り下げてくれること。容疑者や被害者について語られ、データが発表されるわ。イニシャルだけでまだ誰なのかわからないターゲットも、まだ保護されていないターゲットもいる。事件が報道されたら、本人が警察に名乗り出てくれる可能性も高い。事故死した妻の背景ももっと知りたいし」

「待っている間に調べてみたんです。彼女の生まれた家とか、学校や、職場について。目立つようなことはなにもありません。ごく健全な家庭に生まれ、ウェストチェスターで子ども時代を過ごし、学校でも問題は起こさず、カレッジでは一般科目を学びました。転職――別の小売店に就職。ブルックリンに引っ越して、女友だちとルームシェアをしていた。転職——別の小売店へ。マッキーと結婚してまた引っ越して、また転職。東五十七丁目の衣料品店、〈ブーマーズ〉が最後の職場になりました」

「彼女はクリニックへ行って、診察後、職場に戻ろうとしてたに違いないわ。マータ・ベックと話をして、その日の診察中に何があったか知りたい。それと、職場の上司も探さなければ。マッキーは医者に責任を負わせ、リストにはベックのイニシャルがあったから、事故があった日、彼女もマッキーの妻に会っているはず」

「ベックは医者じゃないです。事務局長として運営に関わっています」

「そのとおり。予約しても診察時間は遅れがちだってベックは言ってたわ」

「そうじゃない医者にかかったことがありますか？」

「医者は避けることにしてるから。たぶん、彼女は診察が遅くなって、急いでたのよ——そうじゃないなら、まともな人が通りに飛び出したりする？　彼女が急いで職場に戻る途中だったなら、マッキーは妻の上司か、職場の誰かをターゲットにするかもしれない。名前を調べて、教えて」

「了解です。あ、ここの地下に車を停められますよ。訪問客用《ゲスト》です」

「ゲストじゃないから」

優美でスマートな、銀色の建物だった。華やかな明るさはなく、歳月を経て威厳と個性がにじんでいる。イヴは豪華な正面玄関をまっすぐ目指して、リムジンのあとに車をつけた。

そのリムジンから大きくかさばる毛皮のコートを着て小さな犬——こちらも痩せた体に毛皮

のコートを着ている——を抱えた女性が降りてきた。

ドアマンが犬を連れた女性に駆け寄って、サファリツアーにでも行くような大量のショッピングバッグを運転手から受け取った。イヴがATから降りると、ドアマンはちらりとイヴを見て何か言いかけた。

ドアマンは口を閉じて短く会釈をすると、ショッピングバッグを持ち直しながらドアのところまで足早に戻った。「ダラス警部補、すぐにご案内いたします」

「案内はいらないわ」イヴは言い、女性と犬を追い越してドアに近づき、大股でなかに入っていった。

「チャーリー」女性が言った。「すべて部屋まで運んでもらえる？　ミニちゃんがくたくたなのよ」

「もちろんです、ミズ・マネリー。警部補」

「ナディーン・ファーストが待ってるから。車はあそこに停めたままにしておいて」

イヴはドアマンを残して歩きだし、ふと、どこへ向かえばいいのか知らないことに気づいた。

ロビーは吹き抜けになっていて、見上げると、丸天井に渡した梁《はり》に蔓《つる》植物が絡みついている。古色を帯びたシルバーと深いブルーのガラス玉でできた大きなシャンデリアの光を受けて、白い大理石の床がきらきら輝いている。

ざっとあたりを見回すと、銀行と、ブティックが三軒、レストランが何軒か、ベーカリー、高級食材ストア、ビジネスセンターがある。

「セキュリティ処理をしましたから、問題なくお部屋へいらっしゃることができます」ドアマンのチャーリーがまだショッピングバッグに埋もれたまま、追いついてきて言った。「ミズ・ファーストのペントハウスへは、エレベーターホールCをご利用ください――どれに乗っても大丈夫です」

イヴはエレベーターホールへ向かった。水が透明の壁を流れ落ちて、みずみずしい赤い花に縁取られた狭い水路を流れている、その横を通っていく。

エレベーターに乗り込むと、機械的な声に話しかけられて眉をしかめた。「おふたり様とも、ペントハウスAにご訪問いただけます。ご訪問と、残りの一日をお楽しみください」

「そうね、さっきまでビーチでさんざんな目に遭ってきたから」

「どこにいるかわからなくても、こうしていろいろわかるってすごいですよね」ピーボディがPPCを操作しながら言った。「オーケイ、〈ブーマーズ〉の支配人補佐の名前がわかりました、アリス・エリソンです」

「彼女もセントラルへ」イヴが厳しい口調で言うと同時に、エレベーターの扉が開いた。

「すぐに保護拘置して」

「誰を?」広いホワイエにナディーンが立っていた。彼女の両側にある対になった柱脚テーブルには、それぞれ青いランが盛られている。

カメラ抜きだと伝えたものの、ナディーン・ファーストはいつもどおり、いつカメラを向けられてもいいような、鮮やかな赤の細身のスーツ姿で、筋状にハイライトを入れたブロンドを後ろに流して、キツネに似た顔をすっきり見せている。賢そうなグリーンの目がイヴの視線をとらえた。

「どうも、ピーボディ」

ナディーンの背後にリビングエリア――まだ家具類は少なく、つややかな床は通りに冬の香りを届けていた焼き栗と同じ色だ――が広がっている。リビングスペースの床から天井まで届く大きな窓の向こうは広いテラスで、壮大な街の眺めが臨める。

「あまり時間がないのよ」と、イヴは話を始めた。

「わたしも会えてうれしいわ」

「ナディーン」

「時間がないのはわかったけど、今日一日、わたしを避けていたんだから、少しはゆっくりしてほしいわ」

「あなたを避けてたんじゃない。マスコミを避けてた、それも理由があってのことだったの。ここに来たのは、あと一時間ほどで記者会見に出るから。だからゆっくりしてられないわ」

「話しながらコーヒーを飲むくらいの余裕はある?」

「それは、もちろん」

「入って」

ナディーンはきびきびと歩いて——スーツを着て室内用スキッドを履いている、とイヴは気づいた——リビングスペースを横切り、長くてつややかな黒いテーブルの中央にオーキッドブルーのガラス製のバスケットが飾られ、そのまわりに青いシートクッションの黒い椅子が並んでいるダイニングエリアを抜けていく。シルバーと白で統一されたキッチンに入ると、壁がくぼんだ小さなスペースに窓のある朝食コーナーと、中央にとても大きな調理台があった。

「料理なんかしないくせに」

「必要に迫られればできるし、ケータリングを広げるには最高じゃない? たまたまだけどダラスブレンドのストックがあるわ」

「何ブレンド?」

「自分が何を飲んでるかも知らないの?」そう言いながら、ナディーンはオートシェフの黒い引き戸を開けた。

「飲んでるのはロークのコーヒーよ」

「いくつかブレンドがあるのよ。あなたのはダラス」

「ふん。ピーボディ、そこの壁面スクリーンは使える?」

「はい」

「コーヒーを淹れてもらってる間に、顔写真を映して」

オートシェフを操作していたナディーンが手を止めた。「狙撃犯の身元がわかったの?」

「コーヒー、コーヒーをプログラムして」カフェインを摂取したくてたまらなくなったイヴが命じた。「元特殊部隊員レジナルド・マッキーと、その娘ウィロー・マッキー、十五歳」

「驚いた」ナディーンは記録用のノートブックを出そうと抽斗を開けた。

「まだ記録はだめ。容疑者はいまも逃亡中よ」

コーヒーが関われば遠慮していられず、イヴはブザーが鳴ると自分でオートシェフを開け、ブラックコーヒーの注がれた白いマグカップを取り出した。

「マッキーの公表されている自宅はもう引き払われてる。未成年の容疑者の母親、義父、異父弟《おとうと》は保護拘置中」

「どうやって容疑者を特定したの？」

「警察の地道な捜査によって。さあ、いま話せることを話すわよ。記者会見で話せることとだいたい同じだけど」

イヴはごくりとコーヒーを飲み、活力がよみがえるのを感じた。そして、うろうろ歩きはじめた。「スクリーンに写真を、ピーボディ」ナディーンはピーボディにミルクを入れたコーヒーを渡した。「メモは取っていいけど、ナディーン、記者会見が終わるまで録音はやめて」

イヴはさらにコーヒーを飲み、歩きまわりながら、話せることのあらましをてきぱきと簡潔に伝えた。

「ウィロー・マッキーは自分から進んで殺人に関わっていると信じてるの？」

「確認するまでオフレコにしてほしいんだけど」イヴはナディーンがうなずくのを待って続けた。「わたしは彼女が撃ったと思ってるし、たぶん――じゃないわ」イヴは言い直した。「彼女が、殺そうとしてる人物の名前を記した第二のリストを持ってることも知ってるのよ。肉体や精神状態のせいなのか、復讐心に取り憑かれて心が歪み、正気を失ってしまったのか、どういう理由かはわからないけど、レジナルドは娘にゴーサインを与えたの」

「無関係の人たちを撃ったのは――スケート場でふたり、タイムズスクエアで四人――なぜ？　隠れ蓑《みの》？」

「そうだと思う」しかし、イヴはもっとずっと冷酷な理由からだと思っていた。「容疑者たちにはまだ狙うべき対象がいて、すぐにでも行動に移すはず。パターンどおりなら、公共の場所を選ぶわ。ターゲットが日常的に行ったり、生活したり、仕事をしたりする場所。彼らは、さらに多くの命を奪うつもりよ」

「ふたりの顔を公開してほしいのね。あなたの許可を待って、ということ？」

「いますぐに。できるだけ早く、ふたりの名前と顔を公開して。ほかの細かいことはあと二十分待って。オフレコの話は確認できるまで漏らさないで。これであなたはほかのメディアより優位に立てるはず。優位に立たせてあげるんだから、見返りがほしい」

「言ってみて」

「スーザン・マッキーの顔写真を、ピーボディ。この顔も公開して。マッキーがスクリーンのほうへ向くたびに、この顔が見えるようにしてほしい。彼女の名前を耳にして、彼女の人生と死を振り返るようにしてほしい」

「彼を壊したいのね」

なんの感情もない目をして、イヴは空になったマグを置いた。「壊してやるわ。もうひとつ。マッキーが雇った弁護士――ターゲットになる可能性があるけど、まだ名前がわからないの。それもあなたなら調べがつくと思う」

「調べさせるわ」

「調べを進めるうちに、いまから言うイニシャルの者がいたらすぐに教えて——JRとMJよ。すぐに連絡してね、ナディーン」

「了解。彼女はどうやって壊すつもり？」

「それはこれからよ。動きださないと」

「わたしも」

「すてきな家ね、ナディーン」イヴが感想を言った。

ナディーンはほほえんだ。「ありがとう。すてきな家にしたかったんだけど、最終的には超すてきになりそう」

イヴが背中を向けて帰ろうとしたとたん、ナディーンがリンクをつかんだ。そして、話しかけるのが聞こえた。「すぐにロイドにつないで。彼が何をしていようと知ったこっちゃないのよ。いいから早く！」

ふたたびエレベーターに乗ると、イヴは息をついた。「ピーボディ、スーザン・マッキーの事故の目撃者たちを保護して。あの人たちのイニシャルはリストにはないけど、念のために。それから、ゾー・ヤンガーから話を聞きたい。彼女から何を聞いたか、バクスターとトウルーハートから報告があるだろうけど、直接話したいの」

イヴは時間を確認した。そして、マッキーと彼の凶悪な娘は、スクリーンに映る自分たちの顔をどこで見ることになるのだろう、と思った。


ふたりは改装されたロフトにいた。感謝祭の直前にマッキーが借りて、ホリデーシーズンの始まりと同時に荷物の運びこみを始めた。

いくつか家具――安くて使いやすいもの――を買い、アパートメントと二軒分の家賃を払うのも痛かったが、その価値はあると思っていた。もう使っていない名前で作った古い銀行口座の金をあきらめるのも痛かった。

金をすべて引き出せたらと思ったが、それもまた、あきらめる価値はある。

すべてがうまくいけば――プランA――その週のうちにウィルと一緒にアラスカへ行き、人里離れたところで静かに、自給自足の生活を送る。

ハンティングもできるし、家を建てて、人生もやり直せる。

ゾーは犬どもをけしかけて俺たちを捜すだろう、もちろんだ。彼女を責めることはできない。しかし、臭いも足跡も残してこなかったし、二、三か月間、ウィルは十六歳のウィリアム・ブラックになる。ニューメキシコの退職した保険査定人、ジョン・ブラックの息子だ。

やもめのジョンは、ひとり息子を自宅で教育してきた。

しばらくしたら、またアラスカ内で移動して、父親と娘に戻る。そして、このロフトでやっているように、ふたりだけで生きていく。アラスカで安らぎを見出す。そう信じている。信じなければならないのだ。夜、怯えることも寝汗をかくこともない。ファンクも控えられるし、酒の量も減る。手の震えが止まって、気持ちが晴れやかになり、目もよく見えるようになる。

スーザンと誕生を切望した息子の仇《かたき》は取る。誇らしい気持ちと目的を与えてくれた娘によって正義はもたらされる。そして、いつの日か、ウィルが大人になり、娘が自分で道を開いていけると確信したら、俺は去っていく。

あの子のもとを去り、スーザンと、ふたりでガブリエルと名付けた息子のところへ行く。

ふたりを思ううちに、マッキーは慰めにみちた想像の世界へと漂っていった。白いワンピース姿のスーザンが、なだらかな緑の丘で枝を広げた大きな木の下に、赤ん坊を抱いて座っている。

近くには小さな農家がある。黄色と青で塗られた鎧戸《よろいど》、白いフェンス、花盛りの庭。

ふたりの夢の家だ。夢のなかで建てた家。きっと建てようと何度も話をした家。いつか田舎に建てようと夢見ていた家だ。

彼女はあそこで、赤ん坊を胸に抱いて俺を待っている。その横で、茶色い子犬が眠っている。

あの家で、妻と息子に会わなければならない。明るい日差しのなか、大きな木の下で。夜、暗闇で彼女は俺を求めて叫び、大声で俺の名を呼ぶ。赤ん坊も彼女と一緒に泣き叫ぶ。しかし、いま、スーザンはほほえんでいる。俺が丘を登っていって、彼女の隣に座るのを心安らかに待っている――

「パパ！　パパ！」

マッキーは飛び起きて、腰の武器に手を伸ばした。

照明の薄暗いロフトで目をこらすと、ウィルが二人掛けのソファの前に立ち、壁面スクリーンを見つめていた。武器の手入れをしていたらしい。目の前のテーブルにライフルが置いてあるのを見て、父親はうれしくなった。

それでも、娘のきつい口調が気になって立ち上がり、かつて軍人だった名残りなかき集めた。「何かあったか？」

「あたしたちの名前がばれてる。顔も」

マッキーはウィルに近づいて並んで立ち、ニュースの速報に耳を澄ました。

自分の最新の公式ＩＤ写真と、ウィローの顔写真がスクリーンいっぱいに映しだされ、レポーターが説明をしている。

「繰り返しますと、ウォールマン・スケートリンクとタイムズスクエアで起きた、警官を含む七名が死亡し五十人以上が負傷した銃撃事件で、容疑者二名が特定されました。警察は、NYPSDの元機動隊員、レジナルド・マッキーと、その十五歳の娘、ウィロー・マッキーの行方を追っています」

IDの写真が小さくなってスクリーンの脇に移動し、鮮やかな赤いスーツ姿のナディーン・ファーストが現れた。

「警察による記者会見が予定され、その場でさらに詳しい情報が発表されます。現在、警察では、この二名の容疑者の所在について情報を求めています。容疑者は武装していると思われ、危険ですから、決して接触しないでください。

レジナルド・マッキー、五十四歳は、元陸軍の兵士で、その後、警察官として叙勲した経験もあり、二〇五九年十一月、妻のスーザン・プリンツ・マッキーを交通事故で亡くしました。ミセス・マッキーは」スーザンの写真がスクリーンに現れ、ナディーンはさらに続けた。「事故当時、妊娠十六週でした」

スーザンの写真はそのままスクリーンにとどまっている。唇がカーブを描き、目がほほえんでいる。またマッキーの写真、続いてウィローの写真が現れた。ナディーンのレポートは続いている。

「どうやってあたしたちだってわかったの？　なんでこんなに早くわかったの？」

「警察の地道な捜査の結果だ」マッキーは静かに言った。アラスカで暮らすという夢が、安らぎに満ちた人生が、消えていく。

終わってしまった、とマッキーは思った。安らぎは訪れない。家も建たない。人生もやり直せない。

「あんなに気をつけていたのに。もうママは警察にいるんでしょ？　リンカーンと、あのガキも」

「おまえの弟だ」マッキーは諭した。「あの子はおまえの弟だ、ウィル。血がつながっているんだぞ」

ウィローの目の奥で何か凶暴なものが光ったが、父親は気づかなかった。「そうだな、三人とも警察にいるんだろう。余計なものは部屋に置いてこなかっただろうな？　計画につながるものは何も？」

「ちゃんとやったって言ったはずよ」侮辱しないでと言わんばかりの勢いだ。何か残してくるわけないでしょ？　やわらかくてなめらかな肌と対照的な険しいグリーンの目が、父親をにらみつけた。「あそこの部屋にはもう何もないよ。あたしはバカじゃない」

マッキーはうなずき、狭いキッチンエリアへ行くと、自分のコーヒーをプログラムして、娘の好きなコークを出した。「こうなったときのためにプランBを用意したんだ」

「でも、パパ――」

「ウィル、まずは目的を果たす。それはわかるな。おまえが訓練してきたのはそのためだ。そして、代わりに用意していたプランでいき、そして、また合流する」マッキーは悲しげにほほえんだ。「髪を切らなければならないな、ハニー、そして先に進むんだ。可能になったら合流するが……父さんがとらえられたり殺されたりしたら、どうするかはわかっているな」

マッキーは娘の肩に手を置いた。「頼りにしているぞ」

ウィローがうなずき、父親は一歩下がった。「荷物をまとめて掃除をしろ。しっかり拭きとれ。今夜ここを出る」

「記者会見。見なきゃ。みんなに何が公開されたのか、わかってないと」

誇らしい思いがふたたびこみ上げた。「そのとおりだ。スクリーンはつけておこう」

イヴは記者会見が嫌いだが、自分の有利に働くときはどう利用するべきか、よくわかっていた。マッキー親子が記者会見を生で観ていなくても、絶え間なく流される再生映像や、ハイライト映像や、もったいぶったコメンテーターが長々と発言するのを、いつか目にするはずだ。

だから、殺人者たちにたっぷり聞かせてやることにした。

「どんな捜査をして容疑者を特定したか、わたしは発表する立場にはありません。言えるのは、最初にセントラルパークが銃撃されたときから、NYPSDは全署員の能力と経験と時間を結集させて容疑者の特定に努めた、ということだけです」

レポーターのひとりがさっと立ち上がった。「NYPSDの巡査が殺されてから、捜査の動員数が増やされ、より集中して捜査がおこなわれたというのはほんとうですか？」

イヴはたっぷり五秒、沈黙してから口を開いた。「エリッサ・ワイマン、ブレット・マイケルソン、アラン・マーカム」さらに続けて、死亡した順番に被害者すべての名前を挙げた。「これだけの命が奪われました。なんの罪のない人たちが殺されたのです。容疑者たちは彼らの名前を知っていたのか、顔を見たのか、彼らの家族のことを考えたのか、と思わずにいられません。われわれは被害者について知り、見て、考えました。そういうくだらない質問は、亡くなった七人の血の海に立っていない人のものだと言わせていただきます。ナサニエル・ジャーヴィッツはまだ十七歳でした。十七回目の誕生日に殺されたのです。ケヴィン・ラッソ巡査は二十三歳で、ナサニエル・ジャーヴィッツを助けようとして撃たれました。彼がさらに撃たれないよう、その体をかばおうとしたところを撃たれたのです。巡査としての職務中の出来事でした。それぞれの被害者の状況を細かく伝えてほしいですか？　自分の仕事をして、彼らがどんな人たちだったのかきちんとレポートする勇気があなたにないというなら、お伝えしますが」

「動機はもうわかっているんですか？」

「マッキー親子は、スーザン・プリンツ・マッキーの事故となんらかの形でつながっている人たちを狙っていると、考えています」

「ウィロー・マッキーはわずか十五歳です。人質として父親に連れまわされているという状況でしょうか？」

「証拠から判断して、ウィロー・マッキーが意思に反して捕えられたり、無理やり連れまわされているとは考えられません。その証拠がどういうものなのか、いまお話しすることはできませんので、質問は控えていただければと思います。容疑者はいずれも射撃の名手で、経験もあります。レジナルド・マッキーは武器の扱い方や射撃術を娘に教えました。われわれが遠距離連続殺人犯《ロングーディスタンス・シリアル・キラー》、ＬＤＳＫと呼ぶ犯人によって、七人が殺害され、五十人以上が負傷しました。このＬＤＳＫはじつは臆病者です。技術を持ち、冷酷ですが、遠くから人を殺し、被害者を標的か印にしか見られない意気地なしです」

「レジナルド・マッキーは、NYPSDの警官としての技能を使ったわけですね」誰かが声を張り上げた。

「技能ということなら、そのとおりです。特殊部隊員は殺人者ではありません。罪のない人たちを狙いもしません。彼らの仕事は、罪のない人たちと仲間の警官を守るために技能を使うことです。強制や脅しによる脅威を阻止するためにも技能を使います。そういった脅威を終わらせるよう命じられるのは、人命へのリスクが大きすぎる場合だけです」

「マッキーの偏った思考は、どうして査定に表れなかったのでしょう？」

イヴが返事をする前に、ローウェンバームが一歩進み出た。「それについては私が答えます。ローウェンバーム分隊長です。レジナルド・マッキーを監督する上司でした」

イヴは口を出さなかった。ローウェンバームの回答はわかりやすく、的確で、正しかった。重ねられる質問にもてきぱきと応じて、イヴには無理だっただろうと思えるほど我慢強かった。

しかし、もう十二分に答えた、もういいだろうと思うと、イヴは前に進み出た。

「論点を変えて、引退した警官の行動を警察のせいにしたいなら、そうしてください。しかし、いまも二名の容疑者は逃亡中です。あなたがたはもう彼らの名前も顔も知っています。すぐにでも市民の知る権利が満たされるよう積極的に動き出して、公表された情報を広めるべきでしょう。それで救われる命があるかもしれません。これで会見を終えて職務に戻り、市民の命を確実に救いたいと思います」

10

ローウェンバームはさっさと会見場をあとにしたイヴに追いついて、腕をつかんだ。「彼らの言うことにも一理あるかもしれない」

「レポーター？　一理だか二理だか知らないけど、そんなものないわよ」

「俺は人殺しと見抜けなかったんだ、ダラス。部下のひとりの本性を見抜けなかった」

「そのときはそうじゃなかったからよ」イヴは歩きつづけなければならず、同時にローウェンバームが必要で、動揺してほしくなかった。「彼のなかにずっとそんな要素があったなら、軍が見落とし、NYPSDが見落とし、彼の前の上司も見落としたということ。採用試験でも見落とされたのよ。どうしてあなただけがそんなに特別なの？

それから、いつも噛んでるガムはどこ？」

ローウェンバームはまごつき、殺人課へ向かう迷路のようなグライドをイヴと歩きながら、ポケットのなかからガムを引っ張り出した。「いるかい？」

「いらない。紫っぽい匂いだから。紫の匂いがするものなんて、よく嚙めるわね？」

ローウェンバームは手のひらに出してしまったガムの包みをむいて、ぽいと口に入れた。

「前は煙草を吸っていたんだ」

「マッキーも以前はとてもまじめな警官だった。なんだって変わるのよ。われわれの仕事は彼の殺人を止めることで、そのあとはドクター・マイラの領分よ」ブルペンの手前で立ち止まり、じっとローウェンバームを見つめると、自分が感じているものと同じものが見えた。怒りと、苛立《いらだ》ちと、極度の疲労と闘っているアドレナリンだ。

「チームには、街のどこで銃撃があってもそれを阻むシナリオがあるんでしょ？　それが基本でしょ？」

「そうだ、最初の銃撃があってから、ホログラフを使って訓練している。専門の連中に確率を出させて——新たなデータが得られるごとに提供している——やつが次にいつ、どこを狙うか把握しようとしている。賭けみたいなもんだが」

「あなたはどう思ってる？　自分たちの身元が特定されたとわかったら、彼はどうする？計画を中断して考えなおすか、計画を早めるか？」

「やつはこの何か月も、立ち止まって考えつづけてきた。こうなったら、できるだけ多くのターゲットを仕留めたいはずだ」

「同感よ。三人以外は、なんとか彼の手の届かないところに保護できたわ。部下と話をしてみて。ひょっとしたらだけど、彼が名前を口にしてたかもしれない」

「それはずっとやっているが、また違う角度から聞いてみよう」

「頼むわ。よく聞いてみて。わたしもこれから話を聞くから」

イヴはじっと考えこんでいるようなローウェンバームを残して、勢いよくブルペンに入っていった。

「報告を」鋭い口調で言い、全員を注目させた。「まず、ウィローの母親、ゾー・ヤンガーの様子を。始めて」バクスターを指さす。

「トゥルーハートに彼女の気持ちをほぐさせるというのは正解だった。やってきたときは挑戦的な態度で、弁護士の悪口を言ったりなんだかんだと要求したり。そのうち、わたしの娘はどこ？　と言い出した。連絡を取ってはどうかとトゥルーハートに促され、やってみたがつかまらず、そのあたりからちょっと弱気になりはじめた。学校に連絡すると、ウィロー・マッキーは退学したと聞かされた。学校の事務局に連絡しなおして、大騒ぎして説明を求めたが、ちゃんと書類が提出されているというんだ――マッキーと母親の署名もちゃんとあると言われた」

「そう言われて彼女は？」

「激怒すると同時に怯えていた。トゥルーハートはそのどちらにも対処した。続きはおまえが」バクスターは相棒に言った。

トゥルーハートは磨き上げた黒い靴のなかで爪先をもぞもぞさせた。「彼女は、そんな署名は絶対にしていないと言い、それはほんとうらしく聞こえました。娘はマッキーに誘拐されたと言い張るので、対処しました。アンバーアラート（誘拐事件等が発生したときの警報）の発令を求めると告げると、彼女はとても協力的になって情報を提供してくれました」

「たとえば？」

「最後にウィローを見たのは三日前で、マッキーの家に戻るところだった、と。とくにやり取りはなく、ヤンガーによるとめずらしいことではないそうです。この数か月、娘との関係はあまりうまくいっていなかった、と言っていました」

トゥルーハートは一瞬ためらってから、背筋をぴんとさせた。「自分が思うに、関係はもっと前からうまくいってなくて、とくにむずかしく、険悪になったのがここ数か月なんだと思います。ミズ・ヤンガーによると、ウィローは父親を崇拝する一方で、義父を毛嫌いし、弟や母親にしょっちゅう喧嘩をしかけていたそうです。そういう時期なのだと納得する一方で、ファミリーカウンセリングを受けさせようとしていました」

　トゥルーハートはまた爪先をくねらせた。「彼女はひどく泣いていました、警部補、娘が武器に――彼女の言葉ですが――取り憑かれているのがいやでたまらなかった、と。しかし、ウィローのたったひとつの関心事で、はけ口でもあり、父親との絆なので禁じたくはなかったそうです。親権を父親と共同で持っていたせいでウィローには半分しか目が届かず、禁じたところでうまくはいかなかっただろう、と」

「そうだと思うわ」

「彼女は怯え、娘はマッキーに無理やり連れていかれたか、少なくとも、父親にだまされているのだと言ってあとに引きませんでした。しかし……」

「最後まで言いなさい」

「娘の身を案じて怯えているだけではなく、娘に怯えているというか、そんな感じがします」

「いいわね。それは使えるわ。取調室Aにいるの?」

「さっき連れていった。またご機嫌斜めだ」バクスターが言った。「帰りたいとか、こんな部屋に連れてこられる筋合いはないとか。夫と息子と隔離されているのも気に入らないそうだ」

「それも使えるわね。マータ・ベックは誰が?」

「自分たちが担当しました」サンチャゴはカーマイケルを見た。

「報告書を書いているところよ」カーマイケルが言った。「スーザン・マッキーをおぼえていたし、事故のことを聞いてドクター・マイケルソンと葬儀に参列したのもおぼえているそうよ」

「葬儀に出たの?」

「ベックによると、マイケルソンにとってはめずらしいことじゃないらしいわ。お悔やみを言ってもマッキーは何も言わず、よそよそしい態度で、腹を立てていたようだったけれど、それも無理はないと思った、と。事故があった日のミセス・マッキーの予約について尋ねると、ベックは記録を調べてくれたわ。定期検診だったの——母親は健康で、胎児も順調に成長してた。その前に急患があって、患者のひとりが産気づいた。マイケルソンは助産師の手伝いをして、それで、通常の診察が遅れてしまった。記録を見ると、ミセス・マッキーの診察時間は予約時間より四十三分遅れてたわ。医師の助手《PA》に診てもらうか日程変更の選択肢もあると申し出たけれど、彼女は待つと答えたそうよ」

「予約した時間は?」

「十二時十五分。実際に検診を受けたのは一時近くになってから」

「昼休みはほとんどなくなってしまうわね。急いで職場に戻ったはず。職場の上司は誰——

職場でマッキーを監督してたのは？」

「こちらへ向かっているところだ」ジェンキンソンがイヴに言った。「俺はライネケと一緒にリンカーン・スチューベンから話を聞いた。義理の父親だ。彼が語るウィロー・マッキー像は、母親のそれよりかなり凶悪だ。ずるくて、手のつけようがなく、失礼なやつだと。嘘つきで、彼は一度、ナイフで脅されたことがあり、母親に告げ口したらレイプされそうになったと訴える、と言われたそうだ。そう信じ込ませる方法はいくつも知っていて、本当の父親が知ったらあんたは殺される、と言ったらしい」

「リンカーンは妻に言ったの？」

「それよりうまくやった。キッチンに隠しカメラを置いて、もう一度、ウィローが同じことを言うように仕向け、それを妻に見せた。問い詰められると、ウィローは癇癪を起こして自分の部屋に閉じこもった。あとで謝ったそうだが、母親と違い、義父のスチューベンはその謝罪が本気とは思えなかったと言っていた。このあたりから夫婦間もぎくしゃくするようになり、彼はウィローと息子がふたりきりにならないように気をつけていたそうだ。彼女への恨みもあるだろうが、ウィロー・マッキーは強要されたりだまされたりしなくても、殺人の片棒をかつぐだろうと断言している」

「最近の息子の誕生日に、子犬をプレゼントしたそうだ」ライネケが続けた。「息子は大喜びで、夜は一緒に眠り、散歩も自分で連れていった。二、三か月後、学校から帰ってくると、子犬が三階の窓から飛び出すのが見え、そのまま彼の足元に落ちて、地面に叩きつけられた。首が折れていたそうだ。息子は泣き叫び、通行人が足を止めて面倒を見てくれたらしい——警官を呼んだ人もいたとか。数分後、ウィローが姿を現したそうだ」

「どうして窓が開いていたのか、どうして犬が三階へ行ったのか、どうして飛び出したのか、誰にもわからないが、犬が飛び出したと理解するしかなかった。スチューベンだけは別で、ウィローが犬の首を折って、息子が帰ってくるのをたしかめて窓から放り投げたに違いないと思っている。そのあと、裏口から家を出て、ぐるりとブロックをまわってきた、と」

ふたたびジェンキンソンが言った。

「子犬や子猫を躾けるのはほんとうに大変らしいわね」

「ミセス・マッキーについて少し調べたので、参考になれば」ピーボディが入ってきた。「家族や、教師や、雇用主や、同僚とも話しました。結論は、ミセス・マッキーはすばらしい女性だったようです——上品で、礼儀正しく、感じもよかった。行動派ではなく夢見がちな人だった。とくに野心もなく、こんな仕事をしたいということもなく。じっと王子様を待っていたいと思うロマンチスト。やさしい、人当たりがいい、きれい、かわいい、ちょっとぼんやりさん。いろんなところで話を聞きましたが、こんなふうに言う人がとても多かったです」

「わかったわ。トゥルーハート、彼らの息子――異父弟《おとうと》――を連れてきて。ライネケ、父親のスチューベンを彼と同じ部屋へ。トゥルーハートが息子から話を聞きだすのよ。ウィロー・マッキーは弟も脅してたような気がする。でも、弟はこわくて誰にも何も言えなかった。だから、ウィローはほかで言ってないことも弟には漏らしたかも。自慢もしたかもしれない。ピーボディ、一緒に来て。わたしたちの担当はゾー・ヤンガーよ」

「ヤンガーは二番目の妻と正反対のタイプだと思います」取調室へ向かいながらピーボディが言った。「仕事もバリバリやって成功しています。データを見るかぎり、かなり実務家肌の人のようです。娘に関しては現実的ではないかもしれませんが、夢を追うタイプではありません」

「ヤンガーより若く《ヤンガー》――ハハ――おっとりしていて、夫を王子様のように思ってる妻。事故は、仕事に遅れそうになった彼女の不注意が原因に違いないけど、彼としては受け入れられない。妻は彼の理想そのものだから、ほかに責めるべき者がいるはずだ、と」

イヴは取調室Aの外で立ち止まった。「トゥルーハートは彼女の心を開かせ、母性愛に訴えた。わたしは四の五の言わせないつもり」

イヴは部屋に入った。「録音開始。ダラス、警部補イヴ、そして、ピーボディ、捜査官ディリアは、ケースファイルH‐29073とH‐29089の件で、ヤンガー、ゾーのいる取調室に入室。

「わたしの権利？　ミズ・ヤンガー、あなたの権利が読み上げられるのを聞きましたか？」

どういうことかしら。わたしたち——わたしは保護されるために連れてこられたのよね」

「そのとおりです。そして、あなたがここにいるのは、七人が殺害された事件の第一容疑者である、あなたの娘、ウィロー・マッキー、そして元夫、レジナルド・マッキーに関する質問に答えるためでもあります。ウォールマン・スケートリンクと、タイムズスクエアの銃撃事件については聞いているでしょう」

「娘はまだ十五歳よ。父親は——」

「権利について聞きましたか？」

「いいえ」

「たんなる手順です、ミズ・ヤンガー。あなたには黙秘する権利があります」

ピーボディが改訂版ミランダ警告を暗唱する間、イヴは部屋のなかゆっくり一周した。

「この権利と義務について理解していますか、ミズ・ヤンガー？」ピーボディが訊いた。

「ええ、理解してるわ。わたしには弁護士を呼ぶ権利があるのよね。弁護士に連絡させてください」

「いいわよ。手配して、捜査官。じゃ、これでおしまい」

「娘をどう捜しているのか教えて」

イヴは冬のように冷ややかな目でヤンガーをにらんだ。「あなたが質問に答えないから、わたしも質問には答えないわ」

「あの子はまだ十五歳よ。父親は――」

「弁護士に言いなさい」

「夫と息子のところへ帰りたいわ」

「あなたが何を望もうとどうでもいい。ここに座って、弁護士を待っていなさい。あなたの夫と息子は、聴取が済んだら安全な場所へ連れていかれる。あなたはここにいるのよ」

「どうしてこんなことをするの？」

「どうしてわたしがこんなことをしているかって？　答えてあげる」イヴはピーボディが持ってきていたファイルをつかんで開き、死体安置所《モルグ》に横たわっている被害者七人の写真を見せた。「これが理由よ」

「ああ、なんてこと。なんてこと」

「八人目は入院中。また歩けるようになるまで、長い時間がかかるそうよ。怪我をして苦しんでいる人は五十人以上いて、そのなかにはあなたの息子より幼い男の子もいる。脚を骨折したのよ。ピーボディ、弁護士の手配をして、来たら連絡して」

「わかりました」

「わたしは何も関係ないのに、信じてくれないのね」濃い色の目が涙とショックでうるんでいる。「十五歳の子どもが、こんなことに関われるわけがないわ」

「ミズ・ヤンガー、わたしはあなたの質問に答えるためにここにいるわけじゃないし、あなたが弁護士に助言を受ける権利を求めたから、いま、わたしたちからあなたに話すことは何もないの」

「じゃ、弁護士のことはもういいから」

「助言を受ける権利を放棄するのね？」

「ええ、そう。いまのところは、そうよ」ヤンガーは指先で両目を押さえた。娘と同じ、濃いグリーンの目だ。「どうしてわからないの？　娘は父親に誘拐されたのよ」

イヴは椅子に座り、すぐにはしゃべりださずにヤンガーを見つめた。なめらかなブラウンの肌、濃いグリーンの目、細かくカールした黒髪はたてがみのように長い。

唇が震えている。

「そんなこと、信じていないでしょう。信じたいから、そう思いこんでいるだけ。でも、信じていないわ。娘があなたの夫にナイフを突きつけて脅したとき、父親もそこにいたの？」

「それは――あの子は演技をしていたのよ」

「危険な武器を突きつけて？　彼女があなたの息子の子犬を殺して窓から放り投げたとき、父親はその場にいたの？」

　ヤンガーの体がびくっと動いた。「あの子は殺していないわ」

「殺したって知っているはずよ。兆候も見ていた。彼女が何をしでかすかと思うと、こわくて夜も眠れなかった。話してみて。わたしの目を見て、話してくれない？　最後にあなたの息子と彼女をふたりきりにしたときのことを」

「ふたりだけにしなくなったのは、まだあの子にはまかせられないからよ」

「彼女は、前にも息子を傷つけたことがあるんでしょう？　ちょっとしたことかもしれない。転んだとか腕をぶつけたとか、言い訳をしたかもしれないけど、あなたは知っていた。彼女をコントロールできなかったから、それ以外のすべてをコントロールしようとした。彼女の本性を否定しなければやっていけなかったのよ」

「わたしは母親よ。あの子のことはよくわかっている」

「だったら、これを見て」イヴは暗殺者リストと建物の見取り図のコピーをファイルから取り出した。

「これ――これはあなたの元夫と娘が作ったもの。でも、これは？　すべて彼女がひとりで作ったものよ。名前を見て。あなたの息子の名前がリストのはじめにある。息子、あなたの夫、あなた、スクールカウンセラー、校長。あなたの夫の妹」

「リンダ。リンダ？　まさか」

「そして、これは？　なんだかわかる？　彼女の高校よ。軍関係者はこんなふうに見取り図を利用し、同じように印をつける。彼女、よく学んだわね。誰かの息子たちや娘たちを何人、射殺できたかしら？　教師や、父母や、なんの罪もない人たちを何人殺せた？」

ヤンガーは震える指でリストや見取り図を脇へ押しやり、両手を組み合わせた。「これは――これはマックのよ、あの子のじゃない。あの子の部屋も、コンピューターも、毎週調べているもの」

「そして、彼女のチェストの、武器がしまわれていた秘密の抽斗も？」

「何？　なんの話をしているの？」

「寝室のチェストはどうやって手に入れたの？」

「あれは――マックよ。彼が――あの子の十三歳の誕生日に贈ったの」

「あれには、武器がしまえるように加工された秘密の抽斗があるの。あなたたちの家に、彼女はブラスターを隠し持っていたのよ」

「嘘よ、まさか。わたしは――うちでは許していない……」

「あなたは娘の部屋を定期的に探っていた。それは彼女がこわいから。知っているから。口では否定していても、彼女に何ができるか知っているから。このリストは、彼女のコンピューターや彼女の部屋で見つけたんじゃない。マッキーが暮らし、彼女も半分そこで暮らしていたアパートメントの自室でもない。あなたの息子のコンピューターに隠してあるのを見つけたの。あなたが探ろうと考えもしない場所よ」

「ザックの？　ザックのコンピューターに？」

「彼が宿題をしたり、ゲームをしたりするね。そこで彼を暗殺の対象に選んでいた。息子はいくつ？」

「七歳。七歳よ。あの子は息子が嫌いなの」ヤンガーは両手で顔を覆った。指の間を涙がつたう。「嫌っているの。あの子の目を見ればわかる。息子はとてもかわいらしくて、面白くて、気さくな子だけれど、あの子が息子を見る目の奥には憎しみが潜んでいる。

わたしのなかで育ったのに」ヤンガーは両手を下げて、頬を涙で濡らしながら腹を押さえた。「妊娠中は、ワインだってなめる程度しか飲まなかったわ。健康的な食事をして、ドクターに言われたことはすべてやった。ほんとうに体には気をつけていて、あの子が生まれて、胸に抱いたときも誓ったの。これからも大事に大事に育てる、って。あの子を愛していたわ、ほんとうに。母乳で育て、お風呂に入れて、歌を歌ってやった。マックが男の子をほしがっていたのは知っていたけれど、あの子にもよくしてくれたわ——ほんとうにかわいがってくれた。あの子を愛していたのよ、わかる？　いい父親で、でも、そのうち……いい夫ではなくなってしまった。自分の殻に閉じこもって、冷淡になり、わたしの興味の対象にはいっさい関心を持たなくなった。ウィローのことをのぞいて。もうひとり子どもを作るべきだと彼は言ったわ。男の子がほしい、と。わたしももうひとりほしかった」

「でも、彼とではなく」

「彼は、わたしが働いてウィローと離れているのをいやがった。二年間は母親専従者として過ごすことにして、あの子のために時間を使ったけれど、仕事もしたかった。それでも、母親専業の資格を六か月延長し、そのあと六か月はパートタイムで働いたの。あなたも彼と同じ警察官でしょう。警察官と結婚するのがどんなものか、あなたにはわからないわ」

「そう、わたしたちは警察官よ。だから、すごくよくわかる。簡単じゃないわ」

「がんばったのよ。でも、彼はウィローに関係がないことではわたしと口もきかなくなった。そのころだって……わたしは娘を愛していたけれど、母親や妻であると同時に、ひとりの人間でもいたかった。でも、努力したわ。自分が求めるよりも長く結婚生活を続けたのは、子どもがいたから。結婚生活がついに終わると、あの子は怒ったわ。わたしに。父親を崇拝していたから、家族を壊したわたしを責めた。でも、しばらくの間はまだよかったの。

あの子は、わたしという邪魔者なしに父親と過ごせたから。そのうち……あの子が七歳になるかならないかという頃、彼に武器の使い方を教えられているとわかった。あの子の部屋にスタナーがあるのを見つけて、そのことで彼と喧嘩をしたわ。もっと強く責めればよかった。もっとほかの手を打てばよかった。でも、わたしの家に武器を持ってくるのを禁じることしかできなかった。それで、そのうち、あの子が何かに興味を持つのは――わたしは持てなくても――いいことなんだって自分に思いこませた。競技会に出てトロフィーをもらうようにもなったから、これはスポーツなんだと自分に言い聞かせたわ。球技も陸上競技もやりたがらなかったし、学校のサークル活動にも参加しなかったから、これがあの子のはけ口なんだと思った。わたしがあれこれ干渉しないほうがあの子は幸せなんだと思ったの」

ヤンガーは両手で顔をぬぐった。「リンダ、彼女とは職場が一緒なの。いちばん親しい友人よ。彼女の兄のリンカーンとは、わたしたちが……。わたしがリンカーンと付き合うようになったのはマックと別れてからよ。誓って言うけど、絶対に――」

言葉を切って、目を閉じた。「いま、そんなのはまったくどうでもいいことよ。ほんとうだけど、いまは関係ない。ウィローは最初からリンカーンを嫌っていた。彼はあの子にやさしくしていたし、仲良くしようといろいろ努力していたわ。彼は間違いなくいい人だから、そのうちあの子も好きになるだろうって、わたしは自分に言い聞かせていた。そのうち、わたしはザックを妊娠した。その話をしたら、あの子は激怒した。いまでもはっきり思い出せるわ。いまのザックよりちょっと大きくなってはいたけど、まだ八歳のあの子が両手をきつく握りしめて足を踏ん張っていた。その目はぞっとするほど冷ややかな怒りに燃えていたわ。そして、言ったの。〝あたしだけじゃどうしても足りないのよね〟って。そして、あ、ほんとうに、こう言ったの。〝ふたりとも死んじゃえばいいのに。そうしたらあたしはパパと暮らせるのに〟」

あの……申し訳ないけど、お水をいただける？」

「お持ちします」ピーボディが立ち上がり、部屋を出ていった。

「ピーボディ捜査官は取調室を退出。ミズ・ヤンガー、ウィローにカウンセリングやセラピーを受けさせることは考えましたか？」

「ええ、考えたわ。そういう関係の友人がいたけれど、ウィローとマックがそんなものはいらないってすごく腹を立てたから、その友人にはウィローと、なんていうのか、雑談をするような形で話をしてもらったの。グレース・ウッドワードという人――精神分析医よ。やはり、感情のコントロールに問題があり、受け入れがたい感情を別の対象に向ける置き換えという行動が見られるということだったわ。だから、そのまますごく気楽なおしゃべりという形でセラピーは続けて、ウィローも落ち着いたように思えた。ザックが生まれても興味を見せず、マックと過ごす時間がさらに増えていったの――わたしもそれを許したわ」

ヤンガーは身を震わせ、何度か弱々しく息を吐いた。

「そのほうが簡単だったから。あの子は母親と娘だけの親密な時間をまったく求めなかった。ふたりだけで買い物や美容院に行ったり、ショーを観に行ったりしても、まるで罰を受けているような態度だった。だから、誘うのはやめて、あの子がわたしのやることに興味がなくても、わたしがあの子のやることに興味がなくても、それはそれでいいんだって、自分に思い込ませたわ。でも、何度か競技会も見に行ったのよ。でも、わたしが不満に思っているのが伝わってきて集中できない、と言われてやめたわ。来ないでって頼まれたし」

ピーボディが水を注いだコップを持ってくると、ヤンガーはいったん言葉を切り、ゆっくりと飲んだ。「マックがスーザンと付き合うようになったときはうれしかったわ。彼はもう見るからに彼女にぞっこんで、彼女もとてもかわいらしくて、ほんとうにやさしい女性だったから。ウィローがいやがるんじゃないかと心配したけれど、そんな感じはなかったわ。それは……。正直に言うと、スーザンが――批判しているみたいに聞こえるからこの言葉は使いたくないんだけれど、弱かったせいだと思う。でも、実際、彼女は物腰がやわらかくて、きついところがまったくなかったわ。彼女が妊娠しても、ウィローは腹を立てるようすはなかったけれど、その頃から学校で問題を起こすようになった。宿題や課題をやらなくなり、先生たちに口答えをしたり、女の子に暴力をふるって脅したり。勧められて、スクールカウンセリングを受けて――」

「ルネ・ハッチンスね」

「ええ。そうなの、そう、ミズ・ハッチンスよ。それでウィローは落ち着いたようだった。マックはあの子を連れてふたりだけで西のほうへハンティングに出かけたわ。そうやって彼はあの子に、かけがえのない存在なんだと知らせているのだと、みんなでそう思ったものよ。

そうしたら、スーザンが亡くなってしまった。みんなにとって、そう、わたしたちみんなにとってつらい出来事だった。マックはスーザンとあんなに望んでいた息子をいっぺんに亡くしたのよ。息子にはガブリエルと名前までつけていたのに。わたしは彼女が大好きだった、ほんとうに心から。そして、ひそかに期待もしていた。マックが彼女と結婚して、子ども――ずっと望んでいた男の子よ――もできたら、ずっとわたしに抱いている怒りも少しはやわらぐんじゃないか、と。リンカーンに対する怒りも。マックはいつだってザックのことはかわいがったし、やさしくもしてくれたけど、わたしやリンカーンに対してはいつも変わらず冷たかった」

「あなたやあなたの夫を脅したことは？」

「ないわ、ない、そんなことは一度も。敵視して、軽蔑《けいべつ》していたのよ。彼がわたしと夫を軽蔑しているのを感じて、家族でセラピーを受けられたらいいと思っていたわ。ウィローも彼と同じ思いをわたしたちに抱きはじめているようだったし」

「ウィローは弟を嫌い、マッキーは彼をかわいがっていた、と」

「ええ」ヤンガーはまた目を閉じた。「ええ、それはほんとうよ」

「スーザンが亡くなってから、状況はどう変わった?」

「彼はボロボロになったわ、マックよ。誰も彼を責められなかった。ウィローはますます父親と一緒にいたがるようになって、わたしもそれを許した。彼にはあの子が必要だと感じたし、あの子にも父親が必要だった。でも、マックはお酒に溺《おぼ》れるようになって、酔っぱらってあの子を迎えに来ることさえあった。だから、こんな状態では娘を家にやるわけにはいかないって、ふたりに言ったわ。ウィローをうちに連れて帰って、もう彼のところには行かせないと告げたら、子犬が……。子犬のことがあったのは、そのときよ」

「彼女がやったとわかっていたんですね」ピーボディが穏やかに言った。

ヤンガーは目を閉じ、まつ毛の間から涙があふれた。「あの子がやったと思っているわ。証拠はないけれど、間違いない、あの子がやったの。そして、わたしがそう思っているのをあの子も知っている。わたしはザックを慰めていたの。泣いていたのを抱きしめてなだめながら、ふと視線を動かした。あの子が立ってわたしたちを見ていた。ほほえんでいたわ。わたしの目をじっと見て、またほほえんだの。恐ろしかったわ」

ヤンガーはまた水を飲んだ。「それから、あの子の部屋を探るようになった。何も見つからなかったし、そんなことをする自分がいやだったけれど、定期的にあの子の持ち物を点検していた。精神分析医のグレースにも話したわ——シカゴに引っ越していた彼女は、自分でやるべきだとわかっていることをやればいい、と言ってくれた。それから、ウィローをちゃんとした病院のセラピーに連れていくように忠告してくれた。でも、わたしにはできなかった」

ヤンガーは両手で涙をぬぐい、背筋を伸ばそうとした。「母親なんだから従わせられるだろうと言われるかもしれない。でも、マックが聞き入れてくれなかったし、無理強いしたらリンカーンに虐待されたと訴えるとあの子に言われたわ。裁判に訴えて——もう年齢的に可能だった——父親と暮らせるように嘆願する、と。父親と警察へ行って、リンカーンへの接近禁止命令を求める、と。破滅させてやると言ったわ。説得しようとした——みんなでセラピーを受けよう、と——けれど、あの子は頑として聞き入れなかった。この数か月、あの子はますますマックと過ごすようになったけれど、わたしは口出ししなかった。成績は戻り、学校で問題を起こすこともなくなったのよ。家のなかの空気はぴりぴりしていても、あの子は何も壊さなかったし、腹を立てたりもしなかった。でも、たまにふと顔を上げたり視線を動かすと、あの子が立ってこっちを見ていることがあった。ただ立って、わたしを見てほほえんでいるの。それが恐ろしかったわ」

ヤンガーは泣きはじめた。「申し訳ないわ、申し訳ない。自分が何をして何をしなかったのか、わからない。いま、何をすべきで、何ができるのか。あの子はわたしの子なのに」

「ミス・ヤンガー、あなたにはもうひとり、守るべき子どもがいるのよ」

「わかっている。わかっているわ」

「あなたの娘は、殺人技術の専門家に鍛えられた殺人鬼よ」

ヤンガーはますます激しく泣きじゃくり、ピーボディは声をかけようと口を開きかけたが、イヴが首を振って制した。

「兆候はいくらでもあったし、証拠もたくさんある。人がおおぜい死んでいるのよ。われわれはあなたの娘とあなたの元夫を止めなければならない。また殺人を犯すのを阻む必要がある。彼女を捜して、やめさせ、必要な助けを与えなければならない。ふたりはどこへ行くと思う？」

「アラスカ」

「なんですって？」

「スーザンが亡くなってから、マックはほんとうにそう言っていたのよ、行きたいって。酔っ払っていたか――そうじゃなければ、ハイになっていたのかもしれない。あの頃はドラッグもやっていたと思うわ。でも、細かなことだけどいろいろあって、彼は本気で調べているのだとわかった。彼はウィル――あの人はけっしてウィローと呼ばなかった――が高校を卒業したら、ふたりでアラスカへ行くつもりだと言っていた。自給自足の生活をする、って。酔っ払いのたわ言にも聞こえたけれど、あの子のコンピューターを見たときに、アラスカについて詳しく情報を集めていたとわかったの――学校のレポートみたいだったけど、そうじゃなかった。次に見たときは、すべて削除してあったわ」

「ふたりはアラスカにはいないわ。この街にいる」

「どこにいるかは知らないわ、ほんとうに誓ってもいい」ヤンガーは懇願するように両手を差し出した。「誓うわ。わたしは警官と結婚したけれど、その警官は死んでしまったのも同然よ。それが娘にとってどんな意味があるか、わたしにはわかる。マックは正気を失っているわ、警部補。スーザンと赤ん坊を失って壊れてしまった。たぶん、わからないけれど、いつも心のどこかにその悲しみがあるのに、それを抑えこんでいるの。ウィローも同じで、そうやって自分のなかに何かを抑えこんでいるように見えることがとても多いわ。でも、彼は壊れてしまって、自分が始めたことを死んでもやり遂げようとするはず。ウィローは十五歳よ。十五歳だった自分をおぼえている？　どんな気持ちだった？　自分は死ぬわけがないと思う一方で、目的のために命を落とすのはロマンチックだと思っている。目的がどんなものであったとしても。わたしの娘を死なせたくないの。できることはなんでもするし、知っていることはなんでも話すわ」

ヤンガーは深呼吸をした。

「彼は手が震えるの」

「マッキーの手が震える？」

「ええ、いつもじゃないけれど、たまに震えだして、いつのまにかおさまっているの。もう一か月近く彼とは会っていないけれど、最後に会ったとき、彼は……弱っていた。ちょっと痩せたみたいで、よろよろしていた。そんなに長い間警官の妻だったわけじゃないけれど、いまの彼はあの頃のようには撃てないと思う。思っているだけだけど、ほんとうに、思っているだけだけど、彼は、ああ、ひどい話よね、あれをやらせるためにあの子を鍛えたんじゃないかしら」

ヤンガーはテーブルを見下ろした。「あの子はしぶしぶやっているのだと思いたいわ。でも、そうじゃないとわかっている。彼は自分に対するあの子の愛を、あこがれを利用したのよ。自分がやっているのは勇ましいこと、正しいこと、父親が望み、必要としていることだと思わせたの。ほんの子どもなのよ。あの子に責任はないわ」

ある、とイヴは思った。彼女には責任がある。しかし、聞き流した。「ふたりが気に入っているレストランやピザ屋は？　どこかよく行く店がある？」

「知らないわ」

「彼女は競技会に出て、トロフィーをもらったって言ったわね。そうやって勝ったとき、お祝いに連れて行く店は？」

「知らないわ。あの子は、わたしが行くのをいやがったし、勝ってもそういう場には——待って。〈デヴィーン〉よ」

「アイスクリームですね」ピーボディが横から言った。「フローズンデザートとヨーグルトが有名ですけど、普通のアイスクリームもあります」

「そう。ウィローはあの店が大好きで、あそこのキャラメルサンデーに目がなかったの。高いし、席に案内されるまで一時間待たされるのもめずらしくないけれど、マックとわたしは、あの子がまだよちよち歩きの頃からよく連れていって……そうね、ふたりでも行っているはず。特別なときに、ふたりで行っていると思うわ」

「ピーボディ、制服のカーマイケルとシェルビー巡査を〈デヴィーン〉へ向かわせて。顔写真と似顔絵を忘れないように」

「わかりました！　ピーボディは取調室を退出します」

「ほかに思いつく場所はない？　ふたりでよく行く場所は？」

「射撃場とか——ブルックリンに屋内射撃場があるわ。名前は知らない。屋内も屋外もある射撃場はニュージャージーよ」

イヴは首を振った。「もっと楽しい場所はない？」

「彼があの子を西部へ連れて行ったのは知っているわ——モンタナよ。ほかにも、わたしの許可を得ないで西のほうへ行ったことはあったみたい。わたしも、嘘をつかれるから聞かなくなったのよ。ウィローはすぐに嘘だとわかるように嘘をつくの。子どもはいるの、警部補？」

「いないわ」

「じゃあ、母親失格だとわかるのがどんな気持ちかわからないでしょうね」ヤンガーは疲れ切った目で遠くを見た。「もうどうやってあの子を救っていいのかわからない」

「ミズ・ヤンガー、われわれはできることはなんでもやって彼女を捜し、さらに誰かを傷つける前に、傷つけることなく逮捕します。これからあなたを家族のもとへ送るわ。ウィローが見つかるまで、家族みんなで安全なところにいてもらいます」

「あの子が見つかったら、会って話ができる？」

「ええ」

彼女が話したくないかもしれないけど、とイヴは思った。

11

イヴはヒステリーの相手をしている暇はなく、アリス・エリソンの話を聞きに部屋に入って十秒後、これはジェンキンソンとライネケにまかせるべきだったと苦々しく思った。

「なんであたしが殺されそうなの?」エリソンの金切り声が響いて、イヴの頭蓋骨にジグザグのひび割れが横切った。「何もしてないのに。誰も傷つけていないのに! 誰かがあたしを殺そうとしてる」

「ミズ・エリソン――」

「警察がアパートメントまで来たのよ! まだ夕食中だったのに! あたしが逮捕されたって、みんな思うわ! 何もしていないのに! いますぐ殺されるかもしれない!」

怒鳴り散らしながら、部屋のなかをぐるりとまわり、左右の腕を旗を振るように交互に振ってから、棒線画のように細い体に巻きつけて抱えこんだ。きらめくブルーのアイラインでくっきり縁取られた目は大きく見開かれ、ほっそりした顔から飛び出しそうだ。つややかな赤い口紅をべったり塗った口は動きっぱなしだった。

「座って、始めましょう」

「何？　なんですって？　命が危ないときに座れっていうの？」

「わたしは警官よ。毎日、命は危険にさらされているけど、座り方は知ってるわ。さあ、見て」

イヴは見本を見せるように取調室のテーブルについた。

「危険にさらされて、それでお給料をもらってるんでしょ！　誰かがあたしを殺そうとしてるんだわ」

「いまは大丈夫だから、座りなさい。座って！」嚙みつくように言った。

「そんな言い方はやめて」きらめくアイラインにはさまれた大きな目に涙が浮かんだ。「あたしは一般市民なんだから」

「いまのあなたは、連続殺人事件の捜査官に無駄に時間を使わせている人よ。座って、黙って。そうじゃなきゃ、出ていって」

「どこへも行かないわ。あなたはあたしを守らなければならないのよ。訴えて――訴えてやる！」

「生きていないと訴えられないけど」イヴは立ち上がり、ドアに近づいて開けた。「座るか出ていくか。さあ」

エリソンは座り、泣きじゃくりはじめた。「ひどいわ。ほんと、意地悪ね」

「そうやっておいおい泣いて、まだ時間を無駄にさせる気なら、もっと意地悪になってもいいのよ。ごちゃごちゃ言うのはやめて。あなたは元気に生きていて、保護拘置もされてる。これからも生きて元気なままでいさせてあげようとしているんだから。そうしてほしいでしょう？　だったら、気持ちを落ち着けて質問に答えて」

「何も知らないわよ」

「スーザン・マッキーを知っていたはず」

「彼女を傷つけたりしてないわ！」エリソンは泣きじゃくって赤くまだらになった顔を上げた。「クビにもできたけど、しなかったし。何回か注意をしたけど、それだけよ」

「どんな注意？」

「遅刻したり、在庫チェックを忘れたり、お得意さんとしゃべりすぎるのはやめなさいって。彼女が事故にあったのは、あたしのせいじゃないわ！」

「注意をしたのはいつ？」

「どの注意？」エリソンが鼻をすすってまばたきをすると、輝く目からまたぽろりと涙がこぼれた。「彼女には毎月、注意をしてたわ。査定がかんばしくないのは、出社時に遅刻したり、休憩から戻るのが遅れたり、お得意さんと十分も話し込んだりしてるからだ、って」

「どうしてクビにしなかったの？」

エリソンはため息をついた。「売るときはものすごく売り上げたし、彼女を目当てにまたお店に来てくれるお客さんがとても多かったのよ。それに、いい人で、好きにならずにいられない、っていうか。ファッションセンスは抜群で、どうやったらすてきになるかわかっていたし。本人もとてもすてきで、お客さんにぴったりの服やアクセサリーを勧めたわ――空想にふけってぼーっとしているとき以外はね。あたしは彼女が好きだった。店のみんなでお葬式にも行ったわ。泣けて泣けてどうしようもなかった」

そうでしょうね、とイヴは思った。

「彼女が昼休みにクリニックに行った日も、何か注意をした？」

つややかな赤い唇が震えた。「しょうがなかったのよ。査定の日だったから、注意しなければならなかった。絶対に遅れないで、とにかく時間を守るようになったところを見せなくちゃ、と言ったわ。反省している、時間は守る、と彼女も言った。いつもそう言って、それから二、三日は、査定のあとだと一週間は遅れないんだけど、それからまた……。でも、あの日、彼女はランチから二度と戻らなかった」

エリソンはまた泣きはじめた。「あたし、かんかんになって怒ったわ。店がすごく混んでいたのよ——大きなセール中で、もう頭にきちゃって。リンクをかけて、ボイスメールにすごくきついメッセージを残した。あたしをなめてるのか、上司とも思っていないのか知らないけど、そんなに休憩時間を守らないなら、もう二度と戻ってこなくていい、って。彼女が死んでいるなんて知らなかったから」

「わかったわ」ようやく情報を得られたイヴは、口調をやわらげて言った。「あなたは自分の仕事をしていたのよね」

「そうよ！　クリニックへ行くって前もって言ってくれたり、診察が遅くなって遅れそうだって連絡してくれたりすれば、あたしだってあんなきついことは言わなかったわ。ほんとうよ。あたし、死にたくないわ！　まだ二十九歳なのよ」

正式なＩＤ登録データによると三十三歳だったが、イヴは聞き流した。

「死にはしないわよ。事故のあと、レジナルド・マッキーと話をした？」

「あたしたち——店のみんなでお悔やみの言葉を添えてお花を送ったわ。それから、みんなで——店の全員で——お葬式にも行った」

「そうね。個人的に彼と話をした？」

「できなかったの。ずっと泣きっぱなしだったから」

「それ以降、彼が話をしにやってきたりしなかった？」

「来なかったわ。でも――でも、娘さんは……」

「ウィロー・マッキー」

「そうよ。店に来たの。前にも店に来て、スーザンに服を選んでもらっていたから、顔は知っていたわ。彼女はまっすぐあたしのところへ来て、顔をくっつけんばかりに近づけて、あんたがもっと偉くなってクビにしてたら、スーザンは死なずに済んだのに、って言ったわ。あんたがクリニックへ行く時間をもっと与えていたら、スーザンと赤ちゃんは死なずに済んだのに、って。それから、こう言った。〝しょぼい仕事としょぼい人生を楽しんでればいいわ。まだそれがあるうちに〟」

「それはいつのこと？」

「お葬式の一か月後くらいだと思うわ。彼女は怒っているようにも動揺しているようにも見えなかった。ずっとほほえんでいたのよ。あたしは気が動転しちゃって、ごめんなさいって言おうとしたんだけど、彼女はさっさと立ち去ってしまったの。でも、店を出るとき、Tシャツのディスプレイを引っくり返したのよ。わざと！」

「それ以降、彼女が店に来たことは？」

「あたしのシフト中は来ていないわ。あのあと、次に見たのはニュース速報の顔写真よ。とにかく頭に浮かんだのは、驚かないわ、っていう思いだけ」
「それはなぜ？」
「うーん、店に入ってきて、あんなひどいことを言っている間も、彼女は怒っているように
も動揺しているようにも見えなかったって、そう言ったでしょ？　でも、少し常軌を逸した
感じはあったの。ダーラもそう言っていたわ。ダーラはうちでいちばん売上のいい子で、す
ぐそばにいたの。やり取りを全部見ていて、とにかくあの子の目はまともじゃないって言っ
ていたわ」

イヴがまっすぐオフィスへ向かっていると、ピーボディが飛び出してきた。
「ダラス！」ピーボディは小走りに近づいてきた。「たったいま、確認されました。襲撃が
あった二日とも、マッキー親子は午後に〈デヴィーン〉を訪れています。今日は、十四時二
十五分にカウンターで注文しているところがセキュリティカメラに映っていました」
「ふたりとも？」
「はい。セキュリティディスクは二十四時間区切りのエンドレスなので、最初の銃撃後の映
像は残っていませんが、制服カーマイケルが映像を確認してる間に、シェルビー巡査がスタ
ッフふたりから話を聞いたそうです。そうしたら、ふたりがマッキー親子をおぼえていまし

た。襲撃があった日ということもあって、その日のことを記憶していたようです。店に来たのは三時四十五分頃だったと、彼らの記憶は一致しています。学校を終えた学生たちで混み合った直後だそうです」

「ふたりは荷物を持ってた?」

「ええと——」

「調べて、いますぐ調べて! マッキーはケースみたいなものを持ってたか? 娘は? バックパックなのか、ボストンバッグなのか、キャスター付きのバッグなのか。すぐに調べて、ピーボディ」

「はい」

イヴはまっすぐオフィスに向かい、EDDの調査結果を目にしたとたん、手を伸ばしてつかんだ。

「スクリーンに」

両手を腰に当てて、確率順にハイライト表示された建物をじっくりと見た。最初の銃撃拠点探しは運に恵まれた。きっと次も恵まれるだろう。

「娘はバックパックを背負っていました」ピーボディが戸口から言った。「それだけです。ブリーフケースもスーツケースも、ほかにどんなバッグもディスクには映っていません。バックパックだけです。昨日も、目撃者はふたりともバッグには気づかなかったそうです」

「じゃ、ふたりは襲撃後、隠れ家に戻って丁寧に武器をしまい、それから図々しくもアイスクリームなんか食べに行ったのよ。会議室を取って」

「Aを使えます。当分の間、わたしたちがいつでも使えるように、ホイットニーが押さえてくれています」

「作戦会議よ、全員参加、五分後」

「EDDも呼びますか？」

「全員と言ったはずよ」

イヴは必要なものをまとめ、まっすぐ会議室へ向かった。事件ボードの情報を最新にして、EDDが作成した地図をスクリーンに映していくつかに分け、それぞれの区域に巡査や捜査官を割り当てた。

ふと視線を動かし、ロークが入ってきたのを見て眉をひそめた。

「まだいたなんて知らなかったわ」

「ずっといたわけじゃないが、いまはここにいる。EDDではとくに僕は必要なかったから、遠隔地の仕事をいくつかやっていたんだ。そして、戻ってきた。何か手伝おうか？」

「とくに――そうだ、別のスクリーンにマップを呼び出して、イーストサイドの〈デヴィーン〉にフォーカスして」

「そこなら知っている。きみも知っているだろう――少なくとも商品は」

「行ったことないわ」

「なぜなら、うちにストックがあるからね。オーナーの特典のひとつだ」

「あなたの店なの？」

「じつは、きみの名義でね」

警官としての任務で頭のなかはいっぱいだったが、イヴはぴたりと体の動きを止め、ロークを見てまばたきをした。「わたしがアイスクリーム屋のオーナー？」

「多くの人に街でいちばん高級なアイスクリームパーラーだと思われている店のオーナーだ」ロークは作業をしながら答えた。

「誰にもわかるわけないわ」

「失礼？」ほかに気を取られていたロークが視線を移すと、イヴが眉をひそめている。「なんだ？」

「とくにピーボディは。高級アイスクリーム屋にわたしの名前がついていても、誰も気づかないわ」

「〈ルーテナント・ダラス・フロステッド〉はやめておこうと思ったが、きみの好きにしよう」

「わたしの、って——冗談よね。あはは。なんでわたしの名前が——もうおしまい、あとにするわ。気が散っちゃう」

「では、教えてくれ。〈デヴィーン〉は事件とどう関わっている？」

「ふたりが——マッキー父子よ——行ってるの。お祝いをする場所なのよ。それぞれの襲撃後に行ってる」

楽しげにちょっとほころんでいた口元が引きしまった。「人を殺して、バナナスプリットを味わっていたって？」

「そんな感じよ」

「きみと一緒に何人もの獣《けだもの》と関わってきたが、これは……。やつらは別種だな。父と娘がアイスクリームを食べながら殺戮《さつりく》を祝っている。被害者の家族が嘆き悲しんでいるというのに」

「父親は娘にご褒美をあげるの。娘を鍛えて育て上げた父親が、いい仕事をしたとねぎらうのよ。わたしが捜してるのはふたりの隠れ家。〈デヴィーン〉へ行った——武器をしまったあとに——わけだから、このアイスクリーム屋から普通に歩ける範囲に潜んでるような気がする。情報によると、〈デヴィーン〉は娘がまだ小さい頃から家族でよく行った場所らしいわ」

イヴが話している間に、巡査や捜査官が次々と集まってきた。「マッキーの経済状況を詳しく調べてもらうことになると思う。でも、恩給に加えて妻の保険金が手に入ったとしても、彼は二軒分の家賃を払ってる。武器や偽造IDもすべて手に入れなければならないから、家計は厳しいはず。だから、隠れ家は家賃が安く、たぶん、契約を一か月ごとに更新するようなところのはず。借り始めたのは、おそらく六か月以内」

「ダラス、制服のカーマイケルとシェルビー巡査はこちらへ向かっているところです」ピーボディが言った。「到着するのは早くても十五分後です」

「ふたりには遠隔アクセスをして。ここまで来る必要はないわ」

「ティブル本部長にもつなげてくれ」ホイットニーが命じながら会議室に入ってきた。

「僕がやろう」フィーニーがコンピューターに近づいた。

「それ以外の全員は、スクリーン1に注目。ハイライト表示されてる建物をよく見て。それが今日、タイムズスクエアが銃撃された際の拠点だったかもしれない場所よ。自分の担当区域をしっかりおぼえて」イヴは続けた。

「最初の襲撃のとき、容疑者たちはホテルの部屋を予約して、普通にチェックインをした。今回も同じようにやったかもしれない。それぞれが自分の担当区域を調べること——可能性があるのは、ホテル、安宿、オフィスビル、スタジオ。この確率を出すのに利用したプログラムでは、見てのとおり、銃撃の予想角度と予想方向も表示されるわ。

すべてに当たってみて、徹底的に調べるのよ。話を聞くのは、フロント係、管理人、巡回ドロイド、公認コンパニオン《LC》、商店主、犬の散歩をしてる者、アパートメントの住人、清掃クルー。行きあたりばったりに隠れ家を選ぶはずはないから、少なくともふたりのうちどちらかがあらかじめ下見をしてるはず。それを見つけるのよ」

イヴはもうひとつのスクリーンに体を向けた。

「〈デヴィーン〉は」と説明を始める。

「ここのロッキーロードは街でいちばん」ジェンキンソンが注釈を加え、肩をすくめた。

「言ってみただけだ」

「あなたが推薦するのだから間違いないわね。容疑者も同意見らしいわ——彼女はキャラメルサンデーのほうが好みだけど。容疑者は、どちらの襲撃のあともここでアイスクリームを食べていたのが確認された」

「なんて冷たいやつらだ」フィーニーがつぶやいた。「アイスクリームのことじゃなくて」

「ウィロー・マッキーの母親、ゾー・ヤンガーが言うには、マッキーは何度も娘を〈デヴィーン〉へ連れて行ったそうよ、ご褒美として。そのパターンはいまも続いている。ウォールマン・スケートリンクが襲撃されたのは十五時十五分。タイムズスクエアは十三時二十一分。今日、マッキー親子の姿が〈デヴィーン〉のセキュリティディスクで確認されたのは、十四時二十五分。ウォールマンの銃撃後に来たのは、目撃者の証言によると十五時四十五分頃。どちらのときもマッキーは手ぶらで、娘がバックパックを背負ってるだけだった」

「つまり、ふたりは銃撃した場所を離れて、どこだか知らないが隠れ家に戻り、武器をしまった。それから、デザートを食いに出かけたというわけだ」バクスターが締めくくった。

「そこで、どれだけ時間がかかってるか考えてみて。スケート場を襲った午後。ふたりは武器を準備し、マンハッタン・イーストサイドホテルを出て、最初の被害者の死亡時刻《TOD》の約三十分後にアイスクリームを注文してる。今日の襲撃から、ふたりが〈デヴィーン〉に到着したのが目撃されるまでは、一時間以上かかってるわ。タイムズスクエアを襲撃したときに利用したと思われるダウンタウンの拠点から、イーストサイドの〈デヴィーン〉までたっぷり三十分は長くかかっているということよ」

「ダウンタウンから向かうほうが時間がかかるというのは」サンチャゴが口を開いた。「ひとつの手がかりですね。でも、いずれの場合もふたりは武器や荷物を置きに行っている。移動手段があったんじゃないですか？」

「彼は持っていなかった」ローウェンバームが言った。「マッキーが車を持っていたことはなかった」

「マンハッタン・イーストサイドホテルには宿泊客用の屋内駐車場があるわ」イヴが言った。「マッキー親子はそこには車を入れてなかった」

「それに、うちの特殊部隊並みに頑丈で頼りになる車を買ったなら話は別だが」ローウェンバームが言った。「やつが屋内駐車場であれ通りであれ、駐車した車のなかに武器を置いてどこかへ行くというのはありえない。移動手段を持っていたとしても、武器は安全な場所にしまうはずだ」

「ここでの目的を遂げたら、彼は娘とアラスカへ移住するつもりでいるから、最近になって車を手に入れたかもしれない。でも、やはり、訓練を受けた元警官が駐車場の車にレーザーライフルを置きっぱなしにしてアイスクリームを食べに行くとは思えない」

イヴはふたたびスクリーンのほうを身振りで示した。「ダウンタウンでハイライト表示されているどの場所からも〈デヴィーン〉までの所要時間は長くなる――プラス三十分。でも、最初の襲撃後、ふたりがカウンターで目撃されたのは、最初の被害者のＴＯＤから三十分後よ」

「やつらの隠れ家はイーストサイドだな」ジェンキンソンが言った。「おそらくパーラーから歩ける距離だ。父娘《おやこ》の特別な場所なんだろう？」

「そのとおり、そして、特別な場所というのも、そのとおり。だから、このエリアに捜査を集中させるわ。一番街からレックスまでの五十五丁目から十五丁目。そのうち、アイスクリームパーラーを中心にした扇形の地域。この範囲なら、二番街の隠れ家から楽に歩ける」

「たくさんのドアをノックすることになるわね」カーマイケルが言った。

「だから、あなたたちが隠れ家を捜している間に、電子オタクたちが可能性の低いところを消してくれることになってる。

ターゲットになりそうな人たちは保護拘置したわ。捜査にあたる者は全員、今日の聴取の内容を頭に入れておいて。かいつまんで言うと、ウィロー・マッキーには、弟の子犬を殺したり義父をナイフで脅したりといった事例があることが、ゾー・ヤンガーの聴取中にあきらかになったということ」

「弟にもです」イヴが口をつぐんで振り返ると、トゥルーハートは真っ赤になった。「口をはさんですみません」

「気にしないで。続けて」

「聴取中、あの子は突然、壊れたようになってしまったんです」

「心を開いた、って言うんだ」バクスターが訂正した。「もう安全だと感じたんだろう。これまでそうじゃなかったんだな。トゥルーハートになら話せるし、トゥルーハートなら信じてくれる、と思ったに違いない」

「それと、姉はもう自分に手を出せないと感じたのだと思います」トゥルーハートはちらりと事件ボードを見た。「あの子は恐怖で支配されていました、警部補。夜中に目がさめると、彼女が部屋にいて、ただ座って彼を見つめていたことがあったそうです。首にナイフを突きつけられて、助けを呼べるものなら呼んでみろと脅されたこともある、と」

「両親には言わなかったの？」

「こわくてできなかったそうです」一拍置いて、トゥルーハートはシューッと息を吐きだした。「どんなに恐ろしかったでしょう、警部補。彼女に言われたそうです。あんたはそのうち窓から飛び出して、あの子犬みたいに歩道にびしゃっと叩きつけられて死んじゃうわよ、と。ほかにも、余計なことを言ったら、ある晩あんたのパパが喉をかき切られて死んでいるってことになるよ、とか。いつかあんたのママは階段から落ちて、駆けつけた警官があんたのおもちゃのトラックを見つけるのよ。それが証拠となってあんたは刑務所に入れられる。間違いなくそうしてやる、と。彼はほんの子どもなんです。彼女の言ったことを信じてしまいますよ」

「その子は正しかったわ。ウィローは父親と一緒に目的を遂げたら、いま言った全員を殺すつもりだった。彼女を子どもだと思うのは、すぐにやめなさい。檻に閉じこめるまで、誰を殺してもおかしくない存在よ。マッキーを警官仲間だと思うのも、すぐにやめなさい。彼とその娘は冷血な殺人鬼よ。あらゆるデータと証拠を集めて、ふたりの隠れ家を見つけだす。現場に配置された者は、もう行きなさい。

フィーニー、できることはなんでもやって、隠れ家の候補地を減らして」

「了解だ。きみも遊びたいかい？」フィーニーはロークに訊いた。

「ああ、やりたいね」

「準備ができたら上がってきてくれ」フィーニーは立ち上がり、上着のたるんだポケットに両手を入れた。「この父娘《おやこ》に、何か妙なことが起こっている気がするのか？」

「父と娘でＬＤＳＫだとしたら――まさか」イヴも両手をポケットに突っこんだ。「ないわ、ありえない」

「オーケイ、そうだな、やつは寝室がふたつある場所を選ぶだろう。娘はもうすぐ十六歳だから、銃撃拠点のように短期の滞在なら同じ部屋を使うかもしれないが、長くなればおそらく寝室は別にするだろう。マッキーはアラスカへ行くつもりだから、できるだけ金は使わないようにするはずだ。きみが言ったように高級なところはありえない。そうだな、それでいくらか減るな。マクナブ、さあ、始めるぞ」

「ちょっと考えてたんだけど」

「これでなかなか考える男なんだ」

マクナブはきまりが悪そうににやりとして、耳たぶと、そこにじゃらじゃらついているシルバーのリングを引っ張った。「誰でも食べなきゃなんないですよね？　パパはひとりもんだし、ふたりはおおぜいの人間をどうやって殺そうかって、こそこそ企んでいるわけです。だから、あんまり料理とかしないだろうし、オートシェフにもせいぜいすぐに食べられる軽食くらいしかストックしてないと思うんですよね」

「テイクアウト、デリバリー」イヴは言い、うなずいた。「ピザ、中華、サンドウィッチ。そのへんは確率が高そう。それから、二十四時間営業のコンビニ、屋台」

「胃袋で考えたんだろうが、悪くない」フィーニーはマクナブをこぶしで軽くパンチした。

「その条件も加えよう」

「ローウェンバーム、パトローニ隊員をすぐに呼べる？」

「連れてきている。頼みがあるんだが、ダラス、取調室で彼に話を聞くのはやめてほしい」

自分が彼の立場でも、部下の誰にたいしても同じように頼むだろう、とイヴは思った。

「ラウンジで話しましょう。わたしたち三人で。先に行って、テーブルを確保してくれる？」

「感謝する」

「ピーボディ、ここへ来てもらった一般市民が全員しっかり保護されているかどうか確認して。それから、これは乾草《ほしくさ》の積み重ねから針を探すようなことなんだけど――」

「乾草の山、ですね」

「なんだっていいわ。市内の全弁護士のうち、まだ誰なのか特定されていないイニシャルに該当する者をすべてピックアップして。まずは、人身傷害や、不法死亡訴訟の専門、と宣伝している弁護士から始めて」

「ものすごい乾草の山からほんとうに小さい針を探す感じですけど、やってみます」

イヴとロークだけが残された会議室で、ホイットニーが立ち上がった。「警部補、国家安全保障機構《HSO》がきみの捜査について調査している」

ＨＳＯと耳にしたとたん、イヴは実際に背骨が鋼鉄の棒に変わるのがわかった。「調査ですか、部長、それとも捜査を引き継ごうとしているのですか？」

「そうだな、引き継ぎも考慮しながら調査しているのだろう」

「これは殺人事件の捜査です」

「国内テロともみなされるかもしれない。実際、マスコミの多くがそう呼んでいる」

頭のなかの一部では、〝政治ってやつは、クソ政治ってやつは〟と激怒していたかもしれないが、イヴの口調は冷静で穏やかだった。「そうかもしれませんが、証拠から明らかなとおり、動機は人を殺すことであり、これは目的のある殺人です。そのほかは、特定のターゲットを隠すためのカムフラージュにすぎません」

「主導権を握らせず、ＨＳＯの力をいくらかでも利用する手もあるかもしれない」

「おそれながら、部長、そんな芸当をする暇はわれわれにはありません。ＨＳＯの力がわれわれを上回っていたり、こちらが捜査を進められなくなったときには、喜んで援助を受けましょう」

「同感だ。これはきみの事件だ、警部補。必要な時間外労働はすべて許可する。必要な書類は遅れずに提出するように」

「はい、部長」

「やつらを止めろ、ダラス。止めるんだ」

ホイットニーが会議室を出ていくと、イヴは指先で目を押さえた。「クソＨＳＯ。クソ書類。みんなクソッタレよ」

「今朝以降、何か食べたかい？」

「ほっといて」

ロークはポケットから栄養バーを取り出した。「これを食べても、絶対に、何があろうと、食事をしたことにはならないぞ」

「いいわよ、わかってる」イヴは包みを破り、しぶしぶひと口食べた。なんとなく口当たりがよくておいしく感じられたのは、栄養を必要としていたせいかもしれない。

「おまわりコーヒーは飲みたくないだろうから、次のミーティングではボトル入りの水を飲むことだ。僕はフィーニーと一緒にいるが、きみが捜査で出かけるときは知らせてほしい」

ロークは両手でイヴの顔をはさみ、力強く熱烈なキスをしてから、去っていった。

イヴはため息をつき、ふたたび事件ボードをじっくり見ながら栄養バーを――もうひとつあればいいのに、と少し思った――ぜんぶ食べた。

ラウンジへ行くと、ローウェンバームが部下の隊員とテーブルについていた。

ヴィンス・パトローニ――四十代半ばで、頬骨が高く、黒っぽい髪をツーブロックにしている――は、おまわりコーヒーのカップをじっと見下ろしていた。ロークの言うことはもっともだったので、イヴはミネラルウォーターを買いに行き、自販機がスムーズに水のボトルを吐き出すと、がっかりしそうになった。

「ダラス警部補だ」イヴとパトローニが目を合わせると、ローウェンバームが紹介した。

「こちらは機動隊員のパトローニ」

「分隊長によると、あなたは百パーセント、マックの犯行だと思っている」

「そのとおり」

「それから、彼の娘の犯行だ、と」

「そうよ。説明しましょうか？」

「いいえ」パトローニは片手を上げ、指先で両目をこすった。「俺たちは、俺とマックはもともと陸軍にいて、どちらも武器の特技兵《スペシャリスト》として一九七師団で訓練を積みました。訓練時期は違っていたものの、陸軍時代の共通の知り合いがいて」

「それで付き合うようになった」

「ええ。俺には、離婚したかみさんとのあいだに男の子が——十歳です——がいて、やつにはウィルがいた。週に何度か一緒に飲みに行ったり、試合を見たり、射撃場へ行ったりしてました。やつは、ウィルが家にいるときは必ず連れてきた——射撃場へ、という意味です。あの子はほんとうに才能があって、なんていうか、生まれながらの殺し……」

パトローニは、自分が何を言いそうになったか気づいたらしい。「なんてことを」

「気にしないで」イヴは言った。「一緒によく射撃場に行っていたのね」

「ええ、この一年ちょっとは行ってないですが。俺も何度か息子を連れていきましたが、あの子はあまり興味がなくて。科学者志望なんです。まあ、いずれにしても、子どもたちはあまり気が合わなかった」

「年齢差のせい？」

「そういうわけじゃないんです。オーウェンは年上も年下も関係なく誰とでも仲良くなれる子ですが、あの子のことは嫌っていました。何度か一緒に射撃場へ連れていったんですが、息子は、ウィルがいるならマックに会いたくないと言いだして。ウィルの目が嫌いなんだと言うんです。俺は驚きました。さっきも言ったとおり、息子は誰とでも仲良くなれる子でしたから。だから、人は見た目で判断するもんじゃないと息子に言うと、彼女の見た目が嫌いなんじゃない、彼女の目つきが嫌いなんだと言いました。息子や、ほかの人を見る目つきがいやだと」パトローニは説明した。「やたらと意地の悪そうな目つきをしているらしい。息子に言わせると、あの子は標的を人だと思って撃ち、死ぬところを想像するのが好きなんだそうです」

「子どもにしては観察眼が鋭いわね」

「そう、まあ、息子は、なんていうのか、特別だと俺たちは思っていて。まだテストを受けさせていないのは、あれの母親も俺も、そういうのはまだ早いと思っているからで。でも、特別な何かがあるとは思っているので、彼女には会いたくないと言われてからは、息子を連れていくのはやめました。まあ、思うに、ウィルは父親の自分への関心を誰かに奪われるのが嫌いなんでしょう。マックはほんとうにオーウェンをかわいがっていたから。誤解してほしくないんですが、マックはウィルを溺愛していました。しかし、息子をほしがっていた。ウィルを息子のように考えているところもあるような気がするんです。あの子は、あまり女の子っぽいタイプじゃないでしょう？」

「彼は再婚したわね」

「そう、スーザンはやつの人生における愛そのものだった。それは間違いありません。ウィルも彼女を愛していたと聞いています」

「息子さんがそう言ったの？」イヴは訊いた。

「そう、なんて言うのか……」椅子に座ったままもぞもぞ体を動かしてから、パトローニはむずかしい顔でコーヒーをのぞきこんだ。「俺の考えですが、ウィルにとってスーザンは〝合格〟だったんでしょう。俺が見ているかぎりでは、スーザンは決してマックとウィルの間に割り込まず、もっとふたりで過ごすようにと勧めていた。スーザンといると、彼は穏やかで幸せそうに見えた。彼女が妊娠したときも大喜びだった。その彼女が亡くなると……。やつは粉々に壊れて、暗く沈んで、どんどん落ちていった。毎晩、わけがわからなくなるまで酒を飲み、俺が話しても聞く耳を持たなかった。何もかも拒絶して、ウィル以外と関わろうとしなくなった。二、三度、やつをバーから無理やり連れ戻したこともありましたが、それから家でしか飲まなくなり、閉じこもってしまったんです」

「そんな報告はなかったじゃないか、パトローニ」

パトローニは顔を上げて、ローウェンバームの目を見つめた。「あなたが慰安休暇を取らせてから、状況が悪くなったんです、小隊長。休暇中、やつが大酒を飲んでいると報告してもいいことは何もないだろうと思って。それに正直なところ、やつが職場に戻ることはないだろうと思っていましたから。仕事に復帰できる状態ではありませんでした。あなただってわかっていたはずでしょう。やつもがんばっていないわけではなかった。気をつけて立ち直ったふりをしていたが、俺たちはみんなわかっていました。あなたがやつにデスクワークをやらせたのも、そうとわかっていたからだし、やつが勤続二十年を機に退職しても誰も驚かなかった。しかし、退職してからは浴びるように飲みつづけていたんです」

元妻も同じように考えていた、とイヴは思い出した。「ほかにも?」

「何度か家に行きました。やつはげっそり痩せて、具合が悪そうだった。手が震えていたし、目も……。初期でも、使用量がわずかでも、兆候は目に表れる」

「ファンクに手を出していたと思っているのね」

「クソッ、パトローニ、なんで俺に言わなかった?」

「やつはもう退職していたので」パトローニはローウェンバームに言った。「あなたはもうやつの分隊長じゃなかった。それに、証明のしようがありませんでした。間違いないと感じていましたが、証明できなかったんです。そのことでやっと話をしようとしたが、拒まれた。その後、何度かまた家に行きましたが、ウィルが出てきてやつは寝ていると言われました。前よりちゃんとしているし具合もよくなってきた、一緒にゆっくりどこかへ行こう、西のほうへ行こうと話をしたんだと言っていたんです」

「彼女から言いだしたことなのね」

「キャンプをして、おいしい空気を吸って、いつもと違う景色を見るんだ、と。彼女がすべて手配したんだと言っていました。実際、やつはそれ以前も何度か、あの子を連れてモンタナや、たぶん、カナダのほうまで行っていたし、アラスカにも数回行っていたので」

「最後に彼と会ったのはいつ？」

「もうだいぶ前、三、四か月前だと思います。自宅に来られるのがほんとうはいやなんだとはっきり言われ、そうなると〝おい、一杯やりにいこう〟とは言えなかった。それからも、試合を見に行こう、射撃場へ行こうと誘ったんですが、そのたびにウィルと用事があると言って断られました。ある日、リンクにウィルが出て、父親はいま忙しいから折り返し連絡すると言われたが、それっきりでした」

「スーザンのために復讐をすると、彼が話していたことはない？」

「〝あいつらみんな、殺してやる〟という感じではありませんでした。やつは友人です、ダラス警部補、だが俺は警官で、何をしなければならないかはわかっています。やつが本気と思えるような脅しを口にしたり、俺がやつに疑いを持てば――」

「わかるわ、パトローニ」

「それと」パトローニは頭をごしごしとかいた。「まだ俺と話をしていた頃、かなり酔っ払っていたんですが、誰かが代償を支払わなければならない、という話をしたことがありました。弁護士を雇ったんだと思います」

「どんな弁護士？」

「それについては何も言っていませんでした。だが、雇うと言っていました。妻と赤ん坊の事故は殺人なのに、どうして誰も罰せられない？　と。俺は国のために働き、市民のために働いてきたのに、妻と赤ん坊が殺されてもみんな知らんぷりだ、と。しかし、そうじゃありませんでした。じつは、俺は事故の報告書を読みなおし、事故の再構成も見たんです。ラッソと目撃者たちとも直接、話をしました。あれは事故だった——悲惨な出来事だが、事故だった。やつがしらふのとき、はっきりそう伝えたことがあるんですが、それ以降、やつは俺とあまり話をしなくなりました」

「彼がいつ引っ越したかは知っている？」

「引っ越したのは知りませんでしたが、俺を避けたりウィルがやつに会わせようとしなくなった時期から考えて、ごく最近だと思います。俺を含めて、自分が失ったものを思い出させるものや人物と、接触したくなかったんでしょう」

「引っ越しについてあなたに何か言っていた？」

「もちろん、話していました。アラスカに移住することを考えていて、ウィルが十八歳になったら行くんだと——スーザンに出会う前のことです——言っていました。スーザンと結婚してからは、どこかの農場に住むんだと言っていた。いつも街から出て、自給自足の生活をすることを夢みていました」

「でも、市内で引っ越す話はなかったの？　赤ん坊が生まれる予定だったのよね」

「そうだ、そうです」パトローニは目を閉じて思い返した。「そう、そう、貯金をしていました。そう、そうだった、思い出しました。スーザンは母親専従者になる予定でした。実際に、仕事をやめて出産にそなえようとしたがっていた。しかし、広い家を手に入れたいから、まだ数か月は彼女の収入が必要なんだと、やつが言っていました。割安で、手直しが必要なタウンハウスを考えているという話でした。イーストサイドだ——ウィルが転校しないですむし、環境もあまり変わらないから、と言っていたのでおぼえています。マックはウィルの全面的な親権が得られるように働きかけているんだとも言っていました。三番街あたりだと思います、たぶん。じゃなければ、レックスか。そのあたりの二十から二十九丁目か、それより南です——都市戦争《アーバンズ》後に急ごしらえの建物が建った古い地区。ほとんどはどうしようもないボロ家ですが、とにかく低価格だ。そう、やつらは赤ん坊を連れて公園や運動場へ行ったりできる家がほしかったんでしょう。そういうところを探していたと思います」

「買うって？　それとも、借りるの？」

「買うか、オプション付きの貸家にするか考えていました。アーバンズ後の物件にはそういうのがあるとやつが言っていた。いいんじゃないか、と俺は思いました。そういうのはプレハブ式の箱みたいな物件で、誰かが入居して金と時間をたっぷり費やさないと崩れてしまいそうなのがほとんどでしたから。俺も二十代のころに住んだことがあるんです——ロウアー・ウェストでしたが。嘘でもなんでもなく、風が強いと揺れるような場所だった。しかし、そう、やつらがほしがっていたのはそんな家でした。とにかく買って、手を入れて、退職するまで住んで、それから農場へ引っ越すつもりだったんです。夢物語だと思いますが、男はそういうのがなければやっていけないものですよ」

「なんでもいいから、ほかに何かおぼえていない？　彼が言ったこととか、責めていた人とか。このイニシャル、JRとMJに心当たりはない？　JRとMJ」イヴは繰り返した。

「彼のリストにあったイニシャルで、まだ誰なのか特定できていないの」

「事故について個人的に調べた結果を告げて以来、やつは俺の前で事故の話をいっさいしなくなりました。だから、イニシャルにはおぼえがないし——待てよ、MJ？　どういうことかわからない。やつは……」

「誰なの?」

「たぶん、マリアンだ。マリアン・ジャコビー。彼女の息子がウィルと同じ学校に通っている。夫とは離婚。俺はスーザンに紹介されて、二、三度デートしましたが、それ以上はうまくいかなかった。彼女は鑑識で働いています。鑑識の証拠採取技術者です」

「待って」イヴはリンクを引っ張り出した。「ピーボディ、マリアン・ジャコビー、証拠採取技術者。彼女を見つけて、保護して連れてきて。ターゲットになってる可能性がある」

「やつがどうして彼女を狙うのかわからない」パトローニは言った。

「たぶん、彼に頼み事をされ、彼女は力になろうとした。勤務時間外に事件の再構成をして、証拠を調べ、報告書を読み、彼が聞きたくないようなことを伝えたのよ」

12

イヴは急いでＥＤＤへ向かい、人をかき分けてグライド上を歩きながらベレンスキーに連絡した。

「マリアン・ジャコビー。彼女はどこ？」

「おい、無理してあんたの件を優先させているんだぞ。いったいなんだって――」

「鑑識にいる？」

「繰り返すが、いったいなんだって――」

「見つけて。いますぐ」

「なんなんだ、彼女なら、今月は午後勤務だからここにいるはずだ。現場に出ていれば――」

「だめ、いますぐ見つけてって言ってるでしょ」

しかめっ面をイヴのスクリーンいっぱいに映したまま、ベレンスキーはキャスター付きの回転スツールを移動させ、カウンター型デスクの端まで滑っていった。「ああ、ああ、彼女はそのへんにいる。いったいなんなんだ？」

「さっさとそのケツを上げて、彼女を探しに行って、安全な場所に保護しなさい。巡査を何人か、そっちへ送ったから」

「これからあんたがこっちへ来て、うちの部下を逮捕するって——」

「彼女はターゲットかもしれないのよ、ベレンスキー。彼女はマッキーと知り合いで、狙われているひとりかもしれない。彼女を見つけて、うちの巡査たちが行くまで保護して」

「了解」しかめっ面が怒りの表情に変わり、ベレンスキーは歯をむき出して立ち上がった。スクリーンに映っているベレンスキーの顔がぼやける。「私の部下には指一本触れさせないぞ」

ベレンスキーとの通信が切れたリンクを握ったまま、イヴはＥＤＤの中心の騒音と色の洪水を避け、ガラスの壁で仕切られたラボへまっすぐ向かった。

「マリアン・ジャコビー——ターゲットになっている可能性あり。現在、身柄の保護に向かってる。これで、残りはひとり。対象は、アパートメント、コンドミニアム、タウンハウス、場所はイーストサイド、たぶん二十から二十九丁目か、それより南——アーバンズ後の急ごしらえの住宅。おそらく、三番街かレックス」

イヴが息をつくと、フィーニーがさっそく検索とスキャンを始めた。

「経済状況」イヴはロークに言った。「住宅購入のため、お金を貯めてた」

「いま言えるのは、彼は九月十八日に口座の全額を引き出し、つい先週、年金からかなりの金額を引き出した。妻の生命保険金は二十五万ドルだが、事故による死亡で二倍の金額を受け取り、これ以前の預金は二十万ドルと少し。これだけあれば頭金を払うには充分すぎるが、買うほど愚かじゃないということか」

「彼の考え方はまともじゃないかもしれないけど、わたしもやはり貸家じゃないかと思ってる。彼はまともじゃなくて、娘は歪んではいるけどまともだっていう気がだんだんしてきてるの。ほかに口座があるはず。どこかに隠してるはずよ」

「いま、探しているところだ」

「候補になっていた建物と場所を、すでにいくつか削除したぞ」作業を続けながらフィーニーが示したスクリーンを見ると、多くの建物が一瞬のうちに消えた。「アーバンズ後のプレハブ住宅に絞って探しているから、もっと消えるはずだ」

イヴはうなずきながらリンクに出て、画面上のベレンスキーの顔を見つめた。

「彼女を私のオフィスに保護している。かなり怯えている」

「彼女を出して。ジャコビー」

「けい――けい――警部補、わたし――」

「しっかりして。もう安全だし、これからもずっと安全だから。レジナルド・マッキーを知ってるわね」

「警部補、お願い、息子が。息子がひとりでうちに。家事ドロイドしかいないの。息子が」

「対処するわ。マクナブ、ジャコビーの自宅に保護任務で巡査を急行させて。ジャコビー、これを切ったらすぐに息子に連絡して、巡査が来るから待つように伝えるのよ。ドアを開ける前に、IDを見せてもらうように言って」

「それは大丈夫、それはもうわかってる。あの子は、決して――」

「よかった。レジナルド・マッキーは知ってるわね」

「ええ、息子と彼の娘さんがいくつか同じ授業を取っていて。彼の奥さんのスーザンも知っていたわ。あの――」

「彼はあなたのところへ来て、彼女の事故について調べてほしいと頼んだ？」

「あの人、もうぼろぼろで、ほんとうに悲しんでいたから。彼は――」

イヴが言い訳をさえぎる暇もなく、ベレンスキーの声がした。「はいかいいいえだ、ジャコビー。どっちにしろ、誰もきみを責めない。ほんとうのことをひと言で。さあ」

「はい、わたしのところへ頼みに来ました。勤務時間外に事故の再構成をして、証拠を調べ、報告書も、何もかも確認しました。その結果、あの事故は誰の責任でもない、と伝えるほかになかったんです。スーザンの落ち度とは言いませんでしたが、それが真実でした。彼は腹を立て、真実を隠しているとわたしを責めました。でも、彼はそのあと謝罪したんです。口先だけに思えましたが、謝罪してきました。それ以来、彼には会っていないし話もしていません」

「オーケイ。あなたは安全で、息子も安全よ。マクナブ、急行させた巡査の名前は?」

「タスクとニューマンが急行しました。到着予定時刻《ETA》は二分後です」

「タスクとニューマン――この巡査だと確認するように息子に伝えて。二分で到着するわ」

「ありがとう。ありがとうございます」

「自分のリンクで」ベレンスキーは言い、自分のリンクを引ったくった。「子どもにちゃんと伝えるんだぞ。そのイカレた野郎をさっさと逮捕してくれ、ダラス。うちの連中がまたターゲットにされる前に。というか、私がターゲットにされる前にだ」

「解決中よ」

イヴはリンクを切り、一方の手で髪を梳《す》いた。

午後勤務か、とイヴは思った。ディックヘッドも残業をしていたのだろう。そして、今度、彼がまたドジをふんでも少しは大目に見てやろう、と心のメモに残した。

「二番街の候補物件を調査中」フィーニーが告げた。

「レックスはまだ削除が終わってません」マクナブが言った。

「データを送ってくれ」ロークは片手でキーボードを叩き、もう一方でスクリーンをスワイプしている。「それを金の流れとIDデータと合わせて精査する」

またリンクが鳴り、イヴは声をかけ合っている三人から後ずさりをして離れた。

「ジャコビーは保護され、安全な施設に移送されているところです。息子もすでに巡査たちと一緒です」ピーボディが告げた。「隠れ家を見つけたという報告はまだありません」

「ドクター・マイラの意見が聞きたいわ」

「いま、ということなら、ダラス、もうすぐ二〇〇〇時です。彼女はもうオフィスにはいません。自宅に連絡しますか？」

「すぐじゃなくていいわ」マッキーのおおよそのパーソナリティはすでに見えている。「夕食休憩を取ってない者は取るように――三十分よ。隠れ家の探索に出てる者は二一〇〇時で引き上げて。巡査、捜査官は全員、明朝〇七三〇時の作戦会議に出席のこと。それまで、全員待機」

「連絡します。あなたはいまEDDですか？　そっちでわたしを使いますか？」

「俺はいつでもシー・ボディを使えるんだ」マクナブが言った。

「きゃー」

「黙って」イヴは部屋のなかを歩きだした。「まだ身元のわからないターゲットがいるわ」

「イニシャルを当たってます——可能性のない者を何人か、該当者から削除しました。それにしても、なんで弁護士ってこんなに多いんでしょう」ピーボディはさらに言った。「あと、法律事務員や、交通事故専門の弁護士、資格を剝奪《はくだつ》された弁護士も、新米弁護士も——」

「続けて。夕食休憩は取って、でも、そっちは続けて」

イヴはまたうろうろ歩きだした。

「可能性の高いエリアが五か所。三か所は二十一丁目と十五丁目の間の二番街と三番街。二か所は三番街の十八丁目」

イヴはフィーニーのほうを向き、データに目をこらした。

「十九丁目と十四丁目の間のレックスに二か所」マクナブが言った。「レックスと三番街の間にさらに二か所、ひとつは二十丁目、もうひとつは十六丁目」

「内訳は、アパートメントが二軒、タウンハウスが二軒、小売店の上のロフトが一軒だ」

「こっちはアパートメント二軒、タウンハウスが二軒」

イヴはデータをさらに見つめた。「タウンハウスから見てくわよ。より人目を避けられ、セキュリティに好きに手を加えられるから。居住者を特定して」

「スクリーンに」フィーニーが最初に提示したＩＤの顔写真、次にマクナブが提示した顔写真を見て、眉をひそめる。「マッキーじゃないわね。ほかのを」

「ヒュー」マクナブがソーダをつかみ、ズズッと音を立てて吸い込んだ。「もっと南と、東の二番街も探しますかね」

「ちょっと待って。三番街のタウンハウス。もう一度見せて、フィーニー。ゲイブ・ウィロービー」イヴがつぶやいた。「ウィローとウィロービー。ヤンガーによると、彼とふたり目の妻は生まれてくる男の子の名をガブリエル《ゲイブ》と決めてたそうよ」

フィーニーのまぶたの下がった目がきらりと光った。「ぴったり過ぎるだろう」

「ありえないくらい。顔写真はマッキーじゃないけど、データを見て。身長は同じ。同年代で、目の色も同じ」

「ＩＤの複製を作るのはとても簡単なんだ。検索でヒットするようなのはね」ロークが説明を始めた。「そして、もう一枚、同じ名前で、自分の顔写真のを持てばいい」にっこりする。「とかなんとか、聞いたことがある」

「そう、そうでしょうね。マクナブ、ウィロービーを最大限レベル3で精査して」イヴはまたリンクを引っ張り出した。「夕食休憩は取り消し。作戦会議をするから、全員セントラルへ戻るように。たったいま、手がかりを得た。捜査結果をすべて送って」そう言いながら、ドアのほうへ体を向ける。「できるだけ早く、会議室Aへ」

ホイットニーのエレベーター・バイパスがあったらどんなにいいだろうと思いながら、イヴはグライドに乗った。そして、すぐに気づいてホイットニーに——自宅に——連絡を入れ、まだセントラルにいたローウェンバームにも連絡した。

ピーボディが走ってきてグライドから飛び降りたイヴに追いつき、ふたりはまっすぐ会議室へ向かった。

「手がかりというのは？」

「マクナブが三番街のゲイブ・ウィロービーをレベル3で精査してるわ。顔はマッキーじゃないけど、特徴はだいたい一致するの」

「ウィロービー。その名前——旅行について調べているとき、出てきたと思います」ピーボディは自分のPPCを取り出して、会議室に入りながら確認した。「これは、こうして——そう、そうです、ガブリエル・ウィロービーと、未成年の息子、コルト。十一月のニューメキシコ行きのシャトル便。乗客リストに名前がありました」

「コルト？　それは銃器製造会社の名前よ。彼女は少年でも通用するけど。コルト・ウィロービーをスクリーンに」

「彼女じゃないですね」顔写真が現れると、ピーボディは言った。「でも――」

「髪と目の色は簡単に変えられる。でも、この子は彼女の従兄弟かも。彼女の同い年の従兄弟で、身長も体重も同じ。このＩＤをレベル３で精査して。自分のＰＰＣを使うのよ。コンピューターはわたしが使いたいから」

「何をするんですか？」

「この子のＩＤ写真を顔認証にかける――何か出てくるかたしかめるわ」コンピューターが処理を始め、イヴは事件ボードをしばらくながめてから、その前を行ったり来たりしはじめた。「彼は自分と娘のために複数のＩＤを手に入れる。恩給を換金し、事故死した妻の保険金の支払いを受けた。ＩＤを買う余裕はある――あるいは、勤続二十年のベテラン警官だから、入手法は知ってたかもしれない」

「娘のほうができると思います」ピーボディが肩をすくめた。「若い子はとにかくハイテク技術を身につけるのが早いし、発展させるのも早い。ティーンエージャーはいつも偽ＩＤに興味がありますからね。とにかく、レベル１をパスするような。これみたいに」

「どっちにしても、マッキーは二枚以上持つはず。これを使って家を借り、旅行をする。別の旅行は別のＩＤを使う。財産を管理する口座を持ってたら、それもまた別のＩＤで作ってる。クレジットカードも、リンク用のアカウントも。もうごちゃごちゃね」

コンピューターのシグナル音が鳴り、イヴは急いで振り返った。「合致する顔があった。コルト・ウィロービーは、ほんとうはサイラス・ジャクソンで、ケンタッキー州ルイヴィルの十六歳。見つけた、検索は終了していいわ。いいえ、やっぱり、続ける――証拠は多ければ多いほどいいんだから。でも、そのコンピューターは、三番街の家についてわかるかぎりのことを調べるために使って」

「それはもう手に入れたよ」ロークがそう言いながら会議室に入ってきた。「きみに送っておいた」

「便利ね。ピーボディ、呼び出して」

「ウィロービー――じつは、メイン州バンゴアのドウェーン・マサイアス、五十三歳だ――の財政認証もためしてみた」

「警官みたいに考えてる」

「それは侮辱だな」ロークは言い、イヴのあごの小さなくぼみを指ではじいた。「注文した一ダースのピザがもうすぐ届くのに」

「ピザ！」

イヴは幸せのダンスを始めたピーボディを横目を使って見た。

「誰も夕食休憩を取っていないんですよ」ピーボディが指摘した。「わたしはヨーグルトバーを食べましたけど、それだけです」

「腹ペコの警官はミスを犯しやすいかもしれないし」ロークが締めくくった。

「お腹がすくとほっそりして意地悪になるんだと思ってた。なんだか意地悪を言いたい気分」イヴはスクリーンの見取り図を見つめた。「でも、ピザならオッケーって感じ」

警官みたいに考えていた、とイヴは思った。そして、仕事はわたしより早かった。しかも、ピザだ。文句は言えない。

「三階建てのタウンハウスね」イヴは言った。「トイレは一階と二階だけだから．わたしなら、一階はいつも整理整頓して――デリバリーを受け取るから、武器や襲撃計画がばれそうなものは見えないようにしておく――二階で寝て、三階は作戦会議をしたり、荷物を置いたりする。非常出口は裏にあるから、屋根から室内に入るのは可能ね。二階にある二つ目の寝室も仕事に使えそう。地下鉄の駅までも歩いてすぐだし、必要なときは走ってもいい距離。バス停も近い。便利なところね。司令部にぴったり」

「見るからに古いな」ロークが言った。「手抜き施工の影響も出ている。ウィロービーはオプション付きで借りていて、提示価格が実際の価値より軽く五万ドルは高いから、値段交渉もしなかったようだな」

「彼は買うつもりじゃないのよ」

「それがいい。どのみち、賃貸のほうが安いんだ」

ローウェンバームが会議室に入ってきて、スクリーンを見た。「やつを捕まえたな」

「これからよ」

「では、取りかかろう」

警官たちが現場から戻って数分後、ピザが届いた。イヴが許可すると同時に、全員がわっとピザに群がり――ロークの言うとおり、警官は食べなければならない――みんなが食べている間に、最新情報が伝えられた。

「マクナブ、レベル3で精査した結果を」

マクナブは口いっぱいにほうばったピザを飲み込み、説明を始めた。「あのIDは標準のレベル1をなんなくすり抜け、精度が中程度のレベル2もパスしただろうけど、レベル3ではあえなく撃沈。まったくの偽IDですよ、ダラス。しかし、まあまあ出来はいい。レベル3で調べるのは警察くらいです――それも、重大な犯罪が絡んでいる場合にかぎられます」

「娘についても同様でした」ピーボディが言った。「マッキーがホテルのチェックインに使ったのと同じです」

「これではっきりしたパターンができあがった。ピーボディ、すぐに令状を請求して。前と同じ作戦でいくわよ。ローウェンバームのチームはすでに待機室に集まってる。EDDも動きだして、容疑者たちがなかにいるかどうか熱感知器を使って探って。三番街の西側にアートスタジオがあるわ。マクナブとカレンダーはそこで準備して。ローウェンバーム」

立ち上がったローウェンバームがレーザーポインターを使い、チームメンバーの配置を説明した。「パトローニがマクナブとカレンダーのいるスタジオへ向かう。本人からの申し出で、任務を決めた」ローウェンバームはイヴに言った。「彼はうちの最強メンバーだ。必ずやる」

「わかったわ、準備して。ピーボディ、わたしたちはEDDと行くわよ」

探索続きの長い一日を経て、一行は暗いなかを目的地へ向かっていた。街を横切る間も、イヴは作戦のひとつひとつの段階すべてを検討して、あらゆる可能性を考えつづけた。

「彼は娘を守ろうとするだろう」ロークが言うと、イヴは首を振った。

「主導権を握っているのは父親じゃなくて、本人がそう思ってるだけよ。娘は生徒や弟子のふりをしてるかもしれないけど、いま、事態を動かしてるのは彼女よ。もうしばらく前からそうなんだと思う」

「今回の目的のために、ふたりは死をいとわないと思うかい？」

「娘が望んでるのは死ではなく、殺すことよ。父親にはめちゃくちゃだけど目的があり、それを遂げるためなら、たぶん死ぬわ。でも、彼女はそこでは止まらない。とにかく殺したいのよ。わたしたちはひとりをのぞいて、すべてのターゲットを保護した。ここで彼女を逮捕しなければ、そのひとりが見つかってしまう。そのあとは？　彼女は待ってられるわ。若くて、財源もＩＤもあるし、もっと得ることもできる。彼女が狙ってるターゲットたちを、この先いつまで保護できる？　彼女はいくらだって待てるわ。だから、いますぐ倒さなければならない」

目的地に着くと、マクナブはピーボディに向かって指先をちょっと振り、カレンダーと車を降りた。

警官には見えない、とイヴは思った。ふたりとも明るい色のコートに柄物のエアブーツを合わせている。一月の風の強い夜に誰でもやるように、ふたりは足早に進んでいく。

イヴが部下たちや、ローウェンバームと彼のチームが配置についたと連絡を受けると、ロークとフィーニーが仕事に取りかかった。

「やつはバリケードを築いている」フィーニーがイヴに言った。

「バリケードを築いたって、どういうこと？」

「扉も窓も保護されている。スタナーの狙いを偏向させるものだ。家に手を入れたな。しかも、たっぷり金をかけている」

「突破できる？」

「スタナーでもレーザーでもレベル5以下では無理だろう。妨害器《ジャマー》のようなものも設置しているが、これはちょっと時間をかければなんとかなるかもしれない」

「最後の抵抗」イヴはつぶやいた。「時間はたっぷりあり、問題なく目的を遂げて娘と逃げられると彼は思ってた。でも、万が一うまくいかなかったら、ここで最後の抵抗をしようと決めていた。ふたりはなかにいる？」

「探っているところだ」ロークがぼそっと言う。フィーニーはマクナブとカレンダーと調整中だ。「ひどいボロ家かもしれないが、相当の金をかけてなかなかの要塞にしてるぞ。そうそう、あともう少しだ。フィーニー？」

「ああ、わかっている。マクナブ、聞こえているか？」

「ばっちりだ、警部。ぶれぶれで、ぷつぷつ切れてばかりだけど……見えた。いくつか熱源がある、けど……」

「違う気がする」ロークが静かに言った。「もう少し待って」

「やつが仕掛けたんだ。見せかけだぞ――偽のイメージだ」フィーニーが説明した。「調べて排除できる」

「一階とつながった。熱源になる人間はいない」ロークが言った。

「二階を探査中」フィーニーが小さなスクリーンを見てうなずいた。「異常なし」

「俺たちは三階」マクナブが告げた。「このめんどくさいのを排除する」

「で、これね」カレンダーの満足げな声が届いた。「三階に熱源がひとつ、北の角で、保護された窓のそば、西を向いている」

「娘じゃないわ」もっとよく見ようとイヴは前めりになった。「背が高すぎる」

「食料を買いに出かけたのかもしれません」ピーボディが言った。「生活必需品とか」

「そうは思わない。彼は戦う気よ。わたしたちを待ってる。念のため、三十分待つわ。娘が食料を買いに出かけたとしても、それだけあれば戻ってくる。バクスター、トゥルーハート、二手に分かれて徒歩で探して。テイクアウト料理の店、二十四時間営業のコンビニ、デリ、マーケット。半径三ブロック以内で開いてる店をすべて確認して。彼女を見かけても、気づかれないで」

「向かいます」

「娘が出かけてて、春巻なんかを持ち帰るところだったら捕まえられる――素早く、確実に。それでおしまい。彼女を利用して交渉し、マッキーを投降させられるかもしれない」

「でも、きみはそうは思っていない」フィーニーがイヴのほうを見た。「彼は娘が見つからずに無事でいられるように送り出し、われわれに目的を遂げさせようとしている。彼女のために標的になっている」

「そう。そうよ、わたしもそうだと思ってるけど、慎重に見きわめないと。彼女はどこにいてもおかしくない。ローウェンバーム、彼を殺してはならないわ。怪我はさせてしまうかもしれないけれど、息はしててもらわないと。そちらから位置は確認できた？」

「やつはどうやれば隠れていられるかわかっているんだ、ダラス、そして、実践している。保護された壁に穴は開けられるが、いまのところ、やつを外に出すのは無理だ」

「破壊槌《はかいつち》を使えばドアは突破できるわ」イヴは考えながら言った。「でも、わたしたちが三階に到達する前に、彼が考えてることを行動に移す時間を与えてしまう。可能なかぎり、われわれ警官の命を奪い、自分も命を絶つとか。もっと悪いのは、市民の命を狙いかねないこと」

イヴは目を閉じて片手を上げ、考えているから話しかけないで、邪魔をしないで、と態度で示した。「ローウェンバーム、特殊部隊には、安っぽい壁――普通の壁――を切り開けるような手頃な道具がある？」

一瞬の沈黙のあと、ローウェンバームが答えた。「ああ、ある。そういうのなら」

「そこにいて。わたしがそっちに行く。ロークを借りていい？」イヴはフィーニーに訊いた。

「若いのふたりと僕で対処できると思うよ」

「わたしと来て。あなたは警官に見えないから」

「それは、ありがとう」

「ピーボディ、そのバカみたいなコートを貸して」

「わたしのコート！」

「ピンクのコートに雪の結晶模様の帽子」そう言ってポケットから引っ張り出す。「わたしも警官に見えない」

「失礼ながら、見えると思うよ」ロークがつぶやいた。

「どうやったら警官に見えないか知ってるわ。必要なのは……」身振りで示す。

「ハンドバッグ？」

「そう、そうね、何かバッグがほしい。道具もしまえるし。なにかある？」

フィーニーはダッシュボードを開けた。「マクナブの古いショルダーバッグなら」

古いショルダーバッグはもう少しで蛍光色という派手なグリーンで、ピーボディのコートと同じピンクでぎざぎざの稲妻模様が入っている。

「いやだ、ジェンキンソンのネクタイに劣らず趣味が悪い」

「聞こえたぞ」イヴの耳にジェンキンソンの声が届いた。

「みんな知ってることよ。オーケイ、コートを貸して」イヴは大好きなコートを脱ぎ、ピーボディのガーリーなピンクのコートを着て、自分の帽子をかぶった。「マフラーも」

ピーボディの大胆で派手な色使いのマフラーを首に巻く。

「マフラーがそのバッグにすごくよく合ってます」

「それ、二度と言わないで」イヴはバッグをつかみ、おしゃれなニューヨーカーのように斜めがけしてバンから降りた。

「ブロックをぐるっとまわって南へ向かい、ローウェンバームに合流する。それから、手をつないで足早に歩きながら、笑ったりしゃべったりして、問題の家と壁を共有している隣の家に行くわ」

「そうだと思った」そして、ここでそれをする必要はなかったが、ロークはイヴと手をつないで西へ向かった。「隣の家には熱源がある——三つだ。ひとつは小さな犬か、大きな猫みたいだな」

「それは対処できるわね」

「問題なく」

途中、すれ違ったバクスターは足を止めず、イヤホン越しにイヴに報告した。「まだ娘は見当たらない。トゥルーハートはどうだ？」

「以前、目撃された店を当たってみました――ピザ屋とデリです。今日は、日中も夜になってからも、彼女を見かけた者はいません」

「このまま続けて、終わったらもとの位置について。交渉道具としての娘がいなければ、彼を説得して投降させられる可能性はゼロに近いわ」

次の角を曲がると、装甲車のような大型バンからローウェンバームが軽やかに降りてきた。「破壊槌と、大ハンマーと、懐中電灯があるが、大きな音が出るのはまずいんだろうな」

「ほかになければしょうがないわ」

「レーザーカッターはどうだ。室内の壁なら、カモ肉みたいにすっぱり軽く切れる。ほかに比べたら静かだが、ブーンと低い音がする。やつの耳に届いたら、すぐにこれだとばれてしまうが」

「聞かれないようにするわ」

「俺が入っていって、入口を作ろう」

「あなたには外にいて、ローウェンバーム。おそらく防護服を着ている優秀なスナイパーを、わたしが銃で倒せる可能性は低いわ。わたしたちは彼の気をそらせればいい。そして、必要なときは間違いなく、うまく身をかわして隠れる。あなたには彼の身柄を確保してほしい――これはあなたにかかってるの。彼が動くようにしむけて――タイミングと場所はあなたが指示して――あなたが彼を捕まえられるようにするから」

「まかせてくれ。レーザーカッターの使い方は知っているか？」

「ああ、問題ない」ロークがカッターを受け取り、さっと全体を見た。「いい道具だ」そう言って、イヴのカバンにしまった。

「トゥルーハートとバクスターを呼び戻すわ。壁一枚を隔てた隣の家には、一般人がいることを、みんなにしっかり自覚させて。彼らは家のなかの安全な場所に移動させるけど、常に頭に置いておくように」

イヴはまた歩きだした。「バクスター、トゥルーハート、もとの位置に戻って。ロークとわたしは三番街と十八丁目の角に向かってるわ。もうすぐ容疑者の視界に入る」

「そういうことなら」ロークはイヴの肩を抱いて引きつけ、ぴったり寄り添った。「殺人犯のことなどまるで頭にない、という感じに見えるだろ？」

角で立ち止まると、イヴはロークの頭を引き下ろしてキスをしながら、目標の位置を確認した。唇と唇をつけたままつぶやく。「通りをのぞいてるから、わたしたちも見えてるはず。でも、背後を気にするそぶりは見せなかった。早期警戒システムか何か設置したのかも」

イヴはロークの胸に顔をすり寄せながら、青信号で通りを渡っていった。「予定されていた訪問らしく、まっすぐ近づいていくわよ」

「ジャン・マグワイア、フィリップ・コンスタント。きみがコートを着替えている間に調べておいた」

「ジャンとフィルね、わかった。レーザーカッターの使い方を知ったいきさつを話したい？」

ロークはイヴを見下ろしてにやりとした。「今度にしよう」

イヴもにやりとほほえみ返し、聞こえるように期待しながら笑い声をあげた。「よかった、ここよ。もう凍えそう！　帰りは奮発してタクシーにしましょ」

「それはもう少し考えよう」

ふたりはステップを上り、彼らの標的がいる部屋に背中を向けてブザーを押した。

13

イヴが警察バッジを手のひらに隠すと、ロークは体をよじり、隣接しているタウンハウスから絶対に見えないようにガードした。

「まず、うまくやってドアを開けさせること。できるだけ早く。開いたら、とにかくなかに入る。あとのことはなかでやるわ」

うまくやる必要もなく、ドアが開いた。

三十代半ばで、グレーのメッツのスウェットシャツに、膝に穴の開いたジーンズの男性が、バッジを見て眉を寄せた。

「何?」

「どうも、フィリップ!」輝くような笑顔で、イヴは玄関に入った。ロークもなかに入り、ドアを閉める。

「ちょっと待って――」

「隣の家で問題がありまして。わたしはNYPSDのダラス警部補、こちらはコンサルタントです。ジャンを呼んでほしいんです――いまどこにいようと、とにかく彼女をここへ呼んでください」

「でも、なんで――」

「フィリップ」ロークが穏やかな調子でなめらかに言った。「あなたが早く警部補の指示にしたがえば、それだけ早く説明できます。ここの防音設備はどうなっていますか？」

「うちは――ええと、やろうとしてるところだけど。なんで――」

「見たところ、改装中なんだね」ロークは打ち解けた調子で続け、ちらりとイヴを見た。

「ちょうどいい」

「ええ、ほんとに。彼女を呼んで、ここへ降りてきてもらって」そう言いながら、イヴは着ているとなんだかバカになったような気になるピンクのコートを脱いで、誰かが明るいブルーに塗った、とてつもなく古びた玄関ラックにふわりと掛けた。

「さっきのバッジをもう一度見せて」

イヴはバッジを差し出し、フィリップがバッジと自分の顔をまじまじと見ている間、待っていた。やがて、まだイヴの顔を見ながら、フィリップが大声をあげた。「ジャン！　降りてきてごらん」

「フィル、まだ終わってない――」

「早く、ジャン」

すぐに姿を現わした女性は、ペンキだらけのオーバーオール姿で、金髪の上にヤンキースのキャップをかぶっていた。白いモップのようなものが、ずっとキャンキャン吠えながら彼女のあとを転がるようについてきた。「また重ね塗りをしていたの――あら、失礼。お客さんだなんて、知らなかった」

「警察の人だ」

「警察――」

イヴが唇に指をあてるのを見てジャンは口をつぐみ、犬に違いないものを抱え上げて、さらに階段を下りてきた。

「もう少しこっちに移動しましょう」イヴは身振りで示した。「この家は音楽を流せる？かけてみてはどう？　友だちが遊びに来たときのように。隣で問題があったんです」イヴはまた言った。「あちらとは壁で隔てられているだけだし、防音設備はまだしっかりしていないようなので、音楽でもかけて、奥の部屋へ行ってから、どういうことなのかお話しします」

犬が床に降りようと身もだえし、ジャンは手探りでフィリップの手を握った。「お行儀よくして、ルーシー！　お隣さんは何かおかしいって言ったでしょ、フィル。彼らは何を――オーケイ」ジャンは首を振り、大きく息を吸い込んだ。「奥のラウンジへ行きましょう。もう信じられないくらいすてきになったのよ」

イヴはうらやましそうにうなずいた。「早く見たいわ。待ちきれない」

「何か音楽をかけてよ、フィル、あのワインも開けましょう。あっちにどのくらい聞こえちゃうかはわからないのよ」奥の部屋へ向かいながらジャンが声をひそめて言った。薄汚れた壁に続き、薄汚れた壁を剝がしたところを通り過ぎていく。「こっちにもときどき聞こえるわ――スクリーンの音声とか、三階でドシドシ歩きまわる足音とか。うちは三階が作業場だから、あそこにいることが多いの」

ジャンがラウンジと呼ぶ部屋に入ったとたん、イヴはほんとうにすばらしいと思った。居心地のいい、レトロスタイルのキッチンにはグレーのカウンターがあり、鈍いシルバーの成長照明《グローライト》の下に、さまざまな植物が茂っている。キッチンの奥がラウンジスペースにつながっていて、使いやすそうな大きな家具と、床にはクッションがあり、風変わりなランプが並び、長いテーブルは不揃いな八脚の椅子に囲まれ、針金を丸めた球形の照明が三つ、ぶら下がっている。

部屋の隅には小さめの三角形のクッションと、骨の形をした色鮮やかなブルーのおもちゃが置いてあった。

「なんてチャーミングなんだ」

「ありがとう」ジャンはロークを見ておずおずとほほえみ、犬を床に下ろした。犬は部屋の隅へ走っていって——あの毛の下に脚があるのだろうか、とイヴは思った——骨のおもちゃを前脚で押さえた。それを、鮮やかなブルーの葉巻のようにくわえて走って戻ってくる。

「一生懸命やってるんです。もう十四か月になるわ」

ロークはキッチンカウンターを指先でトントンと叩いた。「作業はふたりだけで？」

「友だちにも無理やり手伝ってもらってるわ。最初にここを仕上げて、それからあっちの洗面所をやる予定。主寝室はもうほとんど完成してるの」

「すばらしい」ロークの対応が一般市民を落ち着けているのは理解できても、時間の問題がある、とイヴは思った。イヤホンを指先で軽く叩く。「フィーニー、彼はどこ？」

「まだ三階にいる」

「動きがあったら教えて。これはＮＹＰＳＤの作戦の一部よ」説明を始めたイヴを犬が見上げた——目だけが見えた。「隣の住人は、現在、捜査中の事件の容疑者なの。成人男性のほうがいま、この家の隣の三階にいることはわかってる。もうひとりの容疑者を見たことがある?」

「男の子?」フィリップは眉をひそめ、ジャンを見た。「今日は見たおぼえはないけど、僕が仕事に出て、戻ってきたのは六時頃だったから」

「わたしは今日はうちの三階で仕事をしていたの。ペンキ塗りよ。彼が、たぶん四時か、四時半かしら? 出ていくのを見たわ。時間はよくわからない。もうちょっと遅かったかもしれない。バックパックを背負って、大きなケースを持っていた。戻ってきたかどうかはわからないわ。危険人物なのよね?」

「ええ、そうよ。あなたたちに協力してほしいの」イヴがさらに続けると、ジャンはまた犬を抱え上げ、赤ん坊のように胸に抱いた。「家の外の必要な場所には警官が配備されているし、われわれが最優先するのはあなたたちの安全よ、これは保証するわ」

「なんてことだ」フィリップはジャンを自分の脇に引き寄せた。「彼らは何をしたんだ? 僕たちには知る権利がある」

「隣の住人はウォールマン・スケートリンクとタイムズスクエアの銃撃事件の有力な容疑者よ」

「座らせてもらうわ」ジャンはみるみる真っ青になり、カウンターのスツールを引き寄せた。「ちょっとしばらく座らせて」

怯えている、とイヴは思った。しかし、驚いてはいない。

「彼らはあなたたちに近づいてきた？」

「その逆よ」ジャンが言った。「ふたりとも、近所付き合いはいっさいしたくない、って態度だった。男の子がここにいるのは月の半分だし」

「実際は女の子よ」

「ほんとうに？　男性は彼を――彼女をウィルと呼んでる。何度か呼んでいるのを聞いたわ。彼は――じゃなくて、彼女は一週間ごとにどこかへ行くのよ。親権の問題だろうと思って、ちょっと気の毒に思っていたけど、なんだか不気味なの。あの子の何かが伝わってきて、うなじの産毛がぞぞっと逆立つのよ」

「まだほんの子どもなのに」フィリップがつぶやいた。

「父親とともに七人の命を奪ったわ。彼が出てくるのを待つこともできたけれど、その間にほかの人が殺される可能性がある。彼女が持っていたケースには、遠距離レーザーライフルがおさめられているとわれわれは確信してるわ。彼女の父親を逮捕して、彼女がどこにいるのか、次のターゲットが誰で、いまどこにいるのか聞きださなければならない。そうするためにもっとも早くてもっとも的確なのが、内側から捕獲する方法だと、われわれは考えているの」

「内側って、なんの？」

「フィル」ジャンは彼を見て首を振った。「ここの内側からあっちの内側ってことよ。共有する壁があるでしょ」

「こっちからあっちへ壁を突き抜けるのか？　やつは武装しているんだろう？」

「しているわ。われわれもね。外には二十人の武装した警官がいて、いつでもなかに入る準備はできている。力ずくで建物に突入すれば、怪我人が出るし、死者が出る可能性もあるわ。でもこのやり方なら、その可能性も低い」

「ジャンを連れ出してくれ。まず彼女の安全を確保してほしい」

「それも可能よ」

「いやよ」ジャンはまた立ち上がった。「いやよ。まず第一に、わたしはあなたを置いては行けない。でも、ふたりとも家を出たところを彼に見られたら、すべてが台無しになる」

「ふたりでルーシーの散歩に出かければいい」

「フィル、あなたは仕事から戻ってすぐ、あの子を散歩に連れていったでしょう。わたしたちがまたあの子を連れて出かけたらおかしいわ。しかも……ふたり一緒なんて」

「この家のなかにいても、あなたたちの身を守ることはできる」イヴはふたりに言った。

「誓うわ。この時間、家の修復作業をすることは？」

「もちろん。夜十時頃でも、なんだって叩き壊してひどい騒音を出すことはあるけど、そういう作業はたいてい夕方や週末にするわね」

「二階を見せてほしいんだけど。友だちを階上《うえ》に連れていって、作業の様子を見せる、という感じで。いい？」

「ジャン？」

「大丈夫よ、フィル」

「きみの身に何か起こるようなことは絶対にさせないから、そうだよ、ふたりなら大丈夫だ。だから、結婚しよう」

「何を言っ――何？」

「僕はきみを愛していて、きみも僕を愛している。ふたりで犬も飼っている。一緒に家も建てているし、今回のことを僕はしるしとして受け止めるよ。だから、結婚しよう」

「わたし……ええ」ジャンは半分笑いながら、一方の腕をフィリップの首に巻きつけ、ふたりの間に子犬を挟んだまま引き寄せた。「結婚しましょう」

「おめでとう。でも、ワインで乾杯をして祝うのは、隣の家の殺人犯を捕まえて留置場に放りこんでからにして」

「ごめん。こんなに奇妙で恐ろしい夜は生まれてはじめてだ」フィリップはうつむいて、ジャンの額に額をつけた。「それで気づいた。残りの人生はすべて、きみと一緒に過ごしたいって」

「すてき。最高ね。行きましょう」

イヴが部屋を出ると、ロークはフィリップの肩に手を置いた。「愛はすべてを変える。僕が妻にプロポーズしたのは、別の連続殺人犯と格闘して、足を引きずって逃れたあとだった。思えばすごいタイミングだ」

「想像するとシュールな絵だけど、あなたたちは警官だからそうでもないんでしょうね」

「彼女はね。僕は警官じゃない」

フィリップは目を丸くしてイヴを指さし、それからロークを指さした。ロークがうなずく。

「そして、これは保証できるが、きみとフィアンセ以上に、確実に身を守ってもらえるふたりはいない」

イヴはまっすぐ家の奥へ向かい――ドアのない部屋や建築資材が山積みになった部屋の前を通り過ぎて――改装中の主寝室に入っていった。

「この真上に彼がいるわ」イヴは静かに言った。「何かちゃんとした会話をして。内装や結婚のこととか、声をひそめて」

「この部屋は防音装置をほどこしてあるの」ジャンがイヴに言った。

「ますますいいわ」イヴは天井を見上げてマッキーの姿を想像し、二軒を隔てている壁をじっと見た。

壁がなめらかで汚れもなく、アイルランドの苔《こけ》の色をしていても、イヴにはどうでもよかった。その向こうにレジナルド・マッキーがいることが大事だ。

「二度目の塗りを終えたばかり、というか終わりかけていたの」ジャンがため息をついた。

「この壁じゃなければいけないの？」

「それがいちばん早くて、確実なのよ。警察がきれいになおしてくれるわ。そちらの都合のいいときに。間違いなく手配するから。フィーニー？」

「聞こえている。やつに動きはない。そっちには、全部で四人と犬がいるのがわかる。やつの真下だ」

「ここから突入する。民間人ふたりと犬には一階の奥の部屋に戻ってもらう――防寒具を用意して」イヴはふたりに言った。「必要なら、安全な場所に移送するから、その準備を」

「了解だ」フィーニーが応じた。「民間人ふたりと、あー、犬を、必要なら移送する。通りでちょっと騒ぎを起こすか――穴をあけている間、やつの気をそらすためだ」

「悪くないわね」

「準備ができたら知らせてくれ」

イヴはバッグからレーザーカッターを取り出した。「準備完了」

「ジェンキンソン、ライネケ、始めろ」フィーニーが告げた。

「最高級品だ」カッターに気づいて、フィリップは思わず近づいた。「僕たちもかなりいいものを買ったが、これは最高級品だ」

「あげるわ」イヴは衝動的に言った。「ここの仕事が終わったら」

「ほんとうに？」

「ほんとうにほんとうよ」イヴはカッターをロークにわたした。「防寒具を持って階下《した》へ行って、奥のラウンジに戻って。外へ連れ出すときは警官が対処するから。それまでは動かないで、静かにしていて」

イヴは犬を――まだブルーの骨をくわえている――じっと見た。「できれば、犬も静かにさせて」

ジャンはもう一度、壁を見た。「ペンキを塗ったばかりよ。配線も新しくした。あと、防音装置も」

フィリップはジャンの肩を抱き、部屋の外へ向かった。「この壁を見るたび、婚約した夜のことを思い出すだろう」

イヴはふたりが部屋を出るのを待って、武器を抜いた。「ちょうどふたりが抜けられる大きさにして」

ロークはしゃがみ、カッターのスイッチを入れた。

ぶーんと低い音がしたが、ギャラハッドの寝息のほうが大きいとイヴは思った。

「カーテンがめくられた」イヤホンからフィーニーの声がした。

イヴが横へ一歩移動して窓から外を見ると、捜査官がふたりいた――酔っ払いのように肩を組んでよろよろしている。防音装置と、見たところ新しくしたばかりの窓を開けると、ふたりの歌声が聞こえた。

ありったけの大声で――と、イヴは思った――何かの曲をちゃんとハモっている。よろめいたり転んだりしながら、たがいを支え合って家に帰ろうとしている酔っ払いだ。悪くない。

ロークのところへ戻ると、壁を床から上へ六十センチほどカットした細い線が見えていた。その六十センチほど横をさらにカットしはじめる。

「もっと早く切れないの？」

「静かなのと早いのと、どっちがいいんだ？」

「両方」

「いいから水を我慢して待ってろ、警部補」

「どういう意味?」

「小便を我慢しろってことだ」フィーニーが教えた。

「だったら、〝小便を我慢しろ〟って言うべきよ。もう終わりそう」イヴはレコーダーを傾けた。

「了解。やつはちょっと動いたが、外の騒ぎの様子はよく見えないはずだ。きみの男の子たちはうまく気を引いた。おやおや、LCがあいつらを誘おうとしてるぞ。見えるか?」

「うちの捜査官がLCに誘われているのを見なくても生きていけるわ。穴があいた。くぐり抜けるわよ」

イヴが腹這《はらば》いになると同時に、ロークが滑るようにその前に出た。イヴはロークをつかんで引っ張り、親指を立てて背後を示したが、ロークはただ首を振って、穴を這い進んでいった。

「ロークが入っていった」イヴはささやいた。「あとに続く」不快感——どっちが警官よ?——を振り払い、ずるずると這って穴をくぐり、真っ暗な部屋へ入った。

ロークがイヴの腕に触れて、ペンライトを点けた。

照らされる先を目で追いながら、さっきまでいた場所と同じくらいの広さの部屋を見わたす。見えるのは、エアマットレス、寝袋、バッテリー式ランプ、ほとんど空になった酒のボトル——たぶんジンかウォッカだろう。折り畳み式のテーブルとイス。テーブルにはタブレット端末と小型のプリンターが置いてある。

開けられたままのドアの先はさらに深い闇だ。

「この階の照明はすべて消されている」イヴはフィーニーにつぶやいた。「おそらく彼は暗視ゴーグルを持ってるわ。われわれは移動中。体は低くしたままで」イヴはロークに言い、ふたりでドアに向かって這っていった。

今回もローク——体が大きく、ペンライトを持っている——が先を進んでいく。あとでひと言言わなければ、とイヴは思った。

「ドアの間を抜けて、階段へ向かっている。音を立てないように」

少し腰を上げて、階段を上って三階へ向かう。なかほどまで進むと、イヴはロークの足を叩いてペンライトを消させようとした。ところが、それより先にロークが振り向いてイヴの肩を叩き、そのまま腕をつかんでライトを消した。

いちばん上まで行くと、階段に向けて設置されていたミニサイズの人感センサーが反応して、けたたましいブザー音が鳴り響いた。

「やつがしゃがんだ！　そっちへ行くぞ」

「隠れて！」イヴはロークに叫び、体を横に回転させた。発射された何かがヒューンと耳をかすめ、床に赤い光線が伸びた。「近づかないで、そのまま！　明かりが入るように穴を開けて」イヴはまた横に回転し、勢いよく立ち上がった。「来るわよ、来るわよ」

甲高いヒューンという音がして、イヴがしゃがむと、窓のバリケードに小さな穴が連続して開いた。マッキーが階段へ向かうのが、見えたというより感じられた。

「彼は二階へ降りるつもりよ。ローク、無事？」

「無事だ。きみは防護服を着ていない。僕の後ろにいろ」

「やつの狙いは不正確よ」イヴは言い、素早く身を伏せた。背後でロークがひどい罵り言葉を口にしたあと、ドアを打ち破ろうとして、何度も何度も破壊槌が叩きつけられる音が階下から響きはじめた。

手探りで壁に触れながらそろそろと進み、戸口にたどりつく。

「きみの六時の方向だ！」フィーニーが叫んだ。

イヴは身を伏せて横に転がり、何かがどさっと壁にぶつかる音がしたほうを撃った。

「やつはきみの横を通って左へ向かった」

「ローク、左へ動いて――壁にぶつかったらしゃがんで、そのまま」イヴも同じようにした。「マッキー！　もう終わり、終わったの。武器を捨てて降伏しなさい」

マッキーは銃を連射させたが、弾はむなしく音をたてて向き合った壁を突き抜けていった。

イヴはロークの耳に唇をつけた。「ペンライトを。そのまま、そこから動かないで。戸口を照らして」

「照射幅を広げられる」

「やって。フィーニー、正確な位置は？」

「壁際、窓の間だ。きみの位置から東に一・五メートル、北に三メートル。どちらを向いているかはわからない」

「了解」イヴはロークの手を握った。「行くわ、スリー、ツー」

ワンでイヴは飛び出し、ペンライトの明かりを頼りに距離を予測して、狭い廊下を駆け出した。

一瞬、その姿が見えた——レーザー銃を持ち、全身を防護服で覆い、暗視ゴーグルをつけている。

イヴは最強から二段階下の出力に調整したスタナーで、マッキーの目を狙った。

腕に焼けるような痛みが走り、マッキーの叫び声が聞こえた。床に伏せて横に転がり、狙いがはずれる。次の一発を放つと同時に、ロークが戸口の側面に飛び出してきた。ロークが放った光線はマッキーのブーツに当たり、イヴはふたたびゴーグルを狙って撃った。

ようやくマッキーが倒れこんだ。

「容疑者が倒れた、倒れた」イヴは急いで近づき、マッキーの震える手から落ちた武器を蹴った。「もっと照らして、明かりをつけて」そう言いながらも、マッキーの両手を背中にまわして拘束具で留め、首筋の脈に指先を当ててたしかめた。

「生きてる」指が濡れるのを感じたあと、血の匂いに気づいた。「出血してるわ。医療員《MT》を呼んで。バスも」

ガラスが割れ、ドアがドーンと崩れてバリケードが壊れる音がしたあと、大人数が長靴で駆けこんでくる足音が響いた。

「容疑者は倒れた」イヴは繰り返した。「撃たないで。どうでもいいけど、明かりをつけてよ」

「やつが電源を切っていた」ローウェンバームはしゃがみ、ベルトから懐中電灯を抜いた。「いま、復旧作業中だ」懐中電灯の明かりでマッキーの全身を確認する。「ゴーグルが砕けている。破片が目に入ったようだ。医者を!」ローウェンバームは叫んだ。

「そっちはあとだ。警部補も撃たれた」

ロークのぶっきらぼうなひと言を聞いて、イヴが腕を見下ろすと、袖に血がにじんでいた。「かすっただけよ」

「馬鹿を言え」ロークはイヴを引きよせて上着を脱がせた。

「ほら、落ち着いてよ。深刻な傷なら、自分でわかるわ」

「馬鹿も休み休み言え。ちゃんとわかっているなら、防護服を着ているはずだろう」

「着てたのよ――あのコート」ロークがイヴの袖を引きちぎり、それで止血をした。イヴはシューッと息を吐きだした。

「いまは着ていない。だろう?」

「それは――」

「着なければと思ったときは手遅れだった」ロークはイヴの代わりに言い、袖を包帯がわりにして傷に巻くと、両手で彼女の顔をはさんだ。イヴの目が警告をたたえて燃え上がると――キスしようなんて、考えるのもだめよ――もう少しでほほえみそうになった。「ちゃんと手当してもらうんだ」

「はいはい。すてきな応急手当てをありがとう。さあ、わたしの容疑者が死なないように対処しないと」

ピーボディが駆け込んできて、イヴはさっとそちらを見た。「民間人は?」

「保護しました――まだ自宅にいます。めっちゃかわいい犬ですね。MTはこちらに向かっているところです」――到着予定時刻は一分後です。この家は、異常がないか確認中で、フィーニーがマクナブとカレンダーと一緒に電源の復旧作業中です。撃たれてるじゃないですか!」

「かすっただけよ」

「でも……でも……わたしの魔法のコートを着てたのに」

「脱いでたの。やめて」さっきのロークと同じで、騒がれる前に制した。「電気が復旧したら、電子機器をすべてEDDにチェックさせて。それから――」

「ダラス、これを見てみろ」

イヴが振り向くと、ローウェンバームが懐中電灯で部屋のなかを照らしていた。

いや、武器庫のなか、というほうがふさわしい。古びた作業台の上に、三十近い武器が置いてあった――遠距離用、近距離用、ナイフ類、爆弾。掛け釘には、防護服のほかに、ゴーグルや双眼鏡がかけてある。

「だいぶ前から、たぶん妻を亡くす前から集めていたようね」

「あっちの壁のなかにもナイフが隠してありました」ピーボディが言った。

「そう、つまりそういうこと」イヴはマッキーを見下ろした。「そのうちファンクも見つかるわ。さっき手が震えてたし」

MTが部屋に入ってきたので、イヴは後ずさりをした。「応急処置をして、病院へ運んで。あとで取調室に来てもらわないと」

ロークにかまわれたくなかったイヴは、自分からMTに腕の処置をしてもらい、その間も、ローウェンバームとフィーニーと意見の交換を続けた。

「ドアと窓には二重のバリケードが施されていた」ローウェンバームはイヴに言った。「強引に突撃していたら、やつに何人かやられていただろう」

「そうかもしれない――その危険を冒したくなかったのよ――でも、彼は以前のような射撃の名手じゃない。うちのチームが、彼の部屋のクローゼットにファンクが二樽《たる》、隠してあるのを見つけたわ。娘に見られたくなかったんでしょうけど、あの子だって目も耳もあるんだから、その影響に気づかないわけがないのよ」

「ずば抜けた視覚と震えない手が自慢だったんだ」ローウェンバームが首を振った。「それがファンクに走るとは。それを奪うものに溺れてしまうとは」

「ファンクのジャンキーなんて、自分だけはそんな影響とは無関係だと信じてた連中ばかりでしょう？　わたしは病院へ行くわ――彼のために四人警官を残してく。死にかけてるんじゃないかぎり、今夜、彼は檻《おり》のなかよ」

「右目は手術が必要だ――たぶん左目もだ、とMTたちが言ってるのが聞こえたぞ」フィーニーが肩をすくめた。「手術したところで、元の視力は戻らないだろう――ファンクの影響もあるしな。革のブーツが焼けて両脚のすねの下のほうも火傷しているそうだ。そう聞いても、泣く気にはなれないな」

「前はいいやつだったんだ。だからといって俺も泣けない」ローウェンバームはさらに言った。「しかし、やつが以前のような男じゃなくなったのはたまらなく残念だ」

「娘はまだ外を歩きまわってるのよ」イヴは立ち上がり、腕が少しひりひりしたが無視した。「彼女の手が震えたり視力が弱ったりしてる証拠はどこにもないんだから。彼に応急手当を受けさせ、檻に入れて、吐かせる」

「実の娘なんだぞ、ダラス。いくらなんでも、娘の不利になるようなことを吐かせるのはむずかしいだろう」

「たかがジャンキーでしょ」イヴは無表情で言った。「絶対に吐かせてやる」


しかし、その夜は無理だった。イヴは看護師や医者たち、最終的には外科医とも口論した。レジナルド・マッキーは少なくとも十二時間は退院しないし、退院させることもできない、と言われたのだ。

「赤外線レンズの破片を右目から十六個、左目から六個摘出したんです」

「彼は二日で七人の命を奪ったのよ」

外科医は強く息を吐きだした。彼の目も見るからに疲れ切っていたが、イヴは知ったことじゃないと思った。

「警部補、あなたはあなたの仕事をする、私は私の仕事をする。事実を伝えているだけです。常用癖によって、すでに彼の視力は弱まり、網膜や視神経も傷ついていました。今回の怪我によって角膜と網膜はさらに傷ついています。常用癖が治れば、器官の移植も可能ですし、少なくとも再手術をおこなうことができますが、いまできることはすべてやりました。本人にも目にも休養が必要です。傷の悪化や感染が心配なので、しばらくは経過を観察しなければなりません」

「彼は意識があるの?」

「ええ、そのはずです。いまは拘束されていますし、病院のセキュリティに加えてそちらの巡査が警備についています。そして、彼が誰で、何をしたか、われわれはしっかり把握しています」

「彼と話をさせて」

「医学的に反対する根拠はありません。彼の頭部は安定器に固定されています。今後十二時間は、頭を動かしたり、どんな形でも目に刺激を与えることは避けたいので。その後の診察結果で問題がなく、退院させて警察に引き渡せればいいのですが」

これ以上は望めないと納得したイヴは、マッキーの病室へ向かった。入口に制服警官がふたりいて、なかにもさらにふたり、警官が見張りをしていた。

マッキーは静かに横たわっていた。籠のような安定器のなかの頭はかすかにかたむき、両目は包帯で覆われている。体に刺さったチューブは機械とつながり、機械は忙しそうにカチカチと音をたて、低いうなりを発していた。

ああ、病院は嫌いだ、とイヴは思った。八歳のとき、病院で気がついてからずっと嫌いだった。骨折し、あちこち殴られ傷だらけで、自分がどこから来て、誰なのかもわからなかったあのときから。

しかし、マッキーは自分が誰でどこから来たかわかっている。

イヴは場所を開けるように制服警官に合図をして、ベッドに近づいた。

「録音開始」はっきりそう言うと、マッキーが反応して指を曲げた。「ダラス、警部補イヴは、マッキー、レジナルドに尋問をする。マッキー、ひょっとして聞き忘れているかもしれないから、言っておくわ。あなたは複数の殺人、殺人の陰謀、違法武器の所持、警官に対する武器を使った暴行、および多数の軽犯罪を犯した罪で逮捕されたのよ。それから、これも聞き漏らしているかもしれないから、あらためてあなたの権利を伝えるわ」

改訂版ミランダ警告をゆっくり告げながら観察していると、マッキーは歯を食いしばって口元を引きしめ、指先でトントントン、とシーツを打ちつづけている。

「この件についてあなたの権利と義務を理解しましたか？　あなたが目をさましていて、さっきから話を聞いているのはわかっているわ、マッキー」一瞬の間のあと、続けた。「すぐにここを出て、留置場に入ることになるのもわかっているわね。わたしに言い逃れをしても、なんにもならない。必ず娘を見つけるわよ」

引きしまっていた唇がかすかに歪んだ。

「そうは思わない？　思ったほうがいいわ。われわれは娘を見つけ出す。そうすると、彼女はあなたの残りの人生よりはるかに長い間、刑務所で過ごすことになる。十五歳でしょう？　十年は地球外の刑務所でつらい日々を過ごすことになるかもしれない。二度と太陽を見られないのよ。未成年だから罪が軽くなるだろうと思っているなら、それも考え直したほうがいい。彼女より若い子を逮捕したことがあるんだから。彼女を捕えなければならないなら、残りの人生を一日残らず、動物のように檻に閉じ込められて過ごさせることを、わたしの任務にするわ」

両手が震えだしたが、マッキーはなんとか右手の中指だけを立てた。

「へえ、失礼なことするのね。さぞかしいい気分なんでしょう。鎮痛剤や、ファンクの禁断症状をやわらげる何かを入れてもらって、そうやって横になって。でも、そんなの続かないわよ。ウィローはもうアラスカへ向かっていると思っているんでしょう。ええ、そうよ」マッキーが両手を握りしめると、さらに続けた。「アラスカのことは全部知っているわ。必ず彼女を捕まえて、名札をつけて、檻に放りこむ。でも、あの子はアラスカに向かってなんかいないわ、この大間抜け。彼女は、自分の暗殺者リストを作っていたの。母親と義父と弟の名前が真っ先に記されているわ」

「嘘だ」マッキーはしゃがれた声で言った。

「通っていた高校の見取り図も持っていたわ」

「でたらめだ」

「それから、殺すつもりでいる学校の職員の名前も」

マッキーの呼吸が速く、浅くなった。両手の震えがひどくなる。そして、口を開いた。

「弁護士だ」

イヴはわざと間違えて言った。「あなたのリストに弁護士が含まれていたのは知っているわ。いま話しているのは、彼女のリストのこと」

「弁護士だ」マッキーは繰り返した。「弁護士に会いたい」

「じゃ、あなたの権利と義務について理解しているのね?」

「理解したうえで、弁護士に会いたい」

「あなたの選択ね。間違った選択だけど、あなたの経歴を考えれば驚きはしない。名前と連絡先を教えてくれたら、弁護士を呼ぶわ」

「選任。指名だ」

「裁判所が指名した弁護士がいいのね。オーケイ。どうしようもなくまずい選択だけど、手配するわ。ドクターによると、あなたは十二時間以内に退院できるそうよ。できる間に贅沢《ぜいたく》な病室滞在を楽しんで。これからあなたが過ごす場所は、どんどん悪くなる一方だから。尋問終了」

イヴは扉に向かって歩きながらレコーダーのスイッチを切った。「たくさんの命を奪ってきたわね、マッキー。あなたのせいで娘が死ぬようなことにならないといいけど。弁護士を待ちながら、そのことを考えるといいわ」

イヴは病室を出て、制服警官に向かって親指を立て、病室に戻るように伝えた。

「弁護士を呼んでほしいって」イヴは戸口に立っていたもうひとりの制服警官に言った。「これから手配するわ。弁護士がここへ来るなら、その弁護士と、法的に認められた医療関係者しか、病室に入れないで。全員のＩＤを確認して、武器を持っていないかどうかひとり残らず詳しく調べるように」

「わかりました」

「人数分の椅子を引きずってきなさい」と、アドバイスする。「長い夜になりそうだから」

イヴはその場から離れて看護師長を探した。警察バッジを見せて言う。「医学的に見て、レジナルド・マッキーの移送に問題がないと判断されたらすぐに、連絡してください」

「もちろんです」

「弁護士を呼びたいと言われたので、これから手配します。弁護士が指名されたら、その弁護士と、治療に必要な医療関係者と、警備をまかされた警官以外は彼に会わせないように」

「わかりました」

「彼の病状について情報を得ようとする者がいたら、その人物について記録して、情報は与えないでください」

「警部補、検挙者に関わるのははじめてではありません。どうするべきかはわかっていますす」

「いいわね。ほかのみんなにも徹底させて」

その場から遠ざかりながら、イヴはリンクを使い、マッキーの権利として認められている、選任弁護士を手配する手続きをはじめた。

ロークが近づいてきて、ペプシのチューブを持ち上げた。「ここのコーヒーはセントラルのより少しばかりましだけど、ほとんど変わらないから」

「ありがとう。あと二、三分かかりそうなの。部長とピーボディに最新情報を伝えて、明日、なんとかマッキーを尋問できるようなら、マイラに来てもらえるかどうか確認したいの。それから、ナディーンと話をして、あの娘の写真をスクリーンにどんどん流してもらう。そうすれば、ほかのメディアもあとに続くわ」

「ゆっくりやればいい」

結局、それから三十分かかったが、できることはすべてやったと感じたイヴは、空になったチューブをリサイクラーに投げ入れた。

「父親は娘がアラスカへ向かったと勘違いしてるかもしれないけど、彼女はまだここにいる。まだニューヨークにいて、次の銃撃の準備をしてる」

「僕もそう思うが、いま、ここできみができることは何もない。家に戻って少しでも眠るべきだ」

「ええ、そうね」ロークに導かれてエレベーターに向かいながら、イヴはちらりと背後に目をやった。「今夜、彼がぐっすり眠れるように願うわ。今夜は、彼が恐ろしい檻の外で過ごす最後の夜だから」

14

イヴは車のなかで眠りに落ちた。力の抜けた手からＰＰＣが膝に落ち、ロークがそれを拾ってイヴのポケットに滑りこませ、シートを後ろに倒した。

ロークはイヴが心配だった。彼女はやるべきことをやっていて、自分や仲間を駆り立てる以外に選択肢はないのだと百パーセント理解していても、心配だった。仕事をしすぎて疲れ果てた彼女がどんなに無防備か、よくわかっている。

とりあえず自分のベッドで数時間は眠らせられる。そう思いながらロークは車を走らせ、邸《やしき》の門の間を抜けていった。朝にはちゃんとした朝食をとらせよう。

ロークもやるべきことをやっているが、彼にとって一番大事なのが、イヴのことなのだ。

イヴを抱き上げて邸のなかへ運び、まっすぐベッドへ向かうつもりだったが、イヴが身じろぎをした。

「大丈夫よ」もごもごと言って、倒されていたシートから体を起こす。「起きてるわ」

「寝ていたよ」ロークは言い、邸の正面扉へ向かいながらイヴの肩を抱いた。

「そう、もうちょっとで眠るところだった。六時には起きないと。じゃなくて、五時半。いくつかたしかめることがあるし、それからセントラルへ行って、マッキーが移送されるのを見届けないと」

「では、五時半だね」

「早起きに関しては頼りにしてるわ」イヴはロークの肩に頭を寄せ、このまま立ってでも寝られると思った。「オートミールじゃないとだめなの？　朝わたしに何を食べさせようかって、もう考えてるでしょ」

「パンケーキだ」こみ上げる愛に浸りながら、ロークはイヴの髪に軽くキスをした。「ベーコンとベリー類を添えて」

「あと、何杯も何杯もコーヒー」

結局、ロークはそこでイヴを抱き上げて寝室まで運び、むしり取るようにコートを脱いでいるイヴのブーツを脱がせた。ふたりでイヴを裸にしていく。やがて、イヴは「ありがとう」とつぶやいてベッドにもぐりこみ、ロークが隣に滑りこんで腕でしっかり包みこむ前に死んだように眠っていた。

ロークもイヴのあとに続いた。

イヴは円形の白い氷上に立っていた。あちこちにじわじわと広がる血だまりがある。風が身を切るように冷たい。暗い夜の闇で、白い氷上の血は黒く見える。血を流している遺体はどれも青白く、ところどころ気持ちの悪い灰色に見えた。

イヴは少女と向き合っていた。肌がなめらかで、黒いドレッドヘアの、挑戦的なグリーンの目の少女だ。

挑戦的なグリーンの目をのぞき込んだ瞬間に感じたのは、ある種の哀れみだった。夢のなかでさえ振り払わなければならない感情だ。

「あたしはあんたより上よ」ウィローが言い、にやりとほほえんだ。

「武器を持たない一般人を殺すということ？　もちろん、あなたのほうが上手《うわて》だわ」

「すべてに関して上だって言ってるの。あたしは自分が何をやってるか知ってる。そういう自分が好きよ。そして、誰よりも上なの。でも、あんたは？　ほんとうの自分じゃないふりをしてる」

「わたしは警官よ。ふりをする必要なんかない」

「あんたは、あたしと同じ人殺しよ」

「同じどころか、まったく違うわ」それでも、その――ウィローの、そして自分の――言葉を聞いて、体に震えが走った。「あなたは気晴らしや楽しみのために殺してる。無防備で罪のない人たちを殺してる。それができるという理由だけで――わたしが止めてやるわ」

「たくさん殺したわ、だからあたしはもうあんたより圧倒的に上なの。殺す理由なんてどうでもいい」

「どうでもいいわけがない。逃げまわってるのは誰よ？　わたしじゃないわ」

「あたしはここにいるわ」強い風を受け、ウィローは両腕を広げた。「でも、あんたは毎日逃げている。心の奥底にいるほんとうの自分から毎日、逃げて、隠れている」

暗い夜の闇で、赤い光が脈打つように光りはじめ、白い氷を赤く染めた。

イヴはリチャード・トロイの遺体を見下ろした。二十か所近い傷口から血が流れだす。

「やったのはわたし。同じことになったらまた殺すわ」

「あんたは人殺しだから」

「あいつが獣だったからよ」

「あんたには理由があってあたしにはなかったって、誰に言える？　死んだのは父さんを傷つけた連中よ」

「あなたの父親は、自分勝手で心のねじれたろくでなしよ」

ウィローはまたほほえんだ。「あんたの父親だって同じでしょう。でも、父さんはあたしを愛してる。あたしがあたしになるために必要なことを教え、手伝ってくれた。あんたの父親だって同じはず」

「わたしは自分でいまの自分になったの。あの人があんなだったにもかかわらずね。彼女がどうやってあなたの父親を傷つけたのよ？」

イヴは赤いスケートウェアを着た女性の遺体を指さした。

「あたしが気に入らなかったのよ。目立ちたがり屋め。自分のほうがあたしより上だと思ってるタイプ。あんたと同じ。これが終わったら、あんたを殺しに戻ってくるわ」

「これが終わったら、あなたみたいなちびの化け物は、コンクリートの檻のなかで一生暮らすことになるのよ。あなたも、あなたの父親も」

ウィローは首をのけぞらせて大笑いした。「できるなら、あたしを殺すんでしょ。それがあんたという人だから。でも、あたしは見つからない。ちゃんと父さんの言うことを聞いていたからよ、このクソ女。あたしは学んで、練習したの。まだ終わってないわ。あたしのリストの名前をすべて消して、あんたが大事にしているやつらを全員殺す。そして、最後にあんたを殺す」

ウィローは急襲用ライフルをかまえた。イヴは銃を抜いた。

「そして」ウィローが言った。

ふたりは同時に撃った。

イヴははっと飛び起きた。ロークの腕のなかだ。

「シーッ、ベイビー、大丈夫。ただの夢だ」

「わたしたちは同じだって彼女が言ったけど、同じじゃないわ。わたしたちは同じじゃない」

「そうだよ、大丈夫だ。体が冷たいじゃないか。暖炉に火をいれよう」

けれども、イヴはロークの体に両腕をまわし、しがみついた。「わたしたちは同じじゃない。父親はどちらも胸の悪くなるようなろくでなしだけど、わたしたちは同じじゃない。でも、彼女はやめないし、わたしもやめない、って。どういう意味？」

「彼女も父親と同じように常軌を逸している、という意味だ。きみはこれからも仕事をする、ということだ。ほかの人たちを守るため、きみにできることはなんだってやる。亡くなった人たちのために戦う。彼女が殺した人たちのためにも。同じじゃないとも、イヴ。正反対だ」

「わたしたちは同じだったかもしれない。同じだったかもしれないの」イヴはロークの肩に顔を押しつけた。いちばん必要とするとき、いつもそこにある肩に。「あなたのうち、どれだけがあなたなの？」体を引いて、両手でロークの顔をはさむ。暗闇でも、野性的で美しいブルーの目が見えた。「愛してるわ」

「愛する人《アグロー》」ロークはやさしくキスをした。「きみだけだ」

「愛してる」イヴは繰り返し、キスに自分のすべてを注ぎこんだ。「わたしを救ってくれたわ」

「きみも僕を救ってくれた」ロークはイヴを仰向けにして、体で覆うようにして重なった。

「たがいに救い合った」

イヴは彼が必要だった。具体的な愛の行為がほしい。唇と唇を合わせ、両手で肌に触れて、胸の鼓動を伝え合いたい。

冷たいのも、暗いのも、赤いライトの忌まわしい点滅も、白い氷に広がる黒い血もいらない。ほしいのは温かいもの、美しいもの、そして、情熱。ただロークに愛されることでわたしの人生に加わったすばらしいものすべて。わたしを愛しているという理由で、彼が人生にもたらしてくれたすばらしいものすべて。

わたしがなんであろうと、どうなろうと、前よりいいものになっているのは、彼に愛されているからだ。

なんて強いんだ、とロークは思った。そして、とても危うい。このふたつが彼女のなかで常にせめぎ合っている。しかし、そのやり取りを含めてすべてが彼女なのだ。そして、いま、ここにいるイヴは僕のもの。僕だけのものだ。

ロークはゆっくりと穏やかにイヴを撫でて慰めた。そして、ついばむようなキスで刺激する。彼女からの贈り物を独り占めにして、長い手足と、やわらかな肌に包まれた筋肉の弾むような感触にわれを忘れる。

イヴの喉元の脈、手首の脈、心臓の鼓動、鼓動、鼓動。命のすべてが彼の命と絡み合う。イヴにはこれが必要だった。これだけだ。睡眠よりも、食べ物よりも、いま吸い込む息よりも。そのどれよりも彼の体と体がつながることが必要だった。それが彼女が彼女である証であり、彼が彼である証。ふたりの証だ。

死とはかけ離れたもの、残忍性からも遠く、寒さからも遠いものだ。

イヴは彼のためにすべてを開き、彼を受け入れて、その結びつきに自分のすべてを注ぎこんだ。ともに上昇し、下降し、ほかに何も存在しなくなるまで、喜びに喜びを重ねていく。

そして、少しずつ、少しずつ、その瞬間に近づいて、ついに最高の瞬間に到達し、それぞれのすべてを相手に注ぎこんだ。

彼に満たされ、イヴは涙をこぼした。

「どうした、なんなんだ?」ロークはぐったりしたままふたたびイヴを抱きしめ、キスで涙をぬぐおうとした。

「わからない」イヴは震えながらしがみついた。

ロークは体勢を変えて、イヴを赤ん坊のように抱き、まだどうしていいのかわからないまま、揺すった。

「バカみたいね。わたしは誰のために泣いてるの？」

「きみは疲れ果てているんだ、それだけだよ。くたくたで擦りきれそうなんだ」

それだけじゃない、とイヴにはわかっていたが、それがなにかは説明できない。信じられないほど熱く、力強い涙は、間違いなく何かからこみ上げ、流れ落ちていく。

「大丈夫よ。ごめんなさい。もう平気」

「鎮静剤を持ってきてあげよう」

「いいえ、いいの、二、三時間後には起きなければならないでしょ？　いま何時？」

イヴが尋ねると同時に、彼女のコミュニケーターが鳴った。

勢いよく起き上がり、濡れた頬のまま這っていって、さっきまで穿いていたパンツのポケットにまだ入れっぱなしだったコミュニケーターをつかむ。

「照明オン、十パーセント」ロークが命じた。

「映像ブロック」イヴは鋭く息を吸い込んだ。「ダラス」

「急行せよ、ダラス、警部補イヴ。現場はマディソン・スクエア・ガーデン、七番街、三十一丁目。被害者は多数」

「了解。ピーボディ、捜査官ディリア、ローウェンバーム、分隊長、えーと、ミッチェルに連絡して。すぐに向かうわ」

ロークはイヴに服を投げ、自分のをつかんだ。

「弁護士に違いないわ」イヴは服を着ながら言った。「彼女が台本どおりに進めていれば、狙われたのはわたしたちが特定できなかった弁護士よ。午前二時過ぎだっていうのに。ターゲットをどうやって捜したのよ？」

「マディソン・スクエアのコンサート」ロークはイヴに言った。「建て直したばかりの会場だ。二時近くに終わるはずだったと思う。ああ、クソッ、会場はさぞかし混み合っていただろう。イヴ、メイヴィスはヘッドライナーのひとりだ」

武器ハーネスを肩にかけようとしていたイヴの手がびくっとはねた。イヴはなんとか手を止めずに、動かしつづけようとした。メイヴィスは観客と一緒にはいないだろう。被害者にメイヴィスは含まれない。

あんたが大事にしている、いい、いいやつらを全員殺す。

「チケットがあったんだ」

ブーツをはいていたイヴははっとわれに返った。「なに？　チケットってこのコンサートの？」

「サマーセットに譲った」

ロークは驚くほど素早く、的確に動き、イヴにコートを放って、自分のを手に取った。しかし、その目が恐怖に打ちひしがれていることにイヴは気づいた。

「運転して」ふたりで部屋を飛び出すと、イヴは言った。「わたしはふたりに連絡を取るから」

あんたが大事にしているやつら、とイヴは再び思い返した。ふたりで転がるように階段を下りながら、リンクに向かって鋭くメイヴィスの名を告げる。

ども！　すっごいことやってるからしゃべれないんだ！　でも、あとで話そう。何がどうしたか、聞かせてね。チャ！

「メイヴィス、折り返し連絡して。緊急なの。まだマディソン・スクエアにいるなら、外に出ないで。なかにいて」

車に飛び乗りながら、サマーセットを呼び出す。

ただいま電話に出られません。お名前と、連絡先、そして、簡単なメッセージを残してください。できるだけ早くこちらから連絡いたします。

「ああ、もう、もう。ふたりとも大丈夫。ふたりとも無事よ」レオナルドにも連絡したかったが、子どもと一緒に留守番中なら、心配させてしまうだけだと気づいた。

心配ない、大丈夫。そう自分に言い聞かせるあいだに、ロークの運転する車は一気にゲートを抜けていった。

車内リンクをループモードにして、メイヴィスとサマーセットに交互に連絡しつづけながら、バクスターのコードを打ちこみ、サイレンのスイッチを入れた。

バクスターは映像をブロックせず、怒っているようにも疲れ果てているようにも見える顔には、うっすら無精ひげが生え、髪は寝ぐせでぼさぼさだった。

「バクスター」

「彼女がマディソン・スクエアを襲撃したわ——大規模なコンサート中。わたしは向かってるところ。チームに連絡して。ジェンキンソンとライネケは現場に。残りは、とりあえず全員セントラルへ。変更があれば伝える」

「了解」

リンクを切り、すぐにフィーニーを呼び出す。

「もう向かっている」フィーニーはいきなり言った。「マクナブが連絡してくれた。到着予定時刻《ETA》は、おそらく十五分後だ。人数はわかっているのか？」

「いいえ、わたしたちも五分前に家を出たところ。メイヴィスとサマーセットのリンクの現在地が知りたいの。ふたりともコンサートに行ってるのよ」

「こんちくしょう。やってみる。ちくしょうめ」

フィーニーがリンクを切った。イヴは考えられる唯一のことをした。ロークの手に手を重ねて、一瞬、ぎゅっと握った。それから、次に対処すべきことの準備をした。

「ふたりを見つけたらすぐ、あなたとフィーニーとマクナブであのプログラムを使って。銃撃拠点を見つけないと。彼女はもうそこにはいないだろうけど、見つけないと」

「サマーセットはイヴァンナと一緒だと思う――イヴァンナ・リスキーだ。彼女と食事をして、それから、その例のコンサートで音楽知識の範囲を広げるとか、そんなことを言っていた。それで、僕が……僕が、イヴァンナをバックステージへ連れていってメイヴィスに会わせたらいい、って言ったんだ。その手はずをつけておくべきだ、と」

ほっそりした金髪の女性だった、とイヴは思い出した。元バレリーナ――そして、元スパイ。たぶん、サマーセットの元恋人だろう。「じゃあ、銃撃があったとき、ふたりとも建物のなかにいたでしょうね。探さないと」

七番街は混乱状態だった。ロークは三十五丁目をわたって近道をして、赤色灯をぎらつかせ、サイレンを鳴らしながら、ほかの車やバリケードの間をくねくねと進んでいった。

イヴはこれと同じ混乱状態を経験していた。テロリストグループのカサンドラが、ニューヨークのランドマークを破壊するという常軌を逸した目標を掲げ、このアリーナを爆破したときのことだ。そして、いま、建て直されてよみがえり、再びオープンした復活の象徴のような場所が、別の殺人事件の標的にされた。

彼女は気づいていたの？　知ってて、あえて狙ったの？

そんな思いを振り払い、イヴとロークは車の左右のドアから外に飛び出した。

「待って。捜査キットを出すから。あなたひとりでは通してもらえないわ」

イヴはキットをつかみ、バッジを引きだしてコートにクリップで留め、規制線に押し寄せて騒ぎ立てている野次馬の間を、ふたりで強引に進んでいった。

「警部補。ああ、警部補、ここは混乱してもうめちゃくちゃです」

「その線を維持して、巡査、野次馬を後退させて。東は六番街、西は八番街——南北はそれぞれここから二ブロック——までのエリアを立ち入り禁止に。被害者は何人？」

「お伝えできません、サー。われわれは群衆コントロールの担当なので。最大で二十人と聞きましたが、たしかとは言えません」

イヴはさらに先を急いだ。そのあたりは、警官や、医療員《MT》や、泣き叫ぶ民間人でごった返している。やがて、アリーナに近づくにつれ、遺体や怪我人が目につきはじめた。

頭上ではヘリコプター——警察とメディアだ——が旋回し、通りでも歩道でも、警官やMTが怪我人を治療し、遺体を人目につかないようにしようと必死に動いている。

またどこからか、次の襲撃があるかもしれないというのに、秩序を守っている。

パトロール車両のライトを受けてあたりは青と赤に輝き、恐ろしい悲鳴があちこちから響いて、金臭い血のにおいが鼻をつく。

「ああ、よかった」肩と肩が触れ合っていたロークの体に震えが走るのを、イヴは感じた。

「サマーセットがあそこに。あそこでMTを手伝っている」

イヴにも見えた。骨ばった体、もじゃもじゃの白髪、筋張った手は血だらけだ。脇腹とこめかみの切り傷からを出血している女性の横に、膝をついている。

イヴも胸を震わせ、ロークと一緒に彼に近づいていった。

「怪我をしたのか?」ロークはサマーセットの横に膝をつき、腕をつかんだ。「怪我をしたのかと訊いているんだ」

「いいえ、われわれはなかにいました。ちょうど出てきたところでした。そのとき……悲鳴が聞こえました。そうしたら――この出血を止めなければ」きびきびとして冷静な声だが、顔を上げたサマーセットの目には、恐怖と悲しみがあふれていた。「メイヴィスとレオナルドも無事です。なかに、まだなかにいます。イヴァンナには彼らのところへ戻るように言いました」

イヴは目と喉の奥がカーッと熱くなった。うなずくことしかできない。イヴは深々と息をついてからしゃがみ、サマーセットの目を見つめた。「リンクの電源を入れて」

「なんですか?」

「リンクの電源を入れろって言ってるのよ。わたしから連絡を取る必要があるかもしれないから。話はあとでじっくり聞くけれど、いまはとにかく電源を入れて、そして、いまやっていることを続けなさい。この人の腕はたしかよ」血を流し、ショックのあまりうつろな目でイヴを見ている女性に言った。「腕はいいの」そう繰り返して、イヴは立ち上がった。

くるりと回れ右をして、力強く息を吸いこむ。「あなた――あなたも」イヴはたまたまそばにいた制服警官ふたりを呼び止めた。「警官の誘導で、救急車と医療バンをここまで入れて。医者がスムーズに出入りできる通路が必要よ。繰り返すけど、六番街と八番街、三十六丁目と三十二丁目に囲まれた内側は、NYPSDと医者以外、車両も人もいっさい立ち入り禁止にして。さあ動いて、やるのよ。すぐに。それから、あなたたち」

イヴはふたたび回れ右をして、別の制服警官ふたりのほうを向いた。「そうやってぽかんと口を開けて見てるだけで、この人たちの役に立つと思ってるの？　なかに入って、秩序が整うように何かやりなさい。わたしが許可するまで出てこないように。さっさと動きなさい」

「巡査部長から動くなと言われているんです」ひとりが言い、イヴは刺すような視線を向けてバッジを軽く叩いた。

「これはどういう意味？」

「警部補です」

「警部補がいま、命令を与えたのよ」ＭＴに気づき、イヴは足早に近づいていった。「なかに運べる軽傷者がいる？」

「いるわ」脚を骨折していると思われる者を手当てしながら、ＭＴが言った。「でも、出入口が閉鎖されているの」

「わたしが開けさせる。二、三人、医者をまわしてもらえるなら、なかで軽傷者を診てもらいたい。いま、移送用の通路を確保中よ」

「ハレルヤ」

「何人か知っている?」

MTは首を振った。「死者は十二人まで数えたわ。負傷者はその二倍。もっとかもしれない」

「ダラス」

そちらに目を向けたイヴは、ベレンスキーが足を引きずりながら近づいてくるのを見て、ぎょっとした。一方の目が腫れてあざができている。

「怪我はひどいの?」

「パニック中にぶつかっただけだ。鑑識の仲間ふたりと来ていた。われわれは全員大丈夫だが……。観客たちは走り出して、叫び声をあげ、外へ出ようと揉み合ったり踏みつけ合ったりしていた。また爆発すると思ったんだ」

ベレンスキーの息は浅く、あたりを見わたす目がややどんよりしている。「なんてことだ、ダラス、なんなんだこれは」

「医者に診てもらいたい?」

「いや。いらない。基礎的な医療トレーニングを受けているんだが、ここで役に立つかどうかはわからない」

「フィーニーがこっちへ来る。あなたは彼とEDDに合流して。プログラムを操作してほしい」

「わかった、それならできる。できるよ」ベレンスキーは繰り返し、足を引きずりながらフィーニーに近づいていった。

この現場を保存する術はない、とイヴは思った。それでも、とりあえずこのエリアの安全を保つのにできるだけのことはした。イヴはまた意識して呼吸をして、頭のなかを空っぽにした。そして、思い描いた。

コンサートが終わるのを待っている――漏れてくる音を聞いていたのか、なんらかの方法でスクリーンで見ていたのか。少なくとも最新情報は得ていただろう。

ターゲットはここにいた？　リストに名前があった者？　どれだけできるか見せただけなの？

ドアが開いて、観客たちがあふれ出てくる。待ったの？　自分にゴーサインを出すまで、どれだけ待ったの？

イヴはサマーセットのところへ引き返し、彼が出血を止めて、それより浅い頭部の傷を慎重に手当てしているのを確認した。

「あなたを医療に関するコンサルタントに抜擢《ばってき》するわ」

「わたくしは――」

「あそこにMTがいるでしょう？」イヴは身振りで示した。「彼女はしっかりしてるわ。彼女と、軽傷者が建物のなかに入れるように手配して。なかのほうが居心地がいいから。でも、冷静に、静かに待機してほしい。警官がひとりずつ話を聞いて、確認が取れたら帰ってもらってかまわない。重傷者はその場で治療順位決定《トリアージ》され、できるだけ早く医療施設に移送されるわ。わたしは亡くなった人の世話をしなければならない、わかるでしょ？　あなたは生きている人たちの世話に協力して」

「はい、わかりました」

「あなたが手当てをしたり、動かしたりした人の名前のリストがいるわ。いい？」

「もちろん」

「ほかのことで必要になったら、連絡する」

　ロークとフィーニーがアリーナのなかに入り、そのあとにベレンスキーが足を引きずりながら続くのが見えた。

「卵みたいな頭の男がいるでしょ、足を引きずってる男」

「ええ」

「時間があるとき、彼を見てやって。目をぶつけたらしいの。ロークとフィーニーと一緒にいるはずよ」

「できることはやります」

「メイヴィスを見かけたら、彼女に伝えて……」

「それもわかっています」

「オーケイ」イヴは捜査キットをまとめてその場を離れ、亡くなった者たちの世話をしに向かった。

ふたりの身元を確認し、三人目に取りかかると同時に、ピーボディが走ってやってきた。

「すみません。ああ、ダラス、なかなか通り抜けられなくて。バリケードの外はもう、ほんとに、暴動が起こってるみたいな状況です。ホイットニーは管内の全警官を出動させて、っていうか、そう思えるほどどっていうことなんですけど、通りから人を排除させています。わたしも身元の特定をしましょうか？」

「ターゲットは彼。ロートシュタイン、ジョナ、三十八歳、弁護士。わたしたちが見つけられなかった弁護士ということになるはず。腹部の銃創が見える？　これだけ出血していれば手の施しようがなかっただろうけど、その前に何分か苦しんだみたい。這って進もうとしたらしいわ――血の跡がこすれている。脚を見て。腹を撃ったあと、左右の脚を一発ずつ撃っている。ひとりに二発以上撃ったのをはじめて見たわ。彼がターゲットよ」

イヴはしゃがんだまま踵に重心を移した。「彼はまわりの観客と一緒にぞろぞろとアリーナから出てきた。コンサートの余韻に浸ってうっとりしていたかもしれない。たぶん、誰かと一緒にいて——離婚して独り者よ——犯人は彼が出てくるのを待っていた。今回は、そう、今回は彼を最初に撃った。パニックが起こって彼を見失うのを避けたかったのよ。そのあとは、無作為に狙った。今回はカムフラージュなんかじゃない。もうごまかす必要はないから。楽しみのためだけ。

モリスに連絡して」

「しました。こちらへ向かっています。もう着いているかもしれません」

「この被害者を最初に移送して。ロートシュタインを遺体袋に収めてタグを付けて。優先タグよ」

「モリスと調整します。ダラス、死亡者数は判明しているんですか？」

イヴは立ち上がった。MTたちは負傷者のトリアージを続けていたが、多くはアリーナ内に運ばれ、怪我をしていない者は確認のうえ、帰宅を許されている。

まるで戦いのあとの戦場だった。血まみれの冷たい舗装道路に遺体が転がっている。死者と手のほどこしようがない者を十四人まで数えた。さらに増えるかもしれない。

「ひとりずつ見ていくわ」

最終的に、現場で亡くなったのは十六人、現場で負った怪我が原因で数時間後に死亡したのがふたりだった。重軽傷者は八十四人。

ひとりひとりの死の重みを背負ったイヴは、夜明け前のもっとも寒い時間に、遺体をあとにしてアリーナに入っていった。次に訪れるものに対処しなければならない。

どこまでも広がるロビーを見わたす。大理石の床が見事な照明に照らされている。イヴはジェンキンソンに近づいていった。

「これまでにわかったことを話して」

「情報が錯綜《さくそう》している。いったい何があったのか、ほとんどの者がわかっていない。外に出ず、ぶつかったり殴られたり踏んづけられたりした者もおおぜいいる。爆弾だとかなんとか誰かが叫びはじめ、それで騒ぎに火がついたようだ」

ジェンキンソンも疲れ切った険しい顔で、ロビーを見わたした。負傷者の姿はすでにないが床はまだ血で汚れ、パニックの最中に落とされ、忘れられた所持品が散乱している。

「聞いたところ、外でも同じような状況らしい。最初の銃撃についても情報は混乱しているが、冷静に観察していた警備員から話を聞いた。最初にカップルの男女が撃たれたのは一時五十分か一時五十五分頃で、これは間違いないそうだ。観客が退出しはじめて十分後だった」

ジェンキンソンはうなじをもみ、メモを確認した。「被害者男性は黒いコートを着ていて、短くも長くもない金髪――警備員によると、一発目が当たったのはこの男性だ。それから、一緒にいた黒かグレーのコートを着た赤毛の女性が撃たれ、男性のほうは二発目を受け、おそらく三発目も受けたと。それがふたり目が撃たれたあとか、三人目が撃たれたあとかははっきりしない。もう混乱状態が始まっていたらしい」

「その警備員は元警官？」

「まさにそれだ。二十五年間勤めて、勤務地はほとんどクイーンズだったそうだ」

「まだ充分やれそうね。最初の被害者で、黒いコート、金髪の男性は弁護士よ。ロートシュタイン、ジョナ。三発撃たれているわ。もっと細かくおぼえているかもしれないから、その警備員とはいつでも連絡がつくようにしておいて。遺体はモルグに運ばれたか、移送中よ。外にはまだ処置を受けている怪我人がいるけど、落ち着いてるわ。異常がないかすべて確認するまで、この地区は封鎖して。あなたとライネケは、カーマイケルとサンチャゴと任務を交替して、仮眠を取りなさい」

「いちおう聞いておく。ここにはわれわれみたいな者がもっと必要だろう、警部補《LT》、得意分野だからな。強壮ドリンク《ブースター》も飲んだし」ごしごしと顔をこする。「あの手のものは大嫌いだ」

「いちおう聞いておくわ。今日はこの先休めそうもないから、いまのうちに少しでも仮眠をとっておいて。ＥＤＤはどこで作業中？」

きびきびと五分歩いてようやく、オタクチームが作業をしている立派なセキュリティエリアに着いた。専門用語ばかり使われている会話は聞かないようにして、スクリーンを見ると、マディソン・スクエアの七番街側のエリアに向かって、レキシントン街と三番街から光線が描かれている。マリー・ヒル地区だ、とイヴは気づいた。

「範囲がせばまってきている」フィーニーがイヴに言った。「というか、ローウェンバームとベレンスキーがせばめてくれている」

あのぐずが、と思って見ると、彼はローウェンバームと一緒にモニターにかじりついていた。

「彼女もろくでなし親父と同じ武器を使っているなら、二、三ブロックに絞りこめるんだが」ベレンスキーは両肩をまわし、座っているスツールをくるりと回転させた。「口径や弾丸の速度といった要素を加えて、フルパワーと仮定して計算しているのは、そうじゃないと――」

「とりあえず、手順の話は置いといて、いちばんありそうな話を聞かせて。残りについては、後日、あなたにご教示願うから」

ベレンスキーはまばたきをして、口ひげとは名ばかりのものをなでた。「ああ、もちろん。やってもいいよ」

「ここじゃないか、というのがわれわれの考えだ」ロークは三つの建物をハイライト表示した。「レキシントン街に二軒、三番街に一軒」

「彼女はイーストサイドが好きね」イヴは言った。「いちばんなじみ深いのよ」

「らしいね。プログラムにわれらが武器のエキスパートの知識を加えたら、これだけに限定された。この三軒はすべて、防犯レベルの低い貸部屋か安宿だ」

「ここから始めるわ。タイムズスクエアの襲撃もプログラムで分析してもらえる？」

「分析中です」マクナブが言った。「これだけの条件を加えたら、かなり確率の高いところを特定できそうです」

「ピーボディ、この結果をバクスターとトゥルーハートに送って、彼らと制服カーマイケルと、彼が選んだ巡査たちにさっそく調べさせて」イヴは時間を確認した。「あなたは連絡したらすぐにセントラルへ向かえるように、準備しておいて」

もう一か所、寄っておかなければならないところがあった。もと来たルートをくねくねと戻って行き方を尋ね、バックステージへ向かう。襲撃に関する新たな情報を得られそうな場所ではない。けれども、このまま離れるわけにはいかなかった。大事に思っている人たちと会わずに、ここを離れることはできない。

夢のなかでウィローが殺すと脅した人たちだ。

姿が見える前にナディーンの声がした。疲れ果てて眠そうな声だ。ナディーンは楽屋のすぐ外の廊下の床に座り、壁に背中をもたせかけていた。驚いたことに、すぐにでもカメラの前に出られそうなほど顔も髪も整っていて、体にぴったりした黒いスーツにあざやかなブルーの革のジャケットを着ている。

ナディーンの腰に腰をくっつけるようにして男性が座っていた。肩に届く細かな巻き毛は紫のラインの入った黒髪で、黒いTシャツの上に飾り鋲《スタッズ》を打った袖なしの黒いベストを着ている。黒いジーンズに合わせた編み上げブーツはふくらはぎまでの長さだ。耳にぶら下げているフープイヤリングの数はマクナブに負けていない。

イヴは男と目が――半ば閉じられた目は、氷のようにシャープなクリスタルブルーだ――合った。男の口がかすかにカーブを描いて、両頬のしわが深くなった。

「きみのおまわりさんだ、ロイス」

「何？　あら、ダラス」ナディーンは立ち上がった。「何を知ってるの？　どこまで訊いていい？　わたし、局に戻らなければならなくて、もっと詳しい情報がほしいのよ」

たぶん、これ以上いいことはなかった、とイヴは思った。ナディーンがここにいると知らなくてよかった。心配する人がひとり、増えるところだった。

「何を知ってるの?」イヴは問い返した。「何を見た? 何を聞いた? わたしの仕事が先よ」

「何も見てないし、聞いてもいないのよ。ここに、メイヴィスの楽屋にいたら、セキュリティが飛び込んできて事件だって言われたの。それで、ここから絶対に出るなって。サマーセットの友だちが連れてこられたわ。彼女はメイヴィスとレオナルドとなかにいる。トリーナも一緒よ」

ナディーンが身振りで示した向かいの部屋のドアには、メイヴィスの名前が美しく描かれている。「お願いだから、ダラス、話してよ。プロデューサーに詳しい話を伝えなきゃならないの」

イヴはそれには答えず、ナディーンの連れの男を見た。「あなたは誰?」

ナディーンは短く笑い声をあげた。「話したじゃないの」

「あらためて」男は言った。「ジェイク・キンケードだ」

「そう言われてもぴんとこないみたいね。ダラス、ジェイクは本物のロックスターよ。アベニューAって知らない? 彼のバンドはもう十五年間、ヒットチャートをにぎわせつづけてるのよ」

「まあ、そんなものかな。とはいえ、それどころじゃないだろう? とにかく」ジェイクは長い脚を伸ばして立ち上がり、手を差し出した。ブーツを履いて百九十五センチはあるだろうか？「会えてうれしいけど、まあね、ひどい状況だ」

「死者は何名？」ナディーンはしつこく訊いた。「確認してくれない？　大事なことよ、ダラス」

「そう、大事よ。いまの時点で十六人。あとふたりほど、増えるかもしれないけど、いまのところ、現場で亡くなったのは十六人と確認されているわ」

「ひどいな」ジェイクは廊下の先を見つめた。「うちのバンドメンバーは楽屋で横になっていて、ローディーたちは子犬みたいに眠りこけてる。みんな無事だ。無事だが……チケットを取ってやった連中がいて、十二、三人だが、名前はわかっている。無事かどうか、確認してもらえると……」

イヴはノートブックを取り出した。「名前を教えて」

ジェイクが記憶をたよりに次々と名前を言うたび、イヴが確認していく。

「死亡者や重傷者のリストに合致する名前はひとつもないわね。軽傷者の名前はまだ全部は確認できていないの」

「これで充分。充分以上だ。ありがとう。そう、やつらはコンテストで優勝して、リハーサルで俺たちと話をするようになって、パフォーマンスの前にバックステージに来たりしていたんだ」

「誰か怪我をしたんじゃないかって、彼は気が気じゃなかったのよ」ナディーンが言った。

「あるいは、もっと悪いことになったんじゃないかって」

「異常がないかどうか確認して、あなたたちが、あなたたち全員が帰れるようにするわ。三十分くらいかかると思うけど、誰かをここに寄こして外へ誘導するように手配する」

「独占インタビューをやってくれるまで、わたしはどこへも行かないわよ」ナディーンが言い張った。「ここから中継もできるんだから」

「がんばれ、ロイス」ジェイクがつぶやくと、ナディーンはきらめく笑顔を彼に向けた。

「街はもうじき目覚めるわ」ナディーンは言い、きらびやかなリスト・ユニットを確認した。「実際、もう間もなくよ。市民は知る必要があるわ、ダラス。ここは彼らの街で、ゆうべは大変なことがあった。何者かが彼らの街を大量の血で汚したの。彼らを止めるのがあなたの仕事。ここで何があったか知らせるだけではなく、彼らを止めるためにあなたたちができるかぎりのことをやっていると、人びとに知らせるのもわたしの仕事なの」

「彼女は優秀だ」ジェイクは両手の親指をジーンズの前のポケットに引っかけた。「その彼女が、きみも優秀だと言っている」

「五分だけよ――それしか時間を取れないわ」ナディーンが抗議する前にイヴは言った。

「でも、その前に……」イヴはメイヴィスの楽屋のドアのほうをちらりと見た。

「準備して待ってる」

「バンドの連中を起こして、移動しないと」

ジェイクが廊下を去っていき、イヴはナディーンを見た。「ロイスって？」

「ロイス・レーン、〈デイリー・プラネット社〉の有能な記者。スーパーマンよ、ダラス、聞いたことがあるでしょう」

「ええ、よくわからないけど」イヴはそっとドアを開けた。

楽屋では、レオナルドが椅子に座って眠っていて、その膝の上でメイヴィスが風変わりな猫のように丸まっていた。トリーナ――ヘアメイクのために来ているのだろう――はカラフルなラグのように床で大の字になっていた。ソファで眠っているのはサマーセットの古い友人のイヴァンナ・リスキーだ。

しかし、イヴの視線はメイヴィスに戻った。くしゃくしゃにした虹のような髪、妖精を思わせるかわいらしい顔。レオナルドの太い腕にしっかりと包まれたメイヴィスは、安心しきって眠っている。

目の奥がつんとして、胃のあたりがどきどきする。イヴはドア枠に頭をもたせかけてゆっくりと呼吸をした。

ナディーンはイヴの背中を撫でて元気づけた。「あなたの準備ができたらいつでも始められるわ」

イヴはうなずいて背中をぴんとさせ、もうしばらくみんなを眠らせてあげようとドアを閉めた。「じゃ、済ませるわよ」

15

ふたたび警官と組んで仕事をしながら、ロークは不安な気持ちをぬぐい去れずにいた。非常時こそ冷静かつ聡明でいられるように——そうしなければ、内側の短気な自分が前面に出て、さまざまな檻のなかで人生のほとんどを過ごしていただろう——自分を鍛えてきたつもりだったが、不安のあまり両肩がこわばって固くなり、鈍い痛みさえ感じている。

妻——僕の世界の中心だ——は疲労困憊への道をまっすぐ走りつづけ、かろうじて二時間だけ眠ったときに見た忌まわしい夢の記憶を引きずり、立ち直れずにいる。

それは、作業のはかどり具合をたしかめにきた妻の顔を見てわかった。顔色は冴えず、表情も暗かった。血の気のない肌は透けてしまいそうで、目の下に黒々と隈ができていた。

一緒に作業をしているまじめな警官たちも同じだった。きつく巻いたゼンマイのようにぎりぎりまで疲れを抑えこみ、なんとか前に進もう、進もうと必死なのだ。

そんな疲れを癒すため、ロークにできることはほとんどない。時間や場所を与えるのは不可能で、何ガロンものおいしいコーヒーと、山のように料理を注文しても効き目はない。これまで必死に働いて手に入れた金も権力も役に立たない。

だから、スキルとテクノロジーの創造性を提供しているが、それではまるで足りないと感じていた。

犯人たちがいた場所や、いまはもういない場所を知って、どうやって捕まえられるというのだ？

僕のおまわりさんは言うだろう。細かなことがすべて重要なのだ、と。だから、その細かなことを見つけようと必死で作業を進めている。

イヴに対する不安はサマーセットへの不安と混ざり合い、ひとつになっていた。

彼はあそこで、どんな助けになっていたのだろう？

サマーセットの苦悩と恐怖の入り混じった表情、血だらけの手、そして、何より彼のかすかに震えた声が、頭にこびりついて離れなかった。

めったにないことだが、こんなふうにサマーセットの弱さが見えると決まってショックを受けるのは、そもそも彼がロークを育て、裏通りや、折檻《せっかん》や、飢えや、みじめさから救ってくれたからだ。冷静な自制心を育てる手助けをして、胸の奥で渦巻く怒りを抑える方法を教えてくれたのがサマーセットだ。

複雑で相反するふたつの力がなかったら、自分はいまどこにいただろう？　どんな人間になっていただろう？　自分ではなんとも言えないし、絶対にわからないことだが、いまのような立場で、いまのような男になり、かつて罵る対象だった警官たちと並んで作業をしていなかったことだけはわかる。

イヴは殺人犯を追い、自分の娘に殺人の方法を教えていた男を降伏させる準備をしている。サマーセットは負傷者の手当てをしている。

そして、僕は……。そう、場所と、位置と、確率を絞りこむため、ここでできることはすべてやった。

ロークは立ち上がり、フィーニーを見た。イヴにとって父親のような存在だ。みんな誰かの父親像じゃないか？　フィーニー、サマーセット、マッキー。善い目的や悪い目的のために子どもを躾《しつ》け、教育を受けさせてきた。

「サマーセットを探して、大丈夫だと確認したい」

「行ってこい」フィーニーは言った。「こっちは順調だ。思っていたよりうまくいっている。このプログラムの使用許可をＮＹＰＳＤに譲らないか？」

「寄贈しようと思っているんだ。手配しよう」

なかなかいい考えじゃないか。そう思いながらロークはその場を離れた。

サマーセットのリンクに連絡したが、留守電につながってしまう。リンクの電源を入れるのを忘れたらしい。あるいは、止血や骨折を固定するのに忙しくて出られないのだろう。

イヴに連絡しようとしたが、仕事を中断させられるのは歓迎しないだろうと思いなおした。自分も重大な局面で仕事を中断されるのは好まない。

アリーナ内をさまよっていると、警備中や作業中の警官に小さく会釈をされた。かつてはあんなに執拗《しつよう》に、全力で自分を追ってきたのに、とロークは思った。あの時代はもう過去のものだ。あのスリルや冒険心をなつかしく思う気持ちも少しはあるが、このいまの人生と交換しようとは思わない。たとえこうして心配と不安に押しつぶされそうになっても。

やがて、ロークが先に彼女に気づいた。頭のなかの見取り図と照らし合わせると、バックステージに続く左手のドアから出てきた。なんて青い顔をしているんだ、とロークは思った。知り尽くしている目だからこそ、泣いたあとだとわかる。

イヴは歩きながらリンクで誰かと話していた。また命令を下し、細かな調整をして、報告を聞いているのだろう。

イヴに近づこうとしたとき、サマーセットが右手のドアから出てきた。

弱々しい、とふたたびロークは思った。やつれた顔にとがった頬骨がひどく目立つ。その目に浮かんでいるのは疲労感だけではない。また涙だ、と気づいた。腹の底で煮え、心を焼き尽くし、流れても流れても冷めることのない涙。

その瞬間、ロークはふたりの板挟みになった。かけがえのないふたつの愛と、相反する力にとらえられた。

すると、サマーセットがほんのかすかによろめき、座席の背もたれをつかんで体を支えた。それでロークの心は決まり、体の向きを少し変えて、人生を与えてくれた男のもとへ向かった。

「座ったほうがいい」心配な気持ちがはじけて、思っていたよりそっけない声が出た。「水を持ってこよう」

「わたくしは大丈夫です。大丈夫じゃない者はおおぜいいます。ほんとうにおおぜい」

「座るんだ」そう繰り返したとき、イヴがそばまでやってきた。「ふたりとも、五分でいいから座って休め。いま、水を持ってくるから」

「わたしたち、セントラルへ行かなくちゃ。一緒に来てほしいの」イヴはサマーセットに言った。「証言をして」

「馬鹿を言うな」ロークはぴしゃりと言った。「サマーセットは邸に戻って休むべきだ。ちくしょう、見えないのか？　ちゃんと目がついてるんだろう？」

「ここじゃないほうがやりやすいの。終わったら邸まで送らせるから」

「サマーセットはどこへも行かない。邸に帰るんだ。僕が送っていく」

突然、怒りの炎が燃え上がり、イヴはロークにくってかかった。「これは警察の捜査で、ここは犯罪現場で、誰がいつどこへ行くべきか、決めるのはわたしよ」

「それで、ほかにましなこともできないから、僕たちふたりを逮捕する気なのか。血を拭きとりつづけてへとへとに疲れ果てたサマーセットに、そんな仕打ちをするのか？」

「その気にさせないで。猿芝居を見てる暇はないの」

「その猿芝居とやらをいますぐ見せてやろうじゃないか」

「おやめなさい、ふたりとも」疲れ果てた小さな声だが、迫力があった。「眠くて不機嫌な子どものようにふるまうのは」

「クソッ、いいから座れ」

「失礼な物言いには目をつぶり、そうしましょう。休憩が必要のようですから」

サマーセットは通路側の座席に座り、ため息をついた。「セントラルへまいりましょう。もちろんです。しかし、ここを離れる前に、イヴァンナが無事かどうか確認させていただきたい」

「さっき彼女に会ったわ。元気だったし、これから自宅へ送らせる。あなたからは、可能になったらすぐに連絡があるだろうと話してきた」

「ほかの皆様は。メイヴィスと、レオナルドと、ナディーン、トリーナは？」

「無事よ。みんな……」声が裏返り、イヴは咳払いをした。「みんな無事」

「それを聞いてほっとしました」サマーセットは一瞬イヴと目を合わせ、またため息をついた。それから、ロークを見た。「たまたまですが、水が飲みたくなりました」

「持ってこよう。ここから動かないで」

「ロークをこわがらせてしまいました」ふたりきりになると、サマーセットがイヴに言った。「自分を育てた者が弱ったのを見るのは、むずかしいものです」

「それはわかるけど――」

「そして、ロークはあなたのことが心配なんです。わたくしに劣らず、警部補、疲労困憊して見えますからね。そして、誰よりも愛している人が、親のように思っている者を行使しなければならないとき、自分に何ができるかと彼は自問したんです。そうなると、もう、われわれにがみがみ言うしかないでしょう、もちろんです」

サマーセットはかすかにほほえんだ。

イヴは岩場の縁でぐらぐらしているような気がした。一方に傾きすぎれば落下してばらばらになってしまう。選択肢はない、と思った。反対側に寄りかかり、しがみつくしかない。

「申し訳ないけど、もう時間がないのよ。休まず次の段階に進まなければならないの」

「わかりました」サマーセットはすかさず言った。「わたくしはもう帰りたいのです。あの子は正しい。わたくしはほんとうにもういますぐにでも帰りたい。ですから、いまここで話をすれば時間を節約できると思いますが。可能でしょうか？」

「ええ。あなたはもう逃げたいんだと思ったわ」

「あなたは絶対に逃げないでしょう？」

ロークが水を二本持って戻ってきた。

「何も言うな、坊主」ロークが何か言おうとすると、サマーセットが低い声で言った。「いま、ここでやるということで同意したので、これから警部補の前で陳述をします」

イヴは通路をはさんで座席に座った。「わたしには目がついてるけど、あなたが何を見たかも知る必要があるの」イヴはレコーダーの電源を入れ、必要なデータを入力した。「覚えていることを話して」

「わたくしたちは、わたくしとイヴァンナですが、ドアの近くまで来ていました。もうすぐ外に出るというところです。いつもとは違う華やいだ夜でした。あたりは人でごった返していた――今夜のチケットは完売ということだったので、最初はもう身動きができないほどでした。しかし……」

サマーセットがこめかみをもむと、ロークは小さなケースを出して鎮痛剤を取り出した。

「飲んでくれ」サマーセットが冷ややかな目で見ると、ロークは歯を食いしばったまま言い添えた。「頼むから」

「ありがとう」サマーセットは錠剤を取り出し、水で飲んだ。「ええと、そうです、イヴァンナを連れてドアを抜けようとしたところでした。人が倒れるのが見えました――腹部に傷を負ったのも見えました。また別の人が倒れ――頭に傷を負っていました――あちこちから悲鳴があがりました。そして、パニック状態です。人びとは走り、押し合っていた。わたくしはイヴァンナを脇へ引き寄せ、安全が確認できるまでなかにいるように言いました。彼女は反論したが、そんな暇はないと理解したのでしょう。バックステージのメイヴィスのところへ行くと約束してくれました。コンサートの前にふたりで顔を出していたので、彼女なら迷わず行けると思ったのです。まわりの人びとはなんとか建物の外に出ようとしていました」

「最初に倒れた人について。詳しく話して」

「三十代半ばだと思います。金髪だった。白人。黒いコートの前を開けて着ていたので、血がにじんで広がるのが見えました。ようやく外に出られたので近くにいきましたが、すでに息がありませんでした。さらに二発撃たれていました――左右の脚に一発ずつ。叫び声と車の音がしました――甲高いブレーキ音でした。地面に倒れた女性を助けようと近づくと、別の女性が通りに飛び出したところを車に撥《は》ねられるのが見えました。すると……」

「どうなったの？」

「一瞬、もっと長かったかもしれませんが、わたくしは別の時間の別の場所にいました。都市戦争中《アーバン・ウォーズ》のロンドンで、銃撃を受けていた。同じ音、臭い、腰が抜けそうな恐怖、あわただしい動き。地面に横たわって血を流している人、助けを求める怪我人の叫び声、泣き声、なんとか逃げようとする必死の思い」

サマーセットは水のボトルをしばらく見つめ、口をつけて飲んだ。「わたくしは動けなくなっていました、そう、時の狭間で凍りつき、何もできなかった。立っていた。ただ突っ立っていた。そのうち、誰かに突き飛ばされて、倒れこみました。すぐそばに倒れていた女性は手の施しようがない様子でした。わたくしにできることはなかった。何も。そして、ふと、いまの自分に戻ったのです。二十歳になるかならないかの若者が意識を失い、倒れていました。誰かがその体のそばでよろめいた拍子に手を踏みつけた。骨が砕ける音がしました。わたくしにできるかぎりのことをしていたら、ひとり、またひとりと医療員が駆けつけてきました」

サマーセットはひと息つき、また水を飲んだ。「さらに倒れこむ人がいて、医療員と警官が走りこんできました。自分は衛生兵だったと叫ぶと、誰かが医療キットを投げてくれました。だから、どんな戦場でもするように、できることをやっていました。どのくらい時間がたったのか――数分なのか、数時間なのか――わかりませんが、そのうち、あなたがやってきた。あなたと、ここにいる坊主がやってきた。見ておわかりでしょうが、最悪のときはすぐに終わりました。わたくしはさらに外で手当てをし、またなかでも手当てをした。そして、いまここにいます」

イヴは一瞬の間を置いて、言った。「わたしたちが来たときにあなたが手当てをしてた女性は？」

「安定しているので大丈夫でしょう。落ち着いてから、医療員に運ばれていきました。少なくとも十二人は亡くなったと聞きましたが。何人です？　ご存じですか？」

「現場で亡くなった《DOS》人が十六人で、病院に運ばれたけれど助からなかった人が二人。だから、十八人。あなたがここにいなければ、手を貸してくれてなければ、もっと増えてたかもしれない」

「十八人」サマーセットはうつむき、手にした水のボトルを見つめた。「わたくしたちは十八人の命を救えなかった。だから、彼らの命が無駄にならないように、彼らのために正義がもたらせるように、あなたたちに期待するのです」

「彼らはみんな大切な人たちよ。怪我をした人たちも同じ。彼らの名前を知らせるわ。亡くなった人も、助かった人も」

サマーセットは顔を上げ、イヴの目を見つめた。「ありがとう」

「ロークが送ってくれるわ」

「いや、彼はあなたのところに残ると思います。もうわたくしがここですることはありませんから、すべてあなたがたにおまかせします。わたくしは鎮静剤を飲んでベッドに入ります」サマーセットはロークに言い、力強く立ち上がった。

「あなたがひとりじゃなければよかったんだが」

「猫と一緒にいますよ」サマーセットはかすかにほほえみ、イヴがこれまでに見たおぼえのないことをした。前かがみになって、ロークの頬にキスをしたのだ。

感動して、ばつが悪くなり、イヴは立ち上がった。「車を手配するわ」歩きかけて、ふと立ち止まる。「MTや警官が駆けつけた？　それが彼らの仕事だけど、危険で勇気が必要なことには変わりないわ。あなたは仕事でもないのに同じ危険を冒して同じ勇気を見せた。忘れないわ」

「僕も一緒に行くべきだ」ロークが言った。

「いいえ」サマーセットは首を振った。「いまほしいのは静寂とベッドです。今日は特別に、猫にも慰めてもらいましょう。人の命を奪う資格があると思ったり、奪わなければならないとさえ思う者がいるかぎり、戦争は決してなくなりません。これは私の戦争ではありませんが、彼女の戦争です。彼女の戦争だから、あなたの戦争でもある。私はあなたがたのことを誇りに思っていますし、おふたりがほっとするニュースを持って帰られるように願っています」

サマーセットはまた長々とため息をつくと、ロークの肩をきつく抱いた。「イヴァンナの様子を見に行って、われらが警部補の指示でどなたかが送ってくれるのをのんびり待つとしましょう」

「ふたりとも送るように言うわ」イヴはサマーセットに言った。「みんなが送ってもらえるように手配する」

「ありがとうございます。私は大丈夫だよ、坊主。疲れただけだ」

「だったら、イヴァンナのところまで一緒に行って、車の準備ができたら、そこまで送っていこう」

その後、曲がり角で待っているパトロール車両まで、ロークはサマーセットを送っていった。しばらくしてやってきたイヴを見て、体がこわばっていると感じた。怒りと、絶対に倒れないという決意のせいだ、と思う。

「もうあなたにできることはないわ」イヴがそう言うと、ロークは自分でも気づかないうちに声を荒らげていた。

「そんなふうに言われたら、いまの自分が途方もなく役立たずに感じるよ」

「役立たずとか、バカ言わないで。あなたがいなかったら犯人たちの銃撃拠点は見つからなかったわ。ちゃんと三か所すべて、見つかった。たぶん、あのプログラムがあれば、彼女の次の拠点も、次のターゲットも目星がつくかもしれない。役立たずなんて、バカなこと言わないで」

「だったら、いつだって何か僕にできることがあるはずだ」

「サマーセットと一緒に帰るべきだったわね。邸に戻って、彼がベッドに入るのをたしかめて、あなたもぐっすり眠ればよかったのに」

「サマーセットは彼のやりたいようにやり、僕はきみが眠るときに眠る。それについて言い争って、さらに時間を無駄にしようか？」

「いいわ」イヴは一気にまくしたてた。「ピーボディは先にセントラルへ向かわせた。わたしはマイラに助言をもらい、それから、マッキーの尋問をする」

「僕はどこかで力になれないかどうか探すとしよう」そう言うとロークは立ち止まり、イヴの腕をつかんだ――きつく。「くたびれ果てたサマーセットがとても弱々しく見えたんだ。そんな彼に、きみが次々と聴取するかと思うと耐えられなかった。きみは自分にも厳しすぎる。いまにも崩れそうなのに、あきらめようとしないふたりの板挟みになっているのは耐えられなかった」

「サマーセットはがんばって持ちこたえたわ」イヴは苛立たしげにシューッと息を吐いた。「わたしだって彼を質問攻めにするつもりはなかった。彼が何を見たか知る必要があったのよ。現場の最前線にいたし、同じような経験がある。彼の話を聞いてひらめいたの。彼女はまた殺人を犯す。しかもすぐに。彼が必要だった」

「わかっているよ」

「サマーセットは何をした？　もう賞賛の言葉が思い浮かばないわ。アリーナに戻ってじっとしていれば安全だったのよ。でも、外に出て危険を顧みず、命を救いつづけた」

「サマーセットは僕を救ってくれたし、きみも僕を救ってくれた。こんなにありがたいことはないよ」

車のところまで来て、イヴは立ち止まった。「あなたは彼に作られたのね。そう思うわ」

ロークの驚いた表情を見て、イヴは首を振った。「彼がいまだにあなたと一緒にいるのは、そういうことだからよ。わたしたちはたがいを救ったって、あなたは言った。わたしが現れる前、あなたとサマーセットは同じことをしてたのよ。やり方も、近づき方も違うけれど、同じ。あなたは彼に目的を与え、そして、彼の息子になった。さあ、もうつまらない話はすべて終わりにしましょ」

「つまらない話は終わりだ」ロークはイヴを胸に引き寄せて、強く抱きしめた。「いまは、誰も僕たちに注意を払わない。だから、こうしてほしい。こうせずにはいられないんだ。ほんとうに、どうしても」

イヴはロークが求めるものを与え、必要なものを奪い取った。そのまま離れない。「ねえ、あなたって、思ったよりずっとアイルランド人よね。自分がこうと思ったことを脅してでもやらせようとする」

「そうやっていい思いをしてきたんだ」ロークは上半身を引いた。「きみにブースターを見つけてあげよう。いまじゃないよ。むかむかすると言って、きみが嫌うあれでもない。そのうち、きみにぴったりなのを見つけてあげるよ」

「見つけられるものなら見つけてほしいわ。あなたが運転して。リンクで話をしなければならないから」

ロークは運転席につき、ちらりと横のイヴを見た。「さっき、新たな彼を発見したみたいだが、そのおかげで、きみとサマーセットが毎日やってるけなし合いも終わるのかな？」

「それは終わらないわね、絶対に」

「つまり、僕の楽しみは続くということだ」


セントラルのなかを素早く移動するイヴは気づかなかったが――ロークは気づいていた――ほかの警官も、サポートスタッフも、イヴに気づくと一歩脇によけて道を開けた。

イヴが殺人課に足を踏み入れたとたん、デスクに向かっていたピーボディが立ち上がった。「マイラはあなたのオフィスです。遺留物採取班はすべての銃撃拠点を捜索中です。わたしたちは目撃者の報告書を選別しています。二、三使えるものがあるかもしれません」

「続けて。マッキーは?」

「弁護士とこちらへ向かっているところです」

「セントラルに到着したらすぐ取調室へ。マイラとの面談は十分間よ」

「僕はEDDへ行こう」ロークがイヴに言った。「あそこで役に立たなければ、どこかよそへ行く」

「一時間でも仮眠室で眠ればいいのに」

「今生《こんじょう》ではありえないね。来世でもない」

「気取り屋」

「それでいい」ロークはイヴにキスしたかったし、できないことではなかった。けれども、たがいに決めた結婚生活のルールがあるとわかっていた。そこで、イヴのあごにある小さなくぼみを指先でたどっただけで、その場を離れた。

ふたりともできることをやる――ロークはホームシステムにアクセスし、サマーセットが帰宅して、ベッドに入っているのを確認する。

それから、僕のおまわりさんに合うブースターを探す。

マイラはイヴのオフィスで、事件ボードに向かって立っていた。コートは来客用の椅子に掛けてある。ファッションのことは、イヴの優先事項の上位にはないが、観察するのは好きだった。マイラを観察すると、ぴったりした黒いパンツに膝丈の黒いブーツを履き、ふわっとしたブルーのセーターを着ていて、いつものきれいなスーツとパンプスとは感じが違う。

「情報を最新のものにしなければ」

マイラは振り向かなかった。「このままでよくわかるし、今朝の銃撃については情報をすべて得ているわ」

「コーヒーが飲みたくて。あなたはお茶ですか?」

「ええ、ありがとう。彼女は父親の計画を続行しているわね。まだ認められたがっている」

「殺すのが好きなんです」

「そうね。ほぼ同意するけれど、彼女はまだ子どもで、子どもはなんとかして父親を喜ばせようとするのよ。これはふたりの絆なの。武器について教えることから始まって、技術に磨きをかけて、復讐へと広げた。常用癖によって彼の技能は落ち、彼女のは研ぎすまされた。弟子が師匠を上まわった。彼女が彼の武器になったということ」

「彼女はそれが気に入っているんです」イヴは繰り返した。

「重ねて同意するわ」マイラはお茶を受け取り、カップを持ったまま遺体の写真をじっと見た。「最初の銃撃のとき、ほかのふたりの被害者はまぎれもなくカムフラージュだった。あるいは、父親はそう自分で納得していた。でも、どうかしら？　娘が見事に三つのターゲットに命中させて、父親は誇らしくなかったかしら？　誇らしかったと思うわ。二度目の銃撃では、五発撃って四人を殺してる。娘が腕試しをするのを許したのよ。あるいは、彼女が自分で人数を増やしたのかもしれないわ。そして、今回の三度目」

「死者は十八名です」

「そうね。彼女は自分で決めたはず。ストップと言う人もいない」

「父親は誇らしく思うでしょうか？」

「思うでしょうね。心のどこかで、娘は殺すことを――計画でもなく、使命でもなく、殺すということのパワーを――楽しんでいると思うかもしれない。それでも、彼女は彼の娘であり、教え子よ。愛する者よ」

「それはどういう愛なんですか？」イヴは強い口調で訊いた。「どういう愛があれば、娘を獣に育てられるんですか？」

「どんなにねじれていようと、彼にとっては本物の愛よ。娘を救うために犠牲になったわ。彼女を逃がしたのは、そのうち使命を果たしてくれるんじゃないかという期待のほかに、あくまでも彼女を守るためよ」

マイラは振り向いて、イヴを見ていた。「彼は元警官よ。自分の身元が知れたら、少なくともターゲットの一部も特定されると、当然わかっているはず。そうすれば、ターゲットに手が届かなくなる、と知っている」

「ジョナ・ロートシュタインを保護できませんでした」イヴは捜査キットからＩＤの顔写真を取り出して、ボードに留めた。

「誰に責任があるのかわかっているのに、自分を責めるのは無意味よ」

「守れなかった……。いけない」イヴは息を吸いこんだ。「無意味ですね。つまり、インストラクターは——師匠は——使命がまっとうされることを望み、まっとうされるには弟子は無事でいなければならない。自由の身でなければならない。そして、父親は娘を守ると同時に、ねじ曲げて人殺しに育て上げる。彼女がやっていることは、もともと素養がなければできないと思います。そなわっていたんです。父親はそれに気づいて利用しただけです。

でも、父親は娘の計画を知りません——賢明な娘は自分だけの秘密にしていました。父親は気にかけるでしょうか？ 病院で娘の計画の話をしても、彼は信じようとしませんでした。実の母親と、弟、教師、学校の生徒たち？ ありえないだろう、とはねつけました。信じさせることができたら、彼は気にするでしょうか？ そんなことは屁《へ》でもない、と思いませんか？」

「気にさせなければ」マイラはそう言ってうなずいた。「屁でもない、なんて思わせてはだめ。気にさせて心配させて、プレッシャーを与え、彼女の居所を白状させなければ」

別のときなら、マイラが〝屁でもない〟と言うのを聞いたらおかしくてたまらなかっただろう。「まさにそのとおりです」

「彼にとって子どもは重要だと思うわ。離婚したら、彼のような立場——きつい仕事をしているわ——の男性は共同親権ではなく制限のゆるやかな訪問権を選ぶことが多いのよ。離婚して妻を失い、また子どもに恵まれる可能性がなくなって自制心が働かなくなったのかもしれないわね」

「娘は弟ができて、学校で問題を起こすようになった」

「格好のきっかけになったでしょうね」

「彼女は、父親が計画していたようにアラスカへ行って、自然のなかで自由に暮らしはしないでしょう」イヴはうなずいた。「ここに残って、今度は自分の使命を果たす。彼は娘に殺人の方法を教えた。彼女は教えられた技術を使い、憎らしい連中を皆殺しにするつもりです。わたしが狙いを定め、追い詰めているのも知らず。もう安全じゃないわ。そうよ、そう、捕まえてやる」

「わたしも取調室にいたほうがいい？」

「いいえ、彼にはわたしを見てほしいんです。彼の娘を追い詰めているわたしを。警官殺し。そのことも考えてほしいし、娘がまだこの街にいることも納得してほしい。彼女は近くにいて、わたしももう近くまで迫っていると知ってほしい。そして、仲間をターゲットにした者をわたしたちがどう思うか、元警官として思い出してほしい。インチキをして、彼女に未成年者用のしゃれた施設で過ごすチャンスを与えるより、さっさと始末すると信じさせるのは簡単でしょうね」

マイラが何も言わないので、イヴは視線を動かして彼女と目を合わせた。「いえ、そんなことはしません。というより、最後の手段です。彼女にはわたしをしっかり見て、自分を止めたのはわたしだとわからせたい。残りの長い人生で、毎日、わたしを思い出してほしい」

「彼女はあなたとは違うわ」

「わたしも彼女のようになっていたかもしれません。リチャード・トロイが生きながらえていたら、わたしも彼女のようになっていたかもしれません。わたしをどんなねじれた人間にしたか、誰にもわからない」


「それは違うわ。生まれつきの素養と指導。その両方が大事で、その両方で人は作られるの。でも、ある時点で、さまざまなタイミングで、わたしたちは選択し、進む道を定め、それがわたしたちを特徴付けるのよ。あなたはあなたの選択をした。彼女は彼女の選択をしたの」

「そう。そうですね。やがて、わたしたちの道は交差する、間違いなく。そして、それぞれがどんな人間かを知る。だから、マッキーにすべてしゃべらせなければならない。吐かせます」

「傍聴室にいるわね。必要なときは呼んでちょうだい」

「わかりました」

マイラが背中を向けて出ていこうとしたとき、シェール・レオがイヴのオフィスに入ってきた。「マッキーは取調室Aよ」検事補が告げた。「ボスの言葉を伝えに来たわ。今回は取引なしですって。元警官で、いまは大量殺人者であり、警官殺し。確実な証拠がたっぷりある。もちろん、自白があれば理想的だけど、これだけの条件が揃えば有罪判決を得るには充分だっていうのが検事事務所の見解」

「いちおう聞いておくわ」

「でも――」

「出ました、でも」

「でも」レオは続けた。「娘があとひとりでも死傷者を出す前にマッキーが彼女の居場所を教え、そして、彼女がおとなしく逮捕されたら、検事事務所はウィロー・マッキーを未成年者として裁くそうよ」

「嘘でしょ、レオ」

レオは片手を上げ、もう一方の手で風で乱れたカーリーヘアをかき上げた。「有利な情報を提供してるつもりだけど、ダラス。彼には、娘が次の大量殺人をする前にわたしたちに居場所を伝える動機が必要なの。そうですよね、ドクター・マイラ？」

「彼にはふたつの思いがある。娘を守りたいという親としての本能。それから、なんとしてでも――どんなに時間がかかっても――使命を遂げたいという思いよ」

「十八人を殺した彼女を逃したら、きっとそのうちやり遂げるわ」

レオは首をかしげた。「実際にそうなる確率はどのくらいかしら？　彼女がおとなしく自首して、もう誰も傷つけない確率は？」

イヴは口を開こうとしたが、最初の怒りが消えて、さらにカフェインがめぐるのを待ってから言った。「オーケイ。オーケイ、わかったわ。彼女がおとなしく自首するのはありえない。絶対ね？　そこのところの撤回はなしね？」

レオはほほえんだ。「ちょっとでも抵抗したら、邪悪な小さい足を踏み鳴らして、あなたの爪先を蹴っただけだとしても、取引はなしよ」

「先に彼と話をさせて。それで彼を落とせなかったら、さっきの話を考える。なんとか自白に聞こえるようにさせるわ。取引は嫌いなのよ」

「いいわ、それでいきましょ。彼には裁判所が任命した弁護人がついているわ。ケント・プラット、勝ち目のない裁判を戦う官選弁護人の守護神と呼ばれている男よ」

「わかったわ。尋問を始めさせて」

「わたしは傍聴室にいるから、取引するときは呼んでちょうだい」

「そうするなら、大騒ぎするわよ。すごく頭にきてるだろうし。失礼な呼び方をするかもしれない」

レオはまたにっこりほほえんだ。「そういうの、はじめてじゃないし」

16

イヴは必要なものをまとめながらピーボディに連絡した。

「負傷者で、症状が安定していた人についての情報です」ピーボディが言った。「詳しいことは聞いていませんが――医学用語でむずかしいし――手術を受けたそうです」

「名前は？」

「アデル・ニンスキーです」

現場に着いたとき、サマーセットが手当てをしていた女性だと気づき、そのことは頭の片隅へ追いやった。

「父と娘のつながりを強調してほしいの。親としての義務とか、かわいそうな若い娘とか。彼には強く接して、娘には甘い目を向けて」

「了解です。普通にやってれば、だいたいそんな感じですよね」

「そうね。ボードをよく見ておいて。たしかに、そんな感じよね」

ファイルをまとめて抱え、イヴは大股で歩きだした。

ピーボディが小走りで追いつく。「バクスターとトゥルーハートが、タイムズスクエアの銃撃の数分後に彼女を見たかもしれないという目撃者を見つけました。質問され、ヤンシーの似顔絵を見て思い出したそうです。彼の話によると、建物に入ろうとしたら、ちょうど彼女が出てきたそうです。彼は彼女のためにドアを支えてやった。彼女は大きな金属製のケースとキャスター付きのダッフルバッグを持っていた。バックパックも背負っていた。〝手を貸しましょうか〟と言ってドアを支えたとき、彼女は彼に——〝薄気味悪い笑み〟——を向け、誰の助けもいらない、と答えたので印象に残っていたそうです。彼はちょっとむっとして、彼女の後姿をしばらく見ていたそうです。彼女はバス停に向かっていたようだった、と。半ブロックほど先です。いま、確認しているところです」

「いいわね」イヴは取調室のドアの前で立ち止まった。「失敗は許されないわよ」そう言って、なかに入っていく。

「記録開始」イヴは言い、データを読み上げて録音しながら、テーブルについている男性ふたりを観察した。

マッキーは顔色が悪く、挑戦的で、薄く色のついたゴーグルをつけて目を保護している。

ゴーグル越しでも、目が充血してまわりにあざができているのがわかったが、イヴはなんとも思わなかった。

弁護士は安っぽいスーツに細くて黒いネクタイを締めていた。あまり寝ていないのか疲れた顔をしているが、理想主義に燃えているのは伝わってくる。

イヴは椅子に座り、ファイルを積み上げて、その上で手を組んだ。「さてマッキー、始めましょうか」

「私のクライアントは不審な状況で重い傷を負い、医療的ケアを受けています。したがって――」

「バカバカしい。記録を読んでいるなら、弁護人、不審なことは何もないとわかっているはずよ。あなたのクライアントは警官たちに向けて発砲したの」

「その警官たちがはっきりとそのように証言しているかどうか、疑問が持たれます。不法侵入、警官に対するいやがらせ行為、不法強制について調査を申請します」

「ああそう、うまくいくといいわね」イヴはマッキーに向かってほほえみながら言った。

「知ってるでしょうけど、これは弁護士のたわ言で、何も変わりはしないから。さあ、始めるわよ」

「クライアントの怪我により、尋問は一時間ごとに休止期間を取るように決められています。クライアントには、一時間ごとに三十分の休止が保証されています。クライアントのために、一時間の尋問後、いったん病院に戻って完全な医療的検査が受けられるよう、要求します」

「拒否します。彼の医療チームが署名しているとおり、これはわたしの権限よ。彼が留置場で休憩するのはかまわないし、どうしてもということなら、医者に頼んでここで医療的診断をしてもいいわよ。あなたはもう退院しているわ。でも、外の世界とはもう縁はないのよ、マッキー。もういつだって檻のなか。受刑者たちとの楽しい日々が待ってるわ。受刑者たちがどれだけ元警官を愛しているか、あなただって知っているでしょう。わたしの時間を無駄遣いするのはやめてもらうわ」イヴはプラットにぴしゃりと言った。「あなたのクライアントに質問があります。まず最初の質問。彼女はどこにいるの？　あなたの娘はどこ？　ウィロー・マッキーはどこにいるの？」

「知るわけないだろう？　入院していたんだ」

「最近の出来事を知ってるの？　ゆうべ、あなたの娘が何をしたか、弁護人は知らせてくれた？　今回は死者が十八名よ。さぞかし誇らしい思いで胸がいっぱいでしょうね」

「事件当時、私のクライアントは隔離状態にあり、その件について責任はなく――」

「よくまあそんなにたわ言ばかり言えるわね。あなたには責任がある。あなたの血と肉である娘を血も涙もない人殺しに変えた責任があるのよ。十八人よ。父親も母親も、息子も娘もいたわ。しかも、すべてはあなたが不運だったせい」

「不運？」マッキーは身を乗り出した。

「そうよ、不運よ。あなたの妻は自分が進む先をよく見ていなかったの。それで死んだのよ」

「通りで轢《ひ》かれたんだぞ！」

「いいえ、彼女は通りに、車が行き交う道に飛び出した。注意するっていうこともできないくらい愚かだったからよ。そして、それを受け入れられないあなたはファンクに走った。ほら、そんなに手が震えてる。哀れね。ファンクで気持ちを落ち着かせるだけじゃ足りなかったのよね？　ぜんぜん足りなかった。妻が横断歩道を渡ることを思い出せなかったせいで、あなたは自分を破滅させた。それでも足りずに、考えられる全員を破滅させることにした」

「自分の娘も含めて」まわりがようやく聞き取れるくらいの声で、ピーボディが感情たっぷりに言った。「それが理解できないし、我慢なりませんね。彼女はまだほんの子どもだった、あなたは子どもを利用して、台無しにしたんですよ。彼女を破滅させたんです、ミスター・マッキー。あんなことをして、彼女はどうやって生きられるっていうんですか？　しかも、実の父親に命じられていたなんて」

「ウィルのことをなにもわかっちゃいないだろうが」

「十五歳の女の子なんだから、男の子のことや、音楽や、学校の授業や宿題のこと、みんなで集まってピザを食べに行こうとか、映画を観に行こうとか、そんなことを考えるはずです。何を着ればいいのか悩むはずなんです」

「俺のウィルは違う」

「あなたのウィルは違う」ピーボディはばかにしたように真似をした。「それはあなたが認めなかったからでしょう。そういうことはみんな、くだらなくて、どうでもいいとあなたは思ってるかもしれないけど、大事なんですよ。そういうひとつひとつの積み重ねが、大人に成長するための儀式なんです。そんな少女時代の大切な一部を、あなたは奪った。そして、彼女は殺人者になり、逃亡者になった。彼女の人生はもうおしまいです」

「始まったばかりだ」マッキーは言った。

「娘はアラスカに行くと思っているのよ」意識して薄ら笑いを浮かべて、イヴが言った。「そこで自給自足の生活をして、自由に……。アラスカにはいったい何がいるの？」

「クマ。ムース。オオカミも、たぶん。シカも。シカがたくさんいます」

「そう、それよ。シカみたいに自由に暮らそうと思っている。でも、シカもハンターに狙われるんじゃない？　北のほうでは狩猟《ハンティング》はしないの？　それも自給自足の一部じゃないの？」

イヴは椅子の背に体をあずけた。「わたしはいま、彼女のハンティングをしてるの――シカを追うように、追っている。最高の追跡チームに追わせているわ。彼女は足跡を残しているのよ、マッキー」イヴはファイルを開き、銃撃拠点三か所の住所を読み上げた。そして、マッキーが震える手を握りしめるのを見た。「このうちの一か所で、彼女が出てくるところを見たという目撃者もすでにいる。ここで疑問がわくわ。あなたは娘を逃がしたとき、アラスカへ行けと言ったの？　まず使命を果たせと言ったの？」

「私のクライアントは、娘のウィロー・マッキーに関わるいっさいの陳述を拒否します。彼女は警察に対する恐れと、彼女に対する警察の誤った告発を受け、行方不明中です」

「あらまあ。今日は一日じゅう、弁護士のたわ言をかき分けて進むことになりそう。まともな父親なら逃げろって、早く、遠くへ逃げろって言うはずよね」

「彼はまともな父親じゃありません」ピーボディが横から言った。

「俺はいい父親だ！」侮辱されて怒り、マッキーの頬がみるみる赤くなった。「あの子の母親が結婚した無能で愚劣な男より、俺のほうがはるかにましだ」

「いい職について、いい家を手に入れた無能で愚劣な男ってことになるわね」マッキーの傷ついた目が怒りで燃えるのを、イヴはゴーグル越しに見つめた。「しかも、ファンキーのジャンキーじゃない。そう、これはもう決定的よね」

「やつはあの子の父親じゃない」

「そうよ、でも、月の半分は彼と暮らしているわ。あなたはそれを変えようとしていた。全面的な親権を得ようとしていた。そんなときに、あら、なんと、奥さんが亡くなった。そして、すべては崩れていった」

マッキーの両手の震えが激しくなった。顔に赤い斑点《はんてん》が現れ、広がっていく。

「あなたは逃げろと言ったんだと思うわ。〝アラスカへ行け。楽しんでこい〟そして、自分は犠牲になり、警察の注意を引きつけた。彼女は二、三年すれば戻ってきて、使命を果たすだろうと思っていた。始末するのは、マータ・ベック、マリアン・ジャコビー、ジョナ・ロートシュタイン、ブライアン・ファイン、アリス・エリソン。でも、ほら、ティーンエイジャーってそういうものじゃない？　思い上がっていて、反抗的。娘はパパに反抗した。そして、さらに十八人を殺したのよ」

イヴはファイルを開き、写真を広げた。「ただコンサートへ行っただけの十八人を」

マッキーの視線が写真の上を行ったり来たりするのがわかった。

「今度は彼らの運が悪かった。ロートシュタインとたまたま同じ時間に同じ場所にいたという不運。彼は弁護士よ」イヴはプラットに言った。「あなたと同じ。マッキーは彼を雇い、横断歩道じゃない場所を渡った妻を撥ねた運転手と、現場の状況を正しく判断した警官を訴えようとした。あなたと同じただの弁護士が、あなたと同じように仕事をしただけよ。でも、彼はマッキーが求めているものを与えられなかったから、死ぬことになった」

「私のクライアントが否定しているのは――」

「でも、彼女ははずしたの」イヴは、マッキーの保護された目が見開かれるのがわかった。「今度は彼女が、あら、なんと。すごく興奮してしまったんだと思うわ。そして、的を外した」

「ウィルは絶対に的を外さない」

イヴは前のめりになった。「どうしてわかるの？　彼女が人を撃つのを見たことがあるの？」

「あの子は絶対に外さないと言っただろう。やつの写真はどこだ？」マッキーは両手で写真を押しやった。「どこだ？」

「ターゲット以外の人たちは誰が選んだの？　娘に選ばせた？　メインは自分が選んだから、ほかは娘に選ばせた？」

「ロートシュタインの写真はどこだ？」

「撃ちそこなったと言ったはず」

「嘘だ。ウィルは、八百メートル先にいるウサギの左耳を狙って、吹き飛ばせるんだ」

だ」

「ミスター・マッキー」プラットは彼の腕に手を置いて、何か言いかけた。

マッキーはプラットを振り払った。「やつの写真がこのテーブルの上にあるのを見たいんだ」

「人でごった返していたわ。夜も遅くて、混み合っていた」

「指導したんだ」手ばかりか、腕と肩まで震えていた。「あの子は、確実だと納得しなければ撃たない」

「ゴーサインを出すあなたがそばにいなかったから、様子が違ったんでしょう。あなたはいつもそばにいて、ゴーサインを出していた。スケートリンクのときも、タイムズスクエアのときも」

「あの子にとって、そんなことはなんでもない。あの子は外さないんだ」

「でも、あなたは一緒にいて、ゴーサインを出した。そして、ドクター・マイケルソンとラッソ巡査を殺害させた。イエスかノーで答えなさい」

「答えてはいけません」プラットが強く言った。

「イエスだ！　イエスだが、そんなことはどうでもいい」娘の技能をはっきりとけなされ、マッキーの声は屈辱と怒りに満ちていた。「あの子は、これまでに見た誰よりも優秀だ。俺より腕がいい。ロートシュタインを外すはずがないんだ」

「つまり、あなたは、十五歳の少女がウォールマン・スケートリンクでマイケルソンとほかのふたりを射殺したと言っているのね？　タイムズスクエアでケヴィン・ラッソ巡査を含む四人を殺したと言っているのね？」

「この手で、あんなふうに命中させられると思うのか？　この目で？」

「彼女は、あなたのためにやったの？」

「俺たちのためだ。スーザンはあの子にとっていい母親になっていただろう。ほんとうの母親だ。俺たちは家族になるはずだった。それをあいつがだめにした。俺の家族をぶっ壊したんだ。生きている資格はない」

「あなたとあなたの娘、ウィロー・マッキーは、このリストに名前のある人たちを殺そうと企んだ」イヴはファイルからリストのプリントアウトを出した。「さらに、自分たちとターゲットのつながりを隠すのに、無関係の人たちも殺そうと企んだ」

「この尋問は終わりです」プラットは立ち上がった。

「あの子は俺の目だ！　俺の手だ！　これは殺人じゃない。正義だ。俺の妻と息子のための正義だ」

「この人たち」イヴは別のファイルを開いて、さらにまた写真を広げた。「たまたま同じ時間に同じ場所にいた、この人たちはどうなるのよ？」

「なんでこいつらがスーザンや息子より大事なんだ？　なんで生きていて、家族と一緒にいるんだ？　俺には何もないのに」

「どうして彼らが大事じゃないって言えるのよ？」イヴは言い返した。

「この尋問は終わりだと言ったはずです」明らかに動揺しているプラットはなんとか冷静な声を出そうと必死だ。「クライアントと相談する必要があります。よって、いまから休憩を取ります」

「取りなさい」イヴは写真をまとめはじめた。

「ロートシュタインはどこだ？」

「彼には近づけないわよ」イヴは立ち上がった。「あなたのリストに名前のある誰にもね。彼女も近づけないわ。よく考えなさい。三十分後に再開する。尋問休止」

イヴは取調室を出て、そのまままっすぐ自分のオフィスまで歩いていった。ピーボディがコーヒーを淹れようとオートシェフに近づき、イヴは腰を下ろした。そして、デスクの真ん中に置かれたカップをじっと見た。ラベルが貼ってあって〝僕を飲んで！〟と書いてある。

ふたを開けて、疑わしげに匂いをかぐ。チョコレート入り麦芽乳のような匂いがして、眉をひそめる。

「なんですか？」

「ロークが持ってきたみたい」イヴは恐る恐るひと口飲んだ。チョコレート入り麦芽乳の味がする。それも本物の。

イヴはピーボディがデスクに置いたコーヒーを見て、またカップに視線を移した。そして、ロークのことを考えながら、ブースターを半分飲んだ。

それから、ピーボディにカップを差し出した。「あなたもひどい顔してる。残りを飲みなさい」

ピーボディは試しにちょっと口をつけた。目が見開かれる。「わあ、百万カロリーの味がします。でも――」ごくごくと飲み干した。「あれは天才的でしたね――彼女がロートシュタインを撃ちそこねたと思わせたのは」

「突然思いついたのよ。失敗した娘に腹を立てるか、外したと言ったわたしに腹を立てるか、どちらかと思った。うぬぼれ――自分自身と自分の愛弟子に対する――のせいで大量殺人と娘の結びつきを自白せざるをえなくなったわね。第一ラウンドにはこれで充分」

「それを思いつかなかった自分を蹴とばしたい気分よ」マイラがそう言いながらオフィスに入ってきた。「自尊心。彼の精神障害には父親としての自尊心が絡んでいる部分が大きいわ。彼女は彼の目であり、手であり、武器であり、子どもよ。それがすべて融合している。彼は収監されるわ、イヴ、そして、法的に精神疾患だとみなされることはないでしょうけど、かなりその傾向は強いわ」

「収監されているかぎり、残りの無駄な人生が終わるまでずっと、彼の気持ちはかき乱されつづけるのよ。ひとつが片付いてももうひとつがある。元妻とその夫がターゲットになっても、彼にはどうでもいいはず。七歳の子どもがターゲットになってもどうでもいい。でも、娘が彼の目であり、手であるなら、彼らは彼女のターゲットよ。娘が彼らを殺そうと計画していたことを、父親がどう正当化するか見てみましょ。学校と生徒たちのことも。それがうまくいかずに彼の足元をすくうことができなかったら、取引するわ。そうすれば、娘は数年間は施設で安全に暮らし、そのあと、出てきて計画を遂げると彼は信じるかもしれない。ウィローの計画と暗殺者リストは、娘は街を離れず、父親は自分の目と手を失うというしるしよ」

「彼は自分をいい父親だと信じています」ピーボディが言った。「心から信じていると感じました。彼女の生まれながらの才能を見出して、それを尊び、磨きをかける手伝いをしたと思っているんです」

「そして、娘の義理の父親を恨んでいるわ。自分より安定し、成功もしている――それに、息子もいる彼を」マイラが言った。「まだ元妻に反感を抱いている。でも、彼女の息子はかわいかったかもしれない。そこを攻めるべきね」

「ピーボディ、彼女の息子のかわいらしい写真を探してみて。誕生日や、クリスマスなんかの写真。赤ん坊のときの写真も。そういえば、子犬を飼っていたわね？　子犬と一緒の写真も」

「わかりました」

「彼に見せるのよ」ピーボディが急いで出ていくと、マイラは言った。「無邪気さ、かわいらしさ。あの子は父親の血を引いているのだと、マッキーに思い出させるの。それが重要になってくるはず。自分の娘が血のつながりのある弟を殺そうとした、ということよ。母親を殺すのは、たぶんかまわない。彼女は大人で、マッキーとは異なる選択、彼にとって腹立たしい選択をしたのだから。けれども、子どもに選択の余地はない。彼の息子として生まれるはずだった赤ん坊と同じように」

「そして、娘とも血のつながるはずだった。わかりました」

「顔色がよくなったわ」マイラが気づいて言った。

「そうですか？　ロークのおかげです」

「遠回しに言っているの？　いつそんな時間があったのかしら？」

「わたしはただ――違います、もう」唖然《あぜん》としたあと、噴き出しそうになりながら、イヴはカップを持ち上げた。「強壮ドリンク。ロークが持ってきてくれたブースター《ブースター》です。たぶん、ここにいる半分の警官に味見をさせながら作ったんだと思います」

自分たちがセックスしているところを思い浮かべているマイラを想像しないように気をつけながら、イヴは話題を変えた。「どうして今日はスーツと足首が折れそうなヒールじゃないんですか？」

「今朝は、急いでこっちへ来たから。土曜日だし。土曜日は、正式には仕事をしないことにしているの」

「土曜日」いつ土曜日になったのだろう？「ああ」

「ブースターをお代わりしなさい」マイラはイヴの肩をぽんぽんと叩いた。「あなたが再開したら、傍聴室に戻るわ」マイラはドアの前で立ち止まった。「ひびが入りはじめてるわよ。それに、あなたは弁護士も揺さぶった」

「一気に壊れる様子がなかったら、ひびを広げてやります。休憩して少しは立ちなおったり、落ち着いたかもしれない。でも、必ず到達します」

絶対に到達してつかんでやる。イヴはそう思い、次のラウンドにそなえた。

イヴは回復した。休憩とブースターのおかげか、頭がすっきりして元気がわいてきた。そして、またマッキーに立ち向かう前に、バクスターに連絡をした。

「よう、ダラス。バスの運転手が彼女をおぼえていた――というより、バッグをいくつも持った若いのが乗ってきたのをおぼえていて、そのバッグは前の目撃者が言っていたのと同じだった。マディソン・スクエアを銃撃したときに使った安宿に直行したみたいだ。俺と坊やで、そのルートのバスを調べてる。なんかちょっとゾクゾクしてるんだ」

「何かが起こりますように。わたしはまたマッキーのところへ戻る。彼が何かこぼしたら、連絡するわ」

「こぼさせてくれ」

そうするわ。デスクに向かっていたイヴは立ち上がった。きっとそうさせる。少しゾクゾクしながら思った。

ブルペンに入っていくと、ピーボディが民間人と話をしていた。

「警部補、こちらはアーロン・テイラー。ゆうべのコンサートにジョナ・ロートシュタインと行っていたそうです」

「そうなんです。聞いたんだけど……。ほんとうにジョナは……」

「お気の毒です、ミスター・テイラー」

イヴの言葉を聞き、アーロンは両手で顔を覆った。「わからない。どうしてこんなことが起こるんだ……」

ピーボディが急いで立ち上がり、椅子を勧めた。「座ってください、ミスター・テイラー」

「どうしていいのかわからない。僕は別の出口から出たんです――そのほうが家に近いから。一階席だったんだ。ジョナが十一月に手に入れてくれた。それで……」

「あなたとミスター・ロートシュタインは友人だった」イヴがうながした。

「高校のときからだ。一緒にニューヨークに出てきて、僕が結婚するまでルームシェアしていた。彼は親友だ。僕は……」

「一緒にコンサートに行ったんですね」イヴはまた先をうながした。

「そう。そうなんだ。いい席が取れたって、SNSでもかなり自慢していたし、何週間もそのことばかり話してた。コンサートへは一緒に行ったけど……帰りは、僕がアリーナの反対側から出たから」

「彼はコンサート会場での行動をSNSに上げていましたか?」

「カウントダウンしてたよ」アーロンは指先を目に当てて、涙を押さえた。「ふたりとも、アベニューAの大ファンなんだ。大学時代から、とくにジョナは誰よりも熱烈なファンだった。バンドのコンサートに合わせて自分のスケジュールを組む感じだった――ミーティングがあるとかで、この一週間ずっと出張していたけれど、なんとかやりくりしてゆうべのコンサートのために帰ってきた。それで、ずっと言いつづけていた。〝ステージからいちばん遠い席でアベニューAやジェイク・キンケイドを見てた頃、こんなところに来られるなんて考えもしなかったなあ。一階席だぞ、マディソン・スクエアの〟って。僕は別の出口から帰ってしまった。ジョナに誘われたんだ。〝一杯飲みにいこうぜ〟って。でも、僕は帰らなければならなくて。今夜、彼はうちに来ることになっていた。今夜、来るはずだったんだ。でも、彼はあっちから出ていって、僕は違うほうから出ていったから」

「ミスター・テイラー……アーロン」イヴは言いなおし、打ちひしがれた彼の顔をじっと見た。「道理なんてないんです。理由もない。聞かせてください。ジョナはあなたに仕事の話をしたことがありますか？」

「ええ、たまに。反応を知りたいときとか。一緒にロースクールに通っていたから。僕は税法を学んでいたんです」

「彼はあなたにレジナルド・マッキーの話をしたことがありましたか？」

「しょっちゅうスクリーンに顔が出てる男？　子どもを連れてる？　このばかげたことをやってる張本人だ」またあふれそうだった涙がショックで乾いた。「ジョナがあいつを知っていたって？」

「彼からマッキーの話を聞いたことは？」

「名前を言わずに話すからな。話はいろいろ聞いたよ。笑ってしまうような話だ。自慢話もあったが、クライアントの名前は言わないんだ。僕たちは兄弟のようだったけれど、彼が部外秘の情報を漏らすようなことはなかった」

「オーケイ。でも、妻の死をめぐって誰かを訴えたがっているクライアントの話をしたことはない？　その人物の妻は通りに飛び出して車に撥ねられたのよ。妊娠中だった」

「ああ……それなら――そういう話ならおぼえている。それが原因で彼が死んだって？」今度は怒りを抑えきれず、アーロンは勢いよく立ち上がった。「それが理由なのか？　ジョナはあのクソ野郎を助けようとしていたのに。無料で相談に乗っていたのは、そいつを気の毒に思ったからだ。自分の時間を削って。そうせざるを得なかったのは、あの馬鹿男には訴える根拠がなかったからだ。妻は車が行き交う通りに飛び出した。目撃者もいた。ジョナは全員から話を聞き、事故の経緯さえ調べた――プライベートの時間にだ。その結果、自分にできることはないと伝えざるをなかったんだが、クソ野郎は彼を激しく責めたんだ。それから、娘も……。ジョナは勤務外の時間を使い、自腹を切ってやつらを助けようとしたのに。いいやつだったとわかるだろう？　彼はほんとうにいいやつだった」

「そのとおりね。その男の娘については」

「娘……。ジョナはそのクソ野郎――それがマッキーだろう？――の話をしていたよ。落ちぶれた哀れな男だと言っていた。無理やり結論を、責めるべき人物を――予約時間より遅れて診察した医者とか、そう、妻の職場の上司とか――求めてどうしようもなかった、と。通りに飛び出した妻以外の全員が悪いと言わんばかりだったと。わかるだろう?」

「わかるわ。娘の話を聞かせて、アーロン」

「その子が恐ろしい――彼の言葉だ――と言っていた。力にはなれないとマッキーに伝え、彼が言うには、何かのドラッグをやっているのは間違いないからリハビリ施設に入ってカウンセリングを受けるべきだと助言して二週間ほどたったころ、娘がやってきたそうだ。ジョナが仕事の帰りにテイクアウトの料理を買っていたら、近づいてきた。まっすぐやってきて、言ったらしい。あんたなんか誰が死んでもたいしたことじゃないと思ってるに決まってる。大変なことなんだって教えてあげるわよ。あんたに奥さんがいなくて残念。いたら、誰かのせいで通りで轢かれてたかもしれないから。でも、あんたがそうなるかも。そう言って、娘はスタナーを見せたそうだ。実際は、ポケットのなかにあるスタナーらしきものを見せたらしい。ぎょっとしたと彼は言っていた」

「脅されたことを彼は届け出なかったの? 武器のこととか?」

「ジューエル――僕の妻だ――がそうするべきだと強く言ったんだが、ジョナは彼女が十三、四歳くらいにしか見えなかったから、とか言っていた。何もわからず大口を叩いただけだろうし、スタナーも偽物だ、おもちゃだ、って。でも、気味悪がってはいた。弁護士はいろんなジョークのネタにされるだろう？　でも、ジョナは、人には必ずいいところがあると信じていた。誰かが力になってやることが必要なんだと心から信じていた。このクソ野郎には、力になってやるべきものは何もなかったが、それでも彼はなんとか力になろうとした。それで、殺されてしまった」

「こんどは、わたしたちがジョナの力になる番よ。約束するわ。必ず彼のために闘う。あなたがここへ来てくれて、ほんとうに助かったわ。あなたは彼を助けたのよ」

「ジョナに会えるかな？　どこかへ行けば会えるんだろうか？　彼の両親が——僕たちは、僕とジューエルは眠っていた。何も知らずに眠っていたら、彼のお父さんが……。ご両親がフロリダから来ているんだ。冬はフロリダで過ごしていて、それで、こっちに来たんだが……。ジョナに会えるかな？」

「ピーボディ捜査官、対処してもらえる？　アーロンをお友だちのところへ案内して、帰りの足も手配して」

「はい、わかりました」

「ジョナは正義を信じ、とても大事に思っていた」

「わたしもよ」イヴは言い、ローウェンバームが待っているのが見えたので近づいていった。

「邪魔したくなかったから、見ていた」

「マッキーを落として、彼の異常な娘を追い詰めなくてはならない理由が、またひとつ増えたわ」

「次のラウンドに参加して、マックを尋問するきみの力になりたいんだが」

それを期待していたイヴは、ローウェンバームを引っ張って廊下に出た。

「わたしがあなたの立場だったら同じように頼んだと思う。でも、彼はあなたを分隊長として見るはずだから、関係が曖昧になってしまうわ。あなたは出世して、彼を現場からはずした」

「それはわかるが、俺はただ――」

「ローウェンバーム、彼が今回の使命を果たしたとして、アラスカへ行ったとは思えないわ。行ったとしても、永住はしなかった。彼がほんとうに求めていたものは得られず、まだ終わってないという気になったと思う。まだすべては彼のなかにあるから。そして、新たなリストを作ったと思う。あなたの名前もリストにあったはず」

一拍置いて、イヴは続けた。「あなたももう同じ結論に達していたでしょう」

「ああ」ローウェンバームは廊下の先に視線を送ったが、何も見ていなかった。「ああ、同じように考えていた。俺の名前、元妻の夫、パトローニ、たぶんもっとだな。しかし、やつはまだそこまでいっていない」

「それはたしか？」

一瞬の間の後、ローウェンバームは首を振った。「いいや、たしかとはほど遠い。ただ……」

「黙って見ているのはむずかしいでしょうけど、そうしてほしいと言わざるをえないわ。傍聴してて、何か手を貸せることがあると気づいたら、わたしに合図をして」

「そうだな。きみの言うとおりだ」ローウェンバームは納得し、ふーっと息をついた。「オーケイ。子どもを絡めて攻めろ。父親違いの弟のほうだ。やつはまだ元妻に腹を立てている——離婚した相手を死ぬまで恨みつづける者はほんとうに多い——が、あの子のことは気に入っている。ウィルとザックを生んだことだけがゾーの取り柄だと、やつが言うのを聞いたことがある。チビの学校の行事にも何度かウィローを引っ張っていったのは、彼女を子どもの世界に触れさせるのは大事だと思ったからだとも言っていた」

「いいわね。いいことを聞いたわ。使わせてもらう」制服警官ふたりに案内されたアーロンがエレベーターに向かうのを見送り、イヴは言った。「また情報が得られるかも」そして、その思いを身振りでピーボディに伝えた。「ちゃんと見ててよ、ローウェンバーム。しっかり」

「まかせておけ」

イヴがいったん傍聴室に寄ったのは、ただ状況を把握したかったからだ。取調室を見ると、弁護士ががちがちに緊張してしゃべっている一方で、マッキーはまったくの無表情で前方を見つめていた。

怒っている、とイヴは思った。いいわ、いい。そのまま腹を立てつづけなさい。

彼の手は震えていた。両手をどんなに強く組み合わせても、震えは激しくなるばかりだ。医療用に使用が認められている薬物をすぐに打つ必要がありそうだ。

イヴはピーボディを見てうなずいた。「さあ、始めるわよ」

取調室に入っていくと、プラットが椅子に深く座りなおした。何も言わない。

「記録開始。ダラス、警部補イヴ、ピーボディ、捜査官ディリア、マッキー、レジナルドおよび弁護人との尋問を再開する」イヴは椅子に座り、テーブルにファイルを置いた。「さあ、話はどこまで進んでいたかしら？」

「ふたたび述べます。医療的診断を受けるため、クライアントの病院への送還を要請します」

「すでに記録された理由により、ふたたび〝ふざけんな〟と述べます」

「ロートシュタインは死んだ」マッキーがイヴの目を見つめた。「休憩中、調べさせた。あの子が狙いをはずすわけがないと、俺はわかっていた」

「そうよ。自分の時間を削ってまで無料であなたのバカげた依頼を引き受け、あなたに手を貸そうとした男性は亡くなったわ。あなたの娘の手で、あなたたちの企てによって」

「やつは決まりを守ることと、実際に起こったことを隠す以外、何もしなかった」

「未成年の子どもに対するあなたの主張について、クライアントは責任を負う立場にはなく」弁護士が説明しはじめた。

「ロースクールでは共謀って言葉の意味を教えてくれなかったの、プラット？　あなたのクライアントは――あなたよ、マッキー――記録に残っているとおり、殺人を共謀し、現在のところ二十五人にのぼる殺人を幇助《ほうじょ》したと自白したのよ」

「クライアントはマディソン・スクエアの事件当時は入院中で、警察の保護下にありました。したがって――」

「お願い、時間を無駄にしないで。もくろみ、計画を立てたって記録されてるのよ。ゆうべ、彼がアルゼンチンにいようと知ったこっちゃない。彼は娘と同じように罪を犯しているの。同様に、彼女が、あなたのクライアントのリストに並んでいる人たちをすべて殺そうとしたなら、彼も有罪なのよ。あと、彼女自身のリストに名前のある人たちも」

「あの子のリストなどあるわけがない。嘘つきめ。また嘘をついている」

「まるで知らないみたいに」ピーボディが嫌悪感もあらわに言った。「あなたは父親でしょう。彼女が計画していることは知っているはずです。自分が始めたことなんだから」

「そこはあなたとは違う考えよ」イヴはピーボディを見て肩をすくめた。「わたしは彼が知っているとは思わない。ウィローの暗殺者リストのことは知らないのよ。娘が独自の使命を持っていたのは。同じように、彼女が父親のリストに名前のあった人のうち、たとえばロートシュタインを直接脅しに行ったことも知らないはず。ひとりで脅してスタナーをちらつかせたそうよ。それはうまいやり方じゃないし、それに関して彼は充分すぎるほど学んでいるのよ。ファンク漬けだとしても、そんな間抜けな動きはさせないはず」

「また嘘をついている。ロートシュタインを撃ちそこなったと嘘をついたときと同じだ」

「今回は嘘をつく必要なんてないわ。ここにウィローのリストを持ってきてるから」イヴはファイルを開いたが、書類を出す前にいったん静止した。「そうだ、ウィローは徒歩かバスで移動しているらしいわ。彼女を見たというバスの運転手が何人かいるの。彼女、何か注意を引くみたいね」

イヴはリストを取り出し、テーブルの上に置いてマッキーのほうへ押しやった。「イニシャルにもせず、はっきり名前が書いてある。フルネームよ。弟のコンピューターの思いもよらない場所に隠した文書を、わざわざチェックする人はいないと思ったんでしょう」

「捏造《ねつぞう》したんだろう」ろくに見もせず、マッキーはリストを脇へよけた。「あの子が作ったものじゃない」

「あら、心のどこかで――ファンクに影響されていないどこかで――娘のものだとわかっているでしょう。これがウィローよ。彼女がどういう人間か、あなたは心のどこかでわかっていて、それを必要とした。あなたの目も、手も、心も頭のなかも、真夜中みたいに真っ暗よ。自分の血を分けた娘に同じものを見てしまったのも、ファンクに走った一因よね。あれはつらいところをぼかしてくれる」

「それも嘘だ。ウィルが実の母親や弟を傷つけたがるなどと、俺が信じると思うのか？　信じるわけがない」

「そういえば、学校職員をしている彼女の義理の父親について、あなたは何も言わないけれど、とりあえずそこは飛ばしていくわ」イヴはピーボディが捜してきたザック・スチューベンの写真を取り出した。

「かわいい子ね。子どもはあまり好きじゃないけど、そう、この子はかなりかわいい。そして、子犬を飼っていた。仲がよさそうよね。バカみたいな犬をぎゅっと抱きしめてて、バカみたいな犬もぴったりくっついていて。だから、ウィローはこの犬の首を折って、弟の足元めがけて窓から放ったのよ」

「そんなことをするわけがない」

「間違いなくやったのよ――あなたが首の折り方を教えたのは間違いない。どうやって圧力をかけて、どんなふうに角度を利用するか。それで、ウィローはその方法をバカみたいな子犬でためしたのよ。なぜなら、弟がきらいだから。この、かわいくて無邪気な弟が。彼の存在そのものを憎んでいたのよ。あなたに息子が生まれていたら、その子も嫌ったでしょうね。自分だけじゃなければいやなのよ」

「知ったような口をきくな！」

「知っているわ」イヴは両手をテーブルに叩きつけて立ち上がり、身を乗り出した。「あなたも知っている。すべて知っている。ウィローは弟を傷つけていた。弟は彼女をこわがっていた。元妻にそう言われても、あなたは認めたくなかった。それにはファンクが役に立った。見たくないものは見えなくなるのよ。でも、あなたは知っていた。いつだって知っていたのよ」

「私のクライアントは常用癖があり――」

「黙りやがれ！」マッキーが怒鳴った。

「ミスター・マッキー、力にならせてください。話し合ったことを思い出して、私に弁護人としての仕事をさせてください。私はこれから助言を――」

「黙れと言ってるんだ、こんちくしょう！　この役立たずめ。ほかの連中と同じじゃないか。規則にしたがい、国のシステムと駆け引きしてるだけだ。おまえなんか必要ない」

「私はあなたの弁護人です、ミスター・マッキー。私に仕事をさせて、そして――」

「おまえは自分の弁護をしてるだけだろう。そういうことだ。さあ、もう黙って出ていけ。もう必要ない。関わるな。誰もいらない」マッキーはよろめきながら立ち上がり、床にボルトで固定された拘束具を引っ張った。

プラットは驚いて飛びのき、そのはずみで椅子から転げ落ちたが、おかげでマッキーにつかみかかられずにすんだ。

「椅子に座らないと、床に押さえつけるわよ」イヴはゆっくり立ち上がった。

「おまえは嘘つきだ。こいつもグルなんだろう」

「座らないと、床に押さえつけると言っているの」

「やってみろ」

イヴがテーブルの向こう側へまわりはじめると、プラットは四つん這いになってから立ち上がった。ふたりから離れたまま動こうとしなかったが、ドアに突進しないだけでもたいしたものだとイヴは思った。

「私のクライアントに禁断症状が認められます。すぐに――」

「俺はおまえのクライアントじゃない！　出ていきやがれ」

「彼を退出させたいなら、記録に残るように解雇しなければならないわ」イヴは冷静に言った。「記録に残るように、弁護士に相談する権利を放棄する必要がある。それをしないかぎり、彼はここに残るわ」

「おまえはクビだ、こんちくちょう。役にも立たない相談をする権利など放棄してやる。おい、クソ女め、かかってこい」

「喜んで」

イヴは拘束されてうまく動けないマッキーのパンチを簡単にかわし、回し蹴り一発で床に沈めた。「そのまま、動かないで」と、警告する。「その体調でも、その体勢でも、わたしを倒すのは無理よ。裁判所が指名した弁護士を解雇するかどうか、もう一度考えるチャンスを与えるわ。よく考えて、マッキー。気を落ち着けて、考えなさい」

震えが両腕を駆け上り、胸が激しく波打つ。「追い出せ。そのへなちょこは、俺を説得して取引させようとしたんだ。俺が取引に応じると思うか？　追い出せ」

「これで明らかですね」ピーボディは立ち上がり、ドアまで歩いていった。「容疑者は弁護士を解雇し、相談する権利を放棄しました。出ていったほうがいいですよ、プラット、リストに名前を加えられる前に」

まだまだ新人らしさが消えていないプラットは何も言わず、ブリーフケースをつかんで部屋を出ていった。

「解雇された弁護士は取調室から退出」ピーボディはドアを閉めた。

「座るの、それとも、留置場に送り返されたい？」

床に横たわったままマッキーはイヴを見た。「次はおまえの番だな」

「そう、遅かれ早かれね。でも、いずれにしても、あなたはどこかに行っちゃってて見ることはできないわね。座りなさい、マッキー」

17

マッキーは椅子に戻った。顔にまた赤い斑点が現れ、目がますます充血している。

イヴはファイルから高校の見取り図を取り出し、マッキーのほうに押しだした。「ウィローの作戦の一部よ。侵入場所に印をつけているのがわかるでしょう。警備の弱い場所よ。侵入方法を教えたのはあなたね」

「違う」

「母親、義理の父親、弟。最初に彼らの名前が並んでいる。憎しみ、怒り。それが深いのがわかる。それから解放されたら、次のターゲットは、校長、スクールカウンセラー、それから悪口を言われたり、侮辱されたり、嫌われていると思った生徒たち。軽視されたら、その恨みを深めて犯罪行為に走ることを教えたのはあなた。殺すための言い訳を授けたのよ」

「でたらめだ」

「そうじゃないとわかっているわよね。でも、そう言って切り抜けられるならやりつづければいい。あなた、見るからにへろへろじゃないの、マッキー。続けるのに必要なら、また医療用薬物を打つ許可を出せるけど」

「おまえに何かしてもらうのはいっさいごめんだ、この嘘つきクソ女」

「わかったわ。じゃ、これに戻るわよ」イヴはザックの写真を二枚、マッキーの顔に近づけた。「彼女は弟の子犬を殺し、弟のことも殺すつもりだった。ザックはいまのところ、保護拘置されている。でも、永遠にそのままではいられないわ。そして、ウィローは待つはず。われわれが止めないかぎりいつまでも待って、そのときが来たら弟の頭を撃ち抜くのよ。同じ血が流れ、同じ母親を持つ弟を。あなたとも親しかったこの子を、彼女はいつまでも待って殺すつもりよ」

「あの子がそうする理由がないだろう」

「いくらでもあるわ」イヴは拳でドンとテーブルを叩いた。「弟はウィローのものを奪ったからよ。教えられた技術を使って、自分から何か奪った者を倒すのは正しいと、そう思わせたのはあなたでしょう？　雨の日、ある男性が車で通りを走っていたら、目の前に女性が飛び出してきた。彼は止まろうとした。よけようとしたけれど、もう遅かった。その男性は彼女を狙っていたの、マッキー？　その日の朝、目が覚めて、彼女を殺そうと思いついたの？

何日も、何週間も、あなたみたいに何か月もかけて、細かなことを決めたの？　なんの罪もない目撃者も殺していい、どうでもいいやつらだからいい、と自分を納得させたの？　人を殺すということは、とんでもなく大変なことよ」

「あの男はスーザンを殺し、他のやつらは何もしなかった」

「だから、彼をターゲットにしたのね。車を止めようとした彼を。診察時間が遅くなったという理由で、ドクターと事務局長をターゲットにして、それから、彼女が遅刻ばかりしてろくに仕事をしなかったから、ちょっと注意をした上司をターゲットにした」

「彼女は一生懸命やってたんだ！」

「誰かの一生懸命がいつもいい結果を出すとはかぎらないでしょう？　どういう世界に生きてるのよ？　思いどおりの結果を出さなかったという理由で、自分から近づいた弁護士もターゲットにした。そして、自分がもうぼろぼろで的に当てられないから、娘を利用して殺した。ターゲット以外も殺すというのは誰の考え？　ウィローだとわたしは思ってる。あなたの娘よ。そのときの影響力とスリルを味わいたいのよ。それから、練習のため。自分のリストに移って、母親と弟を殺すための練習」

マッキーの傷ついた目がぴくっと痙攣《けいれん》した。「ふたりでアラスカへ行くはずだった」

「ウィローはアラスカへ行く気はなかったわ。どうしてアラスカなんかへ行きたがるっていうの？　ニューヨーク生まれの十五歳の女の子よ。街にはほしいものも必要なものもすべてある。ターゲットだっていくらでもいる。

ウィローはこの小さな男の子を、このかわいらしい弟を殺すつもりよ。母親が図々しくも自分以外の子どもを作ったという理由で。今日や明日、来週でもこの子には近づけないでしょう。でも、六か月後、一年後。ザックがもう安全だと思う頃には？　彼が外で友だちと遊んでいると、ウィローがその子たちを皆殺しにするのよ。それができるという理由で。彼女にそんな口実を与え、やり方を教えたのはあなたよ」

「あの子はそんなことはしない」

しかし、マッキーは傷ついた目をそらした。

「ウィローはやるわ、知っているでしょう。ザックが十二歳になった頃、やるかもしれない。彼が数人の友だちとアーケードを歩いていたり、エアボードで遊んでいたり、公園でぶらぶらしていると、バンッ！　彼女は全員を殺す。彼を殺したように」イヴはアラン・マーカムの写真をファイルから出した。「彼と奥さんは、結婚記念日を一緒に過ごしていた。彼女は、妊娠したことを夫に伝えるつもりだった。結局、彼に伝えることはできず、赤ん坊が父親に抱かれることもなくなってしまった。あなたのせいよ、マッキー、あなたとウィローのせい。あなたたちはほんの思いつきで彼の命を奪い、ひとりの子どもが父親を知らないまま大きくなっていく。どうして？　このめちゃくちゃな世界に新たな命を迎えるのに忙しく、診察の予約時間を遅らせてしまったドクターを殺したことを隠すためでしょう？

あなたたちは彼らから大事なものを奪った。あなたの妻と同じように、妊娠していたこの女性から夫を奪った。あなたたちのルールでいくなら、われわれはあなたとウィローを殺すべきなのよ。その子どもから父親を奪ったんだから」

「やつらは俺の大切なものを奪った」

「彼が何を奪ったというの？」イヴはさらに写真を突きつけた。「アラン・マーカムがあなたから何を奪った？　彼はあなたに会ったこともなく、あなただって彼を知りもしなかった。彼は、死ななければならないようなどんなことをあなたにした？　息子なのか娘なのか、とにかく赤ん坊を抱けないような、どんなことをあなたにしたの？」

「俺たち……俺たちは計画をやり遂げなければならなかった。その巻き添え被害だ」

「そうなの？　娘にもそんなふうに教えたのね。じゃ、この少年は、十七歳の誕生日を過ごしていたこの子は？」イヴはナサニエルの写真をテーブルに放った。母親に愛されていたこの子は、あなたに悪いことなど何もしてない彼は、ただの巻き添え？　彼の命に意味はないの？」

「終わらせなければならなかった」声まで震えはじめ、目がうるんでいた。「スーザンのために正義をもたらさなければならなかった。ガブリエルのためにも」

「あなたには血が必要で、ウィローは血がほしくてたまらなかった。あなたがファンクを渇望するように、ウィローは殺しを渇望している。与えたのはあなたよ。あなたは責めたてる誰かが必要だったからリストを作り、たまたま彼女の照準用十字線にとらえられた人たちは次々と殺されていった。そして、次はこの子」イヴはザックの写真を軽く叩いた。「あなたが彼女を作ったのよ。あなたが鍛えて作り上げた」

「ウィルはアラスカへ行く。あっちでのんびり暮らすんだ。おまえたちには見つけられない」

「ウィローはどこへも行かないわよ。まだわからないの?」イヴは勢いよく立ち上がり、テーブルのまわりをぐるりとまわった。「彼女はまだ終えていないし、これからも終わらないの。言いなさいよ、言ってみて。もう別の名前が浮かんでるんでしょう? そのめちゃくちゃな頭で考えて、ほかにあなたを苦しめたのは誰なの、マッキー? ウィローの義理の父親? ああ、わたしのバッジを賭けてもいいわ。彼はあなたの次のターゲットよ」

傷つき、涙が浮かんだ目が一瞬、光ったような気がした。「彼はあなたの場所を奪ったものね。それから、ローウェンバーム。彼はあなたを追い出した。パトローニ。彼はわかってくれなかった。そっか、そうね、リストはもうとっくに頭のなかで出来上がっているわよね。そして、娘はあなたに似ている。血を求め、責めるべき者を求めている。彼女はあなたの目で、手なのよね、マッキー。そして、依存症よ、マッキー、あなたとまるで同じ。ウィローは殺人依存症で、最初の一発を与えたのはあなたよ」

「あの子は敵《かたき》を討って――」

「どうでもいい！」イヴはさえぎった。「この救いようのないポンコツ野郎、これは正義の問題じゃないわ。復讐でさえない。殺人よ。殺したい者は誰でも殺せとゴーサインを出したあなたの問題。だからいま、娘がこんなことをしてるのよ。そして、この子。ザックは彼女のリストのトップに名前がある。わたしに彼女を殺させないで。そして、わたしを見なさい。わたしにウィローを殺させないで。そして、勘違いしないで、彼女がそうせざるをえなくしたら、わたしは躊躇なく殺す。ウィローの命は、あなたのその震える手のなかにある。なぜなら、あなたが白状しようとしまいと、わたしは彼女を見つけるから。あなたが白状しようとしまいと、彼女を止めるわ。でも、あなたが白状しなければ、わたしはほかの誰かにゴーサインを出すはめになるかもしれない。白状しなければ、ウィローは十六歳になれないかもしれない」

「見つけられるわけがない」

「ところが、見つけられるのよ。まだだとしても、ウィローはそのうちわたしの名前をリストに加えるはず。でも、先にわたしが見つけるわ。あなたの娘は警官殺しよ、マッキー。この街の警官はひとり残らず彼女を追ってる。ゴーサインを待たない者もいるかもしれない。あなたはそばにいって彼女を押しとどめることはできない。そばにいて落ち着かせることもできない。彼女はすでに過ちを犯し、過ちを重ねようとしてる。ほんの十五歳で、助けてくれる父親もいないまま、過ちを犯しつづけるのよ。ひとりぼっちで、あなたのリストに記されたターゲットも彼女のリストに記されたターゲットも、手の届かないところにいる。彼女は自制心を失い、別の場所を襲撃して、さらに巻き添え被害が出て、われわれは彼女を始末せざるをえなくなる。ウィローが血を流すかどうかはあなたにかかってるのよ、マッキー。娘の血が流れるかどうかはあなた次第」

「違う」

「ウィローはもうあなたに従ってはいないんです」ピーボディが静かに言った。「あなたは彼女に街を出ろと言った。すでにルートも決めていたけれど、彼女はそのとおりにはしなかった。街を離れず、安全なところへ行って待ってもいない。そうできないからです」

「できないのよ」イヴは同意した。「なぜなら、計画を、あなたのと彼女のと両方の計画を優先しているから。この子が息をしているかぎり」イヴはふたたびザックの写真を叩いた。「ウィローは街にとどまる。彼女が街にとどまるかぎり、わたしは探し出す。ほかの警官が見つける前に、見つけてやるわ。わたしは彼女に進んで逮捕されるチャンスを与えるつもりよ。彼女が受け入れてくれることを願うわ」

「あの子は……」

「死ぬ」イヴはぶっきらぼうに言った。「視界がかすんでそれが見えなくなるくらいのファンクが、この世にあるかしら？」

「俺の前から消えろ」

「かわいそうなマッキー、そろそろ自分の思いどおりにできないことに慣れなさい。わたしはあなたの前からいなくなる必要はないの。あなたは、複数件の殺人共謀罪で逮捕され、同件に関する自白が記録に残っているのよ。これまで送ってきたようなあなたの人生はもうおしまい。残りの人生は、どこへ行くのか、いつ食べるのか、いつ寝るのか、すべて人に命じられ、しかもそのすべてを地球外の檻のなかでやることになるのよ」

マッキーはようやく、憎しみをこめてイヴを見つめた。「娘も同じ目に遭わせるのか？」

「わたしは、あなたの娘に生きてほしい。本気よ。彼女には生きてほしいわ、マッキー。あなたは？」

「血を分けた娘だぞ」

「それはウィローにとって意味がある？　ザックは彼女の血縁。弟よ。でも、彼女の視界に入ってしまったら最後、あの子は死体安置所《モルグ》行き。わたしだってウィローをモルグ送りにはしたくないわ。そうはさせないで、マッキー。手を貸して、彼女を逮捕させて。彼女を殺させないで」

「残りの人生を刑務所で過ごすことになってもか？」

イヴは長々と息を吐きだし背筋をぴんとさせると、部屋のなかを行ったり来たりしはじめた。マジックミラーに向かってかすかにうなずく。

「つまり、娘が息をしてるより死んだほうがいいということね。あなたとのやり取りはすべて、時間の無駄だったわ。ピーボディ、この役立たずのクソ野郎を連れ出して――」

イヴは言葉を切り、小声で毒づいた。歯切れのいいノックに応じ、大股でドアに近づいた。「何？　尋問中よ」

「そして、わたしは尋問中の問題について取引を提案しに来ました」レオが滑るように取調室に入ってきて、テーブルにブリーフケースを置いた。

「ふざけないで。話は外で聞くわ」

「わたしたちは全員、この街と市民を守り、奉仕するためにここにいるんです。記録のために、レオ、検事補《APA》シェール、取調室に入室。検事事務所はミスター・マッキーに取引を提案します」

「取引など頼んじゃいない。あの役立たずの公選弁護士に取引はしないと伝えた」

「彼は取引を望んでないわ」イヴはぴしゃりと言った。「出てって」

「取引には、ウィロー・マッキーが関わっています。彼女の将来です。娘さんに将来があることを望みますか？」

「あんたの力になる気はない」

「でしたら、娘さんの力になってください。わたしはあなたにこれを提案する権限を与えられています。あなたが娘さんの逮捕につながる情報を、彼女が今後、誰かを死傷させる前に――ここを強調しておきます、前《い》に――われわれに提供し、彼女が抵抗することなく逮捕されれば、すべての嫌疑について彼女を未成年として裁くことに同意します」

「バカバカしい、最低！」イヴは激怒し、レオの腕をつかんだ。「出てって、レオ」

レオはあっさりとイヴの手を振り払った。「ダラス、これはトップの意向で、あなたのボスもわたしのボスも了解しているのよ」

「なんてせこくて臆病なクソ取引を持ち掛けてるのよ？　彼女は平然と二十五人の命を奪ったのよ。ほかに何十人もが怪我やトラウマに苦しんでる。彼女は無謀運転して喜んでる子どもじゃないのよ、この役立たずのクソ女」

レオは少しも動じず言い返した。「あなたがすでに彼女を逮捕していたら、取引を持ち掛ける必要もなかったわ。ティーンエイジャーのひとりも見つけて止められない人に、わたしを止められると思ってるの？　アホ女。やってみなさいよ、今度その手でわたしに触れたら」イヴが一歩前に出ると、レオは警告した。「即刻、この捜査から降りてもらうわ。やるべき仕事をしなさい、警部補。わたしはわたしの仕事をするわ」

「そうね、わたしの仕事をするわ。ピーボディ、行くわよ。狩りに《ハンティング》」ぐいとドアを開ける。「さっさと取引することね。インクが乾く前にウィローを見つけたら、わたしのものだから。ダラスおよびピーボディ、いまいましいクソ取調室から退出」

廊下に出てばたんとドアを閉め、両肩をぐるぐる回したイヴは、ダッシュで傍聴室へ向かった。

「たいした演技だったね」ロークが言った。「幕切れの直前に来られてよかった」

イヴはただつぶやいた。「うまくいけ、うまくいけ」そして、ガラスの向こうに目をこらした。

「〝未成年として裁く〟の意味を教えてくれ」マッキーが言った。

「ご存じのとおり、告発されている罪の重大さによってウィロー・マッキーは成人として裁かれる可能性があり、実際、そうなるはずです」イヴが明け渡した椅子に座ったレオが、事務的な口調で言った。「成人として裁判を受け、有罪判決を受け、終身刑に処される可能性があり、実際に処されるでしょう。さらに、ほかにいくつもの判決を受けます。その結果、地球外の犯罪者植民地へ移送され、平均余年から考えて次の世紀までそこで過ごすことになるでしょう」

「俺が強制したかもしれないじゃないか」

「それでは説得力がないですね、マッキー」レオは穏やかに言った。「あれだけ見事な名人級の技術は、強制されて身につくものではないでしょう。ゆうべ、十八人が殺害されたとき、あなたは現場にいませんでした」

「あの子にプレッシャーをかけ、影響を与えた。洗脳した」

「もちろん、そう証言してもかまいませんが、わたしは間違いなく、そんな証言は取るに足らない作り話だと法廷で証明してみせます。確実に」レオはさらに続けた。「彼女がさらにほかの人たちも殺害しようと計画していた証拠を提出すればいいだけです。彼女は強制されてはいませんでした。両親の離婚後も共同で養育され、母親も、教師も、誰だろうと、彼女が強制されている兆候を認めていません。しかも、実際に、ダラス警部補が捜査を通じて判明したとおり、彼女は独自の暗殺者リストを作っていました」

レオはマッキーが理解するのを待った。

「こういった状況はありますが」と、レオは続けた。「ウィロー・マッキーは十五歳であり、罪なき人々の命を救うため、われわれはこの条件を受け入れます。一回かぎりの提案であり、事態は急を要します。警部補は短気ですが、まったくもって正しいです。ウィロー・マッキーはまた殺人を犯します。逮捕しなければ、またすぐにでもやるのではと、わたしも思っています。それを阻むのに協力していただき、彼女がこれ以上誰も傷つけることなく、おとなしく逮捕されるなら、彼女は未成年者として裁かれ、十八歳の誕生日に出所する資格を得られます。これは理解していただきたいのですが、彼女は肉体および精神の鑑定を受けます。それから、十八歳の誕生日から一年間、中間施設に住み、カウンセリングとさらに審査を受けることに同意していただかなければなりません。これらがこちらからの条件です。弁護士に条件を読ませて、話し合いを望みますか?」

「必要ない。見せてくれ。自分で読む」

「彼、サインするわよ」じっと見ながらイヴは言った。

「あなたが彼の確信を打ち崩したのよ。あの男の子を利用して」マイラはさらに言った。「あれで彼の娘に対する信頼が揺らいだの。彼は娘を心配しているわ。でも、見つかるんじゃないか、止められるんじゃないか、怪我をするんじゃないかという心配だけではない。ブレーキ役の自分がいなくなって、彼女が何をするのか心配しているのよ」

「娘がどういう人間か、何を秘めてるのか、彼は知ってた。知らないふりをしてても、実際は知ってた。そして、異常な目的を遂げるのにそれを利用した。たぶん、父親がいなくても、彼女はいつか殺していたはず。でも技術や武器の扱い方を教えて、口実を与えたのは彼。誰が誰を導いたのか、ふたりとも考える時間はいくらでもあるはずよ」

「彼がサインしたら」ピーボディが言った。「彼女は三年以内に出所します」

「サインすればいい。そうすれば、どうなるかわかるわ」

「とんでもない取引ですよ」ピーボディが言った。「あなたとレオが、彼の前で演技していたのはわかっていますが、それでもひどい取引です」

「そのせいで、さらに二十五人の民間人が殺される前にウィローを見つけられるなら、そんなにひどくもないわ。それに、彼女はさらにおおぜいを殺そうとする。殺した人数に応じて得点をつけてるのよ。彼女はスクリーンを見て、わたしたちが彼女について何を言ってるのか聞き、微妙なニュアンスを読み取るでしょう。少し、見た目を変えるかもしれない。たぶん、さらにボーイッシュにする。あるいはウィッグをつければ――ガーリーになる。あれこれ考えたはずよ。あの父親の娘なんだから」

「もうひとつ、保証がほしい」マッキーがレオに言った。「あの子が生きて、無傷で逮捕されると保証してほしい」

「ミスター・マッキー、わたしはAPAであって警官ではありません。逮捕を試みる過程で何が起こるかは保証できません。彼女が抵抗したり、警官や民間人に発砲したりすれば――」

「生きて逮捕できないなら、取引はしない」

「以下のように取引を修正するのは可能です。あなたの娘さんを生かして逮捕できるよう、あらゆる努力をすることは約束できます。警官に過度の強制はさせず、最終的な射殺指令も出しません。これ以上、保証するのは無理です。これが彼女に与えられる最大限のチャンスです」

「それを加えてくれ。加えたら、サインする」

「対処してきます。レオ、ＡＰＡシェール、取調室から退出」

レオは廊下に出てひと息つくと、さっとリンクを取り出した。上司と話をしながら、片手を上げ、イヴに待つように伝える。

「そのとおりです。はい。最初の条件は手元にあり、追加条件も彼女は理解しています。了解しました」リンクを切り、イヴを見てうなずく。「終わったわ。条件を追加して修正した合意書が送られてくる。実行できる？」

「はっきり言っておくわ。わたしは彼女に生きてほしいの、レオ。父親と同じように閉じ込めてやりたい。彼女の目を見て、あなたはもう終わりだと伝えたい」

「それで、彼女が十八歳になったら?」

イヴはかすかにほほえみ、きっぱりと冷ややかに言った。「さっさと書類を取りに行きなさい。それから、彼がなんと言うか確認しないと」

イヴは横を向き、リンクに出た。「ダラス」

「熱くなってきたぞ、警部補《LT》」バクスターが言った。「今朝、五十二丁目を東に向かっていたらしいと情報を得た。以前、彼女が住んでいたあたりに向かっているところだ」

「アイスクリームパーラーの周辺で聞き込みをして。〈デヴィーン〉よ。彼女、あそこが大好きだから」

「了解。チョコレートのシングルをコーンで食べるのが最高なんだ。そっちはどんな具合だ?」

「ほぼ終了。また連絡するわ」

そして、レオを待った。

「お待ちかねの書類よ」レオが言った。

「じゃ、利用させてもらうわ。彼女は、父親が最初の銃撃前に契約した隠れ家に潜んでいると思う。彼から情報を得て、彼女がまた誰かを殺す前に近づけるかどうか確認するわよ」

イヴは取調室に戻り、ふたたびレコーダーをスタートさせた。マッキーはじっとりと汗をかき、透きとおるほど青い顔をしている。一発打たなければだめだ、とイヴは思った。糸一本でかろうじてぶら下がっているような状態だ。

「大サービスもいいところよ」イヴは嫌悪感をむき出しにして言った。「ウィローの命を救い、おそらく――彼女にはどうでもいいことだろうけど――罪なき人たちの命を救うんだから」

「三年間の収監は大サービスとは言えないわ」レオはきっぱりと言い、腰かけると、修正された同意書をマッキーに差し出した。

「亡くなった二十五人と、残されて嘆き悲しんでる遺族にそう言えばいい」イヴは両方の手のひらをテーブルに叩きつけ、汗のにじんだマッキーの顔に顔を近づけた。「わたしにはもう手出しができないと思ってる？　いまだけよ。ウィローが出てきたらつきまとってやるわ。いつ寝て、いつ食べて、いつおならをしたかも把握する。そして、彼女がミスを犯すときもそばにいるわ。おぼえておいて。わたしは間違いなくそうするから」

「いまの優先事項は、ほかに誰かを傷つける前にウィロー・マッキーを見つけること。あなたの仕事よ、警部補」レオはマッキーにペンを差し出した。

「そっちから先に」マッキーが言った。

レオはうなずき、美しく、完璧な筆跡で署名をした。

マッキーはペンを引ったくり、震える手でいらいらと名前を書きなぐった。

レオは同意書とペンをブリーフケースにしまい、ジッパーを閉めた。「ミスター・マッキー、娘さんはいまどこに？」

「アラスカに向かっているはずだ。それで、三つのルートを考えた。バスでコロンバスへ行き、三つのルートからひとつ選んで西へ向かう」

「でも、アラスカへは向かっていないんですよね？」レオは落ち着いた声のまま言った。「娘さんはどこです？　彼女の逮捕につながる情報が提供されないなら、この同意書は無効ですよ」

「意志が強くて、しっかりした子だ。いつだって勝者だ」

イヴが嘲笑《あざわら》い、マッキーはぼやけた目で彼女をにらみつけた。「おまえはあの子を知らないんだ」

「知ってるなら」イヴは言い返した。「どこにいるのよ？」

「始めたことを終わらせようとするだろう。途中で投げ出す子じゃない」

「彼女が望んでるのはそれ以上よ。それ以上を望んでるとわかってるから、同意書にサインしたんでしょう」

「あの子の母親が再婚したクズ野郎は、いつもあの子を悩ませていた」

「じゃあ当然、クズ野郎は死ななければならないのね。娘と、あの男の子の命を救いたかったら、いま彼女がどこにいるのか言えばいいのよ。ウィローのために言い訳なんかするんじゃなくて」

「はぐれたり、合流する必要ができたり、すぐに街を出られなかったりしたときは、あの子はアパートメントに——いろいろ探して、あのエリアにした——戻ることになっていた。あそこなら土地勘もあるし、なじみのある顔だから誰にも気づかれないだろう、と」

「わたしたちがすでに捜索したところへ戻ったなんて、信じられると思う?」

「地下に倉庫と古い洗濯室がある。機械類が積み上げてあって、誰も使っていない。そこに食料を保管してある」

「建物のなかを徹底的に調べて、食料は没収し、地下室は封鎖したわよ。知らなかった?」

イヴはどさりと椅子に座った。「無駄にわたしの時間を使わないで」

「その建物に入れなかったり、監視されていると感じたりしたら、レックスの安宿へ行くことになっている。三十九丁目と四十丁目の間だ。計画を練り直したり、俺を待ったり、ほとぼりが冷めるのを待ったりする時間が必要なら、そこで隠れていることになっていた。時機を待つ、と」

「ウィローは何を持ってるの?」マッキーがためらうと、イヴはまた身を乗り出した。「死なせずに逮捕してほしいんでしょ？　なにを持ってるの？」

「戦闘仕様で長距離用の照準望遠鏡を装着したタクティカル‐XT。暗視装置もある。ハンドブラスター二挺、警察仕様のスタナー、ポンプ連射式レーザー銃、閃光手榴弾六個」

「刃物は？」

「コンバットナイフ、フリップスティッカー、望遠鏡型の銃剣付き棍棒《こんぼう》」

「防護服は？」

「全身用を。もちろん、ヘルメットも」

「あなたが何か言い忘れていて、それがたとえペンナイフだとしても、警官がそれで傷つけられたら、さっきの同意書は無効よ」

「マルチツールも持っている。あれは刃物もついている。俺が休戦しろと言っていると伝えてくれ。父親が休戦して生きろと言っていると伝えるんだ。アパートメントの地下室かレックスの安宿だ。そこに隠れる予定だった」

「じゃ、ウィローがわたしたちに見つかるように祈ることね。尋問終了」

　イヴはマッキーを制服警官たちにゆだね、自殺の恐れがあるので監視を怠らないように指示した。法律上の手続きはレオにまかせた。ローウェンバームはすでに傍聴室を出て、コミユニケーターに向かって命令をがなり立てている。

「一緒に乗っていくか?」ローウェンバームがイヴに訊いた。

「いいえ、自分のを手配してあるから。そのエリアにはすでに捜査官をふたり、向かわせているわ。ウィロー・マッキーがいて、見つかって撃たれる、なんていうのはごめんんよ。チームを集めて準備して——たぶん、安宿のほうだと思う。地下室も考えられないことはないけど、警察があそこに踏み込んだと知ってるなら、そっちへ行くのは間違った動きよ。彼女は間違った動きはしない」

「同感だが、熱源がないかどうか探ってみる——きみのEDDチームを同行できれば」

「連れてってもらっていいわ」イヴはコミュニケーターを取り出し、ブルペンに向かって歩きだした。「バクスター」これまでの情報をすべて伝える。

「ライネケとジェンキンソン、防護服を身につけて。制服カーマイケル、巡査を六人選んで、全員防護服を着用させて。サンチャゴ、カーマイケル捜査官、ふたりは第二チームよ。全身用防護服を。容疑者はウィロー・マッキー、十五歳。武装しており、危険。所持している武器は、戦闘仕様で長距離用の照準望遠鏡と暗視装置を装備したタクティカル-XT、ブラスター二挺、スタナー、ポンプ連射式レーザー銃、閃光手榴弾、さまざまな刃物を含む。十五歳だけど、躊躇せず——繰り返すわよ——躊躇せずスタナーを使って気を失わせて。殺してはならない。ＳＷＡＴが建物に入って現場を取り囲み、保護する。ピーボディ、ぽんこつスクリーンにこのセクターの地図を呼び出して」

　イヴはスクリーンに近づきながら説明した。「彼女には手を焼くと思うし、警官やローウェンバームのチームに気づいたら、すぐに殺そうとするはず。彼女はあの汚らしい地下室にはいない」イヴは低い声で言った。「それはまずい計画よ。狙うときに便利だからもっと高いところを選ぶはず。確認はするけれど、たぶん地下室にはいない。安宿は……」

「建物の詳しいことが知りたいかな？」ロークが背後で言った。

「助かるわ」

　ロークはピーボディに近づき、自分のＰＰＣをコンピューターにつないだ。「都市戦争《アーバンズ》後の建物だ」ロークはイヴに言った。「現在は、高齢者や浮浪者のための民泊施設《SRO》で、主に利用しているのは低レベルの公認コンパニオン《LC》や、渡り労働者、ドラッグ依存者、軽犯罪者。八階建てで、各階に十二室。狭いロビーにドロイドの受付がいる。使えるのは現金《キャッシュ》だけ。部屋は、三十分、一時間、夜間、一週間単位で貸している。防音設備もプライバシースクリーンもない」

「わかったわ。熱源を探れば使用されている部屋がわかるわ――ひとりで使っているかどうかもわかる。彼女に連れはいないわ。盗聴装置が役に立つかも」

イヴはスクリーンに映った画像の前を行ったり来たりした。「まずドロイドに事情を伝えて照合させる。彼女がいれば、滞在者を建物の外に出す——可能であれば。部屋はすべてシングル、窓もひとつ、ドアもひとつ」

「ドアが開いたら爆発するように細工しているかもしれない、LT」ライネケが言った。

「そうね。気をつけないと。気に入らないわ」またうろうろ歩きはじめる。「ここは地下室じゃないけど、彼女はどうやって逃げるつもり？　非常口？　建物が取り囲まれてることくらい、わかるはず」

「戦って逃げ切ることができると信じているのかもしれないわ」マイラが横から言った。「まだ十五歳でしょう。自分は不滅で、頭のなかで思い描いているドラマのスターなのよ」

「でしょうね」

けれども、イヴは気になってならなかった。作戦を練り、行動に移ろうと準備をする間も気になってしょうがない。

「僕はきみと行こう」ロークがイヴに言った。

「オーケイ」上の空で答えてから、眉をひそめて彼を見た。「どうして？」

「それは個人的な問いかけ？　仕事上の質問？」

「あなたはＥＤＤといるほうが役に立つわ」

「そうとはかぎらない。とりわけ、これから向かおうとしている現場に彼女はいないときみが思っているときは」

「どうしてマッキーが嘘をつくのかわからない。取引をして同意書に署名してから、わざわざ嘘をつくのはどうして？　彼は娘に生きてほしいのよ。彼女が弟を脅していたことや、その弟やほかの人たちを殺す計画を立てていたことを突きつけ、揺さぶったのは間違ってないはず。彼がそれを受け入れ、娘は実際にそうするだろうと思ったのがわかったわ。でも、彼は娘に生きてほしくて、生きて出てきて、刑務所に入るのはほんの数年だってわかってほしいのよね」

「自分の娘だから」

「マッキーは嘘をついていなかったわ。でも……」

「ゆっくり考えればいい」

イヴは首を振り、抽斗からコンバットナイフを取り出して、鞘《さや》から抜き、またおさめた。

「時間はどんどん過ぎてく」そう言って、ナイフをベルトに引っかけた。

「そして、ローウェンバームはいまごろ部下を配置して、彼女を確保する準備をしているだろう。ゆっくり考えて、頭のなかでぐつぐつしているものを言葉にしてごらん」

「頭というよりお腹なのよね」

イヴは立ち止まって椅子に座り、ブーツを履いた両足をデスクにのせて、事件ボードを見つめた。

ピーボディが何か言いかけるのがわかり、ロークは片手を上げて黙らせた。

頭、腹、勘、第六感、あるいは経験の論理——なんであろうと、それがイヴのなかで働いているのがロークにはわかった。

そして、待ちつづけた。

18

彼女はアラスカへ向かうはずだった——でも、行かなかった。

バスでコロンバスへ行くことになっていた——でも、行かなかった。

ふたりには計画があった——でも、彼女は自分の計画も練っていた。父親であり、師であり、指導者である彼に隠れて。

父親は彼女が生きることを望んでいる。彼女は殺したがっている。

父親は彼女に、逃げろ、安全なところにいて、時機を待てと言っている。

逃げる？　安全？　それって敗者のすること。待つのは退屈。

——あたしは殺したい。

「彼女は父親の言うとおりにはしないわ」イヴはつぶやいた。「それは十五歳だからじゃない。そういう部分もあるかもしれないけれど、それが核心じゃない。とにかく違うの。彼女は自分が父親より優秀だと知ってる。父親の肉体はもう俊敏さもキレもないけれど、彼女はまだ元気いっぱいで感覚も鋭い。彼は弱ってるでしょう?」

イヴは立ち上がり、事件ボードを見つめながらまた行ったり来たりしはじめた。

「やり遂げたのは誰? 彼女よ。彼じゃない。安全に隠れてろ? 彼女は安全などいらない。ほしいのは動きだすこと。興奮と、得点と、ターゲットがほしいの。彼女のターゲットよ」

「それで、どこへ行く?」ロークが訊いた。

「LCやジャンキーだらけの薄汚い安宿じゃないわ。穴倉みたいなところに丸まって、あてもなく待ちつづける気もない。すべてはいまなのよ。すべては今日。大切なのはあたし。あたしが中心。彼女が安全を求めていたら、アラスカへ行ってるわ。行かなかったのは、いまが大事で、自分がほしいものが大事だから。それは自分の計画よ。彼女は家に帰ったはず」

「アパートメントにいるなら――」ピーボディが言いかけた。

「あれは家じゃない。本部みたいなものでしょう、父親の本部で、その計画はもう成し遂げられた。少なくともいまのところは。だから、タウンハウスよ。母親の家」イヴは振り返り、ロークは彼女の目のなかに見た。その勘が確信に変わるところを。

「居心地がいいし、自分の家だし。服があって、食べるものもあって、楽しみもある。ここもなじみのあるエリアよ――しかも、いまは誰もいない。さらに好都合で、もっと大切で、決定的なのは？　彼らは戻ってくるということ。数日後なのか、一週間後なのかわからないけど、戻ってくる。自分のリストのトップにいる三人が。これなら彼女も待つはずよ」

「家は封鎖したぞ」

「それでも入るわよ。どうやって封印を避けてなかに入ればいいのか、父親に教えられてるかもしれない。プライバシースクリーンを下ろせば、家のなかはすべて自分の好きに使える。スクリーンも見られるし、メディアの騒ぎがおさまったかどうかも判断できる。そうやって、どこかに身をひそめて待っている。やがて、彼らが帰ってくる。もう安心だと思っている。何も心配いらない、と。彼女はただ隠れていればいい。家の戸締りが済んで静まり返るのを待つ。そして、最初に義理の父親、それから母親、そして、弟を殺す。それから、ほしいものはなんでも取って、いなくなる。もっと殺せる場所を探しに行く」

「作戦を中止させますか？」ピーボディが訊いた。

「させないわ」勘と確率を秤《はかり》にかけて、イヴは指先で髪を梳《す》き、握りしめた。「わたしが間違ってるかもしれない。間違ってないはずだけど、ひょっとしたら。だから、このままやらせる」

「では、こっちは三人で」

イヴはロークを見てうなずいた。「あなたが望むなら」

「個人的に？　それとも仕事として？」

「面白いわ。ピーボディ、タウンハウスの場所をスクリーンに呼び出して」イヴはコミュニケーターを取り出した。「ライネケ、出発するわ」

これは賭けだ。武器を点検したあと、ガレージに降りていってからイヴは思った。普通に見えてじつはそうではないイヴ・ダ《D》ラス警部補《L》専用車《E》に、レーザーライフルと照準望遠鏡と、ロークが使う道具を積みこむ。イヤピースからはほかのチームや捜査官たちのやり取りが聞こえてくる。

父親の証言が正しければ、すぐにメインチームに合流すればいい。イヴの勘が的中していれば、すぐにメインチームを呼び寄せる。

地下室にもアパートメントにも熱源はない、というEDDの報告が聞こえてくる。彼らは引き続き安宿へ向かい、熱源の身元を特定することになっている。

カーマイケルはLC、サンチャゴが彼女の客のふりをする。ふたりは建物に入って、ドロイドと交渉をする。

「応援を送れるぞ」ローウェンバームがイヴに言った。「ふたりくらいなら送れる」

「いまのところ大丈夫よ。一方が当たりだったら、もう一方がすぐに駆けつける」

「わかった」

「彼女を殺さないようにしてよ、ローウェンバーム」

「きみもな」

イヴはピーボディに保護ガラス付きのヘルメットを渡した。「彼女は頭を狙うから」

「これなら安心ですね」ピーボディは後部座席に滑りこんだ。

「わたしが運転するわ」イヴはロークに言った。「あなたはポータブルの熱探知器を操作して。彼女が二十四時間休まず窓の外を監視するのは無理だけど、通りや歩道のようすがわかるように監視カメラを設置してるかもしれない」車を発進させながら、イヴはちらりとロークを見た。「どのくらい近づいてほしい？」

「先にバンで出ていった連中がいちばんいいのを持っていったようだが、まあ、これでなんとか間に合うだろう。建物から十五メートル以内を目指してくれ」

イヴは車を進めながら考えていた。そして、リスト・ユニットからナディーンに連絡をした。「速報を出す準備をして」

「なあに？」ナディーンは片手で髪を押さえた——うしろでひとつにまとめた髪が短いしっぽのようで、とても撮影向きとは言えない。「どれだけすごいネタ？　ゆうべのマッキーの逮捕と、娘の追跡のスポットを撮って、一時間前に帰ってきたばかりなのよ。娘を捕まえたの？」

「また連絡するから、とにかく準備しておいて」ナディーンとの通信を切り、ラピッド・キャブの前にすっと割りこむ。「準備はすぐできそうね」

「なんの準備ですか？」ピーボディが訊いた。

「速報を流して、われらが容疑者の関心を引き、通りや歩道から目を離させる準備」

「あっちの作戦が失敗するぞ」ロークが言った。

「彼女があっちにいたら失敗にはならない。わたしの勘が間違っていたら失敗にはならない。安全じゃない警官がいるかぎり、失敗にはならない。でも……」

「彼女があっちにいなくて、きみが間違っていなくて、ほかの皆が安全なら、ナディーンにはあっちの作戦について教えればいい。もうすぐ逮捕劇が始まる、と」ロークはほほえみ、センサーを操作した。「きみに腹を立てるだろうね、われらがナディーンは」

「この作戦について独占インタビューを受ければ、すぐに機嫌を直すわ」

「このヘルメットは重いです。それに音が響いて」

イヴはちらりとルームミラー越しにピーボディを見た。黒いヘルメットをかぶり、保護ガラスもしっかり下ろしている。「必要なときまで脱いでればいいのに。見てると笑っちゃいそう」

「ぜんぜんそんなことはないよ」ロークは後ろを向いてほほえんだ。「セクシーなストームトルーパーだ」

「ほんとうですか？」

「作戦に集中して」イヴは警告した。「あの子に殺されないうちに家のなかに入るにはどうしたらいいか、まだ決めかねているんだから」

「僕は自信がありあまっているよ」ロークは言い、有効範囲を広げようとポータブル熱探知器をいじりつづけた。

「二重駐車はしたくないのよね。誰かがクラクションを鳴らしつづけたり、怒鳴ったりすると目立ってしまうから。十五メートル以内じゃないとだめ？」

「どうやら十八でも反応しそうだ。やってみる価値はある」

イヴは室内駐車場を使おうかとも考えた。警察バッジを提示して場所を確保し、ロークには建物内から熱探知器を操作してもらえばいい。ところが、縁石沿いになんとかぎりぎりに小型車が停められそうな隙間を見つけた。なんとかできるだろう。

なんとかできる、ということは、DLEを使って前の車をその前の前の車のバンパーに届くぐらいまで軽く押して、後ろの車にも同じようにする、ということだ。そうやって、なんとか車の列に入りこんだ。

「ここだと二十になりそうだ」

「ここからできないなら、どうして入る前に言ってくれないのよ?」

「できないとは言ってない。少し待ってくれ」

イヴは片手で耳に触れた。「何かわかった?」ジェンキンソンに言う。

「サンチャゴとカーマイケルがなかに入った。受付のドロイドに容疑者について尋ねたところ、返事はノーだそうだ」

「どれだけあてになるノーなの?」

「ふたりがあてにならないと言うから、フィーニーがカレンダーを送りこんだ。捜査の結果、単体の熱源を感知した部屋は十二ほどある。フィーニーが何かの計算をして、そのうち四部屋を排除した。身長も体重もなかなか正確には感知できないが、フィーニーの計算によると、その四人は容疑者にしてはあまりに大柄すぎるそうだ」

「いいわね。こっちは目的地から約二十メートル地点にいるわ。ロークが熱源を感知しようとしてる。また連絡するわ」

イヴは通信を切り、ロークのほうを向いた。「どう?」

「わかっているだろうけど、この装置はもっとずっと近い場所から使うようにできていて、すでになんとか有効範囲は広げたんだが、きみが車を遠くに停めたからまた範囲を広げなければならなくなったから、つまり、もう少し放っておいてくれ」

放っておく間、イヴは指先でトントンとハンドルを叩いていた。

あっちで彼女が見つかるほうがいい、と思った。安ホテルを取り囲んでから逮捕できれば、そのほうがいい。

でも……。

「これでいい、僕に小さな奇跡を起こせたかどうか、たしかめよう」

ロークは位置をプログラムしてコードを打ち込み、小さなスクリーンに目をこらした。

「オタクって最高です」ピーボディはロークのシートにあごをのせ、ヘルメットの保護ガラス越しにスクリーンを見つめた。「読み取っていますね」

「さあ、家に誰かいるかどうか見てみよう」

ロークはゆっくりとスキャンしはじめた。最初は一階だ。

「念のために言っておくと、この下に狭い地下室がある。熱源はない。一階にもない。二階のスキャン開始」

そろそろと慎重にスキャンしていくが、熱源の揺らめきは見当たらない。

「二階にもない。三階のスキャン開始」

こっちなのかあっちなのか、こっちなのかあっちなのか。イヴはそう思いながら、チームの誰かから報告が入るのを待っていた。同時に、何かが揺らめくのを待つ。

「ああ。オタクも警官も最高、みたいですね。彼女ですよね、警部補」

「見えるわ、彼女よ」イヴは言い、熱源がスクリーン上で炎のように揺らめいているのを見つめた。「体を伸ばして横になってる。退屈してるに違いない。スクリーンを見てるのか、モニターを見てるのか。これからちょっと興奮させてあげるわよ。ローウェンバーム！」

「聞こえているぞ」ローウェンバームが応じた。「EDDのかわい子ちゃんが入っていってドロイドに対処しているが、やつのメモリーディスクを見るかぎり、この二十四時間以内に娘の姿はないそうだ。二十四時間が限度らしい」

「なぜならこっちにいるからよ」

「こんちくしょう」

「チームの何人かをそっちの建物に残してきて。外から見えるようにして、ローウェンバーム、でも、あまりこれみよがしじゃなくて。そっちの現場に関心を引き寄せたいの。彼女を混乱させるのよ。それ以外のメンバーはこちらへ。早く、静かに。わたしたちは彼女を逮捕しに行くわ」

「絶対だぞ」

「ライネケ、聞こえた？」

「はい」

「制服組を何人か置いてきて。姿が見えるようにして。チームの残りはこっちの現場へ。ブロックの端と両側にバリケードを。わたしから変更があるまで、視界に入らないように。五分後に始めるわ」

「気をつけて、LT、ほかのみんなも」

イヴはふたたびナディーンに連絡した。「SWATを含むNYPSDの警官が、今回の殺人事件におけるもう一名の容疑者の緊急逮捕に向かったもようです。レキシントン街にあるSROの建物に潜伏しているとみられるウィロー・マッキーの逮捕を指揮しているのはイヴ・ダラス警部補です。ダラス警部補によると、逮捕はまもなくとのことです」

「どういうおふざけ？　あなたはリポートなんてしたことないし――それに、作戦中は絶対にメディアに情報を流したりしない」

「あなたはただのメディアじゃないでしょう？　さあやって、すぐに。絶対にやる価値はあるわ。間違いなくある。やるのよ、ナディーン」

「じゃあ、やるわよ。これで貸しができるわね」

「もう報酬は用意してあるわ。じゃ」

イヴはコンピューターのスクリーンに見入った。「長くはかからないはず」

実際、二分もしないうちに〈チャンネル75〉の画面に、強烈なブルーと不安を煽《あお》るような赤の〝速報〟の文字が点滅した。

放送中のレポーターが、マディソン・スクエアの銃撃事件の容疑者の追跡に関して、重大な展開があったもようだと告げ、ナディーンを呼んだ。ナディーンの顔写真が画面の隅に現れ、彼女の声がした。

「ナディーン・ファーストが現場からレポートします。現在、NYPSDの警官とSWATチームが集まって――」

イヴは映像をオフにし、横になっていた熱源が立ち上がるのを見たとたん、車のドアを開けた。

「彼女はスクリーンに釘付けよ。かぶって」イヴはロークにヘルメットを投げ渡した。

「ええと、これは、イヴ」

「かぶらないなら、ここに残って」自分のヘルメットを取りだして、頭を揺らしながらかぶる。「嫌いよ、これ。重くて音が響くから」

「それ、わたしが言ったんです！」

「あなたが間違ってるなんて、言ったおぼえはないわ。まず、家に入る――ここはあなたの仕事ね」イヴはロークに言った。「わたしは正面の階段を上る。ピーボディ、あなたはそのまま進んで奥の階段を上ってく。彼女が防護服を着ていたら、頭を狙うのよ。誰もクソ重いヘルメットをかぶって、のんびりスクリーンを見たりしないから。スタナーのレベルを中にするのを忘れないで。生易《なまやさ》しくはしたくないけど、麻痺《スタン》の後遺症は残したくないから。彼女が倒れなかったら、レベルを上げて。ローク、あなたは二階で待機して。彼女がわたしたちをかわして降りてった場合に備えて。わたしたちが切り抜けられたら、あなたが彼女を倒すのよ」

「応援は来るんですか?」ピーボディが訊いた。

「わたしたちが位置に着くか、なかに入る頃には到着するはず。彼女はどこにいる?」イヴはロークに訊いた。

「座っている。床に直接座っているんだろう——三階の、正面側の部屋の、奥だ」

「スクリーンを見てるのよ。そのまま続けて、ナディーン。建物までは二十メートル。さあ、行くわよ」

三人は素早く移動して、晴れた寒い日の歩道を進んでいった。ロークはポータブル熱感知器で彼女の場所を確認しつづけている。

このあたりは住宅地で、通りに観光客の姿は少ない、とイヴは気づいた。保護ガラス付きのヘルメットをかぶった三人がゆるいジョギング風に歩道を通り過ぎても、地元の人はほとんど気にも留めないだろう。

しかし、疲れ切ったニューヨーカーでさえ、ＳＷＡＴチームを見かけたら集まってきて指を差すだろう。目指すのは？　どんな形でも、この作戦に関心が寄せられる前に建物に入ること。自分の居場所がばれたとウィロー・マッキーが気づく前に入らなければ。

ドアの前に着くと、三人はしゃがみこんだ。

「ピーボディ、あなたが感知器を持って。彼女は動くはず。それはわかってる。彼女が窓辺に寄って周囲を見回してるときに、こっちに気づくかもしれない。ローク、いつものをやって」

「まず、セキュリティを調べないと」

「ライネケ、現状を報告して」

「バリケードを設置中。ここから徒歩で向かう」

「あなたとジェンキンソンは建物の裏にまわって。わたしが言うまで待機し、一気に突撃。ローウェンバーム」

「了解」

「ターゲットは三階の南東の窓。彼女はいま床に座ってスクリーンを見ている。だから、メンバーを移動させるならいまよ、急いで」

「こっちも彼女の位置を把握。フィーニーが感知した。われわれは移動中。メンバーを向かいの建物の屋上に配置する。別のチームはきみの部下と一緒に裏で待機だ。もう仕留めたな、ダラス」

「仕留めるのはこれからよ。現在、音を立てずに侵入する準備中」

「頭のいい子だ」ロークが言った。「第二のアラームを応急装備している。反応すると彼女のリンクが鳴るのだろう。賢いが、その割に初歩的な仕組みだ。待っていてくれ」

あらかじめ知るため。警報だ、とイヴは思った。家族が帰ってきたときのため。

あたりを見回すと、通りを挟んだ正面の建物の屋上で、さっと何かが動いた。

「ピーボディ？」

「彼女はまだ動きません」

「ローク？」

「アラームは解除した。錠《ロック》をやってる。で、はずれた」

「全チーム、全チームへ、これから侵入を開始する。ピーボディが奥の階段へ。ダラスは正面の階段。ロークは正面から上がって二階で待機。行動を開始する」

イヴはドアノブに手を伸ばした。「感知器は置いてって、ピーボディ。まっすぐ奥へ。そのまま上へ」

そろそろとドアを開けながら、武器を抜く。

ざっとホワイエを見わたしてから、ゆっくり背筋を伸ばした。「侵入」レコーダーに向けてつぶやき、ピーボディに進めと合図を送る。

イヴはロークと階段を上っていった。ロークが自分のと同じような武器を持っていたが、何も言わなかった。

「フィーニー？」

「見えてるぞ、おちびさん。ロークもピーボディも見えている。ターゲットは同じ位置のまだ」

「彼女のところへ向かうわ」

イヴはロークに身振りで示した。ここで待機。「バクスター、トゥルーハート、サンチャゴ、カーマイケル、正面から中に入って、扇状に広がって」

さらに階段を上り、耳を澄ます。半分上ったあたりで、誰かがつぶやく声がした。ナディーンの声だ。

あと二段、ということで、奥の階段がギーッと軋む音がした。フィーニーの警告を聞くまでもなく、ウィローも聞きつけたとわかった。さらに音が続く——這って進むような足音、誰かが駆けだす音。

「行け、行け、行け！　警察よ！」イヴは叫び、勢いよく最後の一段を上った。『警察よ！』そのとたん、目の前五十センチ先で閃光手榴弾《せんこうしゅりゅうだん》が爆発した。保護ガラスを下ろしていても、強烈な光を受けて目が焼けるように熱くなった。一瞬、何も見えなくなり、イヴは標的に当たるように願いながら、ごく低い位置からスタナーを放った。

そして、相手が撃ち返してきたのを感じた――肩と腰に熱と圧力を感じて、体の向きを変える。

ウィローは激しく殴りかかってきた――肩に近い胸骨とその後ろに激痛が走る。イヴは倒れこんだ。息ができなくなったが、体を回転させて腕を伸ばし、かろうじてウィローの足首をつかんだ。

思いきり頭を蹴られ、ヘルメットが振動した。

まぶしい光と煙が見え、イヤピース越しに叫び声が聞こえた。足を踏み鳴らす音。何かが叩きつけられるのを見たというよりも感じて、倒れこんでいたイヴは上半身を起こし、叫び声のするほうへスタナーを放った。そしてまた体を回転させると、ウィローの次の蹴りはイヴの脇腹をかすめもしなかった。イヴは振り上げた両脚をねじるようにして蹴りを放ち、ウィローをよろめかせた。

二発目の閃光手榴弾が爆発する直前に、人影がさっと左に移動するのが見えた。右にフェイントをかけると、ヒューンと何かが風を切る音がして、さっきまでいた場所に光が走った。しゃがんだ姿勢のまま、人影が消えていった先の戸口まで素早く移動する。

今度は左に飛びのくと、銃から放たれた光線が戸口に吸い込まれていった。

チームのこと、そして逃走路を絶つことを思い、ドアを蹴って閉める。

まぶしさと煙のせいで目がよく見えなかったが、相手にもこちらが見えていないということだ。いまチームの誰かとやり取りをすれば、自分がどこにいるか知られてしまう。

イヴは道場でマスター・ルーから奇妙だがすばらしいレッスンを受け、そこで学んだことを実践してみた。爪先で呼吸をしながら魚——どういう意味なのかよくわからなかったが——になった。思い切って保護ガラスを押し上げた——呼吸が苦しく、反響して音も聞こえにくかったのだ。そして、ぴくりとも動かず、感覚を研ぎ澄ます。

かすかな音を感じた。空中の煙が動くような音。本能にしたがい、イヴは音のしたほうの足元を狙って撃った。驚いてシュッと息を吸いこむような音がしたので、床を転がり、さらに撃った。

ドアがバタンと開き、叫び声が響いた。一斉に発射された光線が煙を貫く。イヴは叫び、勢いよく立ち上がって、飛びのいた。下がって！　下がって！

ぎらぎらとまぶしい煙が逆巻く向こうに、一瞬、ほんの一瞬だけ見えた。少女は暴動《ライオット》用べストを身につけ、一方の手にレーザー銃、もう一方に手榴弾を持っていた。斜めに差しこむ光を受けて、手榴弾を持っているほうの手がぐらぐら揺れている。

イヴがスタナーを撃ったのと手榴弾が爆発したのは同時だった。なおも感覚を研ぎ澄ましているイヴの耳に、床を横切るブーツの足音と、飛び上がる音、ばたんとドアを閉める音が聞こえた。どさっと音をたてて彼女が倒れたのがわかり、一瞬、満足感が胸をよぎる。

イヴはすぐにウィローに飛びかかり、息苦しい煙のなかで取っ組み合った。

荒々しい闘いだった。股間に思いきり膝を打ちつけられて激痛に全身を貫かれ、肘打ちをくらって目の奥が熱くなって涙がにじんだが、イヴはウィローが銃を握っている手をなんとか左手でつかみ、ねじり上げた。そのままふたりは床の上を転がり、その間も、ウィローは何度かイヴを殴りつけたが、イヴは銃を奪うことしか頭になかった。

そのとき、レーザー銃が暴発して、光線がプライバシースクリーンを突き抜け、ガラス戸が割れた。

「あきらめなさい！」イヴが命じた。「もう逃げられないわ」

「クソッタレ！」

ドアがまた勢いよく開き、イヴはウィローが銃を握っている手を床に思いきり叩きつけた。「撃つな！　撃つな！　取り押さえた――ほぼ。わたしを撃つんじゃないわよ」

イヴは体の位置を変えて、さらに体重をかけてウィローを押さえこんだ。あとになって、あのときに少し角度が変わったおかげで、ウィローがベルトから引き抜いたコンバットナイフの先端はわたしの喉ではなく、手を切り裂いたのだ、とイヴは思った。

しかし、痛みと自分の血の匂いでイヴの戦法は変わった。

「クソくらえ」まさにその思いで、ウィローに激しい頭突きを食らわせ――ヘルメットの分、イヴのほうが有利だ――喉元に鋭いジャブを放った。

ナイフが転がる音がして、レーザー銃を握っている手が痙攣し、だらんとなった。まだ半分目がかすんだまま、イヴはふたたび体の位置を変え、ウィローをうつぶせにして両手を背中にまわしてひねり上げた。

「確保!」声を張り上げて、拘束具を留める。「確保した! 撃つな。どうでもいいけど、誰か、この煙をどうにかして」

少し頭がくらくらして、そのせいか吐き気がした。イヴはヘルメットを脱いだ。それでも吐き気は変わらず、かえって頭がバスドラムのように脈打っていることに気づいてしまった。

誰かが煙のなかを近づいてくる。もちろん、ロークだ。

ロークはイヴの隣にしゃがみ、出血している手を取った。「医療員《MT》に見せないと」

「血を拭《モップアップ》けば大丈夫」

「彼女に関しては片付《モップアップ》けることが山ほどある。だから——」ロークがイヴをドアまで導いていくと、チームのメンバーたちが部屋になだれこんできた。あとは彼らにまかせればいい。

「ちょっと新鮮な空気が吸いたい」イヴはなんとかそう言った。「わたし、どのくらい闘ってた？　一時間？」

「最初の閃光から取り押さえるまで、五分かかってないだろう」

「五分かかってない」イヴは二階の少しはましな空気を思いきり吸いこんだ。「一時間にも感じたわ」

「僕も同じだ」ロークは同意し、ポケットからハンカチを出して、出血しているイヴの手に巻いた。「助けに行けなかった」ロークは言った。「部屋に飛び込もうとしたら、きみに鼻先でばたんとドアを閉められた」

「彼女が飛び出そうとしたのと同じタイミングだったから。彼女を部屋から出したくなかったのよ。それから、チームの誰かがなかから撃たれたり、誤ってわたしを撃ったりしかねないから。魔法のコートを着てても、そうじゃなくても、現場にはいろんな武器があったから。声をあげたら、彼女に狙いをつけられてしまう」

「そうだと思っていたよ。さあ、キッチンへ戻ろう。空気はここよりましだし、水が飲める。椅子もある」

「その三つ、全部がほしいわ。爪先で呼吸をしたのよ」

「今度はなんだって?」

「マスター・ルーよ。煙と閃光のせいで目が見えなくて、ヘルメットをかぶってたからよく聞こえなかった。だから爪先で呼吸をしたの。そして、魚になったの。じゃなくて、小石かも」ああ、頭をひどくぶつけたのだろう。「そうするために保護ガラスを上げなければならなかったんだけど――」

「そのせいか。目の周りに黒いあざができているぞ」

「そうなの?」イヴは目のあたりを指先で押さえた。「痛っ。とにかく、それでうまくいったの。ほんとうにこれまでで最高のクリスマスプレゼントよ」

「どういたしまして」ロークは言い、よろめいたイヴをしっかりつかんだ。煙に酔ったらしい。

ロークがイヴを導いてキッチンに入ると、マクナブが顔をひきつらせたピーボディに水を差しだしていた。

「階段が軋んだんです」ピーボディが振り絞るように言った。

「よくあることよ」イヴは言った。

「手榴弾が爆発したらなんにも見えなくなって、階段を踏み外してしまいました。すごい勢いで下まで落ちました」

イヴは首をかしげ、ロークはまたグラスに水を注いだ。「それであごをすりむいたの?」

「落ちたときにぶつけたんです」うんざりしたように、赤くすりむけたあごを手のひらで押さえる。「ヘルメットがずり上がりました。舌を嚙んで、目から火が出ました。しかも、あなたの援護ができなかった」

イヴは人差し指を上げ、ごくごくと水を飲んだ。焼けるように痛かった喉の痛みが少しやわらいだ。頭がガンガンして、目はずきずきしている。ぴりぴり痛む手にはたぶん、水以上のものが必要だろう。

でも、ああ、この水は、本物のコーヒーよりおいしい。

「じゃ、あなたはただステップに座って、赤ん坊みたいに泣いていたの?」

「違います! わたしは――」

「階段をよじ登ったそうです」マクナブがピーボディの背中を撫でた。

「何も見えなくて。最初は、ダラス、あなたの声が聞こえていました。ドスン、バタンという音のあと、彼女が銃を撃ったんです。あなたも撃ち返した。でも、わたしはへたに手を出してあなたに当ててしまうのがこわかった」

「大声を出したわよね」イヴはそのときの様子をすべて思い返した。「彼女の気を引きつけてくれた。あなたもよ」ロークに言う。「危ない賭けだけど……あれは援護よ。わたしのなかでは」

「そのうち、あなたの声が聞こえなくなりました」ピーボディは続けた。「姿も見えなかった。ダラスはわたしの左だと、フィーニーが叫びました。でも、わたしの左は壁だった。ですが、そこにいたロークが、わたしを引っ張ってくれました。すると、ほかの人たちがやってくるのが聞こえました。それで、やっとドアを見つけたんです」

「魔法のコート」マクナブは言い、ピーボディの頭に頬を押しつけた。

「あのコートがなければ、お腹に一発食らってました。あなたも」ピーボディはロークに言った。

「僕たちは運がいいんじゃないか？」

「ただ、ダラス、あなたはドアを閉めたんです」

「それで、ピーボディはドアに激突してぶっ倒れた。そして、僕が彼女を見つけた」

「でも、あなたは血まみれです」

イヴは至福の水をもう一杯飲んだ。「あなたもね。でも、彼女を捕まえたわ。だから、ちょっとここでひと休み」イヴは砂でこすられたようにずきずきする目を閉じた。「それから、後始末しに行くわよ」

19

イヴは急がず、医療員《MT》が手の切り傷を消毒して〈ヌースキン〉を貼る間もじっとしていた。

あざは体じゅうにたくさんできていたが、そちらの手当てはあとでいい。

プライバシーと新鮮な空気がほしくなったイヴは、ロークと外に出た。

バリケードは移動され、建物の周辺はすべて立ち入り禁止になっていた。それでも、野次馬とレポーターたち――実際、両者の違いはなんだろう？――はかまわずバリケードまで押し寄せてくる。イヴは投げかけられる質問を無視して、自分に向けられているカメラに背を向けた。

「こんなところへ来るよりもっと楽しいことがあるのに、と思うわ」

「そうだろうか？　彼らの人生では、殺人は毎日のように起きはしない」

「だったら、ありがたく思うべきよ」イヴは何かを蹴とばしたくて仕方がなかった。自分の尻を蹴とばすのがいちばんいいかもしれない。「へまをしたわ」

「なんだって？　いつ？　どんなふうに？」ロークは詰め寄った。「おぼえているだろうが、僕もあそこにいた」

「あなたはここにいなかった」イヴは自分のこめかみを指先で軽く叩いた。「ここでずっと、彼女を子どもとして考えていたの。みんなに言ったのよ。彼女の年齢は忘れろ、彼女は特別だ、って。でも、わたしは忘れなかったの。彼女は撃ったのよ、あなたを、ピーボディを。当たってたらとんでもないことになりかねなかった。何よりも、わたしがもっと素早く強引な行動に出てたら、彼女が手榴弾を爆発させることもなかった」

「その目でレコーダーの記録を見返して、きみがいまどんな馬鹿なことを言っているか、確認するべきだな」

「もっと素早く強引に」イヴは繰り返した。「一対一で戦ってたときでさえ、わたしは……わたしは、ほんの少しだけど、いいえ、そこそこ加減していたと思う」

「それが事実だとしても――一対一で戦ったあとのきみたちを見たが、僕としては同意しかねる――怪我をしたのはきみだけだぞ」

　ロークはイヴの傷ついた手を取ってキスをして、その顔の黒くなりかけているあざを唇でかすめたかった。しかし、いまの彼女に必要なのは気持ちを紛らわすことではなく敬意を払われることだと判断した。

「彼女はきみとは違う、イヴ。これまでも似ていなかったし、これからも似ることはない」

「わかったわ」イヴがフーッと吐き出した息が寒さで白く見え、すぐに消えた。「これまではそうじゃなかったかもしれないけれど、これからはもう甘くはしない。彼女を塀の向こうへやるときも手加減しないわ」

イヴはロークを見て、その野性的なブルーの目に見入った。サマーセットを挟んでふたりで――疲れて、気分が悪く、ストレスを感じていた――言い争ったのは、ほんとうに今日のことなのだろうか？

あれからもう何年もたったような気がする。

「あなたは家に帰らないと」イヴはロークに言った。「そして、眠るのよ」

ロークはイブのポケットに手を入れて、雪の結晶模様のスキー帽を引っ張り出し、かぶせた。「きみが眠るときに僕がどこで眠るか、それを書いたメモを忘れたのかい？」

「だったら、家に帰って、惑星のふたつでも三つでも買ってて。ほんとうに、今度のことで後回しにしてる仕事が間違いなくあるはず」

「僕はセントラルでも仕事ができるんだ」

イヴはまた息を吐きだし、華やかなブルーの目をふたたび見つめた。「セントラルにあなたのオフィスをつくらないと」

「引かれるね」ロークはほほえんだ。「でも、気持ちだけありがたくいただいておくよ。僕みたいな人間には、ちょっと窮屈に思えそうだから」

「あなたみたいな人が彼女を逮捕するのを手伝ってくれたのよ。それを忘れないで。あっち側の人たちって、わかる？　日々の生活で、毎日のように殺人に出くわしたりせず、血だとか、たぶん死体《DB》が見たくてたまらない人たち。あの人たちはみんなそうなのよ、ローク。あの人たちの誰が次のターゲットになってもおかしくないのに、それがわかってないの。あとでビールでも飲みながら、殺人犯のすごく近くにいたんだ、とか話すのよ。彼らがそうやって話せるのは、あなたが彼女を逮捕するのを手伝ってくれたおかげ」

「それでも、僕は手に十五センチの切り傷もなければ、目のまわりに――どこかほかにもあるんじゃないかと思っている――あざもできていない」

「そうね」イヴは痛む両肩を揺すった。「どこかほかのは、あとで見せてあげる」

「ああ、僕だけのボーナスだ」

「ええと」イヴは無傷のほうの手で帽子をぽんと叩いて、うなずいた。「あなたがセントラルで仕事をするなら、そろそろ行きましょう。ピーボディ！　あなたが運転する？」イヴはロークに訊いた。「わたしは片付けないといけないことがあるから」

バリケードを迂回《うかい》して、野次馬を無視して車に向かいながら、イヴはさっそく後始末に取りかかった。

最初はナディーンだ。

「嘘の情報をよこしたわね」ナディーンはいきなり、敵意をあらわにして言った。

「いいえ、そんなことしてないわ。すべての情報を与えなかっただけ。どうしてそんな顔をしてるの？ 左目はどうしちゃったの？」

「なんでもないわよ！ 早出し掲示板の合間に撮影用の仕度をしているところ」そう言って、大声で毒づきながら左目に見事なアイラインを引いていく。「あなたはレキシントン街のそばにさえいなかったわ」

「わたしはいなかったけど、あそこではわたしが言ったとおり、作戦がおこなわれてたのよ」

「でも、あなたとウィロー・マッキーはあそこにいなかった。あの作戦に含まれてはいなかった。いまから局に行って番組に出て、なんとかばかに見えないようにしながら、さっきの速報をごまかさなければならない。〈ニューヨーク－1〉は、あなたがあの性悪娘を逮捕した現場から半ブロックのところにたまたまレポーターがいて、もう現場から生中継をやってるっていうのに」

「へえ、それならあなただってできるじゃない」ロークが運転している隣でイヴは言った。「そうじゃなければ、半分だけ撮影用に化粧したあなたがセントラルに来て、作戦を指揮して性悪娘を逮捕した主任捜査官の独占インタビューを放映する、というのもできるわよ。ふたつ目を選ぶなら、早く行ったほうがいいと思うけど」

「十五分後」ナディーンは言い、リンクを切った。

「ピーボディ、身体検査をして問題がなければできるだけ早く、ウィロー・マッキーが取調室に連れてこられるように手配して。それから、彼女が弁護士を求めているかどうか確認すること。レオ」イヴはリンクに向かって言った。「ウィロー・マッキーを確保したわ」

「聞いたわ——ニューヨーク-1はそれ一色よ。わたしはセントラルへ向かっているところ」

「よかった。話したいことがあるの」

「逮捕のときに顔をぶつけたの？」

「そう、ちょっとした……乱闘になって」

「たいへんだったわね」レオはやさしげにほほえんだ。「氷で冷やしたほうがいいわ。あとでね」

イヴは続けてマイラに、さらにホイットニーに車のなかから連絡をした。

ロークがセントラルの駐車場に入り、イヴのスペースに車を停めたとたん、イヴは外に飛び出した。「ピーボディ?」

「取調室Aです。彼女は健康に問題はないと確認され、十分以内に到着します。弁護士のべの字も口にしていないそうです」

「わかったわ。あなたには彼女の年齢を忘れてほしい」

「忘れました。ほんとうです」

「でも、親身な対応をして」

「同情的に、ですね」ピーボディは深々とため息をついた。「いつも同情的な役です」

「あなたがやると本物っぽいからよ。でも、それだけじゃなくて、へまをした生徒に対する教師みたいに、ちょっと怒りながらたしなめている、っていう感じも出して。大人と子どもも。大人のほうが権限を持ってる感じで」

「やってみます」

「まだあるの。レオと相談して、タイミングを合わせないといけない。ナディーンと仲直りもするし」イヴはエレベーターのなかで踵に重心をのせて体を前後に揺らし、計算をした。

「あれやこれやで、彼女にはたっぷり二十分、座って待ってもらうことになりそうね」

「彼女は待つのには慣れていますよ」ピーボディが指摘した。

「これは別の話よ。見学したければ」イヴはロークのほうを見た。

「僕は出たり入ったりしている。終わりそうになったら近くにいるよ」

イヴはエレベーターを降りて、まっすぐオフィスへ向かった。

「きみのコーヒーを淹れて」ロークがイヴに言った。「それを持ってどこか静かなところで一時間ほど過ごしてくる」

「わたしのオフィスを使えばいいのに」

「あとで使わせてもらうよ。きみはもうしばらくここを使う必要があるだろう?」

ロークがそう言いながらイヴとオフィスに入ると、レオが待っていた。

「早いわね」

「ちょうどオフィスにいたのよ。土曜日も働いているってすごいわよね。どうも、ローク」

「お邪魔だろうから、すぐにいなくなるよ。コーヒーはどう?」

「あら、うれしい、いただくわ。手はどうしたの?」レオはイヴに訊いた。

「彼女がナイフを持ってたのよ」イヴは自分のデスクの端に腰かけ、ロークが差し出したコーヒーを受け取った。

「僕はコーヒーを持っていく」イヴがレオの前では威厳を見せようとしているのもかまわ

ず、ロークは彼女のあごを手のひらで包んで、熱烈なキスをした。「行って、終わらせておいで」

「また明日ね」レオはロークにほほえみかけた。「楽しいイベントで」

「明日って何？」ロークがゆったりした足取りで出ていくと、イヴは強い口調で訊いた。

「ベラの誕生日パーティよ」

「何？　嘘、それって……明日？」

「日曜日の午後よ」レオは言った。「事件が解決したし、タイミングはばっちりね」

イヴはコーヒーを見つめた。「ゆっくり休めると思ったのに」

「あら、どうしたの？　楽しいじゃない！　ケーキもあるし――もちろん、大人用の飲み物も。さあ、われらが凶悪なティーンエイジャーの話をしましょう」

「そうね、待って。ピーボディも一緒じゃないと」

イヴは扉に近づいて声を張り上げた。「ピーボディ！」

そして、レギュラーのコーヒーをプログラムして、ピーボディがどたどたと速足でやってくるとカップを差し出した。

「ドアを閉めて。オーケイ、わたしがどうやりたいか話すわね。タイミングを合わせないといけないところがあるのよ」

イヴはふたりにざっと話をした。それから、三人で戦略や、駆け引きや、法律との絡みについて話し合った。コーヒーを飲み終わる頃、鋭いノックの音が響いて、イヴはそちらを見た。

「ナディーンよ。ピーボディ、容疑者の様子を見てきて——傍聴室からよ。わたしはだいたい十分くらいかかる予定」

イヴはドアを開けた。ナディーンが険しい目つきに釣り合う言葉を吐き出す前に、レオが一歩前に出た。

「あら！　元気？　あなた、マディソン・スクエアにいたって聞いたけど」

「バックステージにね。騒ぎの影響はなかったわ」

「ここにいると、ほんとうにいろいろ騒ぎが起こっているんだってわかるわね。これからもそうなんでしょうけど。じゃあこのまま会うチャンスがなければ、また明日」

「そうね」

このタイミングだと気づいて、ピーボディは急いでレオとオフィスを出た。

今度はナディーンがドアを閉めた。「わたしに嘘をついたわね」

「ついてないわ。命を救うためなら？　もちろん、つくわ。でも、ついてない。あなたを利用したの」イヴはさらに言った。「そして、結果として、あなたは命を救った。わたしも救われたひとりかもしれない。ありがとう」

「よくもそんな嘘を――」

「嘘じゃないわ。どうするかはあなたが選んで。好きなだけわたしに文句を言うか、わたしに説明させてスクープにするか。決めるのはあなたよ」

目つきの鋭さは変わらない。「これまでも、これからも、わたしたちは友だちのはずよね、ダラス。わたしたちは友だちのはず」

「そうよ、そうなったのよ。そうなったから、ほかの誰かに連絡しようとは考えもしなかった。友だちのことはわかってる。実際にほしいと思ってるより多くなってるかもしれないけど、友だちのことはわかってる。知らなければ友だちにはならないわ。それで、あなたのことは頼りにできるとわかってた」

「ほんとうのことを言わなかったのに、頼りにしていたなんて」

まずこれを片付けなければならないと思っていたイヴは肩をすくめ、ナディーンのためにコーヒーをプログラムした。

「あなたにはほんとうのことを話した。話さないことがあったのは、あなたのジャーナリストとしての誠実さがそこなわれるかもしれなかったから」イヴはナディーンにコーヒーを渡した。「だって、クソッ、ナディーン、わたしたちは友だちのはずなんかじゃない。友だちなのよ」

「だから、どう――」まだ少なからぬ怒りがくすぶっているのは間違いないが、ナディーンは言葉を切り、片手を上げた。「いいわ。説明して」

「わたしはレキシントン街《レックス》の作戦に向かってた。そうしたら、ふとひらめいたの。ほんとうに降ってきたみたいな感じに。そうとしか言えないの。それで、ひらめきが正しければ、注意を引きつけるものが必要だとわかった。だから、あなたにレックスの作戦のことを伝えたのは、彼女が母親の家に――山ほどの武器を持って――潜んでると確認したからよ。わたしたちが家に侵入するところを彼女に見られてたら、誰かが、いいえ、おおぜいの誰かがいまごろ病院か、さもなければモルグに収容されてたはず。そうならなかったのは、彼女の注意をほかにそらすことができたからよ。あなたが速報を流してくれたから、彼女はスクリーンに釘付けになった。ここにいれば安全だと思い込んだから、わたしはチームの残りを呼んで、家のなかに侵入できた。

　彼女はいま取調室にいるわ、ナディーン、それから、作戦に参加した者のダメージも最小限に抑えられた。わたしが彼女に聞かせたいことを、あなたが彼女に伝えてくれたからよ」

　ナディーンはまじまじとイヴの顔を見た。「最小限って言ったわよね。目の周りが真っ黒よ。それに、その手は何？」

「最小限よ」イヴは繰り返した。「あなたはチャンスを与えてくれた。わたしはあなたを利用してチャンスを得たの。あなたはわたしが流した情報を放送した。その内容は嘘じゃない。理由があって、伝えられない部分があったということ。すべてを伝えて、放送するのはその半分にしろとは言えないわよ。わたしは友情のルールをすべて知ってるわけじゃないけど、そのうちのひとつは、自分がチャンスを得るのに、友だちのプロとしての誠実さを傷つけるようなことを頼んだり、期待したりしないことだってわかるわ」

ナディーンは強く息を吐き、イヴのデスクの椅子を引いて、座った。コーヒーを飲む。

「レックスの作戦は嘘じゃなかったのね?」

「嘘じゃないわ。有力な手がかりを手に入れて、それを追ってたのよ。有力なのは、情報提供者がその内容を信じてたから。提供したのは彼女の父親よ」

ナディーンは座ったまま背筋をぴんとさせた。「父親が彼女を裏切ったの?」

「そういうわけじゃないわ。わたしに質問したいなら、インタビューすればいいじゃない。事件はもうすぐ解決しそうよ」

ナディーンはしばらく何も言わず座っていた。「ニューヨーク-1のあの嫌みなやつにスクープを取られたのが、たまらなくいやだったのよ」

イヴはまた肩をすくめた。「そういうことって起こるわ、でしょう? 逮捕劇の詳細を放送されたら——容疑者の尋問の結果を受けての続報よ——こんどは彼が地団駄を踏むわよ、きっと」

「そうね、そうでしょうね」ナディーンは立ち上がった。「あなたを信用しなくちゃ」

「信用して大丈夫よ。ナディーン、ロークもピーボディも撃たれたのよ——防護服を身につけてたからモルグへ送られずにすんだ」

「あなたは？」

「ええ、わたしもよ。大事なのは、あなたの放送に気を取られなければ、彼女は窓辺で銃を構え、二、三ブロック以内にいる市民を次々と殺したかもしれないということ。でも、それをする暇がなかったのは、わたしたちが家に突入したから。彼女はあなたに集中し、そのあと、わたしたちに集中した。そして、最低限のダメージ」イヴは繰り返した。

「わかったわ。その件はすべてあとでじっくり考える。いますぐカメラクルーを呼ぶわ。この展開を放映する。その顔にメイクしなさいと言っても時間の無駄ね。あざを見せたいんでしょう」

「まあね。勝ち取ったから」イヴはほほえんだ。

ピーボディは傍聴室を出た。いままでマイラと一緒に、退屈して不機嫌そうな目をしたウィローを見たり、明日の誕生日パーティの話をしたりしていた。

取調室まで歩いていって、ドアを開ける。

ウィローが顔を上げた。ドレッドヘアを切ったばかりで、黒っぽい髪はくしゃくしゃっとして短い。イヴと同じように、顔にあざができている。

「そろそろ始めてもいいと思うけど」

「あと二、三分だと思うわ」ピーボディは言った。「何か飲む?」

「遅いよ。飲みたい」ウィローは肩をすくめた。「オレンジ・フィジー」

ピーボディはうなずいて振り向き、目の前にイヴがいてびっくりした。「すみません。あなたの準備ができているとは思わなくて。あの子に飲み物を持ってくると言ってしまいました」

「いいわよ。ただ——APAのお出ましね。買ったらさっさと戻ってきてよ」

「ウサちゃん並みの速足で」あわてたピーボディは、ドアをしっかり閉めずに飲み物を買いに行った。

「ダラス」

「レオ。あのアホらしい取引は必要ないって言ったはずよ」

「わたしたちは正当な理由があってマッキーと取引したのよ。彼からの情報がなければ、あなたたちはどんな武器に立ち向かわなければならないか、わからなかったはず」

「そんなのたいしたことじゃないわ。彼女の情報を得るための取引？　彼女を未成年者として裁くことにつながる取引？　そんな取引をしなくても、彼女を逮捕できたわよ。実際、できたわ。被害者の命を奪った人間が、二、三年で刑務所から出てくるなんて、遺族にどう説明できるっていうのよ？」

「もっとおおぜいの家族に、愛する人がモルグにいるって知らせるほうがよかった？」

「あんな取引をしたら、彼女は十八歳で出所してまた同じことを始めるわ」

「更生施設で――」

「ああ、そんなクソ話は聞きたくもない。わたしたちはすべてを危険にさらして、彼女みたいな人間を檻に閉じこめる。すると、あなたたちがなんの役にも立たない取引をして、連中はすぐにでてきてまた同じことをする。彼女が収監されるのは三年以下で、あなたたちはそれを勝利と呼ぶ」

「わたしたちは勝とうとしているんじゃなくて、自分たちの仕事をしているの。それぞれが自分の仕事をして、こういう結果になったということ。あなたが彼女に自白させられたら、税金を節約できて、裁判をやらずに先へ進める。さあ、さっさと片付けてふたりとも家に帰るか、ここに立ったまま、裁判制度の仕組みについてわたしに文句を言いつづける？」

「そのシステムがどうかしてるのよ」

「準備はいいですか?」ピーボディがフィジーを手に戻ってきて、訊いた。

「いいわ。あなたは入らなくていいから、レオ」

「あなたが決めることじゃないでしょう。わたしたちは同じ側にいるのよ、ダラス、文句は言わないで」

ピーボディはドアを押し開けた。

こわばった顔で、なおも怒りで目をぎらつかせながら、イヴは取調室に入った。「記録開始。ダラス、警部補イヴ、ピーボディ、捜査員ディリア、レオ、APAシェールは、マッキー・ウィローのいる取調室に入室」

残りの情報がよどみなく告げられる間に、ピーボディがテーブルにフィジーを置いた。ウィローはそれをつかんで、拘束具のはまった両手で支え、にやにやしながら飲んだ。

「あなたの権利を告げられましたか、ミス・マッキー?」

「うん。もちろん、よくわかってるよ。あんたのこと、すっごい殴っちゃった。あたしのナイフにたまたま手が当たっちゃって、運が悪かったよね」

「失礼な口をきくのはやめなさい」ピーボディはウィローをにらんだ。「あなたは大変な状況にいるのよ」

「あんただってぶっ飛ばせたのに」ウィローが言い返した。「そしたら、映画であんたを演じたアホ女みたいに死んでたよ」

「大人に生意気な口答えをしても、いいことは何もないわ」ピーボディは警告した。「あなたはいま、とても深刻な状況に置かれているのよ、ウィロー」

「あんたたちがうちになだれこんできた。だから、あたしは自分の身を守った」

「われわれは正当な令状を持って、あなたの母親の家に入ったのよ」イヴが訂正した。「そして、大量の違法武器を所有しているあなたを見つけた。あなたはその武器を利用して警察官を攻撃した」

ウィローはほほえんだ。治療棒《ヒーリング・ワンド》とアイスパックの手当てで消えなかったあざと切り傷があっても、魅力的な娘と言えるかもしれない。しかし、笑顔は不快だった。

ウィローは中指を立て、その指で頬をかきながらイヴを見た。「あたしの武器じゃないよ。自分を守るのに使っただけ」

「警官に向けて発砲したわね」イヴは思い出させた。

「あんたたちが警官だって、どうやってわかるのよ？」

「警察だと告げたわ」

「どうでもいい」

「映画を見たの？　『ジ・アイコーヴ・アジェンダ』を？」

「見たよ。見るたび、あんたがアイコーヴのラボで吹きとばされたらいいのにって思ってた」ウィローはほほえみながら目玉だけを動かして天井を見た。「そのうち、いつか」

「でも、わたしだって気づかなかったんでしょう？」

「一瞬しか見えなかったし」

「一瞬見ただけで逃げようとして、閃光手榴弾を放った」

「自分を守るためだから」ウィローはまた肩をすくめた。「警察かどうかわかってたかなんて、どうでもいい。あたしは自分と自分の家を守ってたの。権利があるんだから」

「ウィロー、あなたはわたしたちが誰なのか知っていたわ」ピーボディが——たしなめている教師役だ——首を振りながら言った。「そういう失礼な態度でいたら損をするだけよ。あなたは驚いたんでしょう。それで反射的に行動した。でも——」

「そうよ、たぶん」

「あの武器で何をしていたの？」イヴが強い調子で訊いた。

「危険のないように保管してたの」

「どこで手に入れたの？」

「あたしのじゃない。言ったでしょ？　若すぎて武器は買えないし、所有もできない。十五歳よ」にたりと笑う。「忘れちゃった?」

イヴは歯を食いしばり、険しい目でちらっとレオを見た。「あの武器はあなたのもの。何種類かは使ってもいた」

「自分の身の守り方はわかってる」

「レーザーライフルや、閃光手榴弾、銃の使い方はどうやって知ったの?」

「父さんに教えてもらったの。父さんはあんたが思ってるよりずっと立派な警官だった」

「あなたを仕込んだから、彼を刑務所に放りこんで、一生出られなくさせたのよ」

「父さんはわざとつかまったのよ」

「そうなの?」

「当たり前でしょ」

「わたしがファンキー常用者を倒せないと思うなんて、ちゃんと映画を見ていなかったのね」

「映画は作り物よ。ハリウッドが作る嘘っぱち」

「あなたの父親はジャンキーで、それは嘘っぱちじゃない」

「耐えられなかったんだよ」ウィローは唇を歪め、イヴに人差し指を突きつけた。「あんただって、かわいい恋人が道路にぺちゃんこになったら、受け入れられないでしょ」

「あなたの父親は受け入れられずにファンクに走り、みんなを責めて、殺そうと計画した。というか、最近では武器をしっかり持つこともできなかった、だから、あなたにやらせた」

「というのがあんたの考え」

「そうよ。否定したい?」

ウィローはあくびをして椅子の背に体をあずけ、天井を見つめた。「これって退屈。あんたも退屈よ。ダラス」視線を移してイヴと目を合わせる。「ダラス、警部補イヴ。普段は防護服を着ないで出かけるでしょ。たぶんそのうち、通りを歩いてるときに、どこからか――バン! で、死んじゃうの。それって映画になりっこないよね」

まっすぐウィローの目を見つめていると、ゾー・ヤンガーが恐れていたものがはっきり見えた。内側にひそむ殺人鬼だ。「わたしの死を望んでいるの、ウィル?」

「ここでどうにかなるほど退屈させられるより、あんたが死んだほうがいい」

「退屈? じゃ、話を進めるわね。時間を無駄にするのはおしまい。さかのぼってセントラルパークの件。三人が亡くなったわ。どうしてあの三人を選んだの?」

「あたしが選んだって言った?」

「あなたの父親が言った。彼が自白したの。あなたは自分の目であり手だと言っていた。あなたが撃ったのよ、ウィロー。彼にはできなかった」

「あたしの目も腕も、父さんから受け継いだんだ」

「彼はファンクに溺れ、自分でだめにした」

ウィローは肩をすくめ、指の爪をじっと見た。「それは父さんの問題で、あたしには関係ない。あたしに言わせれば、ドラッグとかアルコールとか、ああいうクソは遅れてる。リアルじゃないじゃん」

「リアルが好きなのね」

「感じられなくてなんの意味があるの？　知らなくて意味がある？　なんにもしないことに意味がある？」

イヴはファイルを開き、最初の被害者三人の写真を出した。「これをやったとき、どんなふうに感じた？」

ウィローは身を乗り出し、長い間じっと写真を見ていた。その目に見えるのは好奇心でも興味でもない、とイヴは思った。ましてやショックでもない。

喜びだ。

退屈していない、とイヴは気づいた。夢中になり、どきどきしながら思い返している。自分が中心でいられたからだろう。

「あれは最高だった」そう言って、フィジーをごくりと飲む。「あれくらいの射撃ができる人間。それってエリートよ」

「あなたはエリート？」

「最良の次《セカンドベスト》じゃなくてね」気取った顔をして、フィジーの容器を右へ左へと傾ける。「それって負け犬のやさしい言い方でしょ。最高じゃなければ無意味だし」

「じゃあ、こういうふうに撃てるあなたは最高でエリートだ、と」

「あんたはできんの？」

「わからないわ」こんどはイヴが肩をすくめた。「やったことがないから。それに、一・五キロも先のスケートリンクで滑っている人を殺すことに興味はないの」

「できないに決まってる。銃で十メートル先の的に当てられるかどうかって感じでしょ。遠距離用の銃で正確に狙いをつけられるとは思えないし。五十二丁目を歩いてる間抜けを狙っても、大きくはずしていたはず」

「でも、わたしは十年間も、なんていうか、トレーニングしたり、教わったり、練習したりはしていないわ。自分の趣味に、元陸軍の狙撃兵で元特殊部隊員にしつこく関わってほしいとも思わないし」

「趣味じゃないよ、クソッ！」ウィローは歯をむき出して前のめりになった。「それに、トレーニングしたり、教えてもらったり、練習したりするだけじゃ足りないの。それももちろん大事だけど、必要なのは才能よ。生まれながらのものがね」

「じゃ、あなたは生まれながらの人殺しね」

ウィローは椅子の背に体をあずけ、またほほえんだ。「あたしは、生まれながらに狙ったものに命中させられるんだ」

「どうして彼女を狙ったの？」イヴはエリッサ・ワイマンの写真を指で叩いた。

「なんで彼女じゃだめなの？」

「たんなるあてずっぽう？　別に理由はない？」イヴは首をかしげ、そして、頭を振った。

「そうは思わないわ。言いなさいよ、ウィロー、彼女は我慢ならないタイプだって。毎日、毎日、見せびらかしちゃって。スケート靴を履いてちょっとスピンやジャンプができるのがすごいことみたいに。きれいだからって偉いみたいに。あなたはそう思っていたはず」

「いまの彼女はただの死体《DB》」

「彼女をただのDBにしたとき、どんな感じだった？　赤い服を着た目立ちたがり屋の彼女を狙って、たった一度引き金を引き、その人生を終わらせるのはどんな感じだった？　気持ちよかったんでしょ？　うっとりしちゃったから、そもそも狙っていたマイケルソンを撃ちそこなった」

「バカなこと言わないで」侮辱された怒りと嫌悪感が、ウィローの顔に広がった。「彼はあたしが思っていたとおりに倒れたの。腹を撃たれ、氷の上で血を流した。感じてた。わかってた」

「彼を苦しめたかったの?」

「苦しんだでしょ? あたしははずしてない。わかった? 理解した? あいつのことはしばらく苦しめたかった。もう二度と立ち上がれないとわからせたかったの。あの年寄りのろくでなしがスーザンを先に診てたら、父さんの目も手もあんなことにはなってなかった」

「そうしたら、父親はあなたに自分の仕事をやってもらう必要はなかった。あなたを必要としなかった」

「あたしは父さんのもの。父さんにとって一番のもの。唯一のものなの」

「スーザンが道に飛び出して撥ねられなかったら、あなたは父親にとって唯一の存在ではなかったはずよ」

「彼女はアホだったから」

イヴは目を見開いた。「アホのためにあれだけたくさんの人を殺したの?」

ウィローはまた一連の動作を繰り返した。肩をすくめて天井を見上げる。

「あなたはスーザンを愛していたはずよ」ピーボディがほどよく同情心をこめて言った。

「ここまでやるのは、彼女を愛し、大事に思っていたからに違いないわ」

「もう、勘弁してよ」嘲《あざけ》りがたっぷりこもったふた言だった。「毎朝、靴の履き方も忘れてるような人だよ。典型的なだめ女。父さんが愛想をつかすのも時間の問題だった。まともな人間ならそうなるはず。でも、チャンスがなかった」

「あなたの父親が彼女を捨てられなかったから、この人たちは死んだというわけね」イヴはしばらく考えた。「そういう部分もあるかもしれない。あなたはまずワイマンを殺し、マイケルソンが苦しむように狙いをつけ、それから――アラン・マーカムはどうだったの?」

「誰だか知らない」

「三人目よ」イヴは写真をウィローに近づけた。

「思い出した。顔が嫌いだった。女と一緒によろよろリンクをまわりながら笑ったり、にやにやしたり。女も撃ってよかったんだけど、父さんに逆らいたくなかったから。三人って決まってたの」

「説明して」イヴは身振りをまじえて言った。「ふたりでどうやって計画して、銃撃拠点を選んで、マイケルソンにつきまとったの?」

「マジで? なんの意味があるの?」

「記録のためよ。いまのあなたにはそれよりましなことはできないわ」

「なんだってそれよりましだよ」

しかし、ウィローは大きくため息をつき、説明しはじめた。スーザンが死んでから父親が酒と違法ドラッグを始めたこと。父親の怒りと鬱状態も説明した。

「ずーっとアパートメントにいて、酔っぱらってるかドラッグでぼーっとなってるかどっちかだった。間抜けな弁護士から、訴えられる可能性はない、裁判にはならないと言われてからは、とくにひどかった。あたしは父さんを引っ張り出した」ウィローは声を荒らげ、指先で自分の胸を突いた。「穴から引っ張り出したのよ」

「どうやって?」

「泣き落としはだめな人間にやること。父さんは怒らせればよかった。行動するのよ、とけしかけた。あいつらはあたしたちを苦しめた? じゃ、こっちもやつらを苦しめてやればいい。もっとひどく」

イヴは椅子の背に体をあずけた。「言いだしたのはあなただって言ってるの? この計画を? マイケルソンと、ラッソ巡査と、ジョナ・ロートシュタインと、ほかにも暗殺リストに名前のある人たちを――あなたが選んだ罪のない傍観者も含めて――殺そうって言いだしたのは、あなただって?」

「耳が悪いの? もっと大きい声でしゃべったほうがいい?」

「口のきき方に気をつけなさい」

注意したピーボディを見て、ウィローは薄ら笑いを浮かべた。「もう、いちいちうるさいな。説明してほしいのは、頭が悪くてわからないからでしょ。だから、説明してやってるのに」

「どうしてファインから始めなかったの？」イヴは訊いた。「スーザンを殺したのは彼でしょう。彼女を撥ねた車を運転していたんだから」

「なんなの、脳が死んじゃってるの？　ファインを殺《や》ったら、間抜けなおまわりだって父さんとのつながりに気づくでしょ。あいつで終わらせるはずだったの」

「彼がファインを最後までとっておきたがった」

ウィローはふたたび歯をむき出して身を乗り出した。「父さんはたいてい酔っぱらってるからラリってたって言ったのを忘れた？　それ以外は泣きながらビールを飲んでたって？　誰をどこでいつ殺るか決めたのは、あたし。父さんが計画を練れたと思う？　あたしが引っ張り出すまで、父さんは自分のやり方を変えられなかったんだから」

「スーザンの死に責任があると思われる人を殺そうと言って、父親を引っ張り出した」

「父さんのためにあたしが計画した——そして、実行するための条件を出した——ってことよ」ウィローはまたフィジーをつかみ、そのまま身振りを交えて言った。「アルコールとファンクを控えてしゃっきりしろって言ったの。そしたら、アルコールはほとんど飲まなくなった。ファンクをやめるのはむずかしかったけど、使う量は減った。元気になった父さんは作戦を立てた。

それで、もっと遠くから狙おうと言いだして、あたしの腕を磨きにふたりで何度か西部へ行ったの。しらふのときの父さんは、めちゃくちゃ有能なインストラクターだった」

「そして、ターゲットにつきまとい、彼らがいつも何をしているか、決まった時間にどこへ行くか探った。ジョナ・ロートシュタインにやったようにね。彼がコンサートを見にマディソン・スクエアへ行くのも知っていた」

「あの男は熱狂的なファンだったから。完全に終わってる古臭いロッカーを見るまであと何日とか、当日はあと何時間とか、カウントダウンまでしてた。いろんな調べものはほとんど父さんがやっていたけど、ゾー——あたしが育った生体チューブ——から離れてるときは、あたしも手伝った。銃撃拠点も選んだ。最初、父さんはもっと近いところを望んだけど、あたしが遠くても命中させられるとわかって、気が変わったの」

「細かなことまで計画するのにどのくらいかかった？」

「丸一年。父さんが少なくてもいくらかは、きれいな体になる必要があったし。武器を集めて、ＩＤを手に入れ、戦略や戦法を練った」

「彼のアパートメントから引っ越したわね」

「安全な拠点が必要だったから、そう、必要なものを少しずつ新しいところへ移した。いったん始めたらすぐに移動して、毎日ターゲットを撃ち、混乱を引き延ばさなきゃいけないとわかってたから。あたしたちのIDを特定できたのは、ラッキーだったね」

「自分より誰かのほうが優秀だったらそう言うの？　ラッキーだって？」

「勘弁してよ。あんたたちがそんなに有能で、頭の回転が速ければ、あたしはここでこんなふうに詳しい話を嚙み砕いて伝えてない。もうわかってるはずでしょ」

「そういうことね」ほんとうにそう思い、イヴは言った。ごく細かなことまで。すべてわかった。「ここでやめないで。もっと教えなさい」

20

ウィロー・マッキーは次々と細かく説明し、薄ら笑いを浮かべては手当たり次第に愚弄しつづけた。彼女が求めていると気づいたイヴは、あくまでも彼女を中心にして話を進め、大げさなくらい知りたがるふりをした。

三時間、イヴは聞きつづけ、探りを入れて先をうながし、たまにレオかピーボディから質問や感想を引きだした。

無理にせっつく必要もなく、ウィローは偉くなったような気になり、いよいよ調子に乗ってきた。

そのうち、もう一本フィジーがほしいと言いだし、三時間ほどたつとトイレ休憩を求めた。

「ピーボディ、制服の女性警官をふたり、ウィローに付き添わせて」

ウィローは大きな笑い声をあげ、イヴを嘲笑った。「あたしに何ができるか全部聞いたのに、女おまわりふたりぐらいやっつけられないと思うわけ?」

わたしを倒せなかったけどね、とイヴは思ったが、うなずいた。「四人にして。ピーボディ」

「そうこないと」

「尋問を中断」イヴは言い、部屋を出た。

ブルペンのすぐ手前で、レオが追いついてきた。「驚いたわ、イヴ」

「たんなる不機嫌なティーンエイジャーだと思ってた?」

「根っからの殺人鬼を期待していたわ。目立ちたがり屋の並はずれたサイコパスがティーンエイジャーの内側にいるとは思いもしなかった。ボスに最新情報を伝えて、マイラと話がしたい。あの子は法的に正気だと、絶対に何がなんでも証明にしないと」

「彼女はあなたやわたしと変わらず、法的に正気よ。つぶさなければならない小さな毒虫でもあるわ」

「後者はそのとおりだと思う。前者は絶対に証明にさせる」

「十五分の休憩」イヴは踵に重心を移動させ、自分はうんざりしているのか、それとも満足しているのかと考えた。そして、両方を同時に感じられるのだと気づいた。「彼女がまたあそこに座って、わたしたちに残りの話ができるのをわくわくして待ってるのが見たいわ」

「彼女はこれまでに聞いただけで充分、無数の終身刑に値するわ。でも、そうね、わたしも残りの話が聞きたい。十五分ね」レオは言い、急いでその場を離れた。

ブルペンに足を踏み入れたイヴは、自分のチームメンバーの多くがまだ残っているのに驚いた。「わたしの仕事はまだ終わってないけれど、彼女はもう終わりだって保証できるわ。すべて自供したから、そのうち決着がつく。だから、勤務時間内の者以外は、帰宅して」

「目の具合はどうだ、LT？」ジェンキンソンが声を張り上げた。

「かなりずきずきするけど、原因はそのネクタイを見てることよ。帰りなさい」

自分のオフィスに入ると、ロークがデスクに向かって自分のPPCとイヴのコンピューターを同時に使っていた。

「終わったかい？」

イヴは首を振った。「あれは何？」自分のスクリーンに、檻のようなもので囲まれている古い城とおぼしきものが映っているのを指さす。

「ああ、いま、プロジェクトが進行中のイタリアのホテルだ。帰る前に、ちゃんときみのマシンから削除するよ。コーヒーは？」

「いいの、いらない、なにか冷たいものがほしいわ」そう言って、背後を見る。「自販機を

――たぶん、実際に――ぶん殴ってペプシを出してくればよかった」

「ここのオートシェフにストックしてあるよ」

「そうなの？」

「きみが自販機でイラつかないですむようにね」

心から感動している自分に気づいて、イヴは驚いた。しかも、座りたくてたまらない。とんでもなく座り心地の悪い来客用の椅子にどさりと座った。

「大変なんだね？」ロークは立ち上がり、イヴに変わってペプシをプログラムした。

「彼女、マディソン・スクエアのことも含めて何もかも話したわ。後悔してるとは思ってなかったし、被害者に何か感じてるとも思ってなかった。自慢に思ってるんじゃないかと思ってたの。ところが……。彼女が感じているのは喜びよ。歓喜なのよ、恐ろしい。そこまでとは予想していなかった。何もかもがエゴに支配されているの。

すべて彼女が考えたことだったのよ。どこかでそうじゃないかと思ってたけど、とにかく驚き、あきれてるわ。マッキーの心理状態を考えるべきだった。彼にすべてを考えて計画するのは無理だった。でも、ウィローにはできた。彼は悲しみに溺れ、娘のこともろくに考えてなかった。彼女はそうは言わなかったけれど、それははっきり顔に表れていた。彼女は義理の母親をまったく尊敬せず、だめ女と言ってるわ。そして、父親の悲しみと弱さを利用して――父親が娘を利用したんじゃなくて、娘が父親を利用したのよ――自分の最大の望みに気づいた。それは命を奪うこと」

「さあ、椅子に座って」

「いいのよ、いいの、ゆっくり座ってはいられないから」イヴは立ち上がってペプシを受け取り、飲まずにただ行ったり来たりしはじめた。「彼女はなんでもすべておぼえてるのよ。被害者の誰が何を着てたかもおぼえてる。それがターゲットにされる理由にもなる。あの帽子は気に入らない――すると、その帽子をかぶったまま死ぬことになるの」

ロークは何も言わず、彼女のデスクの角に腰で寄りかかり、イヴに好きなだけしゃべらせた。

「彼女は、殺人や、そもそもこの計画を思い立ったことや、計画を進めることが父親を元気にしたと信じてる。彼に目標を与えたと思ってる。そして、父親はまた娘に関心を持ちはじめた」

イヴは立ち止まってペプシを開けて、飲んだ。息をつく。

「彼女のどこかはまだ子どもで、父親に注目されたくてたまらないんだと、マイラは言うと思う。彼女は父親の目で、手で、パートナーで、同等の人間で、しかもたったひとりの子ども。彼女は父親にほめられたくて、いつも一緒にいた」

「きみは彼女が父親の弟子なんだと考えていた——僕たちもみんなそう思っていた。そして、実際にそういう時期もあった。しかし、話を聞いていると、父親が娘の弟子のようになっている。彼女は自分の手——彼女の手を通した父親の手——でいわゆる敵を殺すことを父親に教え、ふたりの絆は強まった」

「そうよ。さらに、父親は観客であり、彼女の目撃者で、忌まわしいチアリーダーでもあった。マディソン・スクエアのときのように、彼がいないときも、彼女は父親が事件のことを聞いて誇りに思うとわかってた。自分が彼の中心にいるとわかってた」

「そして、父親は娘のために犠牲になり、彼女が中心だと証明した」

「ふたりの〝プランB〟についても聞いたわ。彼女は姿を消して逃げ、彼がわたしたちの注意を引く、というものよ。彼は逮捕される。ただし、プランBはまったくうまくいかなかった。ローク、彼女は捕まって箱に入れられて得意になってる。〝わたしを見て、優秀でしょ。そう、わたしがやったの、ぜんぶわたしがやったの。だって、わたしは最上だから。ナンバーワンだから〟そう思うと、腹が立つというより気分が悪くなってくるわ」

「手遅れにならないうちにきみは腹を立てるよ。僕が保証してもいい」

イヴはもう少しでほほえむところだった。「うちに帰らないの？」

ロークももう少しで笑みを返すところだった。「あざの色がそのままきみの顔色になっているって知ってるかい？」

「あざはいい具合に記録に残るの。それから、わたしのためにあなたが選んでくれたブースターは役に立ったわ。いまも疲れているけど、ふらふらじゃない」

「これも役に立つはずだ」ロークはポケットからチョコレートバーを取りだした。

「わたしに？」イヴは鋭い視線を壁に、そしてニクシー・スウィッシャーが描いてくれた額入りのイヴのスケッチに向けた。「わたしの隠し場所から持ってきたの？　隠し場所を荒らしたの？」

「いいや、そうじゃないけど、それも面白そうだ。EDDの自販機ではチョコレートバーも売られているんだよ」

「そうなの？　どうして？」イヴはチョコレートバーをつかんで包みを剝がした。「ありがとう」

「きみができるだけ早くちゃんとした食事をするのを見るまで、安心できないな」

「なんでもいいわ」イヴは目を閉じ、チョコレートの最初のひと口の効き目を味わった。

「サマーセットの様子をたしかめた？」

「なんどもたしかめて、うるさがられている」

「オーケイ」イヴは包みを折って、残りのチョコレートを包み、ポケットにしまった。「まだ二、三時間かかるかもしれないから」

「ここの作業が終わったら傍聴室へ行って、きみがいまチョコレートを包《ラップアップ》んだみたいに、彼女に決着《ラップアップ》をつけるのを見物しよう」

イヴは一歩ロークに近づき、彼の肩に頭をもたせかけた。一瞬だけ。「マッキーも以前はいい人間だったかもしれない――いずれにしてもローウェンバームはそう思ってる。でも、彼は選択したの。取り返しのつかない選択を。娘もそのひとつ。でも、彼がいなくてもやはり、ウィローはいつか誰かに捕まって箱に入っていた。箱がわたしのものだったのは、彼の選択であり、そういうタイミングだったのよ」

イヴは彼の胸から頭を離した。「わたしの箱だから、最後までやり遂げないと」

イヴが去ると、あといくつの箱が――被害者と殺人者が――自分のものになるか、彼女は考えているのだろうかと、ロークは思った。

彼女のことはわかっている、もちろん、そう考えているだろう。

イヴが取調室に戻ると、ピーボディとレオがドアの外に立っていた。ふたりとも疲れ切った顔をしている、とイヴは思った。ピーボディはフィジーを二本持ち、レオはダイエットペプシを持っていた。

「彼女はもう入っています」ピーボディが言った。「もう一本と命じられる前に、彼女の分を買ってきました。糖分補給のため、わたしにも一本」

「わたしは冷たいカフェインを。自販機のコーヒーは耐えられないから」

「最低よね」イヴはチョコレートの半分を取りだして、また半分に折り、それぞれに差し出した。

「チョコレートですか？　ほんとうに？」うれしさだけで、ピーボディの声がいくらか力強くなる。「ぴちぴちズボンになってもかまわないです。ありがとう。ありがとう、ダラス」

「感謝するならロークに」

「ありがとう、ローク」レオがほんのちょっとだけかじった。

「さっさと食べて。ネズミみたいにかじってたら一生かかるわよ。仕事があるんだから」

「予期せぬことはじっくり楽しむのが好きなんだけど」レオは残っていたチョコレートをぽんと口に放りこんだ。

「どんどん彼女にしゃべらせて、アラスカの話も聞き出して、そのまま彼女の計画までしゃべらせようと思ってる。殺す意思があったことを記録に残したい。たきつけるわよ。煽《あお》れば煽るほど、彼女は自慢しないではいられなくなる」

イヴはドアを引き開けた。「記録開始。尋問再開。参加者は全員揃っている」

ピーボディはウィローの目の前にフィジーを置いた。

「今度はチェリーがよかったんだけど」

「買ってきたのはオレンジよ。飲むのか飲まないのか、どちらかにしなさい」ピーボディは目を細めてウィローを見た。「わたしに投げつけたら、警官に対する暴行罪も加わることになるわよ」

「フィジーを使った暴行ね」

ウィローは声をあげて嘲笑ったが、ピーボディはほほえみさえしなかった。

「それで我慢しなさい、この恩知らずの悪ガキ」

煽りが始まったようだ、とイヴは思い、ピーボディが椅子に座って自分の飲み物に口をつけるのを待った。

「アラスカのことを話して」

「寒いとこ」

「あなたの父親は、あなたと移住するつもりだったと言っているわ。プランBによると、何かがうまくいかなかったり、彼の身に何かあった場合、あなたはアラスカへ向かう予定だった、と」

「アラスカ？　スーザンみたいにイケてないとこよ。二、三度行って、景色を見たり、ハンティングしたりするのは、まあ好きだったけど。あそこで暮らすなんてありえない」

「あなたはアラスカへ行くって、はっきり言っていたわ」

「二、三か月、身をひそめる必要があるなら、まあね、あそこでもいいけど。あたしはたいてい話を合わせて、父さんが聞きたいことを言ってたの。そうすれば、父さんは計画に集中するから」

「じゃ、父親の逮捕後、計画どおりにアラスカへ行くつもりはなかった」

「都会が好きだし。たまに西部や、白クマの国《ナヌーク》で過ごすのはいいけど、アラスカまでわざわざ行く気はないよ。それに、あたしは、始めたことは終わらせるから」

「その証拠に、マディソン・スクエア・ガーデンでジョナ・ロートシュタインと十七人の無関係な人たちを撃ち殺した。でも、その後、あなたは問題にぶち当たった。われわれがあなたたちのほかのターゲットを特定して、保護拘置したのは知っていた？」

「うん、知ってた。たいしたことじゃない《BFD》」

「だから、ニューヨークにとどまることになったときのために父親と決めていた場所じゃなくて、家族の家に戻ったの？」

「あいつらは家族じゃないって、いい？」グリーンの目に嫌悪感が燃え上がった。「生物チューブと、そのセックス相手と、そいつらが作ったガキ。ただそれだけ。でも、あそこは家で、あたしのものでもある。あたしの物が置いてあるし」

「すべてじゃないはず」

「あんたたちが電子機器を持ってったからね。それもまったくBFD。バックアップを取ってあるし」

「そう。それも没収したわ。あなたが弟のコンピューターに隠そうとした文書のバックアップを、EDDは見つけられるかしら?」

最初に驚きの火花が、続けて怒りの火花が飛び散った。そして、すぐに、だからなんなの、と言いたげな薄笑いが続く。「あれはあたしの弟じゃない」

「母親が——あなたの言う〝生体チューブ〟でもいいけど——同じでしょ。あの子犬にやったように、弟の首もへし折るつもりだった?」

フィジーを飲んでいるウィローの口元に一瞬、笑みが浮かんだ。「なんでバカ犬のために時間を無駄遣いするのよ?」

「楽しいから。弟が愛している犬だから。できるから」

「弟じゃないってば。で、殺したらどうだっていうの? 犬殺しで訴える?」

「動物虐待の罪よ」ピーボディが訂正した。ウィローはあくびをした。

「いいよ、それも足せば。気にしないし。ぜんぜんどうでもいいし」

「あなたは犬を殺し、その死体を窓から放り投げた、弟の目の前に――」

「言ってるでしょ――その役立たずの耳でしっかり聞けっての――弟じゃないって」

「その行為は認める？」

「ノミだらけのちっぽけな犬の首を折って、放り投げた。その話がしたいのかもしれないけど、それはもうこれで終わり」

「まさか、聞きたいことはほかにもっとあるわ。あなたの別の計画、というかミッションの話をしましょう。あなたがターゲットの名前を記した別のリストよ。あなたが――そうね、たんにザックと呼ぶわ――ザックのコンピューターに隠そうとしていた、あれ」

「あいつらがあたしのコンピューターを看守みたいにのぞくから。部屋に入っていろいろ引っかきまわしてるのをあたしが知らないってゾーは思ってるのよ。あのクソ女は一日二十四時間、一日も休まずあたしを見張ってるくせに、クソ女が結婚した変質者があたしに襲いかかっても知らんぷりしたんだから」

「彼はあなたを襲っていないわ」

「襲った」

「詳しい話を聞かせて」レオが横から言い、パッドにメモしはじめた。「その出来事があった日時。彼がやったこと」

「嘘をついてるのよ」イヴが言った。

「彼女には彼女の側から供述をする権利があるわ。リンカーン・スチューベンは、性的、あるいは肉体的な暴行をあなたに加えましたか？　加えたなら、その状況、回数、日時を詳しく聞かせて」

「退屈。退屈。退屈。あいつはあたしとやりたがったけど、あたしは何があっても自分で対処できるから」

「あなたと彼は口論しましたか？」

「あなたと彼は口論しましたか？」ウィローはそっくり真似て言った。「もちろん、しょっちゅう。あいつはいっつもあたしに、何をするべきだとか、どんなふうにやれとか言ってた。尊敬の気持ちを見せろとか言って、いつもいつも口やかましかった。あんなだめ人間なんか尊敬するわけないじゃん」

「だから、彼の名前がリストにあったのね」イヴが言った。「彼と、あなたの母親と、弟、スクールカウンセラー、校長先生。そう、学校の見取り図も持っていたわね」

「手に入れるのはむずかしくないし。あたしが得意のは射撃だけじゃないから」

「らしいわね。学校を襲うつもりだったの？　生徒や教師やほかにもいろいろ、殺すつもりだった？」

「考えてただけ」ウィローはまた天井を見上げ、指でくるくると円を描いた。「考えてるだけなら、罪にならないし」

「あなたはタウンハウスへ戻って三階の部屋を使い、誰かが家に来たらわかるように新たにアラームを設置した」

「だから何？」

「そして、待ちかまえていた。いつかは彼らも帰ってくるものね？　そこへあなたが現れる。どんなふうにやろうと計画していたの？　ただ降りていって、『みんな、おかえり』と声をかけ、その場で全員射殺するつもりだった？」

ウィローが肩をすくめると、イヴは身を乗り出した。「彼らには、たいした技術は必要ないはずよね。丸腰の民間人を待ち伏せして、襲うだけ。言わせてもらえば、あまり面白くなさそう。あっという間に終わってしまう。そんなことでよかったの？」

「やりたいようにやるわよ！」ウィローはフィジーを脇へ押しやった。「考えてたとしたら――考えるのは自由でしょ――こうだよ。やつらが帰ってきたら、寝静まるまで待つ。近くから、ナイフで殺したらどんな感じだろう、って思ってたかもしれない。もうちょっとであんたにやるところだったみたいにね」

イヴは〈ヌースキン〉を張った手を上げた。「やるにはほど遠いわ」

「もうちょっとのところだった」

「最初にザックを殺すつもりだった——彼が最大のターゲットね」

「戦略のせの字も知らないのね。最初にいちばんの脅威を殺すのよ、アホ。まず、スチューベンの喉をかっ切る。あっという間に静かに終わる。屁みたいな男だから。いつだって存在感ゼロなのよ」

「それから？」

「それから、戦略的に正しいのは、ゾーを気絶させて拘束すること。それからガキのところへ行って毛布でぐるぐる巻きにして、階下《した》へ連れてくる」

話しながら、ウィローは目を輝かせていた。状況がはっきり見えているに違いない。「ガキをちょっとだけ傷つける——あの女が意識を取り戻したら、怪我をして出血してるとわかる程度にね。そして、懇願させる——寝室には防音設備がある。だから、叫んだって大丈夫。あの女が大声を出したら、ガキの喉をかき切るだけ。でも、懇願するなら聞いてやってもいい。いったいどうして、あたしがあのガキを殺しちゃだめなのか。あの女が作るべきじゃなかったあのチビを、どうして殺しちゃだめなのか。あの女があたしと取り換えた、このめそめそ泣いてるクソガキを殺しちゃだめな理由を、聞いてやってもいい。

それから、あいつが生まれたときからずっとやりたかったように、シカにやるみたいに、あのガキの内臓を抜くの。あの女を最後まで残すのは、見せるため。あの女はどうするかって？　手首を切って、ゆっくり失血死させてやるの。そうやれば、あの女が少しずつ少しずつ死んでいくのを見られるから」

「わたしは間違っていた。彼女をいちばん憎んでいたのね」

「あいつは父さんを捨てた。そうやって、父さんをあたしから奪った。そして、父さんとあたしの代わりにあの醜い小男、スチューベンとくっついた。あの女は、やつらが死ぬのを見て、すべて自分のせいだと思い知るべきなの。ぜんぶ、あの女のせいだから」

ウィローはフィジーを持つ手を動かして、さらに言った。「翌朝、やつらが死んだことがまだ誰にも知られないうちに、学校を襲う準備をする。歴史を作るはずだったんだ」

「なぜなら、学校のことは、毎日の決まった動きも、生徒たちが何時頃登校してくるかも知っているから」

「学校が封鎖されるまでに、三十人か、たぶん四十人は狙い撃ちできたと思う。混乱が始まったら、二ブロックにつき十二、三人は撃って、それから？　警官や、レポーターや、保護者、アホな野次馬たち――そんなやつらがうじゃうじゃと射程圏内にやってくる。一気に撃ち殺すまでに、優に百人は集まるはず。遠くから、それだけの大人数をひとりで殺った人間はいない。でも、あたしならできる」

「あなたがいちばん、ということになる」

「あたしがいちばんよ。それが歴史に刻まれるだけのこと」

「あなたの父親はそこには行けなかった」

「父さんの計画がすべて予定どおりにいってれば、連れてけたけどね。あたしが父さんの分を殺って、あたしはあたしのを殺る。それでよかったんだ。弱くなった父さんは、この計画でまた強くなった。もっと強くなるなら、一、二年アラスカで暮らしてもいいと思ってた。でも、あたしだって自分の計画をやり遂げる資格がある」

イヴはしばらく黙って待っていた。父親と同じように、ウィローの顔には赤みがさしていた。けれども、それはこみ上げる怒りと自尊心のせいだ。その目に狂気は宿っていない――善悪の区別がつかない者の目ではない。善悪などどうでもいいと思っている者の目だ。

「つまり、あなたは父親と共謀して、この尋問中に名前をあげた二十五人を殺害し、同じく尋問中に名前をあげた別の者たちの殺害を計画していた、ということね」

「そのとおり。もう二度と言わないけど」

「その必要はないわ。それから、ほかに、ゾー・ヤンガー、リンカーン・スチューベン、ザック・スチューベンの殺害と、殺害する前に、ヤンガーおよびザック・スチューベンに苦痛を与えることも計画していたとも言った」

「そうよ、そう、そう。はっきりそう言ったでしょ？　計画するだけなら自由だよ」

「さらなる供述によると、あなたは百人を殺害するため、ヒラリー・ローダム・クリントン高校およびその周辺を襲撃する計画を立てていた」

「世界記録だったのに。あんたのせいで世界記録は消滅。警官って危険な商売だよね。たとえば、一年後に何かよくないことが起こるかも。じゃなくて、そう、いまから三年後にね」

ウィローはフィジーに口をつけたまま笑い声をあげた。「三、っていい数字」

「そう思う？　いまから、そうね、三年半後、わたしがあなたを訪ねるというのはどう？　流刑星オメガの刑務所よ」

「そんなところには行かないって。あんた、あんたたちみんな、どうしようもないバカだね。みんな、大バカ」

ウィローは首をのけぞらせ、大声で笑いつづけた。

「あたしにぜんぶ認めさせたかったんでしょ？　問題ないよ。あたしは何をやったか、あんたたちに知ってほしいもん。すべて記録して、大声で読んでほしい。あたしがやったこと、あたしにできることぜんぶを褒めてほしい。だって、三年もしないうちに、十八歳になったあたしは自由の身になるんだから」

「そうなの？」イヴは椅子を後ろに傾けた。「どうしてそう思うの？」

「聞いたからよ、この間抜け。父さんが取引をしたんでしょ。あたしのことをいちばんに考えて、取引してくれたんだ。何もかも話したら、あたしは未成年者として裁かれるって。だから、十八歳になったら自由の身になる。だって、あたしはまだ子どもだから」

「つまり、あなたは――あらかじめ計画して――無情にも二十五人を殺害し、数十人に怪我を負わせ、さらに――何人だった？――そうそう、百人以上の殺害を企て、三年以下の懲役で自由の身になれると思っているのね」

「あったまにくるでしょ？　あんなに時間をかけてあたしを探して、さんざん殴られたり傷つけられたりしたのにね。あんなにいっぱい警官も使ってがんばったのに、結局、あたしの勝ちってこと。あたしを見つけられたのは父さんから情報をもらったおかげかもしれないけど、父さんはいつでもあたしの味方なんだ。だから、あたしはどっかのゆるい少年刑務所で三年以下の懲役を受けるだけで、すぐに出てきちゃう。そりゃ、頭にくるよね」

「警官なら、自分たちの仕事は、犯罪者を逮捕して証拠を集め、それをレオのような人に託して、あとのことはまかせることだと理解しなければならないの」

「そう、で、彼女みたいな人たちは？」ウィローはレオを指さした。「なんだって取引してさっさと簡単に片付けちゃう。いずれにしても、彼女はあたしを裁判にかけたくなかったんだ。えーん、えーん、だってあたし、まだ十五歳だもん。間違った方向へ導かれたんです」

ウィローは椅子に座ったまま踊るように体を揺すり、大笑いをした。「そのひと言で裁判は決まる。十五歳の涙で、同情心の塊みたいな陪審員の心をかき乱すチャンスが得られなくて、ほんと残念だねって言いたい気分」

「そうね、見ものでしょうね」イヴは同意した。「楽しみにしているわ。なぜなら、あなたの言うとおりだから、ウィロー、まさにそのとおり。あなたみたいな人間が、あなたみたいなことをして、十八歳になったら自由の身になって、また同じことを繰り返したら、さぞかしわたしも頭にきたと思うわ。そうだとしたらね」

「取引したのよね」ウィローはレオに言った。

「したわ」

「だったら、どうやってあたしを止められるのよ？　クソ女」

「何もする必要ないわ。あなたが自分で終わりにしたのよ――父親の助けを得て」イヴは傷ついた手をあげて、じっと目をこらした。そして、ほほえみながら言った。「いたたっ」

「警官に対する暴行罪で訴えたいの？　やればいいでしょ。それだって取引に含まれてるんだから」

「ええ、そうね。レオ、取引について、彼女に説明してあげて」

「喜んで」レオはブリーフケースを開けて、印刷された同意書を取りだした。「これは自由に何度でも見ていただける書類です。ニューヨーク市の検事は、以下に記す条件付きの同意書に署名する以前のすべての犯罪について、ウィロー・マッキーを未成年者として裁くことに同意した。一、レジナルド・マッキーによって与えられた情報が前記のウィロー・マッキーを逮捕に導くこと。二、同意書が正式に提出されたのち、ウィロー・マッキーがひとり、あるいは複数の人物を殺害、あるいは負傷させた場合、同意書は無効となる」

「バカなこと言わないで。あの女が襲ってきたのよ。あたしは自分を守っただけ」

「ダラス警部補はあなたを逮捕する際、あなたの手によって怪我を負ったのよ。あなたは逮捕される際に抵抗し、警察官に暴行——ちなみに、武器を使用した暴行——を加え、事実、この尋問において、ダラス警部補を殺すつもりだったと自白しています」

「いたたっ」イヴはまた言った。「しかも、あなたの父親から得た情報によって捜査は行き詰まった。彼はあなたがいたタウンハウスについてひと言も触れなかったから、取引の条件はひとつも満たされていない、ということになるの」

「あたしをはめたのね。これは罠よ——こんなインチキは成り立たない。取引のせいであたしを成人として裁けないって、あんたたちが言い争っているのを聞いたんだから」

「あらそう?」レオは青い目を見開き、まっすぐイヴを見つめた。「取引——尋問の前にもう無効になっていたけど——についても、それに含まれる条件についても、わたしたち、何も言っていないわよね。記録中は」

「言ってないわ。間違いない。なんでそんなことを言うのよ？　ありえない。あなたは二十五件の殺人、殺人謀議、凶器による複数回の暴行の罪により、刑務所行きよ――性悪娘。そのほかに、警官に対する殺人未遂、同じく警官に対する凶器による暴行罪も。違法武器の所持と、偽ＩＤの所持と使用もあるわ。それから、自分の家族およびその他を殺害するつもりだったという自供が記録に残っている」

「流刑星オメガの刑務所で懲役百年――たぶんそれ以上――というところね。もう二度と太陽の光を浴びられないわよ、ウィロー」

「絶対にそんなことにはならない」そう言ったものの、ウィローの目にはじめて恐怖の色が浮かんだ。「十五歳だから。まだ十五歳なのに、死ぬまで閉じこめるなんてできっこない」

「そう思っていなさい――それで、オメガでレイリーン・ストラッフォに会ったら話してみたらいいわ。わたしがオメガの刑務所に送りこんだとき、彼女は十歳だった。ふたりなら相性がよさそうね」

「あたしにも権利があるって知ってるわ！　あたしの権利！　さっきの尋問はすべて法的に無効よ。あたしは未成年者よ。児童サービスの代理人はどこ？」

「あなたが弁護士を求めなかったから――それに……」レオは別の書類をブリーフケースか

ら取りだした。「あなたを尋問する許可はお母様から得ているわ」

「あの女はあたしの代弁者じゃない」

「法的には代弁できるのよ。もちろん、あなたが代理人あるいは弁護士を求めるなら手配できるわ」

レオはブリーフケースの上できちんと両手を組み合わせた。「ウィロー・マッキー、あなたはダラス警部補が列挙した罪について詳しく自供し、それは記録されました。さらに付け加えることがあります。あなたが犯した罪の残虐性、暴力性により、あなたは成人としてその責任を負うことになります」

「弁護士を呼んで。いますぐ。児童サービスの代理人を呼んで」

「連絡を取りたい弁護士がいますか？」

「弁護士なんか知ってるわけないでしょ。連れてきてよ、いますぐ」

「あなたに弁護士をつける手続きがなされます。この件であなたは成人とみなされますが、それでよければ児童サービスとも連絡を取ります。何かほかに言っておきたいことがありますか？」

「クソッ。みんな、くたばればいい。全員、息の根を止めてやる」

「それでは」レオは立ち上がった。

「ピーボディ、拘置人を独房へ連行して。尋問終了」イヴは立ち上がった。「次の世紀にいたるまで、あなたが今夜以上に贅沢な宿泊設備で過ごせることはないわよ」

「絶対に方法を見つけてやる」ウィローは憎悪と怒りに燃えた目でイヴを見つめつづけていたが、その手は震えていた。

「あなたは自分でドアにロックをかけたのよ」イヴは言い、立ち去った。

そして、まっすぐオフィスへ行った。コーヒーが飲みたかった。いや、強い酒を浴びるほど飲みたかったが、コーヒーでも用は足りる。

レオもオフィスに入ってきた。「次の段階に対処しなければならないけど、その前に言っておきたかったの。取調室では完璧に彼女を操ったわね」

「むずかしくなかったわ。彼女はとにかく自慢したがってて、自分がどれだけ有能なのか、いやというほどわたしに——権威に対してかも——聞かせようとした。わたしはただ演壇を与えただけ。しっかり閉じこめてね、レオ、しっかりと、できるだけ長く」

「あてにしてくれていいわよ」

「してるわ」

ひとりになったイヴは、事件ボードと、亡くなった人たちと向き合った。

「彼らのために正義をもたらしたわね」マイラが戸口から言った。

「彼女を逮捕しました。あとはレオと法廷次第です」

「あなたは彼らのために正義をもたらした」マイラは繰り返した。「そして、あなたのボードに写真が貼られたかもしれないおおぜいの人たちを救ったわ。あなたは彼女に、自分をさらけ出そうと思わせた——そして、これは信じて、イヴ、あの記録は何十年にもわたって、精神医学者や、法執行官や、法律関係の人たちの教材となり、研究されつづけるわ」

「ほとんど誘導する必要はありませんでした。彼女は自分がどんなに賢くて、誰よりも有能か伝えたくてうずうずしてましたから」

「決して自制心を失わず、最初から最後まであの場を支配しながら、それを彼女に気づかせなかったわ。彼女の自己中心主義や、道徳律やそれに近いものを徹底的に無視する傾向、ナンバーワンへの渇望、殺すことの喜びを、くっきりと浮かび上がらせていた。思春期特有の精神状態や、父親の影響が彼女を言語に絶する犯罪に駆り立てたと抗議する人もいるでしょう。

　そんな理屈は通用しないわ」イヴがさっと振り向くと、マイラはすぐに言った。「彼女は慎重で、落ち着いていて、聡明よ。そして、殺したいという欲望を満たすことを親に許可された人間であり、殺人鬼なの。弁護士がどんな手を使って彼女を、父親に強要され、操られ、誤った指導を受けたティーンエイジャーに仕立てようとしても、わたしはすべて論破すると約束するわ。信じてちょうだい」

レオをあてにする。マイラを信じる。「信じます。信じて、今夜はぐっすり眠れそうです」

「家に帰って、信じて、眠るのよ」

「ええ、その方向で努力します」

ところが、オフィスを出る前にホイットニーがやってきた。

「よくやった、警部補」

「ありがとうございます」

「本人の言葉で罪を認めさせたわけだが、だからといって収監までの作業や手続きが無用になるわけではない。少なくとも今日、街は以前より安全だ。十時にメディアセンターへ来るように」

イヴは自分のなかのすべてが、文字どおりたわむのがわかった。「はい」

「できることなら免除してやりたい。しかし、ニューヨーク市民はこの一週間近く、自分たちを恐怖で支配していたふたりを特定し、逮捕した主任捜査官から、直接話を聞く権利がある、というのが現実だ。

いや、言い直そう。野放しになっていれば、間違いなくもっとおおぜいを死に至らしめていたに違いないふたりを、きみときみのチームは一週間もかけずに特定し、逮捕した。ティブル本部長と私もその場に行くが、声明はきみから、ということでわれわれの意見は一致している」

「わかりました」

「では、さっさとここを出なさい、ダラス、それから、氷で目を冷やせ」

オフィスを出てブルペンを歩いていくと、ピーボディのデスクの横でロークとローウェンバームが話をしていた。ローウェンバームは話をやめ、イヴに近づいてきて片手を差し出した。

「ありがとう」

「こちらこそ」

「一杯おごろうか?」

「これから記者会見があって、それから二年ほど寝るつもり。だから、そのあとでね」

「決まりだ」

イヴはロークのほうに体を向けて、片手で髪を梳いた。「もうちょっとかかりそう。記者会見があって、そのあと書類仕事を片付けたら帰れるわ」

「終わるまでここにいるよ」

「ピーボディ、さっさと終わらせるわよ」

「記者会見はパスします。もうすぐ書類仕事が終わりますから。わたしも家に帰りたいんです」ピーボディはイヴに反論する隙を与えず、続けた。「記者会見にわたしは必要ないですし、これを作成し終えなければなりません。ほんとうに、これを完成させて、終わりにしたいんです」

イヴはパートナーの疲れ切った顔と落ちくぼんだ目を見た。「オーケイ。お疲れさま、ピーボディ」

「みんな、お疲れさまです」

イヴはうなずき、ニューヨーク市民に顔を見せに向かった。たいしたものではないが。

21

マスコミの過熱した取材は、もっとひどいものになる可能性もあった。実際、イヴも経験がある。メディア担当のキョン——バカ野郎じゃない——から自分の言葉と判断で語るように言われたイヴは、感じたことをそのまま声明にして発表した。

「NYPSDの警察官や技術者の努力の結果、容疑者ふたりが特定、逮捕され、ウォールマン・スケートリンク、タイムズスクエア、マディソン・スクエア・ガーデンへの銃撃で亡くなられた二十五人に対する殺人と、多くのかたがたへの傷害罪で、起訴されました。レジナルド・マッキーとその娘、ウィロー・マッキーはこれらの罪を自供し、捜査の結果、明るみになった別の人びとに対する殺人謀議についても自供しました」

もちろん、これだけでは不充分だった——充分と思えたことは一度もない。そして、質問に答えた。ずば抜けて愚かな質問もあり、驚くほど愚かな質問もあった。ウィローの年齢に関する質問にも答えた。

「はい、ウィロー・マッキーは十五歳です。十五歳で非情にも二十五名を殺害しました。捜査の結果、彼女が実の母親と、母親違いの七歳の弟を含むさらに多くを殺害する計画を立てていたこともわかりました。犯行の特性により、彼女は成人として裁かれることになります」

しつこく尋ねられ、ウィローを逮捕した状況の要点だけ述べたところ、癇癪を抑えこむはめになった。レポーターのひとりがこう叫んだのだ。

「ウィロー・マッキーは逮捕の際、怪我を負ったという情報を得ました。それは、報道されている警察殺しに対する仕返しですか？」

「閃光手榴弾を投げつけられたことがありますか？　ない？　全身を防護服で守った者に、レーザーライフルや、レーザー銃や、ブラスターで狙い撃ちされたことがありますか？　それもない？　ケヴィン・ラッソ巡査を含む二十五名に対する殺人容疑で起訴されたこの人物の逮捕に関わったチームのメンバーは全員、命をかけて市民を守り、市民に奉仕していますチームのメンバーはひとり残らず、脅威に対して合法で適切な行動を取り、反応をしています。それは逮捕時の記録を見れば確認できるでしょう。では、これ以上――」

「補足の質問です！」ナディーンが声を張り上げ、質問をしたレポーターの知性に対してイヴが不適切な評価を下すのがはばまれた。「ダラス警部補、怪我をされているのがはっきり見えるのですが、ウィロー・マッキーを逮捕する際に負ったものでしょうか？」

「逮捕の際、彼女は激しく抵抗しました」

「手にひどい切り傷を負っているように見えますが、それもそのときの傷ですか？　彼女はナイフも所持していたのですか？」

「質問の答えはどちらもイエスです。忘れていたようですが、皆さんのなかで、コンバットナイフで喉をかき切られそうになったことのある人がいますか？　彼女は狙いをはずしました。皆さんのなかで、彼女の年齢について大きく取り上げ、たとえば、同情するべきだと書こうとしている人がいるなら、そこには同情すべき二十五名の名前も加えてください。エリッサ・ワイマン、ブレント・マイケルソン……」イヴは全員の名前を告げた。

「これで終わります」

「ちょっといいかね、警部補」ティブルが一歩前に出て、集まっている全員が落ち着くまで、鋭い目で部屋全体を見渡しつづけた。「ダラス警部補、ピーボディ捜査官、ローウェンバーム分隊長、その他によるウィロー・マッキーとの武力衝突、および逮捕時の記録を個人的に見させてもらいました。ダラス警部補、ピーボディ捜査官、そして民間人コンサルタントはすべて、ウィロー・マッキーによる攻撃を直接受け、かろうじて防護服を身につけていたおかげで、重傷を負わずに済みました」

ティブルは最初の質問者をじろりとにらんでそれとなく怒りを伝えた。

「レーザーライフルや閃光手榴弾で武装し、その使い方を知っている場合、年齢はまったく関係ない、というのが私の見解です。さらに、それを民間人や警官に向かって使用し、戦利品であるかのように死者の数を増やしている場合はなおのこと。ダラス警部補と彼女のチームは、日々おこなっているとおり、今日も命を危険にさらし、あなたや、あなたの配偶者や、あなたの息子や娘、あなたの友人や隣人を守っています。すべてを危険にさらした勇気ある男女の、あってはならない数字を二十五でとどめるために行なった必要な行動に対し、疑問を呈したい者がいるなら、私が話を聞きましょう。

ダラス警部補、感謝をこめて、退出を許可する」

「失礼します」

イヴはその場を離れた。あともう一秒でもいたくないとばかりに出ていくと、すぐそばでロークが待っていてくれて、泣きたくなるほどうれしかった。

車に乗ると、シートに頭をもたせかけ、目を閉じた。「まだ問題にしたがる人は出てくるわ」

「彼女の年齢や、逮捕時に彼女が二、三こぶを作ったことを利用して記事やニュースをセンセーショナルにしたがる連中、ということなら、そうだね、これからも出てくると予想できる。そいつらがそのうち消えることも予想できるよ。放っておけ、ダーリン」

「ティブル本部長は怒っていたわ。毎日見られるものじゃないわよ」

「たしかに怒っていたし、あれを隠さなかったのはなかなかインパクトがあった。きみは二十五人の名前をすべておぼえていたね」

「忘れられないことってあるわ」

ロークはイヴを休ませ、眠ってほしいと思ったが、イヴは何度も体の向きを変え、車が門を抜けると、背筋をぴんとさせた。

「あなたはわたしに食べさせたがるだろうけど、ちょっと気分が悪いの。食べられるかどうかわからない」

「スープを少しでも。よく眠れるよ」

たぶん、とイヴは思った。でも……。「睡眠薬を混ぜないでよ」

「混ぜない」

イヴはロークに寄りかかり、正面玄関まで歩いた。その間も、さらにじわじわと疲労感が増してくる。もう終わったのよ、と自分に言い聞かせる。もう終わった。

ホワイエにはいつもの平日と変わらず、サマーセットとギャラハッドが並んでいた。けれど、今日はいつもと同じではない。侮辱の言葉を投げつけて、普段どおりを装うこともできたが、サマーセットも心の傷と闘っていたのだ。

イヴは嫌みを言う気になれなかった。

サマーセットも同じらしい。

イヴの顔とあざをじっと見たが、嘲笑いもせず、感想も言わない。

「傷の手当てをしましょうか、警部補?」

「とにかく眠りたいから」

サマーセットはうなずき、ロークを見た。「あなた様は、お怪我は?」

「していない。具合がよくなったようだな」

「元気です。猫と私だけで静かに過ごしましたから。あなた様もどうぞ静かにお過ごしください。ヌードル入りのチキンスープがあります。今日のような日は、軽めのものがいちばんかと思いまして」

「そうだね、ありがとう」ロークはイヴの腰に腕をまわし、階段のほうへ導いた。

「警部補?」

イヴは振り返った。あまりに疲れていて、体が浮き上がりそうだった。「邪悪なものに年齢はありません」

「そう。そうね、ほんとうに」

イヴは一瞬、ホームオフィスで書類仕事の確認をしようかと思ったが、できなかった。いまじゃなくて、まだいい。

「一時間だけ横になるわ」体の向きを変え、寝室に入っていきながらロークに言った。「それから、食事と休憩のことを考える。一時間だけ横にならせて」

「僕もそうしよう」

ふたりが服を脱いでいると、猫がベッドに飛びのり、シーツの間に潜りこむイヴの脇腹に頭を押しつけてきた。軽く撫でてやると、その感触がとても心地よかった。やがて腰のくびれのあたりにずんぐりした体を丸められると、さらに心地いい。

最後に、隣に滑りこんできたロークに体を引き寄せられると、これで完璧だった。

イヴは体じゅうが痛かった。あざも痛いし、疲れた体も痛いし、目の奥もずきずきと痛む。

けれども、ふたつの愛に挟まれて、いつのまにか眠っていた。

そのままずっと、夜明けの最初の光が細く部屋に差し込むまで眠りつづけた。

何があったかわからず、座っているロークをぼんやりながめる。仕事モードではないが、上品な普段着姿で、ＰＰＣの明かりだけで仕事をしている。

猫はロークが寝ていた場所を引き継ぎ、優雅に体を伸ばし切っている。

しゃべりかけようとしたイヴは、喉がからからに乾いていることに気づいた。「あの」となんとか声を出す。「何時?」

「早いよ」ロークはPPCを脇に置いて、立ち上がった。「照明十パーセント。目のまわりがカラフルになっているが、手当てをしようか。あざがないか、顔以外も見てみよう」

ロークがさっと上掛けを剝がした。

「ちょっと!」

「思ったとおり。まるで怪我の盛り合わせだ。ヒーリング・ワンドを使ってから、ジェットバスで様子を見てみよう」

「コーヒーよ。コーヒーだけでいい」

「だけじゃなくて、コーヒーもだ。スクランブルエッグとトーストから始めて、具合をみよう」

「病気じゃないわよ」イヴは上半身を起こし、顔をしかめた。「痛いだけ」

「だったら、ワンド、ジェット、食事だ。いやだと言うなら、痛み止めを飲めとしつこく言いつづけるぞ。おたがい、それはいやだろう」

そう言われると、何も言い返せない。結局、ヒーリング・ワンドで痛みはいくらかおさまり、ジェットバス——ロークがバスタブに何か入れた——でさらに楽になった。

そして、コーヒーですっかり元気を取り戻した。

イヴは卵を食べたが、胃にもたれなかった。それどころか、卵で食欲に火がついた。「なんだかお腹がぺこぺこ」

ロークはイヴに体を向け、片手で顔を包んでキスをした。やさしく、長く、深く。

「ええと、そっちに飢えてるわけじゃないんだけど。でも、そう言われると、そっちもほしいかも」

「それより、あざの治療に少し時間をかけないと」そう言いながらも、ロークはイヴの顔を両手で包み、ふたたびキスをした。「また会えてうれしいよ」

「わたし、どこへ行ってたの？」

「ダーリン・イヴ、きみの目は悲しみに沈んでいた。目をのぞきこんでも、悲しみと疲労しか見えなかった。それがもう消えている」

「とにかく睡眠が必要だったのね。それと、あなた。それから、猫」長々とため息をつく。

「そして、これ」

ロークは今度はイヴの額にキスをした。「もうひとつ、きみがほしいかもしれないものがある。一緒においで」

「パンケーキがほしいと思ってたわ」

「それはあとで」ロークはイヴを引っ張ってエレベーターに乗せた。行く先を手動でプログラムする。

「泳ぐのもいいかも」イヴは言った。「こわばりが解消されるかもしれない」

ドアが開いて、イヴは自分がどこにいるのかわからなくなった。この朝、二度目だ。「この邸にはいったい部屋がいくつ……」

言葉が途切れたのは、あるものに視線がまっすぐ吸い寄せられたからだ。幅広のU字型のデスクにさまざまなコントローラーが並び、なめらかな革製の椅子が曲線におさまっている。

「コマンドセンター。すごい、すごい！」

つい数日前、ロークに見せられたデザイン画のなかに足を踏み入れたかのようだった。壁は、厳密に言うとグリーンでもなくグレーでもない、おとなしくて心休まる色に塗られている。新しいワークステーションで何よりもすばらしいのは、壁一面を埋め尽くしているいくつものスクリーンだ。

「わたし、一週間も眠ってたの？」

「きみはしばらく、そう、二、三日オフィスから遠ざかっていたからね。その間にクルーが頑張ってくれた。二交代制でね。まだ細かいところの作業が残っているが、もう電源が入っていて使えるそうだ」

「あれに？」イヴが指さした先には、深い——たぶん、重々しい——ブラウンに濃いグリーンの縞と斑点模様の大理石の大きなU字型デスクがあった。そこに微妙なグリーンのベースがはまって、さまざまなコントローラーが並んでいる。「あれにもう電源が入ってて、使えるの？」

「きみの最優先事項だと思ったからね。試してごらん」

ロークが心から喜んだことに、イヴはステーションにまっすぐ近づいていった。大理石をなでて、コントローラーを見つめる。「どうやって……」パームスクリーンに手のひらを当てる。

ブーンと低い音がしただけで、何も動きださない。

「何をするか、まだ命令していないだろ？」ロークが愉快そうに言い、イヴの隣に立った。

「たとえば……オペレーション開始？」

制御センターが動きだし、コントローラーが点滅して——イヴがいちばん評価する種類の——宝石のように輝いた。

オペレーション開始、ダラス、警部補イヴ。

「すごい」イヴはまた言った。「あっという間」

「今朝はちょっと時間があったんだ。もう少しかかるけど、すべてを移行すればもっと早くなる。以前に比べたらあっという間だ」

「オーケイ、マッキー、ウィローのファイルを開いて」

処理中です。データをどこに表示しますか？

「壁面スクリーンに」

特定のスクリーンを指定しなかったので、壁にあるすべてのスクリーンにデータが表示された。

「わー。ええと、ピーボディ、捜査官ディィリアの最終報告書を表示して。仕上げてるわ、彼女」スクリーンに報告書が表示されると、イヴは言った。「完成させて、提出してる。終了よ」

ロークはイヴの頭のてっぺんにキスをした。「終了」

「待って」どすんと腰かけた椅子は、深いフォレストグリーンの革張りだ。「あー」そのまま くるりくるりと回転する。「そう、これよ。ほんとうに、ほんとうにこれよ。あのブーツを履いた巨乳の赤毛さんはセンスがいい。これなら一日中でも触っていられる。一日中触ってスピードになれなきゃ。これってほかに何が――」

「きみに必要なことはなんでも。でも、せめてざっとでも、残りも見たほうがいいんじゃないかな」

イヴはまたくるりと回転しながら、部屋のなかを見わたした。

休憩エリアはちょっと心配だった。長くて低い、フォレストシャドウ・グリーンのソファがあまりに居心地がよさそうなのだ。クッションがふたつのっているが、派手だったり装飾過多なところはまったくない。新しい寝椅子にはもうギャラハッドがわがもの顔で座っている。

立ち上がり、ゆっくり歩きだしたイヴは、事件ボードを見つけた――壁の細長い隙間から引き出すだけで設置できる。

キッチンエリアは最新式の最高級品でまとめられていた――そう、ぴかぴかだが、シンプルだ。

シンプルさでいうと、ところどころに浮かんでいるように見える棚――たぶん本物の木製だろう——も負けていない。イヴの役に立たないけれど大切なものがいくつか飾ってある。ロークがくれたギャラハッドそっくりのぬいぐるみ、女神像はピーボディの母親からの贈り物だ。保安官バッジ、豪華な虫眼鏡、怪我を負った逮捕劇のあとに見つめ合い、ほほえみ合っているイヴとロークの写真。

以前はなかったが、ロークが——あるいは、デザイナーかもしれない——飾ったアート作品もあった。しかし……額に入ったニューヨークのビル群の絵に、どうして文句がつけられるだろう？　わたしの街だ、とイヴは思った。

わたしたちの街。

部屋の横にあきらかに大きな穴があって、それが緑色の分厚いプラスチック板でふさがれているのを見て、イヴは眉をひそめた。「あそこはどうしたの？」

「あそこはまだ完成していないんだ。さっき言ったとおり、まだ細かなところができていなくてね。これは特別な仕掛けなんだ。完成したら、ダイニングエリアにガラス張りのスペースができる。ガラス部分を開ければ、小さなテラスに出られるよ。きみが気に入ると思ったんだ。天気のいい日はガラスを開けて、ふたりで食事が楽しめる」

ふたりで、とイヴは思った。以前のオフィスをロークはわたしのためにデザインしてくれた。

今度のはふたりのためだ。

「あなたの言うとおりにしてよかったと思うのは、部屋がすてきになったからだけじゃない。よかったと思うのは、ここはもちろんわたしのスペースだけど、ふたりのスペースでもあるから。あなたの言うとおり、そういう時期だったわね」

「寝室の改装を始めるとき、いま言ったことを思い出してほしいよ」

「それはそうなってからの話。ここはほんとうにすばらしいわ。さあ、わたしのコマンドセンターで思う存分遊ばないと」

「いくつか大事なことを教えるから、あとは二時間でも三時間でも自由に遊べばいい。ベラのパーティに出かけるまで、やることはそのくらいだから」

「なんて言った？」部屋の中ほどまで進んでいたイヴはぱたっと立ち止まり、踵でくるりと半回転した。「ああ、でも……。ほら、今回は欠席してもいいんじゃない？　だって、あざだらけだし、くたくただし、ニューヨーク市を救ったでしょ？　わたしたちがいてもあの子は気づかないだろうし、気にも留めないわ。一歳なのよ」

「僕も一歳の子の気持ちはきみに劣らずわからない。でも、メイヴィスのことは知っている」

「クソッ、クソッ、クソッ。行かなきゃだめじゃないの」イヴは髪を押さえ、未練たっぷりの視線をコマンドセンターに送った。「オーケイ、行きましょう。一時間から、長くても九十分で引き上げてくる。それから、泳ぐ。プールセックスしてもいいし」

「なんだか賄賂《わいろ》みたいだ」もちろん楽しいのは間違いなく、ロークはうなずいた。「罪のない賄賂にはとても弱くてね。取引成立、ということで」

「了解」イヴはまっすぐコマンドセンターへ向かった。


それからの二時間は新鮮な喜びと驚きの連続だった。コンピューターの処理速度はとても速く、指示を予測しているかのようで、スクリーンの画質はあまりによすぎて、歩いて入っていけそうな気さえした。

ホログラム機能はうまく操作できるようになるまでしばらく時間がかかったが、そのうち、オフィスにいたままホログラムで犯行現場を再現したり、目撃者や専門家や容疑者と思われる人物のホロ映像を呼び出したりできるようになった。

指先の動きひとつでこれだけのことができるとは、夢にも思わなかったし、思いつきさえしなかった。実際は、指ではなくハイテク技術のなせる業だとしても。

けれども、最高なのは、メイヴィス風に言うと、超めちゃいいかすのは、コマンドセンターに向かったまま、コーヒーをプログラムできる小型のマシンを見つけたことだ。

このちょっとしたボーナスを受けて、イヴはあとでベラのパーティーでやるはずだったハッピーダンスを心のなかで踊ったほどだ。

「ほんとうに格別なプールセックスになるはず」

ロークは運転席に座った。「いま言う？」

イヴはロークを引き寄せて、熱烈なキスをした。「浅いエリアから離れないほうがいいわね。溺れちゃうかもしれないから。それでも危険かも」

「人生は危険で満ちているから。そして、僕たちはそれに立ち向かう勇者だ」

「一時間から長くても九十分よ、いい？」

「プールセックスのため？」

イヴは笑いながらロークの肩にパンチを入れた。

日曜日の午後、ダウンタウンをドライブするのもそんなに悪くない、とイヴは思った。事件は解決し、たっぷり眠り、温かい食事もした――しかも、コマンドセンターもある。人生は捨てたもんじゃない。

一歳のバースデーパーティーに参加するのははじめてだが、どんなにひどいことになるだろう？

考えないほうがいい、と思った。

「プレゼントをあげたりするんでしょう?」たくみにハンドルをさばいて駐車スペースに車をおさめているロークに尋ねた。

「そうだね」

「とにかくその場を台無しにしたくないから、子どもへのプレゼントを忘れた人になるわ」

「昨日、届くように手配して、レオナルドが隠してくれている」

「オーケイ。ほかにもいるに違いないわね」

「そうだといいね」

「いやよ。わたしが言ってるのは、ほかのあれのこと。這ったり、酔っぱらいみたいにふらふら歩きながら、手を振ったり、ベラみたいに両手を振り回したりするやつらよ」

「ああ、子どもたちだね。きみの言うとおり、いるはずだ」

「あの子たちって、どうして見つめてくるの? いつも何か見つめてるじゃない。人形みたいに」ふたりはアパートメントのある建物へ歩いていった。「そうじゃなければ、サメみたいに」

「僕にはわからないが、そう言われると気になりそうだ」

「わたしと同じになったわね」

イヴはロークと出会う前に数えきれないほど使った階段を上り、以前、自分が暮らしていたアパートメントへ向かった。いまのホームオフィスと同じように、かつての面影はかけらもないアパートメントへ。

それにはなんの問題もない。

「時間を計って。スタート」イヴはロークに言い、ノックした。

ドアが開いて、音と色と動きがあふれ出てきた。

風船、色とりどりのテープ、飛んでいるのは……ユニコーン、妖精、虹色のドラゴン。

その手前に立っているのは、二メートル近くある黒人男性で、肌に吸いつくような赤いシャツの上に黒いベストを着ている。男はにっこり笑った。

「やあ、どうも、痩せっぽっちの白い姉ちゃん」

「どうも、おっきな黒い兄ちゃん」

男にぎゅっと抱きしめられると、男の耳たぶからカールして下がっている長くて赤い羽根が目に入りそうになった。

一歳のバースデーパーティの招待客リストに、セックスクラブのオーナー兼用心棒の名前を入れる者が何人いるだろう？

さすがメイヴィスだ。

「ヘイ、ローク」

「どうも、クラック。会えてうれしいよ」

「カク、カク、カク」と、背後から呼ぶ声がする。

クラックは振り返り、ベラを持ち上げて高い高いをした。バースデーガールは金髪の小さなかわいい妖精のようで、きらきらした淡いピンクのドレスを着て、ライトでチカチカ光るピンクの靴を履き、丸太のように太いタトゥーだらけの腕のなかにおさまった。

ベラになにか耳元でささやかれ、クラックは首をのけぞらせて笑った。

クラックが振り返ると、ベラがうれしそうに目を丸くした。「ダス！　オーク！」

飛びついてきたベラを、イヴはなんとか落とさないようにして引き取った。「どうも、ヘイ、ハッピーバースデー」

ベラはうれしそうに身をよじりながら、意味不明な独り言を言いはじめ、ふと口をつぐんだ。その目が不安と同情と悲しみにあふれる。

「何？」その瞬間、イヴの背骨の根元に汗がたまった。「わたし、何かした？」

「ブー」ベラはイヴの目の下の薄れはじめたあざにそっと指先で触れた。

「そう、やっちゃったの」

ベラはそろそろと身を乗り出して、さっき指で触れたところに唇をつけると、ほほえみ、けらけら笑いだした。

「これでよくなるって、言ってるよ」

イヴはクラックを見た。「この子が何を言っているのか、どうしてわかるのよ？」

「俺はバイリンガルなんだ」

「何言ってんのよ、この……」子どもの前では汚い言葉は禁止だと思いだした。そして、あごによだれをたらし、首をかしげ、甘えるような笑みを浮かべているベラの興味がロークに移ったのに気づき、チャンスだと思った。

「あなたがいいって。抱っこしてあげて」

「ええと、僕は――」けれども、気づいたときにはもう、ロークは腕にベラを抱いていた。ベラは媚《こ》びるように身をくねらせて身を乗り出し、ロークの頬にキスをして、大きな青い目をぱちぱちさせた。

「きみは魅力を振りまくタイプかな？」ロークがそうしゃべりかけるのを聞きながら、イヴはその場から逃げた。

足元の床は、はいはいしている子や、よちよち歩きの子や、手がべたべたしていたりよだれをたらしたりしている小さな人間でいっぱいだった。

ピーボディの姿が見えたので――左脇にまっすぐ縦に銀色のフリルのついたピンクのドレスを着ていたとしても――ほっとして近づいていく。

ところが、途中で名前を呼ばれ、立ち止まった。

メイヴィスだ。ピンクの（まったくもう、ピンクだらけだ！）スキンパンツに――それとも、ペイント？――白い星だらけの超ミニワンピース――もしかして、トップス？――を着て、青空のブルーとピンクの星をちりばめたガウンを羽織り、ブルーとピンクの縞模様で、めまいがするほどヒールの高いブーティを履いたメイヴィスが、全速力で駆けよってきた。噴水のように頭のてっぺんでまとめて背中にたらした髪は、ありとあらゆる色が混じり合い、本人と一緒に跳ねている。

メイヴィスは力いっぱいイヴを抱きしめた。「来てくれたんだね！」

「もちろん」

「もしかしたら、って心配してたんだよ――いろんなことがあったし、疲れてるだろうし。二分だけ」マイラにそう言ってイヴを引っ張り、客の間をかき分けていった。

驚いた、サマーセットだ！　彼の骨ばった膝の高さくらいの身長の子と、何やら会話をしているらしい。

そして、マイラ夫妻。イヴはデニス・マイラの姿をしっかり見て、元気かどうか確認したかった。けれども、メイヴィスはかまわずどんどん歩いていって、色の交響曲のようなメイヴィスとレオナルドの寝室に入っていった。

「ガーデンの悪夢のあと、顔を合わせるチャンスがなかったからね。あのときも、あんたは来てくれるってわかってたよ。来てくれて、ちゃんと対処してくれるって。あたし、いつのまにか眠っちゃってて、それで……」メイヴィスは首を振り、両耳から下がっている妖精をくるくる回転させながら、またイヴにしがみついた。「こわかったよ、ほんとうにこわかった。ベラはシッターさんと家にいるから大丈夫だってわかってたんだ。でも、あたしとレオナルドの身に何かあったらって思ったら、恐ろしくて……。あの子は両親を亡くしちゃうんだよ」

「彼女にはあなたたちがいるわ。いつだって」

「でも、あんたの姿が見えたとたん、こわくなくなったんだ。今日は幸せのための日だよ。ほんとうに幸せな日。あたしのベイビーのはじめてのバースデーだからね」

「見た目も音も、めちゃくちゃすてきなパーティよ」

「ケーキがまたすごいんだ。アリエルが作ってくれたんだよ。妖精のお城。ユニコーンもいるよ」

「もちろんよ。あなたの知ってる人を全員招待したの？」

「大事な人たちだけ。さあ、飲もう。いっぱい飲もう」

イヴは飲み物を手にして、なんとか必死でトリーナを避けつづけた――美容コンサルタントの彼女があんな髪形をしているときは、なおさらだ。デニス・マイラは床に座って夢見るような笑みを浮かべ、騒々しい子どもたちのグループと何かのゲームをしている。

マクナブもいた。エアブーツを履いて踊るように飛び歩き、その背後にぴったりついて離れない子が、ナイフで刺されたような奇声をあげている——ほかのみんなは喜びの叫びだと思っているらしい。ガーネット・ドゥインターは、マイラに熱心に話しかけているはっとするほど美しい中くらいの大きさの子を、ほほえみながら見下ろしている。

レオナルドは赤褐色のロングヘアの上に光り輝くドーム型のパーティハットをかぶり、サファイア色のチュニックを着て、彼の女の子たちを見てにこにこしながら、バーで飲み物を作っている。

ルイーズとチャールズもいる——遅れてパーティにやってきた。医者と警官、とイヴは思った。ロークがフィーニーに話しかけている。医者と警官と犯罪者——更生しているけど。用心棒に、元公認《L》コンパニオン《C》。電子オタクに、ファッションデザイナー。

そして、おおぜいの子どもたち。

イヴは全員を知っているわけではないが、ほとんどは知り合いだ。メイヴィスの知り合いで、イヴの知り合いでもある人たち。好きな人も嫌いな人もいる。

ベラがプレゼントを開ける時間がやってきて、混乱状態はさらにひどくなりそうだった。

「あんなにたくさんのプレゼントをいったいどこに置くの？」

ロークはイヴの腰に手をまわした。「それなりに場所は見つかるものだよ」

そうなんでしょうね、とイヴは思った。ベラはどのプレゼントにも狂喜乱舞している。

「次は僕たちのようだ」レオナルドからサインが送られ、ロークは言った。そして、レオナルドと一緒にアパートメント内のどこかへ消えていった。

やがて、ふたりできらびやかなピンクとシルバーの巨大な箱を運んできた。

「これは魔法の箱だよ」ロークに告げられ、ベラは驚くほど大きな目で箱を見つめた。「きみがそのリボンを引っ張ると、なかに何が入っているのかわかるんだ」

メイヴィスに助けられ、ベラはピンクの長いリボンを引っ張った。すると箱が外側に開いて、中身があらわになった。

ピーボディによると、ベラはドールハウスをほしがっていた――メイヴィスにも確認した。そして、ロークが買い物をするとなるとその結果は……。

ロークが自分のために建てた家のように、ドールハウスは家というより城に見えた。どこもかしこも女の子が好みそうなものであふれている。小塔、跳ね橋、アーチ形の窓、凝ったつくりのバルコニーも、すべてピンクと白とかわいいもので飾られている。

イヴにはよくわからなかった。集まって企み事ができるような場所を人形に与えるという発想そのものが理解不能だ。けれども、ベラの反応を見て少しだけ胸がきゅんとなったのは否定できない。

ベラはあんぐりと口を開けて、指先で唇を押さえ、ショックに目を見開いた。メイヴィスに何かささやかれると、その目をきらきらさせてロークを見上げ、そして、イヴを見た。

すると、別の女の子が金切り声をあげて前へ飛び出してきた。

そのとたん、ベラのうるんだ目に怒りが燃え上がり、歯が見えた。その歯の間から、二股に分かれた長い舌が突きだすのでは、とイヴは身構えた。

おそらく同じような想像をしたのだろう。金切り声はぴたりとやんで、女の子は後ずさった。

その目をまた輝やかせて、ベラがよちよちとイヴに近づいてきた。ベラが両腕をあげかけたところで、イヴは安全なルートを選んでその場にしゃがんだ。

「ダス」ベラが一音節ですべてを言い表す言葉で言った。両腕をイヴの首に巻きつけて抱きつき――母親がしょっちゅうやっているように――やさしく揺する。「ダス」ふたたび言って、片手をロークのほうへ差し出した。「オーク。ダス。タ。タ。タ」

そのあとに言ったことはイヴの理解の範囲を超えていたが、気持ちははっきり伝わってきた。純粋な喜びと、深い感謝だ。

「気に入ってもらえてうれしいわ」

「オーヴ。オーヴ、オウ」

ベラは長々とため息をつき、その場できらめくようなダンスを踊った。くるくる回転しながらドールハウスに近づいて、手を叩き、あちこちつついたり、王座のような椅子を取りだしたりしている。そして、ケラケラ笑いだした。

「大ウケね」イヴは言った。

そして、ベラが金切り声をあげた子を見てほほえみ、片手を差し出すのを見てどきりとした。一緒に遊ぼうと誘っている。

あの頭のなかにいろいろなことがめぐっているのだ、とイヴは気づいた。頭だけではなく全身に。心からほしかったプレゼント——しばらくじっくりながめる。そして、願いをかなえてくれた人たちへの感謝を、愛らしいしぐさで伝える。もうしばらく自分だけで楽しむ。そして、分かち合う気持ちが生まれる。誰かと一緒に楽しもうとする。

自然に育っていくのだ。なんてすばらしい。自然には危険な面もたくさんある。どちらに出会うかは賭けのようなものだ。やさしかったり残酷だったり。賢かったり常軌を逸していたり——それでも、だ。

子どもたちは、一歳でもそれなりの経験を積んでいる。そして、愛らしくて無邪気だ——

でも、愚かではない。鉄のような意思を持ち、思いやりもある。すでに独自のセンスや……スタイルも持っている、とイヴは思った。自分だけの小さな計画があるのだ。

それはどうやって芽生えるのだろう?

「ふたりで場外ホームランをかっ飛ばしましたね」ピーボディが泡立つピンクの飲み物を飲みながら近づいてきた。イヴと並び、ベラと彼女の友だちがドールハウスで遊んでいるのを見つめた。「超イケてますよね。もう少し人がいなくなったら、わたしも遊ばせてほしいです」

ピーボディはまたひと口飲んだ。「いい日です」

「いまのところはね」イヴがさらに何か言おうとしたとたん、コミュニケーターが鳴った。

「クソッ。クソッ」

テキストに切り替えて——まわりに人がたくさんいる——メッセージを読んだ。「またよ、クソッ。行かないと」

「事件ですか? わたしたちは非番ですけど」

「そうじゃなくて、ウィロー・マッキーよ。何か問題があった」

「マクナブに伝えます」

「いいの、あなたたちは残って。後始末だけだから。それで済まないようなら、連絡するわ。こんちくしょう。申し訳ないってメイヴィスに伝えて」あたりを見回すと、ロークがすでにコートを取りに行くのが見えた。「彼女に伝えて——あとで連絡するって」

イヴはロークからコートを受け取り、誰かに質問をされる前に外に出た。

「何があった？」

「制服警官が病院に運ばれ、児童サービスの代理人がヒステリー状態。あとは事情のわからない人がおおぜい。大急ぎで行くわよ」イヴは言った。「まったく、腹が立つ」

エピローグ

コミュニケーターで連絡してきたのがシェルビー巡査だったので、イヴは彼女にセントラルの駐車場で待つよう命じていた。イヴの運転する車が駐車場に入っていくと、シェルビーは誰にも侵入させないとばかりにイヴの駐車スペースの横に立ち、待っていた。

「警部補、お休みの日に連絡してすみません」

「いいのよ。状況説明を」

「収監者は監禁されています。何か所か軽い怪我をして、手当てを受けました」

「彼女を今日中にライカーズ刑務所へ送り込み、厳重に監禁して」イヴはとりあえず、セントラルの留置エリアへ向かうつもりだった。「負傷した巡査は?」

「もう病院に着いているはずです。医療員《MT》によると、重傷ですが命に別状はないそうです」

「なんだって彼女は武器を手に? それから、あなたはここで何をしてるの、シェルビー?

制服を着てないじゃない」

「はい、今日は非番なんです。ここへはメアリー・ケイト――臨床看護師のフランコです――に会いに来ました。彼女は医務室の早番勤務です。彼女とは友人で、あとで一緒に映画を観に行く予定でした。廊下を歩いていると、争っているような音が聞こえました」

エレベーターに乗ると、イヴは留置場のある階を指定して自分のコードをスワイプし、確定させた。

「続けて」

「はい。争っているような音がしたので、バッグから支給品の麻痺銃《スタナー》を出して医務室に入りました。ミンクス巡査が床に倒れて、顔と体に傷を負って血を流していました。もうひとり、成人女性も床に倒れて叫んでいて、あとで児童サービスの代理人で収監者を担当するジェシカ・グローマーとわかりました。フランコは収監者にメスで襲われ、必死に防御していました。彼女は――フランコは――高圧スプレー注射と、あの、おまるを手にしていました。わたしは、武器を離すように収監者に叫びましたが、彼女はまたフランコにつかみかかろうとしました。彼女を人質に取ろうとしたのだと思いますが、フランコは振り払いました。すると、収監者がわたしに襲いかかってきたので、スタナーを使用して気絶させました」

シェルビーは咳払いをした。「わたしは収監者を押さえつけ、フランコはすぐにミンクス巡査のもとへ行き、傷の様子をたしかめて手当てを始めました。わたしはグローマーに叫ぶのをやめるよう乱暴な言葉で命じました。すると、この件が落ち着いたら、乱暴に怒鳴りつけられたことを報告すると、グローマーにはっきり言われました」

「乱暴な言葉とは、巡査？」

「ええと、ついカッとして、黙らないとあんたも気絶させるわよ、こんちくしょう、と」

「いいわね。アホ丸出しのグローマーがどんなバカげた報告書を提出したところで、気にすることはひとつもない、というのがあなたの上司である警部補からのアドバイスよ」

「ありがとうございます、警部補」

「ウィロー・マッキーは医務室で何をしていたの？」

「それについてグローマーと――最初は協力的ではありませんでした――フランコに尋ねましたが、ミンクス巡査を移送しなければならず、まだ報告書は書いていません」

「話して、巡査、報告書はあとで書けばいい」

イヴはエレベーターから降りて、留置エリアの鋼鉄製の扉の前にいた守衛に向かってうなずいた。

「収監者は彼女の代理人を利用したんです。代理人は彼女の年齢と立場に同情しているらしく、彼女が成人とみなされることについて不服とする文書を提出しています」

「提出したところでどうにもならないわ。続けて」

「面接中、収監者が逮捕の際に——警官の残虐行為によって——負った傷が痛むと訴えたそうです」

「ふーん。それで？」

「収監者は床に倒れこみ、息ができないと訴えました。代理人が助けを求め、ミンクス巡査が収監者と、彼女からの要望で代理人に付き添って医務室へ行きました。フランコはミンクス巡査に、収監者を診察台に固定するので手伝うよう指示したのですが、これにたいしてグローマーが、収監者は痛がっているし、まだほんの子どもだからもっと気配りと思いやりをもって対処するべきだと抗議しました。そのうち、収監者がめまいを起こしたように前方によろめき、医療器具が並べてあったトレーを引っくり返しました。さらに前のめりに倒れ、ミンクス巡査が手を貸そうとすると激しい悲鳴をあげました。あとで話を聞いたところでは、このとき、収監者はカウンターの抽斗からメスをつかみ取ったようです——グローマーもフランコもその様子を見たわけではありませんが。しかし、ミンクスがまた手を貸そうとすると、収監者は彼の顔を目がけて切りつけました。もう少しで目をやられるところでした。それから、メスで彼を刺して——喉と胸です——蹴り倒し、今度はフランコに襲いかかりました。おそらくこのとき、わたしが医務室に入っていったんです」

「オーケイ。よくわかったわ、巡査。ここで待ってて」

イヴはドアの前にいた警官に近づき、相手は顔見知りだったが、警察バッジを渡してスキャンさせた。「記録して。ダラス、シェルビー、ロークよ」

「日曜日に誰をご訪問かな？」

「マッキー親子よ。両方」

警官は三人の名前を記録して、ふたりの房のセクターと番号を伝えた。

そして――掌紋照合と網膜スキャン、セキュリティカードのスワイプ、日に二度変わるコードの入力を経て――ドアを開けた。

なかにはさらに警官がいて、また別のドアの前でスキャンをする。

ここはライカーズ刑務所ではない、とイヴは思った。けれど、ピンクと白のドールハウスでもない。

ドアの奥に進むと、側壁にずらりと房が並んでいた。

おおぜいの収監者がいる。雑居房にいるのは一般的な収監者だ。独居房にいるのは、別の場所へ移送されるのを待っている者。月曜日の朝におこなわれる裁判にそなえて待機中の者もいる。

ウィロー・マッキーのような重罪犯は、さらに別のドアの奥に収監されている。ドアの前にいた警官がイヴとシェルビーを見て訊いた。「ミンクスの様子は?」

「大丈夫だそうです」シェルビーが言うと、警官は首を振った。

「きみは警察学校を出たばかりだろう。一、二年は巡回したり、交通取り締まりや、事務仕事をして、ここへ来るのはまだ先だな。彼女は左から三番目の房だ」

通路を歩いていくと、ウィローが房のなかの寝台に大の字になって寝ていた。床に突き刺したような便器――ふたはない――があり、壁に突き刺したような小さなシンクがある。

「あんたに話すことはないんだけど」

「あなたがしゃべることに興味はないわ」イヴが言い返した。「あなたは――今日のうちに――ライカーズ刑務所へ送られるから、見ておこうと思って」

「そんなとこ、行くわけないじゃん」

「自分で何かを選べる日々は終わったって、わかっていないみたいね。巡査、あなたにも見せたかったのよ。あなたが貢献して、入るべくしてここへ入った者を」

「児童サービスがここから出してくれるんだ。グローマーがそう言ってた。あたしがここから出たら――」

「グローマーは運がよければ譴責《けんせき》を受ける。わたしのやり方を通せるなら、彼女は明日にも職を失うわ。あなたには、警官に対する殺人未遂、および凶器による暴行、脱走未遂、さらに、ＭＴへの凶器による暴行の罪が加わる。また増えたわね。

そして、裁判までライカーズ刑務所で厳重な警戒のもと、監禁されることになる——自業自得ね。そして、そうね、きっとかわいがってもらえるわ。新鮮な、ほんとうにフレッシュな女の子だから」

「出ていくわよ！」立ち上がったウィローの目にみるみる涙があふれた。「ここを出て、あんたをやっつけてやる」

「ああ、もう退屈」

イヴは満足してシェルビーとロークに合図を送り、ウィローの悪態が響くなか、その場を立ち去った。

「いいわ、巡査。報告書を書いて提出して。それから、友だちを探して映画に行ってらっしゃい。今日はよくやったわ」

「ありがとうございます、警部補。機会をいただいて感謝します」

「わたしはあなたを殺人課に入れたのよ。医務室に呼んだわけじゃない。あそこにいた性悪娘があなたに機会を与え、あなたはそれにうまく対処した。下がっていいわ」

「はい」

「いい選択をしたね」シェルビーがいなくなるとロークがつぶやいた。

イヴはロークを見てほほえんだ。「わたしもそう思いたい。もう一か所寄るわ」

さらにいくつかの鋼鉄のドアを抜け、スキャンを受けて、レジナルド・マッキーの房の前に立った。父親は娘のように寝台で大の字にならず、壁から壁へ行ったり来たりしつづけていた。

イヴは彼が死ぬまで行ったり来たりしているような気がした。

「娘が生きて逮捕されたという噂は、ここまで届いてる?」

レジナルドは足を止めて振り返り、視力の衰えた目でイヴを見た。「成人として裁判はしないんだろうな。そういう取引だった」

「条件が満たされなかったの。まるで満たされなかった。あとでほかから聞く前に言っておくわ。あなたの娘は脱走を試みた――医務室と、児童サービスのアホな代理人と、未熟な巡査を利用してね。巡査は顔を切られ、ほかにも刺し傷を負って入院中よ。彼女はライカーズ刑務所へ送られて、そこで裁判を待つ。それから来世紀までオメガ流刑コロニーで百年過ごすことになるわ。二、三年は前後するかもしれないけど」

「力を貸しただろう」

「力にはならなかったのよ。あなたが言った場所に彼女はいなかった。あなたはほんとうにそこにいると思ったんでしょうけど。彼女はあなたの元妻の家で待ち伏せしてた。記録に残っているけれど、彼女は自慢気に話したわ。まず、義理の父親を殺し、弟のはらわたを抜き、それをすべて母親に見せる。それから彼女を殺す、って。学校を狙って百人殺したかったそうよ。生徒、教師、父兄、野次馬。死者の数さえ増えれば、相手は誰でもかまわなかった、って。

それがあなたの作った娘よ、マッキー。生まれたときから邪悪だったんだと思うわ。たぶん、最初からねじ曲がっていた。でも、その芽を育てたのはあなた。かきたて、教育して、大きくした。もちろん、彼女にも選択はあったけれど、あなたはその選択の幅を狭めたの。それを正しいものとしたのよ」

マッキーが涙を流しはじめてもイヴは何も感じなかった。何も。

「残りの人生でそのことを考えるのね」

立ち去るイヴの耳に響いたのは、ウィローの罵声《ばせい》ではなくマッキーの嗚咽《おえつ》だった。

「さて、ここはもう終わりかな?」ロークが訊いた。

「もちろん」

「それはよかった。ここにいるとなんだか落ち着かなくて、そわそわしはじめていたから」

「あなたがおさまるような房じゃないわ、超一流《エース》さん」

「試す機会はないほうがいいな」

「階上《うえ》に行って、彼女の移送手続きをしてから、ホイットニーに連絡して、とにかく何もかも急いでもらうように伝えないと。それですべておしまい」

いくつもドアを通って――正しいとロークが思う道順で――戻りながら、ロークはイヴの背中を撫でた。

「うちに帰るかい？」

イヴはうなずきかけ――家に戻るのは最高に思えた――あらためて考えた。選択。殺す。殺すことを教える。厄介事に向かっていく。背中を向けて逃げる。新しくてかけがえのない贈り物を分かち合う。感謝を伝える。

どこで生まれても、どんなふうに育っても、すべては本人が何を選ぶかにかかっている。地球上に生まれてまだ一年しかたっていないとしても。

イヴも選択をして、ロークの手を取った。

「パーティに戻るわ」

「自発的に？」ロークが言い、イヴは声をあげて笑った。

「風変わりでハッピーな場所に戻るの。バカみたいなバースデーケーキも食べるわ」

ロークも選択をしてイヴのあごを手のひらで包み、キスをした。「それはもう完璧としか思えないよ」

ふたりは、房と罵声と涙から離れ、血を選んだ者たちから遠ざかった。そして、風変わりでハッピーな場所へと向かった。

訳者あとがき

イヴ&ローク・シリーズの第四十四作『狩人の羅針盤(*Apprentice in Death*)』をお届けしました。

二〇六一年一月、ニューヨーク市セントラルパークのスケート場で、男女三人が射殺される事件が起きます。捜査の結果、一キロ以上離れた建物の上層階からレーザー銃で狙われたことがわかります。十数秒のあいだに立てつづけに三発撃ち、相当なスピードで氷上を移動している三人に命中させ、絶命させるという技術は並大抵ではありません。尋常ではない集中力と落ち着きも必要でしょう。犯人は警察や軍の関係者なのか？　目的は？　注目と騒ぎを狙った無差別殺人なのか？　それとも、個人的な殺人なのか？

電子オタク、ロークが数時間で作り上げたプログラムから手がかりを得て、地道な捜査を進めるうち、事件には五十代くらいの男性と若者がかかわっていたことがわかります。その関係は、指導者と弟子のように思われます。原題の Apprentice は、この「弟子」という意味です。

イヴたちの必死の捜査にもかかわらず、襲撃事件はつづき、人がおおぜい集まる公共の場が狙われます。現実社会で多数の被害者が出た襲撃事件というと、去年十月、ネバダ州ラスベガスで少なくとも五十九人が死亡、五百人以上が負傷した銃乱射事件はまだ記憶に新しいです。犯人はホテルの三十二階の窓から、音楽祭に集まった観客を銃撃しました。銃声が響くなか、ショーの演出の一部と思って立ち尽くす人たち、逃げ惑う人たち。ニュース映像で見て背筋が凍る思いでした。

本作品の舞台は近未来のニューヨークですが、最初に襲われたセントラルパーク内の屋外スケート場、ウォールマン・スケートリンクは、現在も多くの観光客や地元の人たちでにぎわっています。映画『ある愛の詩』のロケ地としても知られるこのスケート場がオープンしたのは一九四九年。一九八〇年代に改装されましたが、ニューヨーク市の予算不足で工事が進まず、六年たっても閉鎖したままでした。そのとき、私費を投じて工事を引き継ぎ、わずか四か月後の一九八六年に再オープンさせたのは、現在のトランプ大統領です。

事件が解決する経緯はもちろん、イヴとロークをめぐる人たちのさまざまなストーリーが魅力の本シリーズです。今回も、サマーセットとロークの絆、イヴとナディーンとの友情に胸が熱くなります。一歳の誕生日を迎えるベラの成長ぶりには驚かされるばかりです。イヴ、ピーボディ、レオの連携プレーには胸がスカッとします。

ホテルの宿泊客について調べる場面で、フロント係のこんな一言があります。「おふたりともかなりご年配の女性で、ピッツバーグからおみえです。こちらで大学の小さな同窓会があるとか。二〇一九年のご卒業だそうです」

現実社会の来年、大学を卒業する女性がおばあさんとして登場しているのです。近未来のイヴとロークの世界が「今」とつながっている気がして、不思議な気持ちになりました。

今回の作品は「選択」が大きなテーマになっています。人生の選択のむずかしさと大切さが、じんわり胸に伝わってくるストーリー展開は、まさにJ・D・ロブ・ワールドです。家族に囲まれ、地元の人たちとつながって、季節の移り変わりや行事を大切にしながら執筆活動をつづけている彼女だからこそ、描ける世界だと思います。

さて、お気づきでしょうか？　本作品の舞台は二〇六一年の一月。シリーズ四十一作『孤独な崇拝者』は六〇年の暮れでしたから、最近の三冊で一か月も経過していないことになります。時の流れはどんなにゆっくりでもかまわないから、いつまでもつづいてほしいと、このシリーズの一ファンとして願わずにいられません。

ロブの公式サイトをのぞいてみると、アメリカでは今年一月末に〝*Dark in Death*〟が出版され、九月に〝*Leverage in Death*〟が出版予定です。シリーズはまだまだ終わりません。次回作をどうぞお楽しみに！

二〇一八年二月

狩人の羅針盤
イヴ&ローク 44

著者　J・D・ロブ

訳者　中谷《なかたに》ハルナ

2018年2月28日 初版第1刷発行

発行人　板垣耕三

発行所　ヴィレッジブックス
〒150-0031 東京都渋谷区桜丘町18-6 日本会館5階
電話 03-6452-5479
https://villagebooks.net

印刷所　中央精版印刷株式会社

ブックデザイン　鈴木成一デザイン室

 ISBN978-4-86491-372-0 Printed in Japan

魔女の目覚め
上
デボラ・ハークネス
魔女の目覚め
下
デボラ・ハークネス
A Discovery
Witches

魔女の契り
下
デボラ・ハークネス
Night
Shadow

魔女の血族
上
デボラ・ハークネス
魔女の血族
下
デボラ・ハークネス
the
life